T0272155

DÍAZ
LA OTRA HISTORIA

JOSÉ LUIS TRUEBA LARA

DÍAZ
LA OTRA HISTORIA

OCEANO

DÍAZ
La otra historia

© 2024, José Luis Trueba Lara

Diseño de portada: Ivonne Murillo
Fotografía del autor: cortesía de FES ACATLÁN / Ramón San Andrés R.

D. R. © 2024, Editorial Océano de México, S.A. de C.V.
Guillermo Barroso 17-5, Col. Industrial Las Armas
Tlalnepantla de Baz, 54080, Estado de México
info@oceano.com.mx

Segunda reimpresión: junio, 2024

ISBN: 978-607-557-920-7

Impreso en México / Printed in Mexico

Por sus palabras sobre la foca,
por cantar y bailar conmigo,
y por ser el único que me cuelga del calzón,
este libro es para Ismael

A lo largo de los años uno se vuelve, aunque no lo quiera, el escriba de uno mismo.

ROBERTO CALASSO,
Memè Scianca

[...] los fantasmas no vienen cuando uno quiere sino cuando ellos deciden.

ADOLFO GILLY,
Estrella y espiral

I

Páginas sueltas

Mi desmemoria se rasgó como hilacho y el olvido dejó de protegerme. Las garras del pasado volvieron para obligarme a tomar la pluma. María Guadaña me tendió la emboscada perfecta: los fantasmas me rodearon y mi silencio cayó en sus manos. El ruido de las cadenas no se escuchó en la casa y los aullidos tampoco quebraron la mudez de la noche. Los espectros tenían los labios cosidos: su mutismo era distinto de las notas que brotaban de la armónica que tocaba el Cojo López. Lo mismo pasaba con las cuentas apocalípticas que hacía Jacinto o con el bramido de los cañones de mis enemigos. Su sigilo era perfecto. Las huellas de sus mortajas eran el único rastro de su presencia, ellas se quedaban grabadas en los tapices que se oscurecían para derrotar a los trapos y los plumeros.

Su mudez es la mía. Por más que quiera, no debo hablar sobre ellos. Una sola palabra bastaría para que mi mujer llame al doctor Gascheau. Y, para acabarla de joder, las criadas no tienen por qué enterarse de las desgracias de su patrón. Tarde o temprano, sus murmullos llegarán a los oídos de las pocas personas que todavía vienen a visitarme.

Yo no soy un viejo loco y, aunque le urja deshacerse de mí, Gascheau no puede darse el gusto de encerrarme en un manicomio. Los espectros son reales, absolutamente reales. Ellos son las tinieblas que manchan la plata encarcelada en los espejos, y sus movimientos se confunden con los crujidos del piso y los muebles que trajimos de la casa de la Cadena. Los descarnados llegaron sin que tuviera que contratar a una médium para que las mesas volaran y se escucharan los golpes del más allá. Yo no necesito afinar el poco oído que me queda para descubrir el significado de sus toquidos: uno para decir que sí, dos para decir que no. La venganza de mi amante despechada los obligó a abandonar los sepulcros. La luz mortecina de la casa les dio cobijo entre las bombillas y los candelabros. Ahí se enroscan como la gusanera que revienta los cuerpos después de las matanzas.

A fuerza de sentir el vaho de la Muerte, mis ojos ya tienen la mirada de los perros y distinguen las mortajas o la ropa que los acompañaron a la tumba. A todos los conozco y los reconozco. No importa que el capitán vestido con el hábito de los franciscanos se niegue a mostrarme su rostro, yo sé quién es la persona que se esconde bajo la tela tejida con lana y crin de caballo. Su cordón con tres nudos lo delata sin necesidad de palabras ni de rugidos.

La gente que tiene la lengua envenenada no se tienta el alma para jurar que en Oaxaca le decían el Chepe Díaz, que se dedicaba a amansar caballos y que a los más rejegos los castigaba con un látigo que tenía una estrella de acero en la punta. La carne desgarrada era su seña y su firma. Ellos se besan los dedos en cruz cuando dicen que de él heredé las facultades para domar y torturar a los que se me oponían, que mi crueldad no era casual y, por eso mismo, la mano jamás tembló al firmar la orden de "mátalos en caliente". Sus mentiras y sus infamias no tienen límite y se brincan las cercas de la verdad: todos los muertos que dejé en el camino están justificados.

La patria me había demandado sus vidas.

Por más que se finjan bragados, esos traidores no se atreven a reconocer que la paz y el progreso tenían un precio y había que pagarlo. Por eso, sólo por eso, en el preciso instante en que abordamos el barco que nos trajo para acá, nada le debía a nadie: hasta el último centavo estaba cubierto y la sangre derramada saldaba mis deudas. Los cadáveres de más apenas me alcanzaron para repartir los pilones que me reclamaban.

Las semanas en las que apenas podía quedarme sentado para que me diera la resolana eran mejores que esto. La agonía sin memoria es el anhelo de los herejes y los excomulgados. Aunque quiera negarlos, el recuerdo y los ojos de perro son los redobles que anuncian mi derrota definitiva. El susurro de "viva la muerte" se escucha en los rincones de la casa aunque los demás no puedan oírlo. El reloj de mi tiempo pronto dará la última campanada y María Guadaña volverá a ser una amante despechada.

Día a día veo cómo mi piel se adelgaza y las manos se llenan de manchas mientras que mi sombra se vuelve pálida. El cuerpo se me reseca. Las canas que me convirtieron en don Porfirio se transformaron en las greñas amarillentas que se niegan a rendirse ante los ataques del peine. Para completar mi desgracia sólo me hace falta que los huesos se me retuerzan hasta volverme una charamusca o que la calvicie se ensañe con mi cabeza. La vejez es una perra maldita y, sin que pudiera meter las manos, me robó la poca dignidad que me quedaba.

Por más que se lo ordeno, hay veces que mi humanidad se niega a obedecerme. En otros tiempos, cuando todavía decía *máiz* y con un gargajo le atinaba a los florones de los tapetes, un médico de a deveras se habría acercado para devolverle su enjundia a fuerza de filos, suturas, vendas y emplastos, aunque en la bolsa guardara una bala con su nombre grabado. Esa deuda también quedó pagada: el doctor Ortega reconoció a su hija y con una sola firma le borró la bastardía.

Pero ahora esto es imposible: los médicos de los hospitales de sangre brillan por su ausencia. El doctor Gascheau llega con la melancolía a cuestas, me revisa mientras finge cierto interés y, al final, le murmura a Carmelita que ya falta poco.

—El general es un hombre muy viejo —le dice con tal de rematar y le pone la mano en el hombro para despedirse y salir con dos billetes más en la cartera.

Gascheau no sabe que, mientras se larga, mis fantasmas le hacen valla y lo miran con desprecio: ellos torturaron el alma de su hijo que está sobradamente muerto. Su cadáver se quedó tirado a unos cuantos pasos de la trinchera con el pecho reventado por la ráfaga de una ametralladora germana. Su rostro cubierto con la máscara que lo salvaría de los gases amarillentos también quedó destrozado. Nadie se preocupó por él y su cuerpo despedazado se perderá para siempre.

Nada puedo esperar de ese matasanos. Ya lo he dicho, pero no me cansaré de pensarlo: a él tampoco puedo contarle lo que cuchichean los espectros que se desgarraron los labios. Aunque pudiera hacerlo, él no entendería lo que sucede. A pesar de que mis palabras puedan acalambrar a los más plantados, yo no soy un viejo loco.

A mi señora no le alcanzan la mudez y la sonrisa quebradiza para ocultar lo que está anunciado. Por más que comulgue y le ruegue a la Virgen, no puede evitar la llegada de María Guadaña. El mal que se alimenta de mi cuerpo es distinto de las heridas y las cicatrices que labraron mi piel en las batallas; lo que padezco tampoco se parece al dolor en la quijada que me atormentaba a pesar del bálsamo de la India que me frotaba en la encía, tampoco se parece a las fiebres cuartanas que se metieron en mi cuerpo por llevar en ancas a la mujer que no debía.

Nuestros silencios no han bastado para ignorar las caricias de los harapos de la Huesuda: los dos sabemos que estoy condenado a ser aniquilado por vivir demasiado. Tal vez por eso intenta disfrazar lo que hace cada vez que me acompaña a la recámara para que me acueste con la dignidad herida: mientras susurra los versos del *Magnificat*, se queda mirando la cruz que está arriba de la cabecera y sus ojos terminan perdiéndose en las lámparas que me alumbran desde las mesitas de noche.

Carmelita sólo confirma que el escenario está dispuesto para mi muerte.

Mi mujer está segura de que los ángeles bajarán del Cielo guiados por la luz de las bombillas y Dios descenderá entre ellos para llevarse mi alma. Aunque la mudez casi le hilvana los labios, los curas le dijeron que de algo serviría lo que hice en los años de sangre y fuego: por peores que fueran, nunca fusilé, maltraté ni injurié a los sacerdotes; tampoco la emprendí en contra de las monjas que tal vez conservaron su pureza hasta que terminaron las matanzas. En mis manos no están las huellas del sable que ordenaba la descarga contra los clérigos que alzaban banderas negras y azuzaban a la gente para que nos asesinara. Mis dedos y mis palmas tampoco tienen las marcas de las horcas o los cuchillos que les cortaron las orejas y la lengua a los curitas que nos maldecían desde los templos por haber jurado una ley herética. Si mis hombres los asesinaron es otro cantar: cada uno responderá por lo que hizo. A mí, en el peor de los casos, apenas me toca la omisión.

Aunque nadie me crea, a todos los que cayeron en mis manos los perdoné sin arrepentimientos y mandé al Diablo a los que me exigían sus cabezas. Del lomo de las mulas que acompañaban a mis tropas jamás colgaron las cajas retacadas de sal que conservaban los despojos. Mis manos nunca tocaron la carne que parecía tasajo. Lo que pasó no fue por piedad ni por fe. Mis asuntos con Dios estaban olvidados y saldados. La seguridad de que estaba condenado y los escupitajos de mi padrino amacizaban la distancia que sólo una vez se acortó: esa noche, el arzobispo Pelagio bendijo los cuerpos de mi esposa y mi hija muerta.

Pelagio pensaba que me había derrotado. Él no sabía que las recordanzas me impidieron hacer lo que otros hicieron: los ensotanados que se salvaron del paredón le deben la vida a mis padres y a mi padrino, al hombre que me maldijo por primera vez sin imaginarse que me condenaba a cometer un pecado mortal, la lujuria que le abrió la puerta al incesto.

Después de lo que hemos pasado, mi mujer puede leerme sin tartamudear y descubrir lo que se esconde entre los renglones de mi alma. Carmelita nunca cayó en la tentación de engañarse: a pesar del matrimonio por conveniencia y las cartas que les escribió a mis enemigos, aprendí a quererla y le fui fiel, aunque a veces mi templanza flaqueara. Alguien como yo no podía darse el lujo de los amoríos, el poder me obligaba a mantener la castidad fuera de casa y a conformarme con los recuerdos de los tiempos que se largaron para no volver: los recuerdos de Delfina y Rafaela me bastaban para gobernar mis instintos. La santa y la Tupa era una muralla.

Por más que la calentura me carcomiera, yo no podía darme el lujo de ser como los que arrastraban la honra por una tiple que enseñaba las tetas mientras cantaba y se retorcía en un burdel apenas disimulado. Da lo mismo si era una francesa recién desembarcada o una mestiza que había llegado de su pueblo para abandonar el rebozo y disfrazarse con un toque de japonismo. Las escapadas a los baños de Amajac con el Manco González y el general Cravioto eran un secreto: el perfume de las mujeres que nos acompañaban es la memoria que guardo de su presencia. El aroma de su almizcle se quedó pegado en las paredes del pueblo que apenas las vio pasar.

Lo que se hace no puede negarse. Yo tuve mis amoríos, pero ninguno me dejó manchado: lo que hice no se parece a la noche cuando mis hermanos masones se vendieron en un putero de Oaxaca.

Por más que quiera, no me atrevo a decirle a Carmelita que sus deseos están condenados a descuajaringarse con los ventarrones que anunciarán mi muerte. Mis grandes pecados son otros y jamás serán perdonados. El mero Diablo sabe que ninguno tiene la mancha del arrepentimiento. Aunque muchos los conocen, jamás los diré delante de un sacerdote. La vida se saldrá de mi cuerpo antes de que me hinque en un confesionario. Si uno de ellos me acompaña en el lecho de muerte, sólo será por órdenes de mi esposa.

Desde que el día que me aposenté en Palacio Nacional, mi cercanía con los curas no tenía el cuño de la devoción. Para esas fechas ya nos conocíamos de más y sabíamos lo que éramos capaces de hacernos. Por eso, la vez que le besé la mano al arzobispo y le rogué para que bendijera a mis muertas sólo buscaba lo que nadie había logrado: afianzar la paz que parecía imposible y que le abriría las puertas del Cielo a la mujer que amé hasta la locura sin que me importara la culpa que nos unía.

Delfina me espera en el Infierno y no me avergüenza que Carmelita termine viéndonos desde la Gloria. Ella debe pagar por las cartas que le escribió a mi enemigo.

A estas alturas no importa que la devoción perfume las plegarias de mi mujer, sus ruegos no podrán suavizar ni aplazar el desenlace: mi alma se desvanecerá en la nada y, si acaso estoy equivocado, la pestilencia de las llamas azufrosas anunciará su destino. Las cosas son como son y no hay para dónde hacerse. Ese final estaba cantado desde la primera vez que me acosté con mi sobrina. Con la mano en el corazón confieso que el Averno no me asusta: allá me esperan Delfina y mis hijos que murieron por haber sido engendrados en el incesto.

Por más viejo que sea, Satán no puede imaginarse que el fuego de nuestra pasión ahogará sus llamas con la lumbre que le carcomerá los huesos a María Guadaña. Delfina se convertirá en la niña que apenas se estaba transformando en mujer, y yo seré el general que cabalgó sobre los cadáveres de sus enemigos.

La Calaca me ronda, su guadaña destruye mi mundo. Su filo implacable nada perdona y sus tajos terminarán por emparejarnos a todos: antes de que su acero quede absolutamente mellado, los levantiscos se enfrentarán a su destino, y mi patria se convertirá en el reino de los zopilotes que se alimentarán con los cuerpos de los ingratos que me dieron la espalda. Ellos me abandonaron a mi suerte y se conformaron con leer las hojas de colores chillones que anunciaban el último adiós a don Porfirio.

Durante casi cinco años ha tratado de engañarme y ocultar que los mexicanos están podridos hasta la médula: a los hijos de mi patria enlodada sólo les importa levantarse tarde, atragantarse con garnachas mantecosas y ser los empleados del gobierno que tienen un padrino capaz de respaldar sus raterías a cambio de su servilismo y una tajada del botín. Sé bien que alguna vez tuve que hacer casi lo mismo que ellos: yo pagaba una parte de mi sueldo con tal de poder trabajar. Pero hay algo que nos hace distintos: a ellos no les importa vivir con una pata en el pescuezo y su mayor anhelo es revolcarse en la mierda de los puercos.

La indiada y la negrada tampoco se salvaban de la podredumbre. Esos muertos de hambre siempre han vivido de rodillas, rascándose los piojos y con una cera en la mano. Su embrutecimiento los hace mirar a cualquier pelagatos como su jefe. Por más que en el Congreso se pierdan en profundismos: ellos nunca podrán pensar por sí mismos. No por casualidad, en los papeles que iba a mandar a Alemania, el coronel Altamirano escribió un proverbio que los pinta de cuerpo entero: "Los inditos y los burritos, de chiquitos son bonitos".

Los prietos están condenados a ser esclavos eternos aunque empuñen sus machetes para matarse por una causa que no entienden y jamás comprenderán. Ellos sólo asesinan y se agazapan en el monte para darle gusto a la rapiña. Su historia siempre será la misma y su destino tampoco cambiará: "Mueran los indios que hartos nacen".

Yo sé lo que pasa del otro lado del mar. Los pocos que todavía vienen a verme —a mí me da lo mismo si lo hacen movidos por el recuerdo de la amistad o por el morbo de ver a un dios caído— me obligan a fingir que todavía soy el que fui. Delante de ellos no puedo mostrarme como un viejo decrépito y derrotado, como el anciano que tiene un buitre en el hombro o vive con los ojos colmados de las imágenes de los espectros. Después de que su mirada me recorre y se detiene en los cueros que me cuelgan de la papada, se sientan para contarme los horrores que confirmaron mi profecía.

A Madero lo mató el tigre que soltó sin darse cuenta de que, para domar a la bestia, le faltaban los que ponen las gallinas. El día que me largué de México, cuando todavía estábamos en la cubierta del *Ypiranga* y la gente se arremolinaba en el muelle para despedirme, le dije al general Huerta lo que iba a pasar: los cascos del caballo esquelético recorrerían el país mientras los sablazos de su jinete le mocharían los hilos de la vida a todos los que se le atravesaran. Sus ojos se transformaron en navajas que anunciaron la escabechina y olvidaron para siempre el astrónomo que fue. Esa mañana no me equivoqué: al cabo de unos meses, Victoriano se convirtió en mi ángel vengador. Madero se merecía la ley fuga, y por ella murió antes de que la cárcel le abriera las puertas. Su celda en Lecumberri se quedó esperándolo y su cuerpo terminó tirado en una zanja.

¿Para qué nos hacemos los que no somos? Las viejas costumbres nunca se pierden.

Francisco era un pobre diablo, un imbécil que se creyó las mentiras que supuestamente le susurraban los espíritus. Él era un lelo de tiempo completo y se convenció de que la juventud tenía los tamaños para ocupar la presidencia, para adueñarse del gabinete y las cámaras, y que podría meter en cintura a los caudillos y los caciques que eran dueños de los estados. La falta de colmillo le costó la vida.

Unos meses antes de que las cosas reventaran, su abuelo me habló de sus chifladuras y me dejó claras sus intenciones. Es más, ese día me enseñó la carta que iba a mandarle para jalarle las orejas. "Ya no le eches mocos al atole", le decía don Evaristo, y remataba poniéndole los puntos a las íes: "Un microbio como tú no puede desafiar a un elefante".

Sin embargo, Francisco siguió adelante y alborotó a la caballada que se lo llevó entre las patas. Su asesinato estaba anunciado desde que les dio la espalda a los suyos y le soltó la rienda a las raterías de su familia. Ni siquiera para eso sirvió: para robar sin cargo de conciencia hay que hacer obra y salpicar a la gente. No era una casualidad que el hijo de Juárez me besara los pies y se desesperara por encontrar la manera de agradarme.

Los que sentimos las caricias de las manos huesudas sabemos lo que va a ocurrir. Antes de llevarte, la Muerte te enseña el futuro: las matanzas entre los alzados terminarán por arrasarlo todo. El último sobreviviente se adueñará de la silla apuntalada con calaveras y teñida de sangre. Ese hombre mentirá una y mil veces hasta que las palabras pierdan su sentido y la plebe se convenza de que es el Mesías que la llevará al Paraíso, que siempre estará un paso adelante. Jamás se dará cuenta de que la deslealtad a mi gobierno la condenará al purgatorio de la miseria y la estupidez, a la fe en un matasiete que le carcomerá las tripas y el alma mientras le da una limosna que no le alcanzará para atreguarse los maullidos de la panza. En realidad esto no importa: los muertos de hambre prefieren una moneda de cobre al instante a una de oro en una semana.

Mi destino no necesita que una gitana lo descubra en la baraja, las ruinas del país sepultarán mi obra y yo seré la bestia negra de la historia. El héroe que fui se convertirá en un traidor. El creador de la nación será condenado a las llamas con el fin de mostrar al más siniestro de los tiranos. La venganza de mi amante despechada me negó la suerte que le tocó a don Benito y me castigó con una vida demasiado larga: el indio traicionero que se llenaba la boca diciendo que yo era su chamaco se murió en Palacio. Su cuerpo hediondo y con el pecho quemado fue beatificado a fuerza de discursos y poemas rimados de mala manera. En cambio, yo moriré lejos y seré entregado a la podredumbre a pesar de la cruz que adornará mi tumba. Su entierro fue un asunto de Estado, el mío será mucho más discreto y apenas se ganará unas líneas en los periódicos que antes me besaban la mano. Ni siquiera tengo que cerrar los ojos para imaginar las palabras que publicarán en una noticia escondida entre los anuncios pagados por los abarroteros: "Ayer, en París, falleció el general Díaz, el hombre que defendió a la Patria y la traicionó por su infinita sed de poder. El peor de los dictadores ha muerto".

En el fondo los entiendo a cabalidad: ellos no conocen las sutilezas y tampoco les preocupa la reconciliación. El tiempo en que sus hijos terminarán en la cama de las mujeres de siete apellidos todavía no se asoma. A como dé lugar, los levantiscos necesitan arrasar mi memoria, sólo así lograrán ocultar lo que son. Los muertos de hambre, los criminales y los que hablan del pueblo —mientras se retacan las bolsas— saben que la destrucción de mi patria les permitirá justificar las masacres y los saqueos. Por esto tengo que escribir hasta que la desmemoria regrese y mi sombra empalidezca para que la oscuridad la devore.

Aquí estoy, esperando a la Muerte para escupirle a la cara antes de que me clave su guadaña.

Éstos son mis recuerdos, éstas son las páginas que seguramente se perderán con la llegada de la muerte. Nadie, ni siquiera Carmelita, querrá conservar estos cuadernos: la maldición eterna caerá sobre quien lea mis palabras.

II

El cuaderno azul

L os muertos que me rodean huelen a chivos viejos. Por más que quiera, no puedo enfrentarlos. Los músculos sin fibra y los pellejos que me cuelgan de los brazos y la papada no tienen remedio. Sin necesidad de batallas, la vejez derrotó al bastón con empuñadura de oro y alma de hierro que me acompañaba en mis paseos matutinos. Si alguna vez dije que era el arma defensiva que me permitiría enfrentarme a los maleantes que se esconden en los parques y los bosques, hoy sólo puedo guardar silencio, quedarme encerrado y arrastrar la pluma sobre las páginas mientras los espíritus se asoman sobre mi hombro y me rozan con sus mortajas de niebla. Ellos son el pasado que vuelve para que mi memoria no se pierda en el momento en que mi alma se achicharre.

Aunque su olor áspero parece llenarlo todo y se pega a las paredes como la saliva más espesa, de cuando en cuando puedo distinguir los efluvios que me llevan por otros caminos. El recuerdo del aroma del incienso añejo se hace presente para obligarme a volver a Oaxaca, a los tiempos en que un escuincle ñango se persignaba con devoción, sin imaginarse que el Crucificado terminaría por abandonarlo.

Todos los días, mis hermanos y yo caminábamos junto a mi madre, apenas teníamos que cruzar la calle para ir del mesón que regenteaba y adentrarnos en el atrio del templo de la Soledad. Nuestros pasos pulían las piedras resquebrajadas por el trajín de las mulas. Pasara lo que pasara, nuestro andar comenzaba cuando sonaban las campanadas que llamaban a la primera misa. La niebla aún no se levantaba y la ciudad seguía en manos de las brujas y los endiablados. La noche era peligrosa y los ojos amarillos acechaban en los callejones, el reino del Diablo sólo cesaba cuando los curas se santiguaban con la luz primera.

Mi mamá se llamaba Petrona y hasta el día de su muerte le hizo honor a su nombre: era dura como las piedras que sostienen los fuertes y aguantan los cañonazos sin cuartearse. Por eso, antes de poner un pie en la iglesia, su frente apenas tenía que fruncirse para que me quitara el gorro de piel de burro que me acompañaba. El recuerdo de mi padre debía ocultarse delante de los ojos del Dios implacable. Ella no necesitaba alzar la voz, un gesto y una mirada bastaban para que la obedeciera en silencio. El recuerdo de la reata húmeda que podía rajarme el lomo bastaba para que agachara las orejas y metiera la cola entre mis patas flacas y rodilludas.

A esa hora, las velas encendidas apenas podían espantar las tinieblas. La fragancia del incienso y el olor de las desgracias oscurecían los retablos. La poca luz que entraba por los ventanales sólo alcanzaba para iluminar el altar. Los hilos de oro que adornaban a la Virgen enlutada brillaban a medias y acentuaban su tristeza. La casa de Dios parecía sagrada, pero los curas que se paraban delante de la madre de Cristo eran la encarnación del pecado: la embriaguez, la glotonería, la lascivia y la avaricia estaban labradas en su cuerpo y su alma perdida. Los favores que obtenían en el confesionario y en la penumbra de la sacristía eran la causa del chismerío y de las maledicencias que seguían sus pasos. Ellos y sus seguidores eran dueños de todo: la fuerza de las armas y el horror al Infierno les permitían hacer y deshacer sin que nadie se atreviera a marcarles el alto.

En esos días, apenas unos cuantos se atrevían a enfrentarlos con ansias de horca y cuchillo: los liberales y los masones más colorados trataban de derrotarlos a fuerza de las leyes que terminaban en el olvido, y lo mismo intentaban con las bayonetas que durante un parpadeo les permitían soñar que todo lo podían. Sus mandatos y sus milicias eran fugaces, la asonada que los tumbaría del gobierno no se hacía esperar. Después de volver a chaquetear, Santa Anna los vencía en el campo de batalla. Los ejércitos que levantaba de la nada se mostraban en los cerros fingiendo que eran ángeles y arcángeles.

Los nombres de los herejes apenas se pronunciaban, sus letras sólo podían mentarse mientras se apretaba un colmillo de serpiente para desearles una mala muerte. Esa ira, según mi padrino, estaba bendita y ganaba indulgencias aunque algunos fueran tan creyentes como don Marcos Pérez, el hombre que, sin pedirme nada a cambio, me tendió la mano y me ayudó a ser el que fui.

Mis tiempos no fueron de luz; la negrura y la sangre rubricaron mis días. La guerra me acompañó desde el día que me parieron. De dientes para fuera, los rezanderos proclamaban que sus ansias de matar estaban santificadas por Cristo y la Iglesia, y los imperialistas aseguraban que mi patria no tenía manera de gobernarse sola. Ninguno de los muertos de hambre que los seguían se detenía a pensar que las carnicerías nacían por las ansias de poder y riqueza, por la imposibilidad de que el país tuviera dos amos. El reino de Dios y el imperio de los liberales eran irreconciliables. Para ellos, la república valía menos que una carretada de mierda.

Aunque los ensotanados lo negaran y besaran la Cruz para jurar por la corte celestial, la verdad era distinta y nada tenía que ver con sus prédicas. Digan lo que digan, mi patria estaba condenada a ser la nación de un solo hombre: el Señor Presidente que todo lo podía y se revelaba en los altares de la política como el nuevo Jesús que repartía milagros a diestra y siniestra.

En el templo, los Díaz nos sentábamos en la banca de siempre. Cerca de nosotros se miraban las mismas personas: nuestros acompañantes eran las beatas que se quitaban el pan de la boca para llenar los cepos y el cesto de las limosnas; ahí también estaban los derrotados que pedían el milagro de arrancarse los tlacuaches que les mordían los dentros. A su lado se hallaban los fieles devotos que se confesaban para tener el alma limpia y pecar sin deudas. Después de que el monaguillo sonaba la campana, todos se formaban con la mirada clavada en el piso para que el sacerdote les diera el pan milagroso que les abriría las puertas de la Gloria, aunque ellas se cerraran al abandonar el templo.

Mi madre era distinta. Se hincaba desde que entraba el cura y sus susurros se esforzaban para llegar al Cielo sin perder la monotonía. Cada una de sus palabras era un ruego por el alma de mi padre, el hombre que se vestía con la sotana de los franciscanos y respondía al mote de Capitán, aunque las charreteras y el sable brillaran por su ausencia. El grado que no se ganó en las batallas lo acompañó durante una buena parte de su vida gracias a las peticiones de su mujer. Vicente Guerrero se lo dio como recompensa por ocultarlo en uno de sus infortunios. Ese día, la lástima fue mucho más grande que las ansias de sumarse a la rebelión.

Todos los que pusieron la mano sobre las Sagradas Escrituras para jurar que mi padre fue uno de sus mariscales, mintieron con tal de llenar de laureles a mi familia. A ellos sólo les urgía ganarse la palmada que les cambiaría la vida. Lo que pasaba no era una casualidad, tampoco era una debilidad por las palabras azucaradas. Mi presencia todopoderosa repartía perdones, cargos y certezas. Desde antes de que me sentara en la silla dorada, había aprendido a agradecer los cumplidos y los lomos que se curvaban para remarcar el sometimiento y la lealtad comprados con oro y miedo a partes iguales.

Siempre supe lo que sus palabras valían.

Nunca les di de más ni de menos. Aunque fingieran ser gallos de pelea, los pollos debían aprender a ganarse su *maíz*. El "gracias, mi General" o el "gracias, Señor Presidente" eran el primer abono de una deuda que nunca terminarían de pagar.

La memoria no me alcanza para recordar su rostro: mi padre murió antes de que su imagen se quedara grabada en la cera de la remembranza. José Díaz siempre fue un espectro y el mote de Chepe jamás lo manchó. Aunque sus manos no estuvieran ennegrecidas por pólvora chamuscada, él era el Capitán.

Cuando el cólera llegó a Oaxaca apenas pudo resistir unos días antes de que el mal se lo cargara. Lo que ocurría en la ciudad no era una chiripa. Desde el púlpito, los clérigos juraban que la peste andaba suelta por las herejías del gobierno impío. Todos los que estaban en el candelero morirían sin que nadie se dignara a escuchar sus pecados. Los santos óleos no eran para los herejes condenados a las llamas.

Yo los oía y creía en sus palabras mientras el pavor se adueñaba de mi alma: la mujer que habían pateado hasta la muerte por sus sueños asesinos, los espectros que se aparecían en los cruces de los caminos y las perras que parían un trozo de carne blancuzca y a fuerza de lamidas lo transformaban en un cachorro eran los avisos de la llegada del Diablo. Los gemidos de los moribundos eran las trompetas que anunciaban la presencia de sus huestes.

Ahora sé que las cosas eran distintas. Los clérigos podían decir lo que se les pegara la gana sin detenerse a pensar en la verdad. Sus lenguas y sus encías eran más negras que la boca de un lobo: el mal mataba sin que la fe y los escapularios pudieran detenerlo. Mi padre se murió aunque fuera un hombre de Dios y su piel padeciera el martirio del hábito de la Orden Tercera. La fe y el misticismo pueblerino no alcanzaron para salvarle la vida.

La proclama de Ignacio Ramírez quizá sea cierta: Dios no existe y, si creemos en él, sólo nos engañamos o le abrimos la puerta a la imbecilidad que se anidará en la sesera. Negarlo es mejor que aceptarlo: el ser terrible y vengativo es peor que su adversario.

Los días de abatimiento, las horas de miedo y los tiempos de debilidad e inquietud fueron el anuncio del mal que le arrebató la existencia. Los dedos retorcidos, el vómito incontenible y las evacuaciones que no paraban señalaban el principio del fin. De nada sirvieron las rogativas a san Francisco y las yerbas olorosas que mi madre quemaba en las noches con ansias de limpiar el aire que respirábamos. Lo mismo pasó con las sanguijuelas que le pusieron en la sien, con la estampa milagrosa que la sanadora le frotó en el vientre y con las cataplasmas de aguardiente, yerbabuena y tintura de opio.

Nada pudo salvarlo.

Mi madre ni siquiera alcanzó a llevarlo a uno de los lazaretos donde los médicos intentaban sanar a los enfermos. El Capitán se murió tirado en su cama y la pestilencia de su agonía se adueñó de la casa; el olor de las deyecciones que le arrancaron trozos de las tripas era el amo y señor del Mesón de la Soledad. Poco faltó para que los carros de la muerte nos arrebataran su cadáver para tirarlo en un hoyanco con la gentuza que se moría como los perros sin dueño.

De no ser por mi padrino, el Capitán se habría ido al otro mundo sin que le trazaran una cruz en la frente. Si don José Agustín se cubrió la boca y la nariz con un pañuelo humedecido con vinagre mientras lo sacramentaban, su actitud era perdonable: el deseo de la última bendición se cumplió a pesar del miedo y el asco.

La noche que se apagó su vida, la campana del templo de la Soledad apenas sonó una vez para avisarle al Cielo la llegada de su alma. Los vecinos se enteraron de su fallecimiento por voz del muertero que recorrió las calles del barrio diciendo su nombre mientras tocaba un cencerro. Ninguno se asomó a la ventana para santiguarse y rezarle un *Pater Noster*, los postigos tampoco se abrieron para escuchar el anuncio de su partida: el cólera los enclaustraba y el aliento de María Guadaña se paseaba por las calles que ocultaban el olor de la podredumbre que se levantaba cuando el sol caía a plomo.

Su muerte resquebrajó la vida en el mesón. Los adobes se transformaron en paredes de sal, la puerta claveteada se convirtió en un bloque casi blanco, forrado con el cuero de la desgracia. Después de su partida, nada volvió a ser como era. Los Díaz fuimos víctimas de la malaventura sin que las ánimas se mostraran para revelarnos el lugar donde un bandolero había enterrado su oro.

De mi padre apenas quedaron los recuerdos de mi madre y las herramientas que se llenaron de telarañas en el establo del mesón que le rentaba a las monjas de Santa Catarina. El tiempo y la dejadez sólo perdonaron el yunque y el marro. Las herraduras se convirtieron en fierros carcomidos, los frascos con remedios para las bestias se opacaron y cuartearon para abrirles paso a las cucarachas y las arañas. Las hierbas se resecaron hasta transformarse en polvo, y la manteca de las pomadas se convirtió en el criadero de las alimañas que la envenenaron con sus cagarrutas. Las pieles que curtía tampoco tuvieron buena fortuna: las ratas las devoraron para borrar su memoria. Mi gorro de piel de burro fue el único sobreviviente de la desgracia.

Los bienes del rezandero no tenían manera de sobrevivir en un mundo enlutado. El bienestar de mi familia se acabó con su muerte... la viudez y la orfandad nos golpearon sin tentarse el alma.

Sigo escribiendo mientras el sol agoniza
y la Muerte me desprecia

A fuerza de los malos modos que brotan de la soberbia, mi madre trataba de mantener a raya las vacas flacas y alejarse las tarascadas de la miseria.

—La pobreza me tira, pero el orgullo me levanta —susurraba mientras revisaba que su ropa enlutada estuviera bien planchada y no tuviera ninguna mancha.

Petrona debía conservar el honor de la familia para que la gente del barrio no la mirara por encima del hombro. A pesar de su origen sombrío, ella no era como la indiada que siempre ha estado dispuesta a vender su honra por un plato de frijoles y unas tortillas acedas.

Mi madre sólo aceptó la ayuda de las hermanas de Santa Catarina. Durante algunos meses le recibieron la renta a medias y apuntaron su deuda. Aunque estuvieran iluminadas por Cristo, las monjas no confiaban en su memoria. Ellas no eran como los tenderos de los barrios. Si le cargaban réditos es algo que se escapa entre las rejas de mis recuerdos. Lo que sí puedo jurar es que compartían las desgracias: si mi madre se había quedado viuda, ellas padecían a los soldados que, a punta de bayonetas y plomos, se habían instalado en su convento.

La muerte, la guerra y la profanación se entreveraban en una trenza perfecta que se revelaba en la capilla del monasterio: las pocas imágenes que no habían sido degolladas padecían la pestilencia de las mulas y sus majadas. El templo era la caballeriza y su sillería alimentaba las hogueras que enfrentaban el frío que padecían los militares.

La muerte de Dios estaba anunciada.

Petrona era una india a medias, pero la sangre de mi padre era española. Eso fue lo que aluzó nuestro destino y nos permitió vivir con la frente en alto hasta que mi hermana Manuela enlodó a la familia. De su marido, mi madre aprendió el peso que tienen el honor y la vergüenza de pedir limosna. Lo fiado jamás entró en la casa; la vergüenza nunca amargó el sabor de la comida, y sus afanes nos mantuvieron lejos de los barrios marcados por las pocilgas y los lodazales, por los tugurios y los cuerpos que amanecían tirados. Las mujeres de carne triste y la perdición tampoco se asomaban en nuestros rumbos.

Poco a poco y con el alma adolorida fue tomando las riendas del mesón. Al cabo de algunos meses volvió a funcionar con todas las de la ley: los martillazos que se estrellaban en el yunque y las llamas de la fragua se oían y miraban en el establo. En la mesa de madera apenas cepillada se mostraban los remedios para las monturas: la yerba piojera mataba las larvas que les brotaban de las llagas, y el sahumado con azufre las protegía para que no renacieran.

Los hombres que ahí trabajaban le pagaban con una parte de sus ganancias y le cumplían sus caprichos: nunca dejaron que se amontonaran las camisas sudadas donde se criaban las ratas. Todos eran de buena ley. Ninguno se atrevió a dejar cuentas pendientes y mucho menos intentaron pasarse de la raya con la viuda que pecaba de altiva.

Mis palabras parecen buenas, pero a mi memoria le gusta engañarme. El Capitán no dejó grandes cosas, y mi madre gastó los pocos

bienes que estaban en su testamento con tal de que no anduvié-
ramos con las tripas pegadas al espinazo. Y, con lo último que le
quedaba, pagó mi entrada al lugar de la herejía.

Si su aptitud de mujer no le permitió hacer crecer los bienes de
mi padre, su buen juicio le dio la oportunidad de mantener aleja-
da la miseria indigna. Por eso, en el momento en que el mesón comenzó a flaquear, empezó a vender en abonos las pequeñas fincas
que le quedaban, a veces lo hacía hasta en pagos de diez pesos al
mes. Así, estirando cada centavo que le caía, afrontábamos las necesidades de todos los días sin perder el orgullo de nuestra sangre.

A pesar de sus desplantes, la altivez de Petrona no alcanzaba para
derrotar a la pobreza que se recargaba en la puerta. El salitre que
carcomía la entrada del mesón nos revelaba su presencia. Sus manchas nacían de las lágrimas que se tragaba. Poco a poco, la familia
y la gente que conocían a mis padres se fueron alejando hasta que
todos se transformaron en un recuerdo que no podía mentarse.
El silencio se adueñó de la casa. Las voces de los arrieros que se
quedaban a dormir o a comer eran las únicas que lo interrumpían.
Sus gritos de festejo o de rabia resquebrajaban la mudez cuando
los dados y las barajas les jugaban una mala pasada.

¿Qué caso tiene negar lo que pasó? Después de que se escuchó
la última plegaria del novenario de mi padre, las visitas dejaron de
apersonarse en el mesón. El miedo a contagiarse del hambre las
obligó a dirigir sus pasos hacia otro rumbo. Nos dejaron tan solos
que, el día en que mi hermano Félix se transformó en el Chato por
el cuete que le tronó en la cara, nadie nos ayudó a socorrerlo. Al
final, la leyenda negra también me culpó de su desgracia: los que
me odian han jurado por la escasa honra de su madre que le reta-
qué las narices con pólvora para vengarme de una de sus bromas
y le prendí fuego en uno de los arrebatos que heredé de mi padre.

Ellos mienten y tratan de ocultar lo que sucedió: Félix y yo estuvimos juntos hasta que la muerte nos separó. Es más, desde ese

día jamás abandoné a su hijo y lo crie como si fuera mío. Las burlas que le hacían diciendo que sólo era el "sobrino del tío" nunca quedaron impunes. El nombre de Félix Díaz no podía mancharlo ningún chancletero. Después de que caí en desgracia, él me correspondió como los hombres que de verdad tienen palabra: sin detenerse a pensar en las consecuencias, se levantó en armas contra Madero y sus secuaces.

Mi padrino se cocía aparte. A pesar de las desgracias, durante un buen tiempo se mantuvo a nuestro lado. Don José Agustín nos abandonó de buenas a primeras. Su mano protectora nos ofrecía la gracia de Dios y el apoyo en la Tierra. Daba lo mismo si todavía era el cura de Nochixtlán y llegaba montado en su mula, si estaba en la ciudad para ocupar su escaño en el Congreso o si ya era el obispo de Oaxaca y el ruido de su carruaje anunciaba que había llegado a la esquina. Sus ojos profundos se detenían en los apuros de Petrona y me calaban para decidir mi futuro: yo sabía leer, pero no podía escribir. Algo de luz tenía en la sesera gracias a lo poco que me había enseñado mi madre.

En una de sus visitas dijo que debía entrar al seminario para consagrar mi existencia al rey de los Cielos. La sotana era el mejor camino para ayudar a mi familia. Los Díaz cenaríamos guajolote y no tendríamos que hervir el vino avinagrado con salvia y cilantro para servirle algo que recordara al moscatel.

La fe de mi madre y el hambre que apenas podía mantener a raya se aliaron en un santiamén. Las razones eran más claras que el agua y se fortalecían con una apuesta a favor de los jadeos que anunciaban a la Niña Blanca. Uno de nuestros parientes casi lejanos era un clérigo rico y añoso, y la Muerte ya se acurrucaba en su pecho. Pronto dejaría como herencia una capellanía que pagaba doce pesos al mes, dos más de los que mi mamá cobraba por los abonos de la venta de las fincas de la familia.

El dinero y la devoción decidieron mi futuro.

Yo no me opuse a sus deseos. Los niños se aficionan a lo que ven, y mis oídos estaban retacados de rezos y plegarias. Si la pobreza no nos lamiera, en las mañanas habría caminado hacia el templo para entrar a la sacristía, vestirme de monaguillo y tomar la campana que anunciaría la presencia del Espíritu Santo. El color de la grana demostraría que estaba dispuesto a entregar mi sangre por Cristo, y los blancos encajes anunciarían la pureza que moriría entre las piernas de una rezandera. El gorro de piel de burro sería el contraste perfecto que sólo confirmaría mi herencia clerical.

Petrona ni siquiera tuvo que mirarme para guiar mis pasos: yo estaba contento con estudiar para ser cura.

A los trece años entré al seminario con la frente en alto y la mirada en el Cielo. Mi madre y yo aceptamos las palabras de mi padrino sin saber que el tiempo, la guerra y la herejía terminarían por separarnos.

Al cabo de unos años, el niño enflaquecido que le besaba la mano abandonó la carrera eclesiástica, se sumó a la masonería y, para colmo del horror, se convirtió en uno de los militares que juraron defender la Constitución impía, sin que le importara ser excomulgado y arder en el Infierno. Antes de que la herejía se adueñara de mi alma, sólo fui el que tenía que ser: un seminarista con un libro de teología metido en el sobaco, un escuincle que se hincaba con devoción y rezaba en las procesiones que trataban de salvar al mundo de la ira divina.

El cortejo avanzaba como una larva y el aire infecto me golpeaba la cara. Por más que suplicábamos, las lluvias no llegaban y la pestilencia de la calle se embravecía con el solazo. El contenido de las bacinicas que se juntaba en la orilla de la banqueta y las meaderas que apenas alcanzaban a enlodar los callejones resecos se alzaban para envenenar la ciudad. El sol inclemente azuzaba el hedor y la muerte nos acechaba sin que nadie se tomara el trabajo de invocarla. Los espectros del tifo y el cólera eran nuestra sombra. Su vaho se nos cuajaba en la nuca. María Guadaña sólo esperaba a que la respiración y los rezos levantaran la aldaba de la boca para meterse en los pulmones y las tripas para matar al que se le pegara la gana.

Los hombres con capuchas negras que abrían la procesión y meneaban los incensarios estaban lejos de mis pasos. Esos aromas sólo eran para la Virgen que nos haría el milagro de reventar las nubes con sus rayos nocturnos. A mi lado marchaban los andrajosos que olían a sudor rancio y miseria de siglos. El hedor que brotaba de su cuerpo era idéntico a la podredumbre de su espíritu. Ahí también estaban los negros y los mulatos que los hacendados arrearon desde la costa para rogar por las aguas y su alma irremediablemente perdida. Un tamboril y una chirimía marcaban el ritmo de sus pasos; en la mano tenían una cera encendida y de su boca hedionda brotaban los alabados que se deformaban con tal de imitar el compás de los latines. El *Mater misericordiæ* se escuchaba como un trabalenguas que añoraba los tamborazos y las danzas prohibidas.

La procesión era larga, muy larga. Las banderas negras con cruces bordadas con hilos de oro y los estandartes que mostraban las imágenes de los santos se balanceaban con la cadencia de las plegarias; esas telas eran las velas que flotaban sobre la marejada de gente. Los sacerdotes y los mandamases que avanzaban cerca de la madre del Crucificado resistían el calor y murmuraban los misterios del rosario que recitaba el cantor de la catedral. La Rosa Mística era la última esperanza de los oaxaqueños. Los que cargaban el palanquín de la Virgen bendecían las heridas que les causaban las maderas labradas; la sangre molida apenas era un pago ínfimo por las aguas que sanarían la tierra antes de que comenzaran los terremotos que anunciarían el fuego del Averno.

A su paso, la gente que estaba en las banquetas se persignaba y se hincaba con los brazos en cruz. Sus voces desgarradas suplicaban clemencia con la lengua reseca. En las azoteas no estaban los niños que volaban sus papalotes; esos lugares eran ocupados por los que tenían unas monedas para pagarles a los dueños con tal de sentir el viento que apenas movía las hojas. Ellos eran los de arriba, los de abajo eran los léperos y los miserables que acompañaban a la Virgen con sed de milagros.

Por más que trataba de mantenerlos quietos, mis ojos buscaban a los negros y los mulatos para descubrir las huellas de la sangre reseca y la manteca que se les acumulaba en el vientre. En un descuido eran iguales a los puercos que engordaban después de sentir el filo de la navaja que los rajaba. Si mis rezos trastabillaban, el murmullo los ocultaba. Pero las amenazas de mis profesores y las ansias de lluvia no resistieron el asedio de mi metichez malsana: yo tenía que ver lo que se oía en las calles de la ciudad.

En los rumbos de la costa, el hambre y la sequía desencadenaron las ganas de machete y pillaje. Las miradas que deseaban la muerte de los blancos y los zumbidos que alentaban a saquear los graneros merecían un castigo. El mal y el Demonio estaban sueltos. Su lengua agusanada se enroscaba en el alma de los negros. La respuesta de la gente decente fue inmediata: los hacendados atraparon a los cabecillas y, sin escuchar alegatos, los condenaron a la mutilación. Sin manos ni pies, los prietos aprenderían a ser mansos. Sus muñones con los huesos brotados les enseñarían a sus iguales a respetar los mandatos del Cielo: Dios los había maldecido por su color.

Cuando el hacha estaba a punto de caer, el cura del lugar intervino para salvarlos sin que su boca se manchara con la piedad imposible. Con una mano en el pecho y la mirada en la Gloria, les explicó que los mancos y los cojos no podrían trabajar y sus deudas jamás se pagarían. Lo mejor era castrarlos. Ese castigo les daría una lección y los salvaría de la lujuria que gobernaba su cuerpo siete veces maligno. Los blancos aceptaron y la paz volvió a la costa al grito de vale más una colorada que cien descoloridas.

En las clases del seminario, el padre Jerónimo juraba que ése fue el mejor y el más justo de los remedios: los revoltosos no podrían aparearse y los blancos se tomarían el trabajo de dejar cargadas a sus hembras. A fuerza de montarlas, la sangre degenerada se diluiría y los bastardos serían bendecidos con el aclaramiento de la piel. Mutilarlos y asesinarlos no era de buenos católicos; la verdadera piedad se revelaría en los gemidos que se escucharían en los lechos de las viudas, de las arrejuntadas y de las que milagrosamente tenían el virgo intacto.

La procesión no alivió la sequía. La Virgen y san Isidro nos abandonaron a nuestra suerte: ella no invocó a las centellas ni a los cometas para socorrernos con los cántaros del cielo, y él se negó a arrear su rebaño de nubes para salvarnos. Lo que pasaba era obvio: la corte celestial castigaba las herejías y las masonerías con la tierra resquebrajada. El tiempo de la desesperación y la inclemencia había llegado: algunos se treparon a los cerros con sus látigos para azotar el cielo; pero otros tomaron el camino fácil y le entregaron su alma al Coludo a cambio del botijón de oro que les permitiera largarse a otros rumbos. Ninguno llegó muy lejos, los bandoleros de los caminos y la locura de la riqueza los mataron en menos de lo que canta un gallo.

La demencia se había adueñado de Oaxaca.

Por eso mero, en un arrebato, los poderosos y los diputados le ordenaron a la indiada que de inmediato sembrara el maíz que les quedaba para enfrentar las carencias. Sin mazorcas, el tumulto no se tardaría en arrasar las ciudades. Su fe en la llegada del milagro se mantenía firme, y su mandato estaba respaldado por las rejas de las celdas y los fusiles dispuestos. En esa circunstancia, los prietos apenas tenían dos opciones: o te aclimatas o te aclichingas.

A pesar de sus anhelos, las palabras de los bandos se borraron antes de que la tinta se secara. El viento ardiente se las llevó como si fueran cenizas. Los granos no prosperaron, las bestias se los tragaron antes de que pudieran humedecerse. Ése fue el anuncio de la fatalidad y las tribulaciones comenzaron a mostrarse: los animales amanecieron muertos en los campos.

Los cadáveres de los topos y los pájaros se inflaban bajo el sol sin que los gusanos ni las moscas se atrevieran a anidar en ellos. Todos sabíamos que Belcebú ya había devorado la sustancia de su carne.

Lo que pasaba no era obra de la naturaleza, en el mundo sólo mandaba la voluntad del Cielo. En los sermones y los salones del seminario descubríamos la causa de la venganza divina: los colorados y los masones, que le besaban las nalgas al Diablo, y los herejes que ocultaban sus horrores tenían que ser castigados.

La clemencia de Nuestro Señor se había agotado de una vez y para siempre. El fuego divino caería sobre esos malditos y también se ensañaría con los creyentes que nada hicieron para detener a los enemigos de la fe. El sueño de la redención estaba muerto y la crueldad de la Iglesia imitaba lo peor del gobierno: los curas no estaban dispuestos a perdonar, la condena a las torturas eternas eran su signo. El hambre y la miseria eran el castigo para una nación que permitía el pecado y se festinaba con el Mal.

De nada valieron la devoción de mi madre y mis rezos en el seminario. En el libro de Dios ya estaba escrita nuestra desgracia. El salitre del hambre empezó a meterse en la casa y el Todopoderoso terminó de latiguearnos cuando nos arrebató lo último que nos quedaba: el apellido de la familia quedó irremediablemente manchado.

En la oscuridad de la calle o en uno de los mesones en los que entraban las perdidas, un tipo sin rostro ni nombre dejó cargada a mi hermana Manuela. Su bien más preciado se hundió en el lodazal que a todos nos salpicó. Si tanto era su furor, por lo menos se habría podido sambutir en su parte un algodón con agua avinagrada para quemar las semillas de su macho o, ya de perdida, se hubiera negado a que terminara dentro de ella. Su "prueba de amor" nos salió muy cara y anunció mi condena.

Después de engatusarla y dejarla preñada, el malamadre creyó que podría huir sin dejar una huella. La deshonra era un fantasma. Por más que Petrona le gritaba y la cacheteaba, mi hermana guardaba silencio sobre sus señas. Ella quizás enmudecía para protegernos y alejarnos del pecado mortal: costara lo que costara, Félix y yo lo habríamos encontrado para cobrarle la afrenta sin que nos importara arder en el Infierno.

La idea de "le cumples porque le cumples" no estaba en nuestras almas, el honor sólo volvería cuando las voces a medias contaran la historia de una muerte lenta y dolorosa que, al final, conocería la bala que tendría grabado el nombre de su destinatario. Sin embargo, también había otra posibilidad que se limpiaba el trasero con las cuatro letras de los Díaz: mi hermana quería salvar al hombre que la había desvirgado para mantener la ilusión de que él volvería y se casarían. El blanco percudido de su vestido le apretaba los labios.

Aunque me doliera, yo sabía que su sueño era en vano. El lazo nunca tocaría sus hombros, y su lengua jamás volvería a sentir el sinsabor del pan milagroso.

Manuela era una perdida.

Al cabo de unos días, mi madre se atreguó las ganas de maldecirla y correrla de la casa. Mi hermana no podía convertirse en una criada o en una de las putas que se alzaban las enaguas en los callejones que rodeaban el mercado o abrían las piernas en los baldíos. Eso sería peor de lo que ya le había pasado: ser una mujer abandonada era mucho mejor que ser una huila que terminaría muriéndose por la podredumbre que le brotaría de su rajada encallecida.

El fruto de su vientre tampoco podía terminar abandonado en la puerta de un hospicio o en un basurero para que se lo tragaran los perros. La sangre de mi padre no se merecía esa tragedia, y el alma de Petrona tampoco podía perderse con la llegada de un espantacigüeñas armado con una navaja filosa. Al final, no tuvo más remedio que conformarse.

—Manuela no es la primera ni será la última —nos decía con la cara tiesa por la rabia contenida.

Mi madre comenzó a dormir sobre una piel de coyote: el pretexto de sus reumas le permitía ocultar sus ansias de nahuales. Y, antes de que la luna cambiara su cara, empezó a fajarle la barriga a

Manuela. Aunque tan sólo fuera por unos meses, Petrona necesitaba ocultar el desdoro. Ella creía que, con un poco de suerte, la derrotaría antes de que el apellido de la familia ardiera como una línea de pólvora.

Todas las noches contaba los cobres que tenía, pero el milagro de la multiplicación de los panes no era para ella: la lujuria de mi hermana debía ser castigada. La posibilidad de conseguirle un marido que cargara con el bastardo y fingiera que era su hijo estaba más allá de su alcance. Sin dinero de por medio, ningún hombre decente aceptaría casarse con Manuela. Una buena dote podría borrar las manchas del pasado y abrir los corazones más encerrojados.

Mi madre tenía las manos amarradas y el vientre de Manuela desencadenó las habladas.

El chismerío seguía los pasos de mi hermana y se convirtió en la mancha de los Díaz. En el seminario, las burlas y las sonrisas que fingían piedad no se hicieron esperar. Yo era el hermano de una cualquiera que apenas se merecía una mirada misericordiosa.

Mientras el vientre de Manuela se abultaba, yo enmudecía en el confesionario. No sólo me tragaba la infamia de la familia, mis pecados también se arropaban con el silencio inquebrantable. Cada vez que el cura me decía "el Señor esté en tu corazón para que te puedas arrepentir y confesar humildemente tus pecados", yo sólo le enumeraba una sarta de tonterías.

Una verdad a medias era mejor que una mentira completa. Yo sé que los curas conocen al mal de cerca y huelen lo que se calla en el confesionario. Su pureza inmaculada y su bondad son una artimaña, una máscara perfecta que oculta lo que son.

Los años en el seminario me habían transformado. El escuincle ñango que entró con la mirada baja y un misal metido en el sobaco se había ido para siempre, aunque los profundismos aún me tenían atrapado.

El gusto por la teología y las ansias de desencadenar la lujuria tensaban mi alma. Sin que pudieran darse cuenta, el orgullo de mi madre y de mi padrino se transformaron en una moneda falsa, en un trozo de plata que el Diablo mordía para arrancarle un trozo y opacar su brillo. La templanza y la castidad eran los silicios que se enterraban en mi cuerpo que comenzaba a cubrirse de vello. Las pocas luces que tenía y el embrutecimiento de los rezos no me permitían comprender el mandato de la naturaleza. Más de una vez estuve a punto de martirizarme con tal de alzarme sobre mis ansias de pecar. En esos momentos yo no podía darme cuenta de que el verdadero crimen era actuar contra los dictados del cuerpo.

Todas las noches derramaba mi simiente mientras el recuerdo de los escotes y los pies pequeños se adueñaba de mi cabeza. Todavía no sabía por dónde meterla y los pensamientos contra natura se apelotonaban en mis sueños. Durante esos instantes, la paz volvía a mi cuerpo; pero el pecado me atenazaba con pesadillas terribles: la puta que se me aparecía se desnudaba delante de mí para mostrarme su cuerpo leproso y obligarme a penetrarla. Mi piel se frotaba con la suya y sus pústulas me herían para condenarme.

Cuando me despertaba, la sábana húmeda era la prueba de mi pecado. El deseo de sacarme los ojos para asesinar a la lujuria que sonreía a mi lado era más que una penitencia.

Nada dije de lo que me pasaba y mucho menos hablé sobre la mujer que pronto me recibiría en su casa con el pretexto de que la acompañara a rezar el rosario.

El día que nació mi sobrina Delfina, la partera cumplió con sus deberes a carta cabal: antes de sentar a mi hermana en cuclillas obligó a todos los que estaban en la casa a quitarse los anillos, las fajas y los cintos para que la niña no se quedara atorada en el vientre de Manuela. El parto fue bueno y su llanto retumbó en las paredes del mesón.

En ese momento no era capaz de imaginar lo que pasaría. Mi madre se negó a ir a su bautizo y, al salir del templo, el nombre del desvirgador brotó de los labios de Manuela.

—Se llama Manuel Ortega —murmuró con la mirada baja.

Nosotros lo conocíamos y sabíamos dónde encontrarlo. Ese cabrón estudiaba medicina y había huido al darse cuenta de que no podía unir su vida con la de una joven pobre y huérfana que sólo le daría una ristra de hijos. Cuando se revolcó con mi hermana, Manuel Ortega estaba seguro de que cualquier sarape es jorongo si se le abre la bocamanga.

En menos de lo que canta un gallo podríamos cobrarle todas las que nos debía, pero me di cuenta de que no debíamos hacerlo. Si el valor nos sobraba, era lo de menos: ese crimen mancharía mis querencias con la orfandad ensangrentada; sin embargo, esa tarde me apersoné en una armería para pedirles que me hicieran una bala con su nombre.

Ahora sé que esa bala jamás se disparó.

En la balanza de mi corazón, mi sobrina Delfina no tuvo rivales, por eso soy capaz de recordar las palabras que escribió en su carta definitiva: "Con todo el fuego de mi amor te digo que recibiré tu mano como esposo a la hora que tú lo dispongas. Espero que no tomes lo que deseo como una ligereza que rebaje mi dignidad ante tus ojos. Lo único que deseo es no hacerte sufrir dolorosas incertidumbres. Te ruego que te cuides mucho sin ajar tu buen nombre y, entre tanto, te juro que soy y seré eternamente tuya".

La pasión que nos unía era inmensa y no me importaba si manchaba mi nombre. Delfina era la dueña de mis ojos y mis manos, de mi alma y mis sueños. Por eso fue que nos juntamos sin necesidad de dispensas y nuestro lecho iluminó la noche sin que la luna se necesitara.

A Carmelita también le pedí matrimonio con una carta, pero esas líneas eran muy diferentes de las que le entregué a Delfina.

En ese papel no se asomaban las palabras que empequeñecían al mejor versista; ahí estaba la voz del Señor Presidente, del hombre que se daba el lujo de pedir una mano con algo idéntico a un telegrama que no podía ignorarse ni desobedecerse.

Ella y su padre sabían que a todos nos convenía el matrimonio: don Manuel lograría que algunos de mis enemigos se amarraran la lengua y se sumaran a mi gobierno. Las cartas que le había mandado a Lerdo no me importaron: en esos días yo exportaba presidentes y Juárez tenía poco de muerto. Fueran como fueran las cosas, Carmelita se convirtió en la mujer que me dio un nuevo rostro. Gracias a ella y su cariño alejado de la pasión, el general Díaz se transformó en don Porfirio.

Hoy, mientras la luz de las bombillas
me obliga al recuerdo y la mano me
tiembla al sostener la pluma

El tiempo de los amores y los amoríos todavía no se divisaba. Yo era un seminarista que a ratos soñaba con ser impecable. Mis pocas diabluras ni a pecado llegaban. No tiene caso preguntarme si era un garañón o un potro enflaquecido. Aunque quiera negarla, conozco la respuesta y escribirla me duele: yo sólo era el que era, un muchacho desvalido al que a leguas se le notaba la pobreza que estaba a punto de derribarlo. La plumilla carcomida, los libros prestados y la ropa ajada no podían ocultarse a pesar de la beca y los esfuerzos de mi madre. Presumir mis primeras andanzas no tiene caso, eso sólo podían hacerlo los tipejos que seguían los pasos del general Santa Anna cuando se jactaba de la potencia de su miembro asnal.

Por más que quiera hacerle justicia, la viudita que me invitaba a rezar el rosario no puede asomarse en la cuenta de mis amores: los dos sabíamos que apenas podíamos encontrarnos cuando sonaran las campanadas de las cinco de la tarde, y debíamos dejarnos antes de que llamaran a la misa de las siete de la noche. Antes de los tañidos apenas nos saludábamos inclinando la cabeza, y después de que nos atreguábamos los furores dormíamos sin sueños. Con ella, el futuro era imposible. Antes de que llegara el tercer día, las chispas del chismerío nos condenarían al Infierno.

Mis verdaderas pasiones aún no llegaban. Delfina apenas era una escuincla, Carmelita aún no miraba la luz primera y, en un descuido, capaz que Rafaela estaba a punto de ser parida. Los días del misal y las tenazas del deseo parecían eternos, las tardes con el rosario olvidado apenas eran una tregua. Mi vida estaba decidida y los doce pesos de la capellanía estaban a punto de ayudar a mi familia; pero todo cambió sin que pudiera meter las manos: el horror y la muerte cruzaron la frontera. Una balacera de poca monta fue suficiente para que los políticos gringos ordenaran la invasión que desde siempre estuvo anunciada.

Al cabo de unas pocas semanas, las botas de los soldados yanquis estaban manchadas del lodo ensangrentado. La ristra de derrotas se mostraba sin que nadie fuera capaz de contarlas. En esos días no había quien se atreviera a romperles el piano, y mucho menos existía la persona que tuviera los tamaños para sentarse a negociar sin ser traicionada. Los profundismos de los caudillos y los diputados se perdían en las discusiones que no iban a ningún lado; y, para colmo de las desgracias, nuestros generales abandonaban el campo de batalla antes de que María Guadaña se los llevara entre las patas. El convencimiento de que habían peleado lo suficiente les bastaba para ordenar la retirada.

Lo que pasaba en los combates no era un secreto: los generales no tenían pertrechos para detener a los yanquis y sus hombres cargaban el peso de la leva. La pólvora era una mierda y los cañones de los fusiles se reventaban al tercer plomazo, la comida era una ausencia que les retorcía las tripas a los soldados y, para terminarla de joder, las puñaladas por la espalda eran cosa de todos los días. Las ansias de cuartelazo se adueñaron de más de tres cuando el ejército estaba en el norte.

Aunque de dientes para fuera todos se desgarraban la ropa mientras hablaban de la defensa de la patria, ellos sólo querían sacar raja de la invasión. Los despojos de la guerra eran el botín que ansiaban: los comecuras y los ensotanados, los santanistas y los liberales estaban marcados con el fierro de la rapiña.

Las ansias de derrota y los sueños de victoria inclinaban los platos de la balanza.

Con el tiempo fui conociendo algunas de sus historias. El padre de Pepe Limantour debutó como traficante de armas y su negocio creció gracias a la sangre que se transformó en un río incontenible. Los más de tres millones que le dejó de herencia al hombre que no viene a verme con el pretexto de la melancolía nacieron en esa guerra. Santa Anna tampoco se quedó atrás y los diputados le pagaron la fortuna que supuestamente se gastó para mantener a sus hombres en combate.

Todos ganaron, la única que perdió fue mi patria.

A pesar de la lejanía, tarde o temprano las noticias llegaban a Oaxaca: las habladurías se entreveraban con las palabras de los periódicos, y los bandos del Supremo Gobierno se mezclaban con las brasas del mitote. Lo único cierto era que las tropas se retiraban de las batallas con la derrota a cuestas. Detrás de ellas quedaban los campos donde se atragantaban las bestias. En las orillas de los caminos de herradura se miraban los cuerpos de los heridos y los mutilados que le rogaban a Dios para que les concediera el milagro de la muerte. El Diablo es testigo de que el Todopoderoso no se dignó a escuchar sus rezos. Sólo los perros montaraces los oyeron, y a fuerza de aullidos anunciaron su llegada. Poco a poco los fueron rodeando, de su hocico brotaban la baba espesa y los gruñidos más roncos; los pelos de su lomo estaban erizados y su mirada se mantenía fija en el gañote del caído.

Nadie, ni siquiera sus mujeres, se quedó a su lado para tratar de salvarlos. Los trapos humedecidos y las plegarias —al igual que las suturas que detenían las hemorragias y los filos de los doctores que amputaban los miembros para tratar de salvarles la vida— eran abandonados durante la huida con tal de no caer en manos de los invasores.

La fila de los vencidos tenía que poner tierra de por medio. Las voces del miedo los obligaban a apresurar sus pasos. Aquí y allá se oía que los gringos crucificaban a los prisioneros: si ellos eran católicos debían morir como Jesús. La piedad del jalón de la horca y la rapidez del paredón no estaban en su destino, los grilletes tampoco tocarían sus muñecas o sus tobillos. La marcha del ejército no podía alentarse, y mucho menos existía la posibilidad de sosegarle el hambre a los cautivos.

Los que conocemos la guerra sabemos que los muertos no pesan ni cuestan.

Aunque el sol era un círculo helado y el Señor de las Moscas avanzaba con los invasores, la gente de algunas ciudades intentó detenerlos. Las historias de los nombres sin santoral brincaron los cerros y llegaron a Oaxaca; el Siete le decían a uno de ellos y su verduguillo aterrorizaba a los gringos en la capital. Si los soldados estaban dispuestos a pelear hasta la muerte o si los abandonaban a su suerte era lo de menos: quienes eran como ese chamaco los tenían bien puestos y se la rifaban hasta la muerte. Sin embargo, su bravura fue en vano: nunca pudieron derrotarlos y el luto se apoderó de las calles. Los combates fueron terribles y la lucha cuerpo a cuerpo se metió a los hogares.

Los restos de los defensores se quedaron tirados delante de las casas hasta que, en las fosas que cavaron en las esquinas, los sepultaron a medias. Los cadáveres hinchados por los gases de la pudrición eran demasiados para los muerteros y los cementerios. Ahí, enfrente de una tienda saqueada o en el hoyanco que había abierto un cañonazo, se miraban los pequeños montículos con una cruz amarrada con un mecate que poco duraría. Las noticias que llegaban a Oaxaca decían que las ratas hurgaban las tumbas. La dulce pestilencia de la muerte era el imán que las atraía. El símbolo de Dios no podía frenar sus dentelladas.

A pesar de las desgracias, no faltaban los imbéciles que se besaban los dedos en cruz para jurar que la sierra detendría a los yanquis, que la sed y la arena le darían tiempo al Salvador de la Patria para volver a levantar ejércitos de la nada. "Santa Anna todo lo puede", decían para apuntalar sus anhelos.

Estaban equivocados: la capital cayó en manos de los gringos y el Quince Uñas huyó sin que nadie le marcara el alto.

En los púlpitos y el seminario, los curas se santiguaban al ritmo de los relojes. El Anticristo se acercaba y la Puta de Babilonia se adueñaría de Oaxaca. La mujer que vomitaba sapos y el hombre que orinaba moscas eran el anuncio de lo que estaba a punto de ocurrir: las hordas endemoniadas cruzarían la sierra y los montes se desgajarían al sentir los golpes de las herraduras y el peso de los cañones. Aunque la gente quisiera voltear la cara, lo que se miraba en las torres de los templos no podía ser ignorado: los pájaros negros se aposentaban en las cruces y las campanas se rajaron sin que las tocaran a destiempo. En las casas, la gente rezaba y, entre plegaria y plegaria, se comían las hojas de los misales para que las palabras de Dios se quedaran impresas en su cuerpo y salvaran su alma.

Don Macario Rodríguez, el profesor de Lógica, recorría los pasillos del seminario con los hombros caídos. Su levita y sus pantalones estaban sucios, absolutamente arrugados y con la raya perdida; el recuerdo del hombre atildado se había borrado para siempre. Ninguno de los alumnos se atrevía a preguntarle qué le pasaba, hablarle era imposible. Con los catedráticos no había manera de asincerarse. A pesar de esto, lo que tenía metido en la cabeza no era un secreto: los yanquis eran protestantes y los días de la fe verdadera estaban contados. Cuando los enemigos llegaran, las iglesias serían profanadas y los sacerdotes terminarían fusilados o colgados. El olor de las gardenias brotaría de sus entrañas.

La guerra santa estaba a punto de perderse y Satán se alzaría con la victoria gracias a las armas y las traiciones de los herejes. Los hombres de Dios sabían que el enemigo se agazapaba en los lugares más oscuros de la ciudad: los masones y los liberales enrojecidos anhelaban la victoria de los invasores. En el preciso instante en que la bandera yanqui ondeara en la plaza de armas, ellos arrasarían los templos y se bañarían con la sangre de los clérigos antes de apoderarse de los bienes de la Iglesia.

En el seminario, las tinieblas eran densas, negrísimas y siniestras. Las clases parecían misas de difuntos y las palabras de los profesores olían a réquiem. Así hubiéramos seguido sin que nadie pudiera salvarnos.

La derrota nos transformaba en los corderos que avanzan hacia el matadero sin levantar la jeta. Tal vez por esto, don Macario invocó al Dios de la venganza. Sus palabras eran azufre ardiente: la patria y la Virgen eran la misma cosa, la muerte con un arma en la mano abriría las puertas del Paraíso y nosotros debíamos convertirnos en los nuevos cruzados. En las alturas, san Pedro no se detendría en medianías para abrirles la puerta a los soldados de Cristo. Todos nuestros pecados serían perdonados.

Sus palabras nos calaron. Antes de que terminara su cátedra, lo dejamos solo y nos encaminamos al despacho del gobernador.

Ahí estábamos, sentados con el pecho inflado y dispuestos a esperar hasta que la puerta del despacho se abriera. Por más que los plumeros de los criados trataran de ocultarla, la miseria se revelaba en las paredes carcomidas y los muebles con la madera resquebrajada. Desde que las armas se desenfundaron por primera vez, el gobierno empobreció hasta que las huellas de la pobreza se quedaron labradas en los edificios. El país que era idéntico a un cuerno de la abundancia sólo existía en la cabeza de los ingenuos y en las palabras de los políticos que hinchaban el buche para proclamar lo imposible.

Al cabo de un rato, uno de sus lacayos nos hizo una seña y giró la manija.

Entramos, el gobernador nos esperaba con la mirada afilada.

—¿Qué diablura hicieron? —nos preguntó con la certeza de que había presenciado la misma escena demasiadas veces.

Los jóvenes no éramos mejores que los sardos cuando salían de los cuarteles, pero ese hombre no veía más allá de sus narices. Aunque el palabrerío siempre me ha dado trabajo, le puse las cosas en claro a nombre de mis compañeros: lo nuestro no era una muchachada ni una diablura, ahí estábamos para defender a la patria y entregarle la vida. Por eso le pedíamos unos fusiles y unas mulas para salir a enfrentar a los invasores.

El gobernador me escuchó sin atreverse a interrumpirme.

En su rostro se asomó el orgullo que nace de la sangre que se derramará en una batalla perdida de antemano. La arrogancia de la derrota también sería nuestra.

Nos ofreció un asiento y nos regaló un puro.

Al salir, teníamos en la mano la orden de alistamiento en el Batallón Trujano. Por primera vez, la ropa del seminarista quedaría abandonada.

A medianoche, con el insomnio a cuestas
y los fantasmas rondándome

Durante un instante me quedé parado delante del cuartel. Nunca antes había tenido tan claro mi destino: la puerta de la iglesia y los muros con troneras me revelaban los caminos posibles. La cruz y la espada se mostraban con toda su fuerza. Por más que tratara de darle de vueltas, la duda no tenía cabida. Los profundismos se habían ido al carajo. El tiempo de ir a todas partes y ninguna aún no llegaba. En ese instante no había necesidad de que me detuviera a pensar en lo que haría, y mucho menos existía la posibilidad de arrojar una moneda al aire.

Le di la espalda a santo Domingo y con un ritmo que trataba de ser marcial caminé hacia el fuerte. Mis piernas zancudas y mi pecho costilludo no podían avergonzarme. Yo era el nuevo guerrero, el joven que se imaginaba con el uniforme cuajado de medallas; yo sería el salvador de la patria y mi presencia ensombrecería a Santa Anna.

En la entrada se amontonaban las mujeres heridas por la vida, todas estaban rodeadas por sus hijos piojosos y jiotudos. Algunas esperaban en silencio a que salieran sus hombres para quitarles el dinero antes de que se fueran a las cantinas o los puteros; otras tenían la mirada afilada por el hambre y el odio que se alimentaba del miedo a que no les pagaran a sus machos y, aunque eran pocas, tampoco faltaban las que estaban heridas por la resignación ante el portón atrancado.

En algún momento, las puertas se abrirían y unas cuantas podrían adentrarse en el cuartel para entregarles a sus hombres la canasta con algo de comida y con una botella de aguardiente y unas hojas de santa rosa escondidas entre los paños. Fumar esa hierba les atreguaba el peso del encierro y el miedo a la muerte. Ellos tenían que embrutecerse para soportar la vida y aguantar las caricias de la Huesuda.

Avancé entre las mujerujas y los recién nacidos que trataban de mamar una teta yerma. Muchos niños estaban ciegos, sus ojos muertos rimaban con las pústulas que herían el rostro de sus madres. Algunos decían que su ceguera era peligrosa. Ellos podían mirar los espectros y sentir el paso del manto de María Guadaña.

Mis pasos eran firmes y pasaron por encima de las cruces de tiza y ceniza que alejaban los remolinos del Diablo.

El centinela me dejó pasar. Aunque la hubiera garabateado en un papel de segunda mano, la firma del gobernador abría todas las puertas.

—Váyase para allá —musitó con desgano mientras me señalaba la intendencia del cuartel.

El oficial que me recibió leyó la orden y alzó los hombros para remarcar su abulia. Su uniforme a medias y su suciedad completa combinaban a la perfección con su desidia. A él tampoco le importaban la guerra ni la patria, su puesto apenas le daba para robarse unas monedas de la raya del destacamento y cobrarles a los soldados por dejarlos hacer lo que estaba prohibido. La guerra también era su negocio.

Sin el mínimo dejo de marcialidad, me confirmó que estaba enrolado y pronto comenzaría mi entrenamiento. Después de eso, me dio la espalda para encender un cigarro prieto y retorcido como un sacacorchos.

—Vaya y recorra el cuartel para que lo conozca, pero no piense en quedarse. Mañana lo esperamos antes del toque de diana —me ordenó con ganas de que nunca volviera.

La presencia de un seminarista ensuciaría la mierda que engalanaba a sus huestes.

Lo obedecí sin chistar y crucé el patio con el garbo que apenas se detenía con dos alfileres. Me encaminé a los cuartos donde se amontonaban los soldados. A cada paso que daba, el olor de la sobaquina me daba en cara con harta enjundia. Por más que quisiera engañarme, sus rebuznos y sus carcajadas sonaban más recio cuanto más me acercaba.

El jelengue estaba a todo lo que daba.

Ninguno de los oficiales tenía intención de pararlo, a ellos les bastaba con tener encerrada a la soldadesca para que la sangre no llegara al río. Yo no sabía que el gobernador y el alcalde les habían ordenado que las puertas del cuartel sólo se abrirían cuando no quedara más remedio. Sólo así lograrían detener los asaltos, las profanaciones y los escándalos que protagonizaban los sardos enloquecidos por el alcohol y la santa rosa.

Ellos estaban convencidos de que así apenas podrían evitar que, cuando los soldados salieran, buscaran a sus mujeres para vengarse y lavar su honor con la sangre de la revancha. A los sardos no les importaba si sus viejas los habían abandonado o si en verdad se empiernaban con otro, tampoco les interesaba si sus infidelidades eran reales o imaginarias. En su cabeza sólo estaba grabada la certeza de que todas los traicionaban y les coronaban la frente con un par de astas. A los reclutas les urgía arrancarse las telarañas que el encierro les había tejido en la sesera. Los puños hinchados por tanto golpearlas o el cuchillo ensangrentado atreguarían su furia enquistada.

Llegué al primero de los cuartuchos. Los hombres estaban sentados en el suelo, sus espaldas se recargaban en las paredes. Uno de ellos rasgaba las cuerdas de una guitarra desafinada que trataba de imitar el ritmo del chuchumbé. En el centro estaba una cualquiera a la que le decían la Sargenta. Se movía con lascivia y se alzaba la falda hasta los muslos para enseñar el inicio de su pelambrera colmada de ladillas.

Todos la miraban con un deseo perruno.

En sus ojos se adivinaba el anhelo de comerse los güevos de un toro y sahumarse con un espolón de gallo; sólo de esa manera el pito se les quedaría tieso hasta el fin de los tiempos. La única que no se dignaba a verla era una soldada que estaba concentrada en su mano mutilada. Los trapos manchados con sangre seca encadenaban su mirada. Sus ojos y su actitud eran indiferentes y, mientras una sonrisa burlona se le asomaba en la jeta, le daba un sorbo a su jarro de vino mezcal para tratar de recordar el lugar donde se había quedado tirado su despojo.

Sin que nadie tuviera que explicármelo, supe que la guerra estaba perdida. Los soldados que ya habían sido derrotados les besarían las botas a los invasores para pedir clemencia.

La caída era inevitable y todos la pagaríamos.

En mi patria nos seguiríamos matando por el odio rancio y las venganzas añejas. A los gringos les pasó lo mismo: después de que triunfaron, su guerra civil quedó anunciada. Por lo menos eso fue lo que me contó el representante del general Grant antes de que la desventura lo alcanzara: ese abogado salió de mi despacho con el papel que autorizaba su inversión en uno de los ferrocarriles de Oaxaca, aunque al final todo le salió muy mal. El militar perdió su riqueza y sus tumores se lo llevaron a la tumba.

A pesar de los pesares, regresé al día siguiente. Algo de dignidad le quedaba al oficial del Batallón Trujano. A punta de gritos y mentadas de madre nos obligó a marchar hasta que muchos de mis compañeros se quedaron tirados; a los pocos que seguíamos de pie nos entregó un fusil enmohecido con una bayoneta ensartada en el cañón. Él nos enseñó a bramar como demonios al escuchar la orden de "a la carga" y nos obligaba a ensartarle el fierro a los enemigos imaginarios. Sólo podíamos desenterrárselo después de que lo hubiéramos zarandeado lo suficiente para rajarles las tripas.

El entrenamiento parecía bueno, pero no daba para mucho: apenas pudimos jalar el gatillo tres veces. La falta de pertrechos nos impidió afinar la puntería.

De nada sirvieron los días de afanes, sudores y desmayos, el Batallón Trujano no entró en combate. El país se rindió antes de que los gringos llegaran a la sierra.

Me dieron de baja sin honores. Del cuartel apenas me llevé la costumbre de hacer fibra. Con lo que pude monté un gimnasio en la casa y me agencié el libro que enseñaba cómo hacer ejercicio. Cada día me sentía más fuerte y Félix sudaba al parejo.

Los dos estábamos imantados por la milicia.

A golpe de vista nada había cambiado, pero todo era diferente: los doce pesos de la capellanía dejaron de importarme y lo mismo pasó con los recovecos de la teología; en esos días había aprendido a ser zapatero y la carpintería se me daba con la misma facilidad que los latines que me abrieron la casa de don Marcos Pérez. Aunque mis pasos me llevaran a sus puertas, el seminario cada vez estaba más lejos. El hábito de mi padre no sería para mí. La herejía era mi destino.

París, 18 de marzo de 1915,
los espectros son una ausencia, la soledad
y la melancolía son las dueñas de mis horas

De no ser por los números gordos, las hojas de mi calendario estarían vacías. Los papeles desolados son la crónica de mis días. Si antes la gente les suplicaba a mis secretarios para que los apuntaran entre las líneas saturadas, hoy son el páramo donde las puntadas de los bordados de Carmelita se transforman en los ecos que rebotan entre sus renglones. El sonido de su risa es la prueba de mi desgracia: la soledad de lo que fuimos y dejamos de ser es más grande que la de los sepulcros. Lo peor que puede pasarle a cualquiera es ser un "ex". A los muertos por lo menos les toca su día y, a veces, hasta se hincan a rezar por ellos.

La tentación de llenar las páginas de mi calendario con sandeces apenas me acarició en un par de ocasiones. Los recordatorios sobre la hora de la cánula o del momento en que se me amargará la lengua con las medicinas deben quedar olvidados. Los tiempos que realmente me importan los tengo frescos en la cabeza: apenas tengo que arrancarle dos hojas al calendario para que Porfirito nos visite. El sábado todo será distinto: mientras su risa retumbe en la casa, el vaivén del reloj no se enredará en las mortajas y los espectros se refugiarán en las delgadas cuarteaduras de las paredes. Sus palabras champurradas y sus carreras ahuyentarán a María Guadaña. Ese día, los periódicos que hablan de la guerra estancada en

Verdún permanecerán sin ser tocados, y las plegarias de los cortejos que recorren las calles para sepultar a los caídos no entrarán por las ventanas.

El sábado, la guerra incesante y mi amante despechada se irán de puntitas al carajo.

Aunque finja lo contrario, a mí no me importa que mi nieto se niegue a marchar con la vista al frente, tampoco me pesa que los soldados de plomo se queden en su caja mientras corre detrás de la pelota que asesina las porcelanas de Carmelita. Los nobles descabezados y las damas mutiladas no se toman a mal en Francia. Sólo hay una cosa que vale la pena: la presencia de Porfirito me hace sentirme vivo, lejos de los augurios del doctor Gascheau y de las miradas de mi mujer que buscan las alas de los ángeles.

Las matanzas del otro lado del océano descuajaringaron a mi familia. Después de que el Congreso recibió mi renuncia, ya nada sería igual. La desolación de los papeles había comenzado y nadie podría detenerla. Amada —la hija que tuve con Rafaela y que Delfina crio como si fuera suya— se quedó en mi patria con tal de no abandonar a su marido. Nuestra ruptura estaba cantada: las habladurías sobre la jotería de Ignacio nos habían separado. Por más que le expliqué cómo estaban las cosas, Nacho de la Torre nunca quiso creerme que esos infundios no eran para él. Yo era su destinatario. Y sin que me temblara la mano ordené que le cortaran la lengua a los que se atrevieron a difamarme.

Allá se quedaron, jurando que los alzados jamás los tocarían y que su vida podría mantener el rumbo en una ciudad derrotada. Por más que quisieran engañarse, estaban equivocados de cabo a rabo: mi yerno fue encarcelado y sus haciendas cayeron en manos de la indiada. Después de eso, apenas de cuando en cuando me llegaban noticias sobre su destino; seguramente andan a salto de mata y eso me impide tenderles la mano.

Después de que desembarcamos en Europa, mis otros hijos también tomaron sus rumbos. Ellos no eran como los exiliados que huyeron con lo puesto y, a pesar de la guerra que recorre estas tierras, les sobran lugares donde las mortajas son una ausencia. Porfirito es la última gota de sangre que me queda; sólo Dios sabe si él puede entender mi amor áspero y duro. Por más que lo deseo no puedo quererlo como los viejos cochos que les hacen dengues a sus nietos.

Los dioses caídos no podemos darnos ese lujo.

Por más que lo intente, no puedo negar la verdad: aunque la sangre nos une, la vida nos hizo distintos. Porfirito no viene de abajo y su alma no está maldita. El papa le dará la primera comunión y un arzobispo bendecirá su boda sin necesidad de tratos sombríos. Mi nieto nació poderoso y su sudor es de oro. Él está acostumbrado a codearse con las familias de alcurnia, con los mariscales que pedían que les pasara revista a sus ejércitos o con los nobles que aún recuerdan el día que les abrí las puertas de una nación que, a marchas forzadas, abandonaba las matancingas y la miseria.

Porfirito es mi verdadero heredero y, aunque jamás se dé cuenta, una parte de su fortuna son las personas a las que les permití enriquecerse para salvar a mi patria. Mi nieto nunca se preocupará por la miseria y no tendrá miedo a perder los doce pesos que, por lo menos durante unos días, atreguarían el hambre de su familia. La pobreza a medias y las ansias de poner un pan en la mesa nunca se enroscarán en su cuerpo. Mis llagas no son las suyas y el demonio del parricidio no le hablará al oído para obligarlo a tomar las armas con tal de apoderarse del trono.

Él y yo somos distintos, los mapas de nuestros destinos serán diferentes.

Porfirito vivirá en un mundo lejano del mío. Las carnicerías del otro lado del océano les entregarán el poder a los caudillos que destruirán al país. De este lado del océano, la guerra es el parto de un universo lejano del que cobijó mi existencia. Tarde o temprano, los generales abandonarán las monturas y los bicornios, y sus sables apenas serán un adorno que les colgará de la cintura sin que se atrevan a desenvainarlos para ordenar el ataque definitivo. Sus hojas brillantes no sentirán la corrosión de la sangre y sólo verán la luz para demostrar su cortesía y saludar a los políticos en los desfiles.

Después de esta guerra, la valentía se convertirá en un disparate. Las batallas las decidirán los industriales con sus máquinas de acero y seda, ellas se transformarán en un asunto mecánico donde el honor no tendrá cabida.

Yo soy el pasado, yo soy el tiempo olvidado, yo soy el mundo que será aniquilado.

Después de que el ánimo volvió
para seguir adelante

Los yanquis se alzaron con la victoria y el Batallón Trujano se disolvió sin pena ni gloria. Las marchas que nos acalambraban, los trompetazos desafinados y los enemigos imaginarios me negaron el bautizo de fuego. La batalla que ansiaba no ocurrió, los gringos ni siquiera se tomaron la molestia de atravesar la sierra. Mi patria fue mutilada y las puertas del cuartel se cerraron a mis espaldas sin que lograra ponerme el uniforme. Las medallas tampoco anidaron en mi pecho. La deshonra fue el único mérito que obtuve en la campaña que rompió sus sables antes de atreverse a jalar el gatillo. Después de la derrota sólo podía volver sobre mis pasos: a los pocos días regresé al seminario con los hombros cargados y el lomo a punto de curvarse.

Mis pasos se adentraron en los pasillos casi vacíos. Las imágenes enlutadas me miraban con pesar. Comencé a buscarlo, don Macario era un horror del que apenas se cuchicheaba. Los sacerdotes le negaban un *Pater Noster* y nadie se atrevía a llevarle flores a su tumba lejana del camposanto. En el seminario, los clérigos sólo rezaban para que su lápida fuera devorada por la hierba y su losa se resquebrajara con los terremotos que anunciarían la llegada del Leviatán. El pecado que había cometido lo condenaba a las profundidades del Infierno, al círculo donde los demonios crucificaban a los pecadores en árboles resecos y sangrantes. Las voces a medias aseguraban que el día de la rendición se quitó la vida después de murmurar su última plegaria.

Sus ruegos y sus rezos no sirvieron de nada. Don Macario transformó la casa de Dios en un patíbulo. Quienes lo vieron colgado delante el altar se persignaban antes de decir que en sus pupilas estaba grabada la imagen de Belial.

El hombre que me impulsó a la guerra había entregado su vida por la cobardía de los generales y los leguleyos.

Don Macario no era la única ausencia. Sin necesidad de estrellones, la puerta de la viuda que se fingía rezandera se cerró para siempre. A ella le bastó con decirle a su criada que pronunciara las palabras finales:

—Dice la señora que no está y que nunca más estará para usted —me advirtió mientras sonaba la primera campanada de las cinco de la tarde.

El confesionario y la penitencia destruyeron lo poco que nos unía. Ella prefirió salvar su alma, aunque la humedad de su cuerpo se secara para siempre. La melancolía que nacía de la guerra perdida me arrebató la posibilidad de extrañarla.

En aquellos días fingía que estudiaba, pero la necesidad de ganarme unos centavos señalaba mi rumbo y me impedía abandonarme a la pesadumbre: los zapatos y los muebles que hacía no bastaban para poner el pan en la mesa, y lo mismo ocurría con las armas destripadas que compraba para arreglarlas y venderlas.

La guerra que no me tocó estaba a punto de derrotarme. Y, después de que me ordenara, seguramente terminaría desobedeciendo los mandatos del obispo Ballesteros: en la casa de mi parroquia seguramente viviría una mujer que levantaría sospechas por su edad y sus costumbres. Las criadas de menos de cuarenta años estarían al lado del cura que sería idéntico a los que rezaban en el templo de la Soledad.

Por más que soñara con batallas, el destino me había alcanzado.

Sin quererlo ni desearlo, una nueva puerta se abrió delante de mí: don Marcos Pérez me ofreció pagarme unos pesos para que le diera lecciones de latinidad a su hijo Guadalupe. Mi madre aceptó que lo hiciera sin revelarme la causa de su miedo.

Ella sabía que el Mal rondaba esa casa.

—Cuida tu alma, no la vayas a perder por una tarugada —me dijo la primera vez que me encaminé al hogar del muchacho.

Esa tarde, su mano le tembló mientras me trazaba la cruz en la frente y, antes de que se acabara la semana, seguramente le pidió consejos a mi padrino. Por fortuna, él conocía a don Marcos y le respetaba la pluma.

A pesar de las habladurías, el Diablo y la herejía no se escondían en la casa de don Marcos. Los crucifijos y los retratos de la Virgen colgaban de las paredes, y el "si Dios quiere" se repetía sin que se cuartearan los muros. Entre sus paredes apenas se extrañaba el susurro de los misterios del rosario. Pero eso no bastaba para preocuparse. Las cuentas que se recorrían con la mirada baja y el chocolate con soletas, que se servía cuando los rezos se terminaban, eran asuntos de mujeres, de curas barrigones y aspirantes de clérigos que, con algo de suerte, atreguarían las llamas del cuerpo a las cinco en punto de la tarde.

Guadalupe era un buen muchacho. Él solo se persignaba antes de responderme o de tomar la pluma para resolver mis interrogatorios. Mis lecciones seguían los modos que había aprendido en el seminario. Con un libro prestado y unos papeles llenos de garabatos, el muchacho repetía las declinaciones con una voz pedregosa: *rosa, rosam, rosæ, rosarum, rosis.*

Lupe avanzaba y yo me convencía de que servía para maestro.

De cuando en cuando, don Marcos nos observaba desde la entrada del despacho. A veces nos hacía preguntas filosas para medirnos, pero la fortuna siempre estuvo de nuestro lado y las respuestas brotaban con una puntería que me parecía inaudita. Su figura imponía y sus hechos me achicaban: él era un indio zapoteca de una raza tan pura como sus costumbres. Su ropa eternamente negra no lo ensombrecía y acentuaba su severidad imperturbable. Todos sabíamos que era uno de los grandes abogados del foro de Oaxaca y, además, era uno de los profesores más respetados del instituto, no en vano había sido presidente de la corte y gobernador del estado.

Él era un señorón y yo era un muchacho sin rumbo.

Lentamente nos fuimos acercando, su figura poderosa no impidió la amistad y se quedó grabada en mi memoria en el lugar que le tocaba al hombre que me dio la vida. Cuando las sombras me rodean, su rostro es tan luminoso que traspasa las nubes de mi mirada; en cambio, el de mi padre apenas se revela como la negrura enmarcada por su capucha. De no ser por él, mi vida se habría quedado atrapada en el polvo de los misales y el miedo a que la gente hiciera públicos mis pecados. Si acaso llegaba a ordenarme, a nadie le sorprendería el desenlace de mi historia: la fibra abandonaría mi cuerpo y la manteca ocuparía el lugar de los músculos tensos. A mis armas las devorarían el óxido y los ratones. Al final, la cruz se transformaría en la pistola que trataría de evitar que me lincharan por abusar de una menor de doce años.

Las tardes transcurrían cobijadas por los buenos vientos. El día de la tormenta comenzó con una invitación que a cualquiera le parecería inofensiva: don Marcos me pidió que lo acompañara a la entrega de premios en el instituto.

—Vamos, hay cosas que debes conocer. Aunque no lo creas, el mundo es mucho más grande que el seminario —me aseguró mientras le abrían la puerta de su carruaje.

Apenas hablamos en el camino, el látigo del cochero no golpeaba el lomo de las bestias. El silencio era plácido, sabroso. Lo que sí es un hecho es que nunca antes me había atrevido a poner un pie en ese lugar, de él apenas conocía las palabras retorcidas que chocaban para anunciar las centellas: lo que para unos era una casa de perdición, para otros era el lugar donde los sacerdotes también dictaban cátedra y rezaban antes de comenzar sus lecciones.

Nuestro Señor y el Diablo tenían la misma dirección.

Las puertas abiertas nos esperaban. En el instituto todo era distinto de lo que imaginaba: los alumnos eran cordiales con los profesores. Ellos no bajaban la mirada como lo hacíamos en el seminario, muchos se saludaban con un abrazo y se daban palmadas en la espalda para remarcar la igualdad. Algunos, los que casi parecían misteriosos, se daban la mano y con los dedos formaban un compás sobre el antebrazo del hombre al que llamaban hermano.

La presencia de mi protector abría las aguas, pero se detenía para conversar con una sonrisa. Daba lo mismo si estaba delante de un alumno, de otro de los maestros o del mismo rector.

Sin prisa atravesamos el salón y apenas sentía las miradas de los iniciados.

Don Marcos me llevó cerca de la tribuna. Ahí conocí a don Benito. Él era el Señor Gobernador y su ropa estaba inmaculada: el casimir de su levita era negrísimo y no tenía el brillo que dejan las muchas planchadas. En esos días aún no posaba como comecuras y, sin que la vergüenza se asomara en su rostro, se inclinaba para besarle la mano al obispo y rezar en las procesiones aunque fuera el mandamás de la logia.

Su cara de esfinge sonrió al mirar a su amigo. Aunque hoy digan lo contrario, Juárez siempre se cuadró delante de don Marcos: sus vidas corrieron por los mismos caminos, y mi protector —que había logrado la unión de los liberales más enrojecidos— fue uno de los que abrió la puerta para que llegara al Congreso. Si después lo traicionó y ni siquiera se tomó la molestia de ir a su funeral es harina de otro costal.

De inmediato me lo presentó y lo saludé con la formalidad que se merecía, aunque a ciencia cierta no recuerdo si le di la mano.

—En un descuido, Porfirio será como tú y seguramente abandonará la sotana para entrar al instituto —le dijo mi protector con tal de ponderar los méritos que no tenía.

Juárez se me quedó viendo. Su rostro era una piedra apenas labrada.

—Ojalá que así sea, chamaco —murmuró sin darse cuenta de que sus palabras nos perseguirían hasta la muerte.

Ese mote se me quedó durante muchos años: yo fui "el chamaco" de Juárez hasta que la guerra me llevó a ensombrecerlo y me obligó a desear el parricidio que me llevaría a la silla dorada y todopoderosa. Cuando los sables imperiales se quebraron, yo era el guerrero triunfante, el héroe sin manchas que había levantado un ejército y que, a pesar de sus ninguneos, le entregó la capital sin que se tomara la molestia de invitarme a marchar a su lado.

Es más, para que a los demás les quedara claro el tamaño de mi decencia, delante de todos le devolví los más de ciento cuarenta mil pesos que sobraron de la campaña. Yo era el que era y las ansias de riqueza no podían ensuciarme, lo poco que tenía era resultado de mi decencia y en mi haber no estaban las propiedades que compraron lealtades. En cambio, él era el político que se revolcaba en el fango y la traición, el hombre que se soñaba como el mandamás eterno, el artero que olía a hiel aunque se perfumara con la colonia que le traían de Alemania.

A pesar de que lo admiré y lo respeté, don Benito y yo estábamos separados por algo más que la sangre. La suya era indígena y la mía tenía tres cuartos de española. De no ser por lo que hice, él se habría convertido en un escupitajo de la historia. Las columnas de mármol, las estatuas de bronce con laureles dorados y los versos que le encargué a don Amado no nacieron de mi perdón. Mi patria necesitaba la llegada de la paz y no quedaba más remedio que levantarle monumentos al zaino traidor.

Juárez es una de mis invenciones.

Esa noche fue la más larga de mi vida. En la oscuridad más espesa descubrí el horror absoluto; para adentrarse en uno mismo, hay que armarse hasta los dientes. Los días que pasé en las prisiones de los enemigos fueron poca cosa y los que aguanté sitiado apenas se pueden parar en jarras delante de aquella negrura. La guerra interna es peor que los campos de batalla.

El sueño huía por la ventana y los recuerdos de la tarde aluzaban la tenebrosidad con sus llamas amarillentas. La sotana que aún no me ponía se quemaba sin que su futuro me importara. Sus rescoldos volaban hacia el instituto guiados por el viento del pecado. La teología estaba muerta y las armas estaban mancilladas por la derrota. Don Marcos tenía razón, el camino de las leyes era el único que me quedaba. La medicina me daba asco: no tenía el estómago para tocar las purulencias y mis manos huían de las llagas que revelaban los males inconfesables. Sólo una vez tuve que ejercerla, aunque el serrucho que estaba en mis manos era el de un carpintero.

Esa noche, los temores de mi madre se volvieron reales. La posibilidad de que salvara mi alma se había perdido para siempre.

Al día siguiente, los libros prestados no salieron a la calle y los ropajes de seminarista se quedaron abandonados en el banco de mi cuarto. El sol y polvo les arrancarían el color y resecarían sus hilos hasta volverlos quebradizos. Desde antes que sonara la primera campanada esperaba a mi madre con la mirada perdida en la nada. Petrona siempre sintió el golpe de las amenazas antes de que se asomaran. Se sentó delante de mí y a rajatabla le dije lo que pensaba.

Mi madre supo que estaba perdido para la fe y que mis manos jamás tocarían la hostia.

La rabia la obligó a llorar y entre hipos me insultó. Las palabras que le dijo a Manuela eran nada en comparación con las que me dedicaba. Yo era un perro desagradecido, un hombre siete veces maldito, un heresiarca que se merecía pudrirse en el Infierno, aunque la eternidad de las llamas no fuera suficiente para purificar mi alma. Si hubiera podido, habría mojado un mecate para azotarme hasta que la ira se le atreguara. Pero no lo hizo, el niño con un gorro de piel de burro estaba muerto delante de sus ojos.

Al final, se quedó callada.

Durante tres días su voz no me acarició las orejas. Los hijos que fallecían marcados por el pecado sólo se merecían el olvido y el silencio. Manuela y yo éramos iguales.

Por eso bajé los brazos y agaché la mirada.

—Estudiaré lo que me mandes —le dije con una voz que apenas se atrevía a desafiar su silencio.

Petrona me apretó el brazo con tal de aguantarse las ganas de abrazarme.

—Tu vida es tuya, a mis maldiciones ya se las llevó la ventolera —masculló para firmar la paz.

Esas palabras eran la prueba de su abnegación, pero también anunciaban la tormenta que pronto nos golpearía.

—Se lo tengo que decir a tu padrino —me advirtió antes de dejarme solo.

Don José Agustín no tardó en llegar a la casa. Los tres golpes de la aldaba anunciaron su presencia. Mi madre le abrió. Cuando intentó besarle la mano, mi padrino la levantó con firmeza para que sus labios no la profanaran.

—Háblale a Porfirio, dile que me devuelva mis libros —le ordenó sin dignarse a verla.

No hubo necesidad de que me llamara. Salí de mi cuarto con los ejemplares empastados con pergamino. Se los entregué en silencio. Mi padrino los tomó y me escupió antes de condenarme.

—Que seas maldito en la vida y en la muerte —me dijo, mientras el blanco de sus ojos se rajaba por los arroyos de sangre—. Que sean malditos tu pelo y tu cabeza, y que también lo sean tu frente y tus oídos, tu quijada y tus narices, tus labios y tus dedos.

Que sean condenados tu pecho, tu corazón y todas las vísceras de tu cuerpo. Que seas maldito desde la punta de tu cabeza hasta las plantas de tus pies. Que el hijo de Dios te maldiga, que el Cielo te sea negado y que el horror persiga a tus descendientes hasta el final de los tiempos.

Después de eso se fue para siempre. Sólo volveríamos a encontrarnos para que pudiera escupirme como buen cristiano.

Mi madre guardó silencio y salió a la calle para cerrar la venta de la última de sus propiedades. Ese dinero pagaría la matrícula del instituto y, con algo de suerte, nos daría un alivio durante unos meses.

La vida en el instituto era agradable, los profundismos de los catedráticos no alcanzaban a mellarla. En el peor de los casos, sus voces monótonas se transformaban en un ruido que no me impedía perderme en mis sueños. El nuevo mundo me regaló la tranquilidad que había perdido. Es más, la amenaza de los silicios se diluyó hasta desaparecer para siempre.

—Los hombres no podemos ir en contra de la naturaleza —me explicó uno de los catedráticos al enterarse de que había abandonado el seminario.

El tiempo también se llevó la maldición de mi padrino y el destino de mi alma dejó de preocuparme. Aunque Dios existiera, un librepensador en ciernes no podía darse el lujo de acobardarse delante de las quimeras.

A pesar de esto, yo no era el mejor de los discípulos y nunca fui premiado por mis estudios; sin embargo, el mundo se abría para recibir al que era: alguien con buena salud y buena talla, un joven con un notable desarrollo físico, con agilidad y gusto por el ejercicio. Alguien que aprendía a medir a la gente y en silencio trataba de calcular las jugadas de sus contrincantes. El instituto no era una escuela de leyes, apenas era el templo de la política.

Sin que pudiera darme cuenta de lo que hacía, dejé de sacarle la vuelta al desvirgador de mi hermana. Manuel Ortega era el profesor de Disección del instituto. En esa época ya era obvio que la vida los había separado y no tenía caso cobrar las cuentas perdidas. La bala que traía en el bolsillo seguiría guardada hasta que la vida cambiara su destino. Siempre lo saludé con respeto.

En las escasas palabras que cruzábamos jamás se escucharon los nombres de Manuela y Delfina. Él y yo sabíamos que no debíamos remover los tizones del pasado. Delfina seguiría viviendo como una hija sin padre. Todavía faltaban muchos años para que el apellido Ortega acompañara su nombre.

Cobrar las cuentas pendientes no tenía sentido: Manuela se había agenciado a un hombre casi recto y Ortega terminó casándose con una mujer de alcurnia que vivía enfrente a la plaza de armas. A pesar de los amoríos que tuvieron, ellos jamás serían iguales, las distancias los habrían desgarrado.

Las rutinas tenían la virtud de la grisura más tersa. La pobreza de mi familia era la misma y, sin que a ninguno le dolieran sus designios, Dios empezó a separarnos. Cada uno de los Díaz tenía su destino y ninguno podía sacarle la vuelta: los sueños de santidad y la realidad de la perversión terminaron por alcanzarnos.

Mi madre no faltaba a la primera misa para rogar por el alma de mi padre y, mientras ella le pedía clemencia a la Virgen, yo caminaba hacia la casa de los herejes pensando en que me convertiría en un abogado o, por lo menos, sería el tinterillo más destacado en el despacho de don Marcos. El escupitajo y las maldiciones de mi padrino no me pesaban. Los templos donde podían darme con la puerta en las narices tampoco contaban. Yo me decía liberal y, a veces, hasta lograba convencerme de que podía ser un radical, un rojo que era tan colorado como el Infierno.

La pérdida del Cielo no duele y pronto descubrimos que todos estamos condenados. Nadie, absolutamente nadie, puede salvarse de las llamas eternas y los castigos de un Dios que exige lo imposible.

—Un solo pecado basta para que condenes tu alma —me dijo don Macario Rodríguez unas semanas antes de que se colgara en la iglesia.

Todos cargamos un yerro. Mi madre y mi padrino tenían los hierros de la soberbia y la ira, el Chato y Manuela estaban condenados por la lujuria, y mis compañeros del instituto tenían tatuadas la avaricia y la pereza. Ellos estaban condenados al Infierno y yo los acompañaría con pasos firmes. A estas alturas no tiene caso negarlo: nunca tuve un pecado preferido. Salvo la molicie, los demás tienen su encanto.

Así habrían seguido las cosas de no ser porque don Marcos me habló del lugar donde se reunían los diablos que atormentaban a mi madre desde donde me bendijo con la mano temblorosa. La hermandad de Cristo Rey se atravesó en mi camino y me abrió las puertas de su templo.

La masonería era un nuevo rumbo y lo tomé con gusto para dejar de ser un perico perro.

La logia me recibió de buena gana y funcionaba como una espléndida agencia de colocaciones. A lo mejor fue por eso que, mientras estaba encandilado con las faramallas y los mandiles, no fui capaz de imaginar que los masones me obligarían a la venganza.

Hoy, mientras los harapos de los muertos embarran la tinta, lo escribo con todas sus letras: yo ordené la tortura y la muerte de mis hermanos. Los mandatos del Supremo Arquitecto del Universo apenas me sirvieron para limpiarme el trasero.

Pasara lo que pasara, sus traiciones tenían que lavarse con sangre.

París, 19 de marzo,
mientras los espectros se enroscan en los candelabros
y me miran sin ganas de entender mis pecados

Lo que sucedía en la Logia Cristo Rey era lejano de las habladurías que recorrían las calles de Oaxaca. La puerta atrancada y las ventanas cerradas eran la leña que alimentaba el fuego en los púlpitos. La chusma y los curas podían pensar lo que se les pegara la gana, pero en los conciliábulos no se invocaba al Diablo ni se bebía la sangre de los niños que estaban recién bautizados. Ninguno de los hermanos se hincaba delante de un macho cabrío y las vírgenes que eran profanadas con un crucifijo para solaz de los habitantes del Infierno jamás se mostraron. Ellas estaban enclaustradas en el burdel al que iban mis hermanos más retorcidos. La misa negra apenas daba para una maledicencia y la ingenuidad de un *Pater Noster*. Lo que ahí pasaba sólo tenía la peste del azufre que sahumaba las ansias de poder. No importa lo que digan los persignados, sus palabras son falsas: Satán no era el dios de los masones, ese lugar lo ocupaba el gobierno que soñaban como un gigante todopoderoso.

Aunque la gente los pensaba eternamente encapuchados, los masones no se ocultaban más de lo necesario. Para descubrirlos sin máscaras no hacía falta grandes esfuerzos: apenas se tenían que leer los periódicos donde los partidos del aceite y el vinagre se atizaban con furia y se amenazaban con el Infierno y las armas que pronto derramarían la sangre de sus rivales. Yo los veía en el instituto, los dedos que se transformaban en un compás eran parte del paisaje. En el mejor de los casos, la sociedad secreta apenas llegaba a discreta.

Para todos los alumnos era obvio que nuestros maestros estaban endiosados con las leyes que todo lo podían: a la menor provocación hablaban del mundo que pronto sería parido en el Congreso. El embeleso de sus palabras era irresistible y nos impedía darnos cuenta de lo que estaba delante de nosotros: entre ellos y los curas del seminario apenas se notaban las diferencias. Más allá de la sotana y el traje negrísimo, eran idénticos. El Dios todopoderoso y el gobierno omnipotente eran la serpiente que se mordía la cola. Los extremos siempre se tocan.

A pesar de que no fui un buen estudiante y mi nombre nunca se pronunció en las premiaciones a los alumnos destacados, yo los oía con atención mientras mi cuaderno se llenaba con los garabatos que pretendían ser dibujos. Sus palabras eran lejanas del mundo donde la gente vivía. El derecho del que peroraban nada tenía que ver con el país donde las leyes se tuercen y, si acaso, estorban, se olvidan o se derogan para cumplir los caprichos del mandamás en turno.

Por más que sus voces parecieran luminosas, a los catedráticos no les alcanzaban las entendederas para darse cuenta de que mi patria jamás será el lugar del altar de las leyes. El Estado de derecho del que hablaban mis maestros siempre sería un Estado de chueco. Dijeran lo que dijeran, a los mexicanos las leyes les vienen guangas. Ellos sólo anhelan tener un padre que los aleje de la bastardía, un caudillo con los pantalones bien fajados, alguien que les dé una limosa o los apalee como a las bestias a las que se obliga a tomar el camino correcto. Si para esto se tiene que pasar las leyes por el arco del triunfo, el Todopoderoso lo hará sin tentarse el alma.

Los catedráticos hablaban y yo comprendía que el mundo era distinto. Por eso, cuando abandoné los salones ya sabía lo necesario para no cometer sus errores: las leyes podían dormir el sueño de los justos. Ellas sólo despertarían si el mandamás las necesitaba. Lo demás es un profundismo, una actitud chancletera.

Durante los años que ahí estuve, nunca me senté en la primera fila del salón. Esos lugares estaban reservados para los alumnos que necesitaban mostrar su sabiduría y lucirse delante de los profesores que les darían cobijo en sus despachos. Su vida como tinterillos estaba anunciada, la mía se preparaba para naufragar.

Mi silencio tenía que alejarse de la tarima donde el maestro discurseaba hasta que su voz se convertía en el ronroneo que irremediablemente se perdía en los pantanos de las palabras. Algo aprendía, pero eso a nadie le preocupaba. Mis calificaciones a medias no le quitaban el sueño a los catedráticos; la fibra de mi cuerpo bastaba para que mis compañeros me respetaran. En un país marcado por la guerra, ellos me seguirían hasta las puertas del Infierno. Quizá no mienta al escribir que sus miradas se parecían a la de Esteban Aragón, el único amigo de a deveras que tenía en aquellos tiempos y que me acompañó hasta que María Guadaña se lo cargó. De no haber sido tan borracho y tan enamorado, capaz que ahora estaría a mi lado y las vergüenzas de Carmelita saldrían sobrando. Sin sentir los bochornos, Esteban entendería los pesares de un dios caído.

Don Marcos conocía mis escasas virtudes y no podía desperdiciarlas: los buenos latines, la embarrada de derecho y la fuerza física eran bienes a los que no podía darles la espalda. Tal vez había descubierto que apenas me interesaba una de las cátedras: la de estrategia y táctica que impartía el teniente coronel Ignacio Uría. En sus planos maltrechos, aprendí lo que me ocultaron en el Batallón

Trujano. Para los que no somos carne de cañón, la guerra es mucho más que las marchas, las descargas sin puntería y los machetes que destripan a los enemigos sin saber que la Muerte les dará una tarascada al siguiente paso. El campo de batalla es el lugar donde florecen la marrullería y las trampas, es el territorio de los engaños y los movimientos que se esconden para dar el golpe final en el momento preciso.

Uría me abrió los ojos. Sin darse cuenta de lo que hacía, me entregó la llave que abre todas las puertas: los masones y los abogados —al igual que los curas y los endiablados— siempre terminan por curvar el lomo delante de las armas, y las leyes mueren y resucitan según se requiera. Lo demás son florituras y babosadas.

Muchas veces conversamos y, sin que a ninguno le pesara, empezamos a vernos en su casa, en la sala donde el café y el tabaco nunca faltaban. Sus palabras se metían en mi cuerpo con el filo de un escalpelo: el joven que tenía enfrente ya no se parecía al profesorcillo que le enseñó latines a su hijo. Yo no era como el indio traidor que buscaba un puesto en el gobierno para atreguarse el hambre, tampoco estaba destinado a brillar en los juzgados; lo mío era el desprecio a la muerte, el amor a las armas que se revelaba en las clases y los fusiles que reparaba con tal de llevar una hogaza a la mesa.

Don Marcos me descubrió y me encaminó a la logia pensando que los mejores aliados se cosechan en el surco. Después de esto sólo pasó lo que tenía que pasar.

Nada diré de mi primer nombre secreto, pero el segundo que tomé venía de uno de los salmos que escribió el rey guerrero: "He venido como un pelícano en el desierto", como el parricida que se sabe protegido por las serpientes. El aprendiz que había jurado lealtad en el templo estaba destinado al crimen: la política es un juego mortal. Sólo manda el que sobrevive.

Sin láudano ni pasiflora,
escribo en el silencio de la noche

Don Marcos me abrió las puertas del templo sin que las bisagras rechinaran. Las manos se alzaron sin reparos para recibirme como un nuevo aprendiz. Negarlo no tiene caso: en esos tiempos, estaba cierto de que la masonería era la manera de estar al lado de los caudillos y ganarme un lugar en las asonadas. Con ellos tendría lo que nunca podría conseguir en los cuarteles. Mi historia como hermano no fue como la de don Beno: él tuvo que ser su criado antes de que lo aceptaran, a mí me recibieron gracias al espaldarazo de mi protector. Los grandes títulos y los grados más altos me llegaron sin pedirlos, mis soldados y mi fama valían más que los arcanos del Gran Arquitecto del Universo. A pesar de esto, la tinta no me alcanza para tratar de ocultar que los tiempos eran propicios para mi iniciación: durante la guerra contra los yanquis, el Rito Nacional Mexicano cerró sus puertas. Durante esos años, los templos se llenaron de telarañas, los libros secretos se volvieron el alimento de los escarabajos que cavaron túneles en sus páginas y muchos hermanos mandaron sus mandiles con sus criados.

Durante las matanzas, valía más que las logias clavetearan las trancas de sus puertas y enceguecieran las ventanas con maderas despostilladas. Las palabras del Supremo Arquitecto del Universo debían enmudecer. Los hermanos estaban divididos y la sangre terminaría manchando los altares que nacieron profanados por la avaricia, la ira y la soberbia. Algunos, los que anhelaban vivir en un país idéntico al de los yanquis, se esforzaban para que nuestras tropas bajaran las armas y se precipitara el parto del futuro; los otros —los que todavía creían en mi patria— estaban decididos a enfrentar a muerte a los invasores. La unión era imposible, la que alguna vez logró don Marcos, era un sueño perdido para siempre: el rojo encarnado de los liberales más rabiosos no podía diluirse en el tinte deslavado de los moderados. El vinagre y el aceite no tenían manera de mezclarse.

La fractura de los liberales jamás soldaría; por eso, lo mejor era pensar que no existía. Mientras el panorama se aclaraba, la ceguera ensombrecería el camino. A pesar de las pupilas vacías, la gente se besaba los dedos en cruz para jurar que los masones yanquis y mexicanos se entendieron durante las hostilidades. Para ellos, las constituciones de sus logias valían más que sus compromisos como patriotas, y en más de una ocasión desistieron de fusilar a los hermanos que capturaban. Después de que hacían las señas precisas, sólo fingían un intercambio de prisioneros para darles la oportunidad de volver a su ejército.

En esa nada perfecta, Juárez terminó convirtiéndose en el Gran Maestro que sólo miraba las nubes para descubrir cuándo debía cambiarse de bando. Él le lamió las botas a Santa Anna y sin miramientos lo traicionó cuando lo supo derrotado; él se enriqueció con las leyes que obligaron a los clérigos a vender sus tierras y, en el preciso instante en que las ventoleras tomaron otro rumbo, le besó la mano al obispo para afianzarse en el gobierno.

A pesar de sus chicanadas, don Benito respetaba la pluma de don Marcos. Una palabra suya fue suficiente para que yo renaciera como aprendiz y él siguiera diciendo que yo era su chamaco.

El día que volví a la vida delante de mis hermanos, don Marcos me tomó el juramento de lealtad y me entregó el mandil que bordaron con hilos de plata. Yo me sentía orgulloso de estar a su lado, de estar cerca del hombre que me protegía sin pedir nada a cambio. Detrás de él, Juárez nos miraba desde la oscuridad del templo. Las velas de sebo apenas lo alumbraban. Su rostro hierático y la tiesura de su cuerpo no me impedía descubrir qué le pasaba por la cabeza: su "chamaco" tenía lo que a él le faltaba y pronto necesitaría. Los tambores de la guerra se escuchaban entre los cerros y yo tomaría el sable que Beno era incapaz de tocar.

Su cobardía no era un secreto. Durante la guerra contra los yanquis, la gente del instituto se preparó para enfrentarlos, pero él —aunque apenas tenía un grado de hojalata— caminaba con los calzones apestosos y le sacaba la vuelta a los fusiles. Éste era un lujo que ya no podría darse: Santa Anna había regresado para convertirse en Su Alteza Serenísima y Juárez tenía que sumarse a la asonada, sólo de esa manera podría escapar de su venganza.

El momento de descubrir de qué cuero salían más correas estaba a punto de alcanzarlo.

Don Marcos y la masonería me tendieron la mano. Mis nuevos hermanos jamás olvidaron que todos los favores tienen un precio: siempre se puede sacar leña del árbol caído. Don Rafael Unquera me cedió su puesto de bibliotecario del instituto a cambio de una tajada de mi sueldo, la mitad de los veinticinco pesos que me pagaban al mes eran mejores que nada. El profesor de Derecho Natural hizo lo mismo con su cátedra; gracias a los veinte pesos que le mordía a mi raya me convertí en su interino sin que nadie protestara. La regla era precisa: para poder recibir, primero hay que repartir.

Mi protector fue el único que se portó a la altura: me abrió la puerta de su despacho para que practicara y me titulara sin aspavientos ni gloria y, cuando los fusiles que se levantaron en contra de Santa Anna se quedaron mudos, movió sus influencias para que mi hermano entrara al Colegio Militar. Su generosidad fue grande, pero también es cierto que el Chato se ganó a pulso su espaldarazo, aunque no se imaginaba que las armas terminarían separándonos hasta que desairó a su bando.

En Santo Domingo, Félix apostó la vida por don Marcos. Él hizo lo que ningún masón fue capaz de emprender. En mi caso, su esfuerzo fue en vano, las leyes y el pergamino con mi nombre rodeado de garigoles me importaban muy poco: dos arrobas y media de majada para ser preciso.

Así, a fuerza de pagar una parte de lo que ganaba y gracias a la lealtad a don Marcos me volví una persona de confianza. La oscuridad de la logia comenzó a revelarme sus secretos: Santa Anna debía caer por las buenas o por las malas. Su traición a la camarilla no podía ser perdonada: Su Alteza Serenísima robaba sin salpicar y eso, por dondequiera que se le vea, era una afrenta que merecía ser castigada.

Mientras los masones se perdían en las discusiones, las cuarteaduras del gobierno invocaron el horror y la furia. En Palacio Nacional se firmaban las órdenes de muerte. En los templos se organizaba la revancha. Aunque todo esto parecía más limpio que el agua, en el fondo ocurría algo extraño: por más que lo intentara, el general Santa Anna no podía pulsar el valor de sus hombres. La locura se había apoderado de sus hechos. Una mirada o un rumor bastaban para que escribiera un nombre en el pliego de la condena aunque el futuro muerto tuviera una lealtad inquebrantable.

El río estaba revuelto y algunos pescadores sacaban ganancia. Los delatores se atreguaban los odios rancios y las envidias envilecidas, el veneno que les brotaba del hocico se transformaba en las letras que acusaban a los inocentes. Lo que seguía sólo era el final que anhelaban. Después de que escuchaban un plomazo en la oscuridad, los delatores se sentían seguros. En la cabeza les bailaba la felicidad de haber cobrado venganza: el descolón a la hija, el préstamo negado y la ofensa que les había herido el orgullo estaban pagados.

Sin embargo, las cosas no siempre eran como querían. A pesar de sus mieles, la alegría les duraba muy poco: sus nombres pronto se escribirían en las listas que corrían por cuenta de los que buscaban revancha. La Ley de Talión era el peso definitivo en la balanza de la fatalidad.

Los conciliábulos en contra de Santa Anna crecían y las traiciones recorrían los pasillos del Palacio.

Su Alteza Serenísima no se quedó de brazos cruzados, las manos huesudas brotaron de la inmundicia. Los traidores y los delatores eran legión. Las muertes inexplicables se apoderaron de las calles y más de uno de sus enemigos fue condenado a la podredumbre de las celdas. Lo que pasaba en las cárceles era incomprensible: las noticias de los hombres que fueron liberados y cuyos cuerpos se encontraban en las prisiones con siete puñaladas no eran raras. La epidemia de suicidios también estaba a todo lo que daba. Si uno de sus rivales se quitaba la vida descerrajándose tres plomazos en la cabeza era un asunto sobre el que más valía guardar silencio.

Lo absurdo y lo imposible eran detalles que no debían investigarse.

El reino del terror había comenzado. Ninguno de sus enemigos sabía cuándo lo alcanzaría la furia del Quince Uñas. La voz de los masones cambió sin remedio. Cuando nos encontrábamos en la calle, sus palabras confirmaban lo que podía ocurrir: el rumor de la condena o la desaparición estaban tatuados en los murmullos. En la logia, las noticias corrían como un reguero que nunca podía confirmarse: la ausencia de un hermano alimentaba las sospechas de una mala muerte. María Guadaña era la santa patrona del reino de Santa Anna.

El silencio que estrangulaba los hechos casi era absoluto. Las prensas de los periódicos que se oponían a Su Alteza fueron destruidas y las pocas planas que se imprimían trastocaban la verdad. México era el país del no pasa nada. A fuerza de palabras torcidas, Santa Anna se había transformado en el Ángel de la Paz.

Estábamos ciegos, casi mudos. Las calles se convirtieron en callejones. Y, cuando estábamos a punto de quedar atrapados, tomamos una decisión desesperada: en la oscuridad de la noche escondimos las pocas armas que teníamos en el sótano del templo y la bodega del instituto. Don Marcos entregó las suyas, apenas se quedó con dos pistolas pequeñas en su casa para vender cara su vida si llegaban los santanistas; yo llevé una escopeta recién reparada. Juárez fue el único que llegó con las manos vacías. Nadie supo si no tenía armas o si quería apuntalar la defensa que lo salvaría después de que nos denunciaran.

Teníamos que prepararnos y leer las cartas que mandaban los caudillos de las otras logias para sellar lealtades o esconder sus traiciones. Las palabras tenían que ser desentrañadas y los renglones torcidos debían enderezarse. Mi protector tenía miedo y cuidaba sus letras: si desencadenábamos la muerte, ella terminaría por devorarnos a todos.

La voz de don Marcos parecía convincente. Por más que me hiciera las cruces, yo ignoraba que los cuartelazos no pueden hacerse con miramientos. Eso lo aprendí más tarde. El pago a mis maestros fue la muerte de mis hombres.

Por grandes que fueran, la fama de don Marcos y los odios de Juárez no alcanzaban para tumbar a Santa Anna. Los siete fusiles, las tres escopetas, las cuatro pistolas y los tiros que apenas daban para siete minutos de balacera eran el anuncio de su derrota. Como alzados, los dos eran un fracaso de tiempo completo. El secretismo con el que escondieron los pertrechos era una baladronada que se desplomó con el primer trancazo de la cobardía. Antes de que pudieran amarrarse las navajas, los habían desplumado a mitad del palenque. Para ser gallos de pelea, estaban más verdes que los pericos.

El teniente coronel Uría también estaba entrampado y sólo quería salir de la ratonera. Por más que miraba el plano de la ciudad no hallaba el modo de derrotar a los santanistas. Los pelos de su bigote estaban tiesos de tanto frotárselos y el olor del tabaco revelaba el tiempo que había pasado dándole vueltas a lo imposible. Nuestros plomazos apenas podían arañar los muros del cuartel. Y, si por obra de un milagro lográbamos entrar, un grito bastaría para condenarnos a muerte. El miedo y el embrutecimiento de la soldadesca jugaban en nuestra contra. El horror que los sardos le tenían al general Martínez Pinillos sobraba para derrotarnos: el látigo que castigaba las desobediencias era peor que las balas. Un plomazo bien dado arrebataba la vida en un parpadeo, pero el cuero trenzado y mojado no terminaba de asesinar a sus víctimas. Ese suplicio era simple, brutal, casi incesante.

La idea de aventar a la indiada por delante era una burrada que se descartó en menos de lo que lo estoy contando. El saqueo de la ciudad era un precio demasiado alto y los hermanos que se dedicaban al comercio no estaban dispuestos a correr ese riesgo. Para colmo del infortunio, las fuerzas del gobierno los barrerían con dos descargas o con la metralla que les arrancaría la carne. Y, si los tiros fallaban, las arpías que esperaban a sus hombres los matarían a cuchilladas antes de que llegaran a la puerta del cuartel. A esas mujerujas no les importaba que sus machos las patearan y terminaran por matarlas con una puñalada. Por más que la Huesuda rondara sus arrejuntamientos, eran las protectoras de sus hombres.

Las cosas eran como eran y no había para dónde hacerse.

Los días pasaban y los presagios comenzaron a revelarse. La esposa recién parida de uno de los hermanos ahorcó a su hijo mientras gritaba que el chamaco era un engendro del Diablo; las brujas que se arrancaban la cabeza para ponerse la de un marrano recorrían las calles y las bolas de fuego iluminaban la noche. El miedo se enroscó en el espinazo de los masones. En menos de lo que canta un gallo empezaron a justificar su cobardía. Para apostar la vida y entregar sus armas, los hermanos exigían lo que nadie podría darles: la seguridad de la victoria.

—Yo no puedo jugarme la vida en un volado —dijo uno de ellos, mientras trataba de demostrar la bravura que no tenía.

Sus palabras intentaban ocultar lo que todos sabíamos y podía más que los augurios: los hermanos tenían mucho que perder. El miedo a que les fueran arrebatadas sus propiedades los había paralizado. Poco faltaba para que pidieran un papel donde las firmas de los grandes maestros les garantizaran que las balas de los santanistas no les harían daño ni los atravesarían como si fueran fantasmas.

Las cosas pintaban mal y peores se pusieron cuando el hermano Gonzalo se santiguó tres veces antes de jurar por la honra de su esposa que de las ubres de sus vacas sólo habían brotado pus y sangre. Aunque nunca la había visto, se besaba los dedos en cruz mientras decía que la mulata que siempre estaba al lado de Santa Anna lo había maldecido.

El recuerdo de las palabras "que la mala rabia te mate y mientras la vida te dure has de andar arrastrándote" era mucho más que una pesadilla. Según él, los horrores de los hechizos pronto se convertirían en realidad: frente a la puerta de su casa aparecerían perros degollados, gallos destripados y cruces dibujadas con tierra de panteón.

Don Marcos y Juárez no tenían manera de convencerlo de que los embrujos se terminaban con un balazo en la frente; lo suyo eran los profundismos sellados por el repelús a las armas.

Las redes de la cobardía atraparon a los masones.

Los caudillos de la logia no querían reconocer lo que tenían delante, y más de una vez se hundieron en el lodazal de las discutideras que todo lo joden. Todos querían una tajada de lo que aún no tenían. Las disputas por conocer los nombres del gobernador, del mandamás de la corte y por el de las personas que pondrían las nalgas en los sillones del Congreso eran tan estúpidas como la profecía del hermano Gonzalo y su miedo a la hechicera de Su Alteza Serenísima. Repartir el poder antes de tenerlo en las manos no tenía ningún sentido: nadie sabía quién sobreviviría a los combates. Mis hermanos todavía no aprendían que, para matar sin riesgo, se necesita la cabeza fría; pero a ellos, la avaricia y los escasos tanates les nublaban la sesera.

El silencio se impuso cuando la saliva se les espesó como un gargajo de tísico. Su palabrerío se había transformado en una ratonera de la que sólo podrían escapar si aceptaban el peso de la realidad. La respuesta siempre había estado delante de ellos y, aunque los hechs no les cuadraran, no les quedó más remedio que asumirla: la asonada necesitaba el respaldo de las camarillas que estaban metidas en el mismo brete y tuvieran los tamaños para enfrentarse al amo del país.

El problema no era si éramos machos, lo decisivo era que fuéramos muchos para que la rebelión cundiera.

Don Marcos se pasaba una buena parte del día escribiendo las cartas donde no faltaban los símbolos temblorosos y los puntos que señalaban el espacio que ocupaba el Ojo de Dios. En esos papeles decía sin decir y acercaba la lumbre a la pólvora con las palabras que parecían llamar a la sumisión y la paz. La verdad apenas podía leerse entre sus líneas.

Cuando terminaba de arrastrar la pluma, me entregaba las hojas dobladas y lacradas: mi misión era simple y poco peligrosa. Alguien como yo no llamaría la atención de los delatores y podría darles las cartas a los arrieros que las llevarían a su destino. No había razón para dudar de la lealtad de los hombres que le mentaban la madre a las mulas, en la ciudad dependían de los comerciantes que formaban parte de la logia. La avaricia era su aval.

En mi caso, la cosa también era cristalina. Nadie sospechaba que me hablara de tú a tú con ellos. La historia no pasa en balde. El niño que se ponía un gorro de piel de burro y había crecido en el mesón de La Soledad seguía metido en la cabeza de los delatores. Para ellos, yo sólo era el que había sido: el recuerdo del escuincle ñango y los hechos de mis padres eran mi antifaz.

Mi nombre jamás llegaría a los oídos de Martínez Pinillos, el aprendiz de la logia que entregaba una parte de su sueldo para trabajar no podía ser peligroso.

La correspondencia se iba segura. Una vez que el ruido de las recuas volvía a escucharse, me apersonaba para recoger las respuestas. A fuerza de mirarlas comencé a distinguirlas: las que tenían la caligrafía más elegante eran las de Juan Álvarez, y seguramente las escribía su secretario; en cambio, las garabateadas venían de la sierra o de los cuarteles donde el oficial prefería el peso del sable. Los papeles también eran distintos: los más amolados contestaban en el mismo pliego que les mandaba don Marcos; pero las hojas de los que tenían fortuna eran blancas, gruesas y mostraban las huellas de los alambres que las labraban mientras el calor las secaba.

Las cosas marchaban con lentitud, los tiempos de los arrieros dependían del clima y de lo que se toparan en los caminos. Si no se ponían a mano, los bandoleros los despojaban y les arrebataban la vida sin darles tiempo de encomendarse a Dios. Las fiestas de los santos patronos también los frenaban. Los borrachos que ahí sobraban eran clientes a los que no podían despreciar: la calentura que les carcomía el bajo vientre los obligaba a pagar lo que fuera por la porquería que le regalarían a una cualquiera.

A pesar de sus lentitudes, los arrieros no eran el único problema, los acuerdos del plan que nos cobijaría no eran sencillos de lograr: nadie se mata gratuitamente. El patriotismo apenas era un pretexto para apostar la vida. Todas las camarillas exigían una rebanada del poder. Algunas se conformaban con poco y eran capaces de lo que fuera con tal de mantenerse como caciques de los pueblos perdidos en la sierra, pero otras tenían miras muy altas: Juan Álvarez y Nacho Comonfort insistían en que, cuando el Cojo cayera y su cuerpo colgara en la plaza grande de la capital, la presidencia debía ser para ellos. Cada vez que presumían el valor de sus milicias y remachaban la importancia de la aduana de Acapulco, dejaban en claro el precio de su apoyo. Ellos eran los dueños del puerto al que podrían llegar los pertrechos.

"Yo no puedo traicionar a mi amigo, tampoco puedo apostar mi honra si el país no toma el rumbo adecuado", escribía Álvarez con tal de arrinconarnos.

Don Marcos estaba desesperado. Sus tripas padecían el estira y afloja. El médico que llegaba con un enema aceitoso se apersonaba casi todos los días.

En poco tiempo dejó de escribir las palabras que decían sin decir. Muchos caudillos no entendían las verdades a medias y, en el momento en que llegaban a comprenderlas, sus respuestas se pasaban de claridosas. Cada una de sus palabras ponían en riesgo el futuro de todos. Para colmo de sus desgracias, si las cartas se ausentaban de su escritorio, se sentaba sin tocar el agua de malva y así seguía hasta que el ruido de las herraduras lo obligaba a asomarse o a mandarme en busca de los arrieros que todavía no llegaban.

La angustia lo hundió sin remedio. Por más que se la repetían, la idea de que para calzonear no hay de otra más que aguardar, no le entraba en la cabeza. Por eso mero, un día no tuvo la paciencia para esperar a que llegara del instituto y mandó a uno de sus parientes políticos a recoger las cartas.

Su concuño, con la alforja colgada en el hombro, no alcanzó a llegar a la esquina.

El culatazo en la riñonada lo tumbó y dos fusiles le apuntaron. Los ojos, que a cada paso trataban de asegurarse de que nadie lo seguía, lo habían delatado.

Los soldados ni siquiera tuvieron que amarrarlo para llevarlo al cuartel, los piquetes con las bayonetas y el dolor en el costado le aflojaron las piernas. Huir era imposible.

Dicen que los sardos apenas tuvieron que torturarlo para que confesara y confirmara lo que se leía en las cartas. Al sentir cómo le enterraban un alambre entre la uña y la carne, se rindió y soltó la lengua entre aullidos. La lista de los levantiscos creció y creció hasta que los soldados quedaron satisfechos. Ellos querían nombres y el cuñado de don Marcos estaba dispuesto a recitar el santoral hasta la última línea. Al final, el general se quedó con las ganas de que sus hombres le acercaran la lumbre al alambre para verlo retorcerse.

Las confesiones y la muerte son los rayos que todo lo destruyen. Aunque mi protector pusiera la mano sobre la Biblia para jurar que su concuño nunca se quebraría, la conspiración estaba derrotada antes de que hubiera tronado el primer balazo.

La puerta del despacho se rajó con los culatazos y los santanistas entraron gritando. Aunque las voces exigían la rendición sin resistencia, al comandante le urgía que sus hombres le dieran gusto al gatillo. Martínez Pinillos le había jurado que los plomazos sepultarían el problema sin levantar ventoleras. A la mañana siguiente, los periódicos sólo publicarían aquello que lavaría la sangre y justificaría el crimen que podían cometer sin miedo a las leyes. En la primera plana se leerían las letras que formulaban la pregunta deseada: "¿Quién le había ordenado a los rijosos desobedecer a nuestras gloriosas tropas?".

Don Marcos no levantó la voz. El recuerdo de las pistolas que estaban en su casa le dolió en el alma. Con una seña le ordenó a su gente que se retirara sin aspavientos. Un movimiento de mano bastó para que el empleado que quería pasarse de bravo se sosegara y se largara con las orejas gachas y la cola metida entre las patas.

Mi protector se quedó solo y se paró delante de los militares vestidos con los uniformes que heredaron de los cadáveres. Sin que le temblaran las manos, los retó con la mirada. Alguien como él no podía ser arrestado como si fuera un muerto de hambre o uno de los léperos que se quedaban tirados con los pantalones miados por la borrachera.

Con firmeza les advirtió que estaban violando las leyes, que los tribunales los condenarían y les remachó que los ciudadanos tenían derecho a pensar lo que se les pegara la gana.

El comandante lo mandó al carajo y empezó a amarrarle las manos. Cada vez que tensaba la cuerda se aseguraba del nacimiento de un nuevo verdugón. Don Marcos no se quejó ni pidió clemencia. En silencio lo sacaron de su despacho y tomaron el camino más largo para llegar al cuartel. Los santanistas querían que la gente lo viera en la calle. Si alguien como él podía terminar refundido en un calabozo, los otros retobones tendrían peores finales.

Nadie se acercó para protestar, ninguno tuvo los tamaños para acompañarlo. La collonería de los hermanos y los oaxaqueños era inmaculada.

Antes de que cayera la tarde empezamos a buscarlo. Si lo abandonábamos a su suerte, sería condenado a la mala muerte. Su cuerpo descabezado y torturado aparecería hinchado a mitad de la nada. Cuando lo hallaran, el sepulturero apenas podría hacer lo que acostumbraba: lo acostaría boca abajo para ponerle la rodilla en la espalda, y presionaría para que los gases de la podredumbre le salieran como un eructo, o como el vómito que arrastraría a la gusanera.

El nombre de los asesinos nunca se sabría.

Los esbirros de Santa Anna culparían a los bandoleros con el pretexto de que Su Alteza Serenísima siempre obedecía los mandatos de la ley y sólo fusilaba a los culpables. Si don Marcos no había sido juzgado, él no tenía vela en el entierro y los periódicos se quejarían de las matanzas que corrían por cuenta de los criminales.

A pesar de las palabras que se dirían, la verdad es distinta y sigue más firme que un peñasco: los que están en el candelero no tienen necesidad de mancharse las manos de sangre, tampoco tienen que dar explicaciones por la muerte de sus enemigos. Su inocencia siempre es absoluta y son capaces de llorar delante de su tumba. Una palabra a medias es suficiente para que su odio se convierta en horca y puñal; ellos son la voz que todo lo puede, el deseo que se cumple sin necesidad de pronunciarlo. Los negocios que tienen con los criminales les permiten vengarse sin quebrar las leyes. Yo lo sé a ciencia cierta: nunca falta un matasiete dispuesto a asesinar con tal de congraciarse.

Aunque de dientes para fuera nos negáramos a reconocerlo y juráramos su inocencia, sabíamos que mi protector no sería el único muerto. Cada día que estuviera atrapado en las sombras nos ponía en riesgo: los martirios lo obligarían a delatarnos. Tarde o temprano tendríamos su mismo destino. La guadaña no pararía hasta que terminara de descabezar a los culpables y a quienes podrían atreverse a cobrar venganza: los rivales, sus parientes y sus amigos debían morir para que nadie pudiera desquitarse.

Por más que quisiera pensar otra cosa y fingiera que era el tío Lolo, yo sabía que mi nombre figuraría en la lista de la Calaca, por eso —antes de comenzar con las averiguaciones— abracé al Chato y, sin tener que explicarle por qué, le pedí que, si la mala muerte me alcanzaba, cobrara revancha.

Mi hermano entendió lo que pasaba, su apretón en el brazo confirmó que no me iría solo.

A pesar de los pesares, el miedo nos engalló y empezamos a buscarlo. En la cárcel no tenían noticias y uno de los hermanos recorrió las celdas para comprobarlo. Ahí sólo estaban los criminales y los locos, los muertos de hambre y las víctimas de la vindicta que se pagó en los tribunales. No tenía caso que le preguntara a los enjaulados si habían visto a don Marcos, sus súplicas, sus odios y las carcajadas que les brotaban del hocico mientras se manoseaban sus partes les cerraban las orejas. Ése no era el Infierno al que mi protector había sido condenado.

Cuando estábamos a punto de largarnos, el mandamás del presidio se acercó y me dio una palmada en la espalda.

—Aquí no hay nada que ocultar, todos los encerrados tienen un delito fincado —nos aseguró con un gesto que no se esforzaba por parecer inocente.

La burla era obvia y más nos valía tragarnos la afrenta. Una mentada de madre bastaría para que nos encarcelaran por faltas a la autoridad.

Seguimos adelante.

Sin necesidad de gritos ni sombrerazos nos dejaron entrar al cuartel. Martínez Pinillos nos recibió como si nada hubiera pasado.

Su uniforme era perfecto y sus botas brillaban como si fueran de charol, su rostro era impenetrable y tenía las huellas de la viruela. El ojo blancuzco por la cicatriz que le dejaron las pústulas estaba tieso. El militar se negaba a cubrirlo con un parche.

Nos ofreció un puro y nos escuchó con toda la calma del mundo. Cualquiera que lo hubiera visto podría haber pensado que nuestras palabras le importaban.

Después de suspirar y mover la cabeza con la pesadumbre que delataba sus mentiras nos contestó que nada sabía. "Esto está muy raro, ninguno de mis hombres sería capaz de hacer algo sin que se lo ordene", bisbiseó antes de invitarnos a que indagáramos donde quisiéramos.

Le tomamos la palabra y nos levantamos.

—Aquí no hay secretos —nos dijo mientras sonreía.

Lo buscamos y lo rebuscamos, pero don Marcos no estaba en ninguna de las celdas. Volvimos a la oficina y el general nos acompañó hasta la salida del cuartel.

—Hay gente que se empeña en desaparecer, y a veces lo logran hasta que encuentran su cuerpo en una zanja —masculló cuando el centinela nos abría la puerta.

Su amenaza estaba calculada.

Esa noche apenas unos cuantos faltaron a la logia. Para nadie era un secreto dónde estaban ni qué hacían los ausentes: las palabras de los caguetas son más rápidas que sus hechos. El putero de alcurnia los recibió a puertas cerradas. Delante de ellos estaban las copas y a su lado se miraban las suripantas que atestiguarían su rendición. El general se dejaba querer y asumía que los cobardes se harían los remolones antes de lamerle las patas. Él tenía la sartén por el mango y podía decidir el momento en que la entregaría a la lumbre.

En el templo, la cena de negros había comenzado.

Los hermanos se arrebataban la palabra y se negaban a oír a los otros con tal de que la rendición se aceptara sin condiciones. A ellos no les interesaba que jamás hubiera tronado un plomazo y lo mismo pasaba con las armas que se escondieron sin sentir el calor de las balas. La pólvora chamuscada no era el pecado que habían cometido en contra de Su Alteza Serenísima; pero su pensamiento, su palabra y su omisión podrían condenarlos al matadero. Un susurro o un sueño indeseable bastaban para profanar la sagrada imagen del Gobernante Supremo.

El miedo les apretaba los tanates.

El "se lo dije" se repetía hasta el hartazgo. La mayoría insistía en que sólo existía la posibilidad de abandonar a don Marcos y curvar el lomo delante de Martínez Pinillos.

—No tiene sentido perder la vida por un muerto —remató uno de los más collones con ganas de largarse al burdel donde sus compinches esperaban la noticia de la rendición.

Si algo tenían que darle al general para demostrar su lealtad era lo de menos: el oro que le entregarían valía menos que su vida y sus negocios.

Yo guardaba silencio y los medía. Los masones eran capaces de hacer lo que fuera necesario con tal de salvarse. La mirada del hermano Gonzalo estaba clavada en el suelo y sus labios se movían con un ritmo preciso. Poco a poco fui descubriendo la palabra que repetía: era el nombre de su hija, una güereja frondosa que podría entregarle al general como muestra de lealtad. Ella podría vivir en la casa chica y su madre le enseñaría a jadear mientras el moco de guajolote de Martínez Pinillos se esforzaba por entiesarse.

El hermano Gonzalo no era el único que pensaba de esa manera. En la sesera de los que vociferaban repapaloteaban las mismas ideas; es más, los que estaban marcados por el pecado nefando también estaban dispuestos a ponerse en cuatro patas.

Al final, casi todos se descararon y levantaron la mano para exigir que quebráramos el sable sin presentar batalla. La minoría no teníamos manera de oponernos. Antes de que las voces volvieran a alzarse, se largaron del templo para apersonarse en el burdel antes de que la mercancía se terminara o estuviera demasiado usada.

Hoy, cuando las hojas del calendario
no me importan ni me pesan

El Diablo es el único que sabe lo que pasó en el burdel. En la oscuridad de su reino los secretos no existen. Yo sólo puedo jurar que, al día siguiente, algunos hermanos se embarraron pomada de azogue en sus partes con tal de matar las llagas que todavía no les brotaban, pero que en unos años terminarían por condenarlos al pabellón de los sifilíticos. A pesar de los rezos, los arrepentimientos en el confesionario y los emplastos que les entregaron los médicos después de jurar que guardarían el secreto, sus afanes para huir del mal francés le venían guangos a la gente. Sus pústulas sólo se revelarían en los hijos ciegos y los escuincles babeantes que azuzarían los chismes que no podían acercarse a la verdad: las viejas chimoleras jurarían por la Cruz de Cristo antes de decir que ellos se habían cogido a su esposa cuando estaba reglando o que hicieron sus cosas mientras una procesión pasaba delante de su casa. Para la plebe, el prostíbulo que se fingía afrancesado era el territorio de lo innombrable, el lugar que estaba más allá de sus conocencias y sus bolsas vacías.

La ciudad amaneció como si nada hubiera pasado. Oaxaca estaba lagañosa, la luz apenas la despertaba y las campanas seguían mudas. Los pocos que andaban en la calle no podían imaginar que las fortunas de los comerciantes estaban mermadas y Martínez Pinillos tenía las alforjas retacadas. Los secretos del putero se quedaron en el putero, una palabra de más habría bastado para que la furia le cayera encima como un cliente enloquecido. Sólo los escribanos pudieron conocer lo que había pasado: ellos llenaron las hojas de papel sellado para dar razón y cuenta de las propiedades que el militar compraba a precios ridículos, pero ninguno se atrevió a preguntar la razón de una venta tan castigada.

Los ratones del miedo les mordían la lengua.

Mi situación era distinta. El sol todavía no se anunciaba entre los cerros y los hermanos ya me habían dado la espalda. Mi condena no necesitaba juicios ni defensores, la pestilencia de don Marcos estaba pegada en mi cuerpo como el más duro de los humores. Mi sudor olía a desgracia y abandono.

Los masones apenas me dirigían la palabra para lo indispensable. Su mirada me traspasaba como si no existiera. De no ser por las dentelladas que le daban a mi sueldo, mis hermanos me habrían corrido del instituto. Los muertos de hambre de mi tipo no se reclutaban en cualquier esquina.

Esteban Aragón y Félix seguían firmes y dispuestos a jugársela hasta las últimas consecuencias.

—Tú nomás lo señalas y yo lo mando al reino de las calacas —me ofreció Esteban que todavía no debutaba como asesino.

Sus ganas de apoyarme apenas me sostenían. El silencio de mi madre le hacía honor a su nombre, las ganas de soltarme un "te lo dije" estaban atoradas en su garganta. El plato que casi me aventaba para que comiera apenas le atreguaba la muina.

La soledad me dolía.

Las manos que tal vez podrían ayudarme estaban engrilletadas. A Juárez también lo habían capturado mientras sus hermanos se revolcaban en el putero para celebrar su caída. Quienes lo vieron irse de la ciudad, juraban que el hijo de Su Alteza Serenísima se lo llevó amarrado por el camino que conduce a Veracruz. Nadie sabía si llegaría al puerto: un plomazo por la espalda valía más que su exilio.

Mi error era obvio. Por el orgullo de seguir a mi protector hasta la muerte, le había apostado a la carta perdedora.

Las espadas, las copas y los oros pueden más que los bastos.

Las noticias sobre don Marcos estaban mudas. Nuestras preguntas caían en el resumidero de la sordera. Su nombre era impronunciable y los delatores tenían las orejas afiladas. Para colmo, la mala fortuna y la poquedad de mis palabras nos cerraban el camino, pero la habilidad de mi hermano para beber sin perder la cabeza y platicar con cualquiera que se le pusiera enfrente terminó por salvarnos. Gracias a una botella de chínguere y una lengua que se atoraba en cada erre, descubrimos dónde estaba: Martínez Pinillos lo tenía encarcelado en la torrecilla de Santo Domingo.

Su prisión era perfecta. El odio de los ensotanados garantizaba su silencio y, de pilón, el lugar estaba lejos de todo, menos del cuartel. Allá, en las alturas y detrás de las torres de la iglesia, los gritos de don Marcos se estrellarían contra los muros. Y, si por un milagro traspasaban las rejas de las ventanas, las campanadas los opacarían con el primer tañido. Nadie, absolutamente nadie podía llegar a la celda sin toparse con los soldados que lo custodiaban y darían la voz de alarma para que el destacamento rodeara el convento.

El general sólo esperaba las órdenes de Santa Anna. Las ganas de matarlo apenas tenían la brida del papel que llegaría desde la capital.

María Guadaña acariciaba a don Marcos y sus coqueteos pronto terminarían para mostrar su verdadero rostro. A como diera lugar teníamos que rescatarlo, sólo la fuga podría alejarlo de los ojos vacíos y la lengua agusanada.

Esa noche nos vestimos con la ropa más oscura que teníamos y nos embarramos lodo en la cara. De lejos nos pareceríamos a los zainos que cumplían una encomienda de su patrón. Nos encaminamos al convento con dos cuerdas en el hombro. El puñal que traíamos colgando en el cinto nos hacía creer que no moriríamos solos, pero nuestra arrogancia valía menos que un tlaco oxidado: nunca habíamos luchado cuerpo a cuerpo y nuestro rostro todavía no se quedaba grabado en las pupilas de los muertos que cargaríamos.

Avanzábamos en silencio y nos alejábamos de los faroles. Las llamas del aceite eran más peligrosas que los ladridos que podrían revelarnos. La noche estaba fresca, casi fría, pero el sudor nos corría por el cuerpo. Esa vez fue la primera que sentí la tarascada del miedo.

Llegamos al convento. María Guadaña nos seguía y apenas se mantenía a distancia por el cascabel de serpiente que mi hermano traía en la bolsa.

Me trepé en sus hombros para alcanzar la primera barda. Subirlo fue más fácil: el grueso mecate que sostenía lo ayudó a escalar el muro. Caminamos por las azoteas y cuidábamos nuestros pasos. El ruido de los tacones podía alertar a los curas que se latigaban en sus celdas o perdían el alma con sus sueños pecaminosos.

En silencio nos asomamos a la torrecilla.

Ahí estaba don Marcos, sentado, perdido en sus pensamientos. Tres veces susurré su nombre y por fin se levantó sin voltear a la ventana.

Lentamente empezó a caminar como si rezara. En sus latines se entreveraban las palabras sagradas y lo que quería decirnos. Uno de los guardias abrió la puerta, se asomó y volvió a cerrarla después de menear la cabeza como si estuviera delante de un loco.

Mi protector nos pedía un lápiz y papel para escribirnos un mensaje.

A señas le dije que pronto volveríamos con lo que necesitaba.

Cuando regresamos, don Marcos ya no estaba. El lápiz y las hojas me quemaban en la bolsa.

Mi protector se había transformado en un espectro y su imagen se deslavó sin que los hermanos lo extrañaran. Su preocupación era recuperar lo que perdieron en la asonada que se rindió en el putero.

La melancolía entonteció mis ansias de venganza. Por más que quería pensar en otra cosa, sólo podía esperar que su cuerpo profanado apareciera tirado a mitad de la nada.

Los días pasaban y el cadáver de don Marcos no se revelaba. Su ausencia me obligaba a encorvar los hombros, a perderme entre las umbrías más espesas. Buscarlo era un desvarío. Si alguien como él se había esfumado, no habría novenarios ni consuelo. Su desaparición se convertía en una tumba abierta, en un sepulcro sin lápida ni fecha.

Todos los días caminaba hasta el instituto con la mirada baja y el desgano a cuestas. Ni siquiera tenía la fuerza para ir a darle un abrazo a su hijo. El no muerto impedía las palabras de pésame. La posibilidad de tirarme a dormir sin sueños era mi consuelo.

Así hubiera seguido de no ser por uno de los arrieros.

—Ten —me dijo—, esto es para ti.

El papel cuidadosamente doblado era una carta de don Marcos. Por órdenes de Su Alteza Serenísima, lo habían exiliado a Tehuacán.

"Pronto nos veremos, pero no me escribas", se leía en las últimas palabras del pliego.

Sigo escribiendo.
En casa, los espectros son una ausencia, sus sombras
acompañan a las plegarias que se oyen en la calle

Las orejas retacadas con cera prieta no pudieron amacizar la sordera, los murmullos terminaron por apoderarse de Oaxaca. Lo que pasaba no podía esconderse: los caudillos y las camarillas de otros rumbos estaban a punto de levantarse en contra de Santa Anna. Algunos juraban por la honra de su madre que don Juan Álvarez había conseguido armas con los gringos a cambio de entregarles la aduana de Acapulco, otros decían que los caciques de la sierra alborotaban a su gente y tampoco no faltaban los que se santiguaban antes de jurar que Su Alteza Serenísima había dejado la capital y avanzaba sobre caminos ensangrentados. Según ellos, a su paso no quedaba piedra sobre piedra y en los caminos sin orillas se miraban los colgados. Los periódicos sólo guardaban silencio y sus páginas se llenaban con loas a Santa Anna y al general Martínez Pinillos. Por más líneas que imprimieran, la verdad estaba en otra parte. Los susurros no mentían: el gobierno se caía a pedazos, el país de Su Alteza se desmoronaba sin que nadie pudiera detener el terremoto.

La desgracia se adueñó de los cerros y los alzados casi estaban listos para avanzar como las hormigas arrieras y las langostas. En menos de lo que canta un gallo, sus machetes y sus fusiles se transformarían en las quijadas que todo lo devorarían. Las campanadas que anunciaban las apuestas desesperadas sonaban en todos los relojes. Los badajos dejaron de anunciar la hora del rosario. A las cinco de la tarde, los tañidos anunciaban la llegada de la insania.

Al Gran Soberano no le quedó más remedio que emprender la última jugada con tal de seguir aposentado en Palacio. Sin tentarse el alma debía soltar a los perros de la guerra, pero la matanza de los rebeldes necesitaba una justificación, una embarrada de legalidad que bendijera los patíbulos: gracias a un plebiscito, el pueblo eternamente sabio decidiría si el Ángel de la Fe continuaba al frente del país como Su Alteza Serenísima, como el hombre que estaría más allá de las leyes y sin más límites que sus caprichos.

Las reglas de la votación cuadraban con sus delirios. Delante de sus representantes estarían un par de hojas, una pluma y un tintero: en una se leería el "sí" anhelado, en la otra se mostraría el "NO" imposible. Bajo ellas, la gente escribiría su nombre o pondría la cruz que confirmaba la puntería de su patriotismo y su amor por el soberano. Después de eso, ninguno de sus enemigos podría ocultarse o, por lo menos, se habría rendido delante de todos. La traición a su voto justificaba su muerte.

La locura del Cojo se afianzaba con fuerza. Los baldes de agua helada no bastaban para atreguársela: el delirio de que todos lo amaban hasta la perdición lo llevó a creer que, después de que el mundo ardiera, su imagen se mantendría en pie para que los miserables se postraran delante de ella y rezaran las palabras que le hacían justicia: "Antes de Dios, nuestro amado Santa Anna".

Las planas de los periódicos de la ciudad se llenaron con la noticia que resaltaban con las letras más gruesas que tenían en sus cajas. Los cagatintas no se quedaban atrás y buscaban la manera de demostrar que Su Alteza Serenísima era un demócrata, un hombre entregado en cuerpo y alma a la sacrosanta voluntad de su pueblo.

Esa balumba era lo único que se escuchaba. Las cartas que llegaban de lejos eran decomisadas y se entregaban después de que los santanistas las revisaban con la lupa que mejor les acomodara. Una palabra de más se convertía en la llave de las celdas. Aunque la ignominia los manchara, nadie podía darse el lujo de no amar a Santa Anna.

Todos los que no se postraran se convertirían en enemigos de Su Alteza. Por eso, antes de que el agua le llegara a los aparejos, la logia convocó a los hermanos para decidir lo que harían.

Esa noche, ninguno de los hermanos se atrevió a romper el silencio. Nadie osó interrumpir al hombre que tenía la fortuna mermada y el pito llagado.

—El Supremo Arquitecto del Universo es testigo que llegó el momento de purificarnos y reconocer nuestros errores delante de todos —exclamó con una voz que envidiarían los poetas que declaman a la menor provocación.

Después de escucharlo, los masones refrendaron su cobardía. Juntos iríamos a la mesa de la plaza de armas y, delante de todos, ratificaríamos nuestro apoyo a Su Alteza Serenísima.

El día de la votación caminamos hasta el centro de Oaxaca. A mis hermanos no les pesaban la traición ni la cobardía; sus pasos los convencían de que, después de que escribieran su nombre en la página correcta, podrían aflojar las nalgas y empinarse delante de los poderosos.

Al vernos llegar, el general dejó su lugar en la mesa y nos dio la mano como si fuéramos compadres. Sólo faltó que, con tal de refregarnos su victoria, pronunciara un discurso para alabar a los buenos mexicanos que le juraban lealtad a Su Alteza y le retacaban las bolsas cuando cedían a sus chantajes. Si Santa Anna era el dueño del país, él lo era de Oaxaca.

La indiada que arrearon desde la sierra y los miserables que levantaron de las calles se quedaron esperando en la fila. El solazo les alborotaba la cruda. Para toda la leperada era obvio que la gente decente iba antes que ellos y que más les valía quedarse callados. En un arrebato de generosidad, el sargento que estaba al lado de Martínez Pinillos les daría unas monedas para curarse sus males.

Los hermanos comenzaron a escribir su nombre en la hoja correcta, bajo sus letras estaban los tres puntos que nada valían. Todos dejaban la mesa después de que el general les daba una palmada y los felicitaba. Cuando llegó mi turno dejé la pluma en el tintero y le dije que prefería no votar para no ofender a nadie.

Martínez Pinillos me miró con ganas de doblegarme.

—Votar es una obligación —me advirtió con una voz que se pasaba de recia.

Yo le sonreí antes de responderle:

—Usted está equivocado, votar es un derecho y no quiero ejercerlo.

La gente del instituto empezó a presionarme y no faltó el rastrero que me advirtió que, si no votaba, perdería el trabajo.

La posibilidad de seguirme negando estaba muerta.

Tomé la pluma. En la hoja que decía "NO" escribí mi nombre y cerré con una frase de valor: "¡Viva Juan Álvarez!".

Mi lealtad a don Marcos me obligaba a nunca curvar el lomo.

Casi de noche, mientras la bombilla atrae
a la polilla que morirá chamuscada

La plaza de armas era el lugar de la muerte. Una sola palabra bastaría para que me refundieran en la cárcel o algo peor me pasara. Los guajolotes que un indio arreaba me veían con los ojos secos; de no ser por los palazos que los obligaban a mantener el rumbo, me habrían rodeado para anunciar mi destino. María Guadaña se arrastraba entre ellos y su mortaja estaba manchada por las cagarrutas que dejaban a su paso. Yo era el único enemigo declarado de Santa Anna y sus compinches. El "¡Viva Juan Álvarez!" era el escupitajo que, con una puntería de apache, le había atinado en la jeta a Martínez Pinillos.

Empecé a caminar deseando que mis pasos fueran de siete leguas y cuatro varas. Por más ganas que tuviera las nalgas fruncidas, no podía echarme a correr. Los masones y el general no podían darse el gusto de verme huyendo.

Llegué a mi casa. Me detuve en la puerta para asegurarme de que nadie me seguía.

Busqué a mi hermano y nos sentamos frente a la mesa donde estaban labradas las venturas y las desventuras de los arrieros. Sus pelos tiesos me confirmaron lo que imaginaba: la votación le importaba un carajo.

En silencio me sirvió un fajo de vino mezcal.

—Luego luego se ve que lo necesitas —me dijo, mientras limpiaba la boca de la botella y se olía la mano para calmarse las ganas de servirse un trago.

Félix tenía razón, con un solo jalón me terminé el aguardiente.

El alma me volvió al cuerpo al sentir el ardor en la garganta.

Esa vez no tosí. Un resoplido fue suficiente para sacar el aliento a toro.

Le conté lo que había pasado y le remaché que mis días estaban contados. Las puertas del instituto se habían cerrado para siempre y Martínez Pinillos no tardaría en ordenar mi captura.

La casa ya no era segura, la Muerte tumbaría la puerta.

Mi hermano me ofreció una salida: podía esconderme en la pocilga destartalada que alguna vez fue la tenería de mi padre.

—Nadie te buscará en ese muladar —aseguró sin besarse los dedos en cruz.

Acepté sin remilgos. Lo que sucedió después se pasa de obvio: esperamos la llegada de la noche y nos largamos con un morral lleno de totopos y un cántaro de agua.

—Ni modo, a conformarse —murmuró antes de darme el abrazo de despedida.

Yo conocía mi futuro que una gitana me auguró al tirarme las cartas. Las diez espadas se mostraban sin tener que tocar la baraja. Del uno al siete me apuntaban y de la sota al rey me perseguían. La desgracia estaba anunciada. Sus manos secas me acariciaban: yo era el borrego que estaba a punto de ser degollado. Las cartas del monte se habían acabado y las apuestas estaban cerradas. Sólo si la fortuna me sonreía, podría largarme a la sierra hasta que las cosas se calmaran. Por más que pensara en los arcanos y buscara señales en los tres granos de maíz que flotaban en un charco, no sabía que Juárez había llegado a Acapulco para incorporarse a los levantiscos que encabezaba Álvarez, tampoco tenía noticia de que el padre de

Pepe Limantour le entregaba las armas que contrabandeaba, y mucho menos estaba enterado de las camarillas que se les sumaron para enfrentar al Quince Uñas. Yo estaba solo, en la penumbra y con el miedo a cuestas.

Durante algunos días traté de guardar silencio.

La puerta apenas atrancada me alejaba de la muerte y mis ojos se asomaban por sus rajadas cuando alguien pasaba. Ninguno volteaba al cobertizo herido por el viento y la lluvia. Los adobes apuñalados y los palos que brotaban del techo tenían las marcas del infortunio.

Para matar el tiempo me ponía a hacer fibra. El cansancio del ejercicio me dejaba tirado y el sueño trataba de asesinar la lentitud del tiempo. Por más que intentara engañarme, yo estaba cautivo sin que las rejas se hubieran cerrado a mis espaldas.

Algunas noches mi hermano venía a verme y conversábamos en voz baja. Sus palabras nunca eran buenas:

—Todavía te siguen buscando —me advertía con ganas de que me huyera.

Su aviso se volvió realidad. Un fulano empezó a mirar el cuchitril y se asomó entre las quebraduras de la puerta. Su respiración era ansiosa, idéntica a la de los muertos de hambre que son capaces de lo que sea con tal de ganarse una moneda.

Ese hombre decidió mi destino.

Los volados eran un lujo que no podía darme. Sin pensarlo dos veces, me largué del cuartucho para buscar a Esteban Aragón. Sólo él podría acompañarme en la huida, el Chato debía quedarse para cuidar a mi madre. No tardé en hallarlo. Apenas tuve que entrar a tres cantinas para encontrarlo. Ahí estaba, delante de la barra, con la mirada fija en el escote de una cualquiera. Ese día no alcanzó a decidir si le invitaría un farolazo con ganas de ahorrarse el resto del pago.

—La amistad obliga —fue lo que me contestó antes de dejar unas monedas sobre la barra.

Cuando nos vieron juntos, más de tres se fueron al cuartel para delatarnos.

Esteban los tenía bien puestos. Su andar retaba a los que nos salían al paso y su mirada chocaba con la ojeriza y las maldiciones que podrían tentarnos.

Nuestros planes no daban para mucho. Él se apersonó en mi casa para recoger las pocas armas que tenía y traer el caballo que recién me había agenciado. Yo jalé para otro rumbo y me encaminé al hogar de don Marcos. La morada estaba herida por la tristeza. Los temblores la habían descascarado en algunos lugares y nadie se había tomado la molestia de volver a enjarrarlos. Sus cicatrices eran el recuerdo de mi protector.

Guadalupe no me pidió explicaciones y me entregó las pistolas que jamás se habían disparado.

Nos largamos a la sierra sin comprar bastimentos, la polvareda que levantamos nos acompañó hasta que dejaron de mirarnos. Nuestros pasos seguían los caminos y las veredas sin que ninguna brújula los orientara. Íbamos a todos lados y a ninguna parte. Por más que los buscábamos, los levantiscos no se mostraban. Así seguimos hasta que nos topamos con un caserío y, manque no era un bandolero, Esteban desenvainó el sable para robarse una montura. Las ancas de mi caballo le habían llagado las nalgas.

En esos días apenas teníamos un consuelo: tarde o temprano hallaríamos a alguien que nos echara la mano y nos diera las señas de los alzados. El silencio nos acompañaba y apenas se quebraba por los resoplidos de las bestias. Estábamos mudos, atrapados en los profundismos que nos entiesaban la lengua. Volver a Oaxaca era imposible, apersonarnos en Tehuacán para encontrarnos con dos Marcos era peligroso. Para acabarla de joder, dos hombres solos no podían tumbar a Martínez Pinillos y levantarnos en armas en contra de Santa Anna era ridículo.

La moneda estaba en el aire y no sabíamos de qué lado caería: el gorro frigio quizá nos transformaría en rebeldes y el águila tal vez nos convertiría en bandoleros. Ésa fue la primera vez que me jugué la vida en un volado.

A los lados del camino estaban los árboles que ahorcaba la hiedra, sus ramas retorcidas todavía recordaban el peso de los colgados, daba lo mismo si habían bailado su último jarabe con la Huesuda por ser bandoleros o si los estranguló porque se negaron a entregar lo que les exigían los ladrones. La Calaca no respetaba a nadie y la mala yerba crecía para señalar el lugar donde hacía de las suyas.

Aunque no lo quisiéramos, las escabechinas nos alcanzaron.

La asonada le soltó la rienda a María Guadaña. Las tropelías estaban desbocadas. La revuelta no sólo era el juego mortal del quítate tú para que me ponga yo. A los santanistas y los alzados no les interesaban las prédicas de Juan Álvarez y Nacho Comonfort, Su Alteza Serenísima también les importaba un pedo partido por la mitad. Ellos querían ajustar las cuentas, vengarse de las ofensas reales e imaginarias o llenarse las manos con la sangre que les atreguaría la envidia. El pretexto de la revolución sobraba para echarse al plato a quien se les diera la gana.

Al salir de una vuelta del camino los encontramos. Delante de nosotros estaban los cadáveres. A los dos les habían sacado los ojos para que el rostro de su asesino se perdiera entre la sangre y los humores negros. Su ropa casi estaba intacta. La mujer no tenía las enaguas alzadas, el plomazo que le dieron en la sien apenas la manchaba. Los dos seguían aferrados a sus petacas. No los habían matado para robarlos, su asesinato sólo podía tener una causa: era una venganza de Martínez Pinillos o de alguien de su calaña.

Los miré con calma. La Calaca se los había llevado sin que pudieran meter las manos.

Aunque estaba maldito, algo de piedad me quedaba en el alma. Esos indefensos no se merecían quedar a merced de los carroñeros

112

ni de la rapiña. Sus espíritus no tendrían descanso y se esconderían en las encrucijadas para arrebatarles la vida a los infelices que se les cruzaran. Tras ellos llegarían los toros negros con ojos de lumbre, las brujas que les arrancaban trozos de carne a los cadáveres y los Diablos que los torturarían hasta el fin de los tiempos. A pesar del escupitajo de mi padrino, debía rezar por sus almas. Con algo de suerte, un *Pater Noster* les abriría las puertas del Cielo.

Esteban estaba callado. Sus ojos eran una rendija que trataba de divisar si alguien venía. Las nubes apenas se movían y él se tentaba la cintura para sentir el consuelo de su pistola. Los muertos que casi estaban a su lado eran distintos de los que conocía: los briagos que se desangraban en las cantinas o se retorcían en una pulquería no eran gente de bien.

Me senté cerca de la mujer.

Casi era joven, su piel parecía tersa, sus manos no estaban callosas y del cuello le colgaba una cadena con una pequeña cruz. Su cuerpo todavía no se engarrotaba y, sin que un corsé lo apretara, su vientre se veía liso. Sólo podía imaginarla hincada, suplicando clemencia antes de que el disparo le dejara una chamuscadura en la cabeza.

Al cabo de un rato me levanté y murmuré una plegaria.

Por más que quisiera, no tenía manera de sepultarlos. Sólo les puse una piedra en el pecho. Esteban se acercó y, sin decir una palabra, hizo lo mismo.

El silencio de la muerte se interrumpió. Tres indios nos amenazaban con sus machetes.

—Ustedes se los echaron —nos gruñó el que parecía más fiero.

Nuestras miradas chocaron sin chispas.

En el brazo izquierdo, el gañán tenía enredado su sarape para protegerse de las puñaladas. Sus labios estaban apretados y el bigote aguamielero se erizaba como el lomo de un perro. Los otros no eran distintos: los sombreros maltrechos, los escapularios que acentuaban el pecho huesudo y la ropa estragada los hermanaban en la desgracia. El único que destacaba era el tipejo que tenía una pierna contrahecha desde el día que lo parieron.

Apenas nos separaban unos pasos. Su olor no era el de la sangre, la sobaquina añeja me ardió en la nariz.

Por más que quisiéramos, teníamos que rendirnos. Antes de que tomáramos las pistolas, las amartilláramos y les sorrajáramos un plomazo, el filo del machete nos machacaría la carne.

Levantamos las manos. Los indios nos despojaron y nos tentalearon para asegurarse de que nos habían desarmado.

El que parecía ser el mandamás nos señaló el camino.

Empezamos a andar mientras ellos seguían nuestros pasos. Ese fulano venía montado en mi caballo, y uno de sus achichincles se trepó en el de Esteban. Ladrón que roba a ladrón tiene mil años de perdón.

Nos adentramos en las veredas y no tardamos mucho en llegar a su campamento.

Alrededor de la lumbrada estaban sentados sus compañeros, las pocas armas que tenían descansaban a su lado. Las llamas bailaban en vano, sobre ellas no había una cazuela ni una rama con carne colgando. El que parecía mejor vestido se levantó para vernos de cerca. A leguas se miraba que no era un payo de mala muerte, en su pantalón no estaba la botonadura de plata y su caballo tampoco tenía los arreos que terminarían empeñados en una cantina. Luego luego se distinguía que era un ranchero a secas, alguien que alguna vez se ganó la vida de manera decente.

—¿Qué hacen por acá? —nos cuestionó con ganas de calarnos.

A un tipo como él no tenía caso mentirle, de inmediato se divisaba que la ley le importaba un carajo.

—Andamos huidos —le contesté sin ganas de pleito.

El hombre sonrió.

—¿Pues a quién mataron?

—Todavía a nadie —respondí con resignación.

Con una seña nos invitó a sentarnos delante de la hoguera y empezó a interrogarnos. El tiempo estaba de su lado.

Las palabras fueron y vinieron hasta que el ranchero nos dijo que estábamos en el mismo bando: ellos se habían alzado para apoyar a Juan Álvarez. Durante un instante tuve la tentación de meterme en honduras, pero él me arrebató la palabra para remachar sus creencias.

—Nosotros no somos tarugos: don Juan nos va a hacer ricos sin trabajar. De su boca saldrán monedas de oro y sus palabras serán más milagrosas que las mandas a la Virgen. Sus manos sanarán las dolencias y sus ojos abrirán las puertas del Cielo. Nosotros seremos sus hijos. Cuando el ladrón que vive en Palacio cuelgue de un mecate, sólo tendremos que santiguarnos y pronunciar su sagrado nombre para que las milpas crezcan y las vacas queden cargadas.

No tenía caso que le llevara la contra. La gente que termina arrastrándose no tiene remedio, y a nosotros se nos habían terminado las opciones: sin hacernos los remilgosos nos sumamos a sus hombres. A los pocos días, nos devolvieron las armas y las monturas. Aunque anduviera alborotada, la indiada siempre reconocía el color de la piel de los que mandaban. No era casual que a Esteban y a mí nos dijeran los güeros y de "patrón" nos trataran.

Por más que los buscábamos, los enemigos no se mostraban en la sierra. En realidad caminábamos en busca de la nada. El ulular de los tecolotes llegaba con la noche y ninguno de los prietos podía adivinar quién se moriría primero. Ellos sólo tenían clara la envidia por la sangre blanca que nos corría en las venas y espantaba los augurios.

Así pasaron los días hasta que vimos una fogata en la cañada de Teotongo.

Nosotros estábamos arriba, ellos estaban abajo. Los soldados de Martínez Pinillos se tomaban las cosas con calma, nadie se había atrevido a atacarlos. Ellos sólo extrañaban el aguardiente y la santa rosa para atarantarse.

—Míralos, están igual que yo —me dijo Esteban.

Las semanas de sobriedad le estaban calando el alma.

—No te preocupes, al rato les damos para que te emparejes —le contesté con una sonrisa.

En la oscuridad empezamos a preparar el ataque.

Arrastramos un tronco hasta la orilla del barranco, lo amarramos lo mejor que pudimos para que aguantara el peso de las piedras. A los pocos que tenían armas de fuego les enseñé dónde debían acomodarse y a quién debían apuntarle. A uno de los escopeteros le temblaban las manos. Ésa sería la primera vez que dispararía en contra de un cristiano que podría ensartarlo con su bayoneta.

Me le acerqué y le di una palmada en el lomo.

—El miedo es un perro bravo, el chiste es darle una patada en el hocico —murmuré mientras fingía que era un militar de cepa.

Toda la noche los estuvimos observando. Las llamas los alumbraban y sus armas descansaban.

Las manos de Esteban no se estaban quietas. Una y otra vez se tocaban la barba que apenas le sombreaba la cara. Su silencio era tan duro como su miedo.

—¿Alguna vez te cargaste a alguien? —le pregunté con ganas de que no se quebrara.

—No —me contestó—, apenas le di gusto a la charrasca en tres pleitos de cantina.

El vigía se quedó dormido después de que se tapó la cabeza con su sarape. Dos machetazos cortaron las cuerdas. Las piedras y el tronco cayeron sobre ellos. No mataron a nadie pero hirieron a algunos.

Los sardos se levantaron por el estruendo y apenas unos balazos dieron en el blanco. Los santanistas huyeron sin preocuparse por los heridos.

Bajamos al fondo de la cañada. Esa noche, los gritos me enseñaron a distinguir a las víctimas: los que rogaban por su madre estaban condenados a muerte; en cambio, los que pedían clemencia y suplicaban por un matasanos no estaban tan graves.

Los indios no se detuvieron a escucharlos. Los cuchillos y los machetes los silenciaron sin que nadie tuviera que ordenárselo. Los dejé hacerlo mientras recogía las armas que se quedaron abandonadas. En ese momento sólo me molestaban los quejidos de un fulano que no terminaba de morirse mientras le cortaban un dedo para robarle su anillo.

Esteban caminó hacia el lugar donde guardaban las provisiones. No encontró lo que buscaba.

—Ni modo —me dijo con resignación—, hoy me estrené en seco como matador.

Jamás encontramos la guerra, tampoco atacamos una plaza fuerte. Por más que trataba de atizarlo, el valor de los alzados no daba para más. A fuerza de las promesas que se olvidaban en el preciso instante en que las herraduras sonaban en el camino, terminé por descubrir que la estrategia del ranchero siempre era la huida. A la hora de la verdad, ellos se conformaban con venadear a un enemigo descuidado. Cuando la carne le reventaba y caía del caballo, el resto de la avanzada encajaba las espuelas a sus monturas sin presentar batalla.

Nuestros grandes combates se decidían con un solo plomazo.

Entre los hombres de Martínez Pinillos y los del ranchero no había diferencia más allá de los uniformes desgarrados y pertrechos que a veces abandonaban.

Vivíamos del pillaje y nos engañábamos pensando que cada robo era una manera de castigar a los enemigos. Nunca hallamos nada que valiera la pena; pero, en una de ésas, Esteban cumplió su deseo y dos días estuvo bebiendo delante de la hoguera.

Los tragos que le daba a la botella tenían un ritmo perfecto y la cantidad de aguardiente que le bajaba era exactamente la misma. Por más que la indiada apostaba lo que no tenía para atinarle al instante en que Esteban se desbarrancaría, mi amigo no se quedó tirado durmiendo la mona.

Ese aguante fue su desgracia.

Cuando volvió a Oaxaca, luego luego se enredó con una mujer a la que podía faltarle todo, menos una reputación dudosa. Sus amoríos eran escandalosos y se notaban más que sus arracadas. Una tarde, cuando ya estaba casi borracho, Esteban se topó con el barbaján que se decía su marido. Se hicieron de palabras y mi amigo terminó con las tripas de fuera. Se dice que sus intestinos se veían tan limpios como su bravura y su honra.

Su asesino no pisó la cárcel. El honor mancillado y la borrachera eran los atenuantes que no podían ignorarse.

El papel se termina y los fantasmas permanecen. En el buró me esperan el jarabe de pasiflora, el frasco con láudano y una libreta con pastas marrones. El silencio de la desmemoria se acerca y los espectros se vuelven más fuertes. Delfina todavía no se divisa y María Guadaña se asoma en la ventana como una amante dolida. Por más que quiera, todavía no puedo morirme.

III
El cuaderno marrón

A pesar de las páginas nuevas, sigo garabateando en el mismo lugar:
la cárcel donde los espectros se transforman en candados y rejas

Nunca pensé que morirme fuera tan difícil. María Guadaña se agazapa en los rincones y su mortaja desgarrada sigue empolvando el tapiz de las paredes. Sus huellas son un tizne incesante, una mancha terca que sólo desaparecerá cuando mi vida se apague. Por más cruces que haga, Carmelita no entiende lo que pasa, y yo no puedo contarle nada. El silencio es mi última trinchera.

La rabia por la tierra que algún día regresará al panteón no es lo único que la aflige, la gusanera que se alimenta de los vaticinios del doctor Gascheau también la persigue. Cada vez que me pregunta sobre lo que escribo, sólo le respondo con las mismas palabras.

—Pronto, muy pronto podrás leerlo hasta la última página —le digo y, tal vez sin que se dé cuenta, me aseguro de que mis cuadernos no lleguen a sus manos.

La llave del cajón del buró que me cuelga del pescuezo tiene la fuerza para abrir los tiempos que se fueron para siempre y que nadie, absolutamente nadie, debe leer.

Hoy sé que nuestras deudas están parejas y los reclamos se pudren en un sepulcro sin epitafio. Pase lo que pase, su lápida debe quedarse muda. Por más que la furia la acicateara, Carmelita nunca pudo echarme en cara que yo conocía sus secretos. Leí todas las cartas que le mandó a su padrino, al imbécil de Lerdo que conspiraba en el exilio. Mi mujer no escribía a Nueva York para enterarse del clima. Hoy puedo jurar que la profanación de sus palabras le dolió menos que el himen desgarrado y las habladurías que consagraron la boda del año. Por más que quisiera engañarse o fingiera la candidez que no tenía, ella sabía que mis hombres las revisarían antes de que se fueran al correo.

Yo me imaginaba sus palabras, por eso no debían dolerme; pero la verdad es que sí me calaron. Ni Delfina ni Rafaela habrían sido capaces de tomar la pluma para contarle a uno de mis enemigos lo que jamás debía saberse, aunque todos lo imaginaran. El cretino de Lerdo nunca debió enterarse de sus palabras. Pero ¿qué le vamos a hacer? A lo más, sólo puedo acariciar la llave que me acaricia la papada y empareja los secretos. Sin necesidad de delatores, Carmelita podrá abrir el buró después de que me muera.

Mientras mi plumilla traza estas letras y se atraganta con la tinta que debería insultar a Gascheau, la oigo cómo regaña a la criada por no usar el plumero como Dios manda. Aunque no puedo verla desde la recámara y los oídos me traicionan, puedo jurar que Chinta tiene la mirada clavada en el piso y murmura las palabras de siempre:

—Como usted diga, señora —le dice y seguramente aceptará la culpa que no tiene.

Después de que le ponga los puntos a las íes, mi mujer la verá de arriba abajo, le dará la espalda y se irá al cuarto de costura. El ruido de sus tacones acentuará la muina que le brotó por sentirse avergonzada delante del medicucho que tal vez descubrió el polvo que nos regala la Huesuda.

Lo que pasó apenas da para ser lo de siempre.

El doctor Gascheau vino a verme y se fue con la decepción encaramada en los hombros. Sus vaticinios sobre mi muerte no se han cumplido y el silencio le amarró el gañote después de que Carmelita le pagó sus honorarios. De sus labios no brotaron las palabras acostumbradas y su aliento de buitre se quedó encarcelado.

Tras él sólo quedó una receta garabateada que las criadas surtirán en la botica antes de que caiga la noche. Chinta nunca sale sola. Las serpientes verdosas que se enroscan en la entrada de la apoteca son el anuncio de sus venenos. Los polvos que disuelven en un vaso de agua me llenarán la boca de amargura, y los enemas que destruyen mi dignidad no tardarán en llegar.

Ni siquiera en mis peores desgracias fui capaz de imaginar que mi esposa terminaría sambutiéndome una cánula y me ayudaría a sentarme en el inodoro. A pesar de los resquemores, no me queda más remedio que aceptar y agradecer lo que veo. Carmelita soporta lo insoportable, y quizá por lástima me limpia las nalgas sin que se le note cómo se atraganta con las arcadas.

El eterno enemigo sabe que apenas me queda un consuelo: algún día, Delfina vendrá para llevarme. Aunque la médula se le pudra, María Guadaña verá cómo nos amamos hasta que llegue el suspiro final. La pequeña muerte será el desenlace que condenará mi alma, y mi amante despechada se largará sin que nadie la extrañe. La vida de mi mujer será larga, ella volverá a mi patria para esconderse entre las sombras, y la Parca la sorprenderá cuando todos la hayan olvidado.

Los que estamos cerca de la Muerte conocemos el futuro.

Nadie sabe que más de una vez me he levantado para encararla, pero las piernas se tardan en obedecerme. Las coyunturas me crujen hasta que mis pies se mueven con cierto ritmo y confían en el bastón que me sostiene. El que tenía alma de acero desapareció sin dejar huellas y sin que mi mujer lo extrañe.

—Ese fierro es una ridiculez, tu suegro ya no está para esos trotes —le dijo a la mamá de Porfirito y sus palabras se me quedaron grabadas.

Tal vez, sólo tal vez, mi última arma defensiva acabó en el mismo basurero que mis pistolas.

En esos momentos, María Guadaña ve cómo me acerco, pero desaparece antes de que pueda darle una arrastrada. De su presencia sólo quedan el castañeo de sus dientes podridos y los chiflones ennegrecidos.

Mi amante despechada mueve sus piezas mientras calcula mis movimientos.

En el abismo, los diablos saben que su memoria jamás se borra. Si las llamas derriten su cera es lo de menos. Cuando vuelve al mundo trepada en su caballo huesudo, el aire helado la restaura con creces. Satanás nunca la engaña, sabe que su retentiva no olvida las cuentas pendientes. Para la Huesuda, las deudas son lo primero. Sólo después de que se queda contenta concede el milagro del ataúd.

Aunque a veces no quiera reconocerlo, hay cosas que no pueden negarse: yo soy el culpable de lo que me pasa. Los cobardes se pueden morir mil veces, pero a mí me niegan la definitiva. Yo tengo claras las causas de mi suerte, por eso no puedo burlarme de la Muerte.

Desde los tiempos de Santa Anna y Martínez Pinillos, María Guadaña me acompañó trepada en las ancas de mi caballo. Al principio, mi montura daba de coces para librarse del peso que no pesaba y nomás se sentía, pero los días pasaron y se acostumbró a su presencia. La Muerte me abrazaba sin ganas de soltarme y su aliento frío me acariciaba la nuca. Para llevarme a sus rumbos sólo hacía falta que un rezandero cantara el Alabado a destiempo.

Esas noches, cuando por casualidad tenía un espejo donde mirarme, las huellas de sus manos estaban marcadas en mi pecho como si fueran los fierros que hieren al ganado para mostrar las señas de su dueño. Los huesos de sus dedos eran las manchas enrojecidas que estaban a punto de reventarse para convertirse en llagas. Y, con tal de que no me quedara duda de su presencia, la nuca se me puso prieta por su vaho. Aunque nadie me crea, puedo jurar por la memoria de mis hijos muertos que no había zacate que me borrara las marcas de su aliento.

Más de una vez nos vimos de frente. Sus cuencas vacías y su vaho me decían cosas sin necesidad de palabras. La Huesuda me deseaba y yo le daba sus picones con las mujeres que a veces me calentaban las sábanas mientras soñaban que me quedaría con ellas.

A pesar de los arrimones, de sus furores y de mi tiesura, se nos quemaban las habas por encontrarnos. A los dos nos urgía darnos un revolcón, apenas así podríamos saber quién las podía de a deveras. En la cama nos daríamos el tú a tú.

Nuestro último abrazo sería el intento final para aniquilarnos.

Ahí estábamos, como los amantes calenturientos que no se deciden y se chamuscan con miradas jariosas. Por eso, la vez que me dieron un plomazo en Ixcapa, nuestras pasiones se desataron: la besé mientras me cabalgaba con lentitud para alargar el placer enfebrecido. María Guadaña me poseía como si fuera su primer amante. El dolor del costado se apagó cuando sentí el gusano de su lengua y la tranquilidad se adueñó de mi cuerpo después de que la sábana se humedeció.

Delante de mí sólo estaba la negrura, la nada perfecta que me ofrecía el milagro de dormir sin sueños. Mis recuerdos se borrarían para siempre, el mundo se transformaría en la arena que el viento se lleva para borrar sus señas. A mí sólo me tocaría una tumba en un pueblo a mitad de la nada y mi nombre se deslavaría hasta que a todos se les olvidara.

A veces pienso que la Gloria y el Infierno quizás estaban más adelante. Pero en esos instantes, ni siquiera san Pedro se atrevía a asomarse para enseñarme las llaves oxidadas que no me abrirán las puertas que los persignados anhelan.

Las ganas de dejarme ir me tenían atrapado.

Apenas tenía un remordimiento que me encadenaba a la vida.

La maldición de mi padrino y la excomunión no me pesaban. Las dos me las había ganado a pulso y no había manera de negar que las merecía. Lo único que me detenía eran los ojos de Delfina, de la niña que se estaba transformando en mujer. Los pechitos que apenas maduraban y las caderas que lentamente se amacizaban me tenían amarrado a la vida. Ella tenía doce años. Cualquier cura podría casarla después de que revisara los libros de bautizo para asegurarse de que tenía la edad adecuada para sacramentarla. A los once, el petate es una infamia.

Esa vez me salvé. Por más que la Pelona me tentara, no podía morirme sin que Delfina fuera mía. El deseo podía más que la maldición del incesto, y la excomunión cancelaba la posibilidad de pedirles permiso a los curas. Ella y yo no éramos los únicos parientes que se deseaban y se encamaban, pero a nosotros nos negarían la bendición del matrimonio.

Ese descolón no fue suficiente para que María Guadaña se largara de una vez y para siempre. La Muerte seguía acechándome en los caminos, su presencia se ocultaba entre las magueyeras y sus manos me tentaleaban en los combates. Por más que le hizo, jamás me quebré y nunca volví a revolcarme con ella. A mi amante despechada no le entraba en la cabeza que podía vivir sin miedo. Después de que me dieron el primer plomazo, los demás vendrían por añadidura. Sin embargo, ella no quitaba el dedo del renglón: sus caricias eran furtivas, su voz se confundía con el tronar de los disparos y sus ojos eran idénticos a los cañones de los fusiles que apuntan a su presa para apretar el gatillo.

Yo sentía el aroma de su deseo y María Guadaña aprendió a humedecerse las ganas sin tener que poseerme. Matar al que no le tiene miedo a la muerte no tiene gracia. La Pelona no se traga las almas, ésas le tocan a Dios y al Diablo; ella se alimenta del horror que se queda grabado en el cuerpo de sus víctimas. Los dedos engarrotados y la mueca que los sepultureros tratan de disimular con coloretes le dan fibra a su médula.

La Muerte es mi amante despechada. Por eso se llevó a Delfina delante de mis ojos, por eso mismo asesinó a muchos de los hijos que tuvimos. Ella quería desquitarse, lastimarme y hacerme padecer su venganza. A la Flaca se le resbalan mis maldiciones, y las devociones de Carmelita nada pueden en su contra. María Guadaña se pasea por la casa como una señorona y se ríe cuando me mira encorvado, cuando mi mano se aferra al bastón tembeleque y también lo hace cuando la dignidad se borra de mi cuerpo para restregarme el pasado que se fue para siempre. Aunque nunca le dije por qué se lo pedía, Carmelita colgó unas cortinas más gruesas en mi recámara y en el baño. Sólo así podía evitar que esa perra se asomara para mirar lo que nadie debía ver ni saber.

Las cosas nunca son tan fáciles como parecen. Haga lo que haga, María Guadaña controla mi vida y estas palabras son el último acto de rebeldía, el último arrebato de bravura. Si la memoria no me abandona, cada una de estas páginas será un nuevo descolón, una manera de refregarle en su jeta descarnada que, por más que lo intentó, durante más de ochenta años se fue con las manos vacías.

El recuerdo de la noche que nos revolcamos le arderá el alma por lo que queda de la eternidad.

María Guadaña sabe que su venganza también es la mía, pero mi revancha tiene un límite. Aunque quiera negarlo, soy el títere que no tiene la fuerza para cortar los hilos que jala a su capricho. Por más que revise los cajones y abra los roperos jamás encontraré la pistola que le pondría el punto final a mis días. Mi condena está más allá de las apelaciones. Los cueros que me cuelgan de la papada no sentirán la paz del cañón que les dejaría la chamuscadura de la pólvora. Desde que volvimos de Italia con mi agonía a cuestas, Carmelita prohibió las armas en la casa. No sé si lo hizo para que no pudiera tomar la decisión definitiva o si actuó por el miedo que desde siempre les tuvo.

Estoy cansado de vivir, el desánimo me obliga a dejar la pluma. Vale más que se quede en el tintero hasta que pueda volver a tomarla. La oscuridad de sus letras es el recuerdo de los espectros que me rodean.

En el silencio del insomnio
que apenas se interrumpe por los susurros
de los fantasmas y el vaivén del péndulo

El silencio de la sierra es un engaño, debajo de su mudez se esconden los ríos de palabras. El rostro de un arriero dice mucho más que los periódicos y la cara de piedra de los indios oculta lo que debe saberse y no puede ser pronunciado. Para entender lo que se dice con la lengua engarrotada hay que aprender a desentrañarlo: los ojos esquivos, la manera como le dan un jalón al cigarro y los movimientos que apenas se notan, te cuentan historias y revelan secretos. Poco a poco me enseñé a descifrarlos: lo suyo no eran los profundismos que no van a ninguna parte; el decir sin decir y el hablar para medir a la gente lo tenían labrado en la carne. A fuerza de tropelías y latigazos, ellos se volvieron más ariscos que las mulas.

Los pocos arroyos que nos salían al paso nos convencieron de que todo se había terminado sin que alcanzáramos a meter las manos. Podíamos volver sin pena ni gloria, lo nuestro apenas había dado para una balacera que no cambió el curso de la guerra. Los muertitos de Teotongo sólo contaban en la panza de los zopilotes y los soldados que venadeamos apenas sirvieron para matarnos el hambre. Tuvimos suerte, unos meses más en el monte nos habrían transformado en rapiñadores de tiempo completo. Nuestro último paso habría sido convertirnos en una gavilla que les disputaría los caminos a otros bandoleros.

Después de oír las palabras a medias, no hubo necesidad de discusiones, los dos tomaríamos el camino a Oaxaca. Esteban Aragón lo haría para toparse con la muerte y yo regresaría para encontrarme con mi destino, con la incertidumbre de no saber cuánto valía el papel que había firmado mi peor enemigo.

La revolución de Juan Álvarez se había alzado con la victoria sin necesidad de grandes batallas. En menos de lo que canta un gallo, Santa Anna puso el mar de por medio. Las mulatas de las islas lo recibirían con las nalgas dispuestas y su mujer seguiría tragándose la vergüenza hasta que se convenciera de que así era la vida: una larga sucesión de cornamentas que sólo se terminaría cuando la virilidad de su hombre colgara como moco de guajolote.

Alguien me dijo —quizá fue don Justo, quien a pesar de su apariencia tenía una lengua temible— que lo que Santa Anna le enseñó a su esposa fue a conjugar el verbo engañar en todos sus tiempos y formas. A ella no le quedaba de otra más que andar por el mundo coronada con unos pitones.

Después de la derrota, los tiempos del general quedaron muertos y enterrados sin que nadie se atreviera a rezarle una línea del *Pater Noster*. El Salvador de la Patria tuvo un destino terrible y se transformó en el imán de los odios, en el hombre que cualquiera podía escupir sin tentarse el alma. Sin necesidad de juicios y sin oponer alegatos se convirtió en el culpable de todas las desgracias. Por eso, a pesar de sus intentonas y sus ansias de laureles, sólo pudo volver para asentarse cuando permití su regreso sin necesidad de firmarlo. Si desde la silla omnipotente había perdonado a los juaristas, a los clericales y a muchos de mis enemigos, don Antonio también se merecía mi clemencia. Al fin y al cabo, nada nos debíamos y los odios de Juárez me venían guangos.

Esa venganza no era mía, y don Benito ya alimentaba a la gusanera.

A pesar del perdón, nunca lo recibí en Palacio, tampoco me apersoné en su casa mugrosa. Hay lujos que ni siquiera el presidente puede darse. Yo sabía que los años lo habían convertido en un viejo chiflado que se paseaba con las viejas casacas puestas sobre su camisón percudido y colmado de las medallas que aún no vendían para recuperar unos cuantos gramos de oro bajo. Esos centavos no les servían para matarse el hambre. La gente me contaba que su esposa se los gastaba en otra cosa: con ellos les pagaba a los miserables del rumbo para que fueran a besarle la mano y le dijeran Su Alteza Serenísima.

En su sala desvencijada, don Antonio los miraba con los ojos colmados de nubes y le ordenaba al eco que les entregara fortunas, condecoraciones y nombramientos. El pordiosero de la esquina era su mariscal y el borrachín que nunca faltaba podía colgarse en sus harapos las once medallas de la Orden de Guadalupe que sólo Santa Anna veía.

La buena estrella que lo aluzaba se apagó cuando la rebelión de Álvarez cundió como un incendio atizado por las ventoleras. Su don para levantar ejércitos lo abandonó antes de que se decidiera quién sería ganador de la primera batalla. Cada mañana sus tropas amanecían mermadas y la hoja de su sable se quedó atorada en la vaina. Las lealtades se mueren cuando la derrota se asoma. Y, como debe ser, sus haciendas fueron saqueadas y quemadas. Nada quedó del caudillo omnipotente, su tiempo se terminó para siempre.

¿Ayer? ¿hoy?
No lo sé, las campanas del reloj enmudecieron
cuando se enredaron los harapos de los fantasmas

A pesar de los murmullos, no tenía noticias de lo que pasaba en la capital que los alzados tomaron sin grandes tiroteos. Los ríos de la sierra estaban secos. Las montañas eran una muralla que apenas podía atravesarse por los caminos que llevaban a las ciudades donde las novedades recalaban en los periódicos que decían y se desdecían. En esos días apenas teníamos por cierto que Martínez Pinillos se había largado de Oaxaca con la cola entre las patas.

Después de su huida, nuestras órdenes de aprehensión quedaron olvidadas. Sus palabras terminaron en el fuego que trataba de borrar una historia de horrores, la ceniza que se llevaba el viento fue el último intento del general para desvanecer su pasado. Mi nombre en la hoja donde se leía el "NO" prohibido ya no era un delito.

Las cosas eran distintas. En Oaxaca y en la capital, a los liberales les urgía inventar a los valientes que adornarían la revuelta: mi osadía se convirtió en un acto de heroísmo que me ponía muy por encima de mis hermanos masones. Ellos se culearon sin untarse manteca, y yo, en el momento en que firmé y me largué a la sierra, demostré que los tenía bien puestos.

Nada hice para evitar sus palabras y el heroísmo me acarició sin merecerlo.

La indiada jaló para sus caseríos y nosotros regresamos a la ciudad. Nadie atrevió a detenernos. Las garitas estaban abandonadas: el "quién vive" de rigor no se escuchó para tratar de frenar nuestros pasos. La pinta de bandoleros que nos agenciamos en la sierra y el fusil colgando de la silla obligaban a bajar la mirada a los pocos que se nos cruzaban y se santiguaban con ansias de que no les habláramos.

En las calles aún se veían las huellas de la venganza.

El recuerdo de los días sin gobierno ni ley todavía no se borraba. Las cuerdas desgarradas contaban la historia de los cadáveres que fueron descolgados por su familia, y la memoria de la sangre de los delatores que terminaron degollados se miraba en las manchas pardas que empuercaban las losas de la plaza de armas. Las telas desgarradas que se arrastraban a su lado eran la remembranza de sus mujeres. A ellas las violaron antes de dejarlas pelonas para que todos las reconocieran y las escupieran mientras continuaban golpeándolas y profanándolas.

Los soldados que obedecían a Martínez Pinillos seguían enclaustrados en el cuartel y las puertas de la cárcel perdieron sus candados antes de que comenzaran las escabechinas. Todos los reos quedaron libres sin que a nadie le importara los delitos que cometieron. El frenesí de la revancha quebró las puertas y tumbó las rejas. El tiempo de los arrepentimientos llegaría más tarde.

Los pasos de mi montura eran lentos, muy lentos.

Tenía que llenarme los ojos con la victoria amorongada. Las voces que exagerarían mis triunfos como alzado llegarían más tarde y se sumarían a las mentiras sobre mi padre como mariscal de Guerrero. La balacera de Teotongo sería la primera cuenta de un rosario colmado de milagros que jamás ocurrieron y los hablantines convirtieron en una historia de mosqueteros.

Uno de los masones se cruzó en mi camino. A pesar de mi apariencia, me reconoció de inmediato. La barba de candado que tanto cuidaba antes de largarme a la sierra era una maraña que exigía una escardada y una navaja. Me miró de arriba abajo sin ganas de desafiarme, sus ojos se detuvieron en la carabina y el sable que colgaban de mi silla. Por más que se esforzaba, no tenía manera de calcular el número de muertos que estaban labrados en mis armas. En ese instante, él se habría cortado una mano con tal de enterarse si en la cacha de mi pistola estaban las rayas que daban cuenta de los que me había cargado.

—Buenos días, hermano. Las puertas del templo siempre estarán abiertas para recibirte —me dijo y se fue en silencio.

Sus palabras cayeron en el vacío.

Esteban apenas volteó para verlo, y sin más se despidió con un gesto sin saber que nunca volveríamos a vernos.

Me encaminé a la casa de don Marcos. El lugar estaba peor que el día que me metí en el cinto las pistolas vírgenes. En la fachada estaban los montones de basura que invadían los balcones cerrados, su podredumbre se escurría hasta la calle. El peso y la lluvia la habían apachurrado, para quitarla harían falta un pico y una pala.

Toqué. Los pasos que se escucharon me devolvieron la esperanza.

Guadalupe abrió la puerta, me dio un abrazo y me invitó a pasar.

La casa no había sido saqueada. Los cuadros seguían en las paredes, los libros permanecían ordenados y ninguno de los muebles fue navajeado para encontrar la riqueza que no guardaban. El arcángel de la salvación había desenvainado su espada para resguardar los bienes de mi protector.

Don Marcos estaba en la sala. Nos abrazamos en silencio y cerré los ojos para apretarlo con fuerza.

El exilio en Tehuacán estaba marcado en su cuerpo: la piel reseca y delgada apenas alcanzaba a cubrirle los huesos.

Nos separamos y me hizo una leve caricia en la cara.

—Estamos vivos —exclamó con la voz entrecortada.

Yo le sonreí y mi protector remató con los deseos que se alimentan de esperanzas.

—Nuestro tiempo llegó —murmuró con ganas de convencerse de que la revuelta serviría para algo.

Sus palabras sonaban opacas. Cualquiera que las oyera pensaría que los delatores aún podían escucharlas y que las truculencias de la plaza jamás habían ocurrido.

Los deseos de don Marcos no se cumplieron. El triunfo del general Álvarez era un río revuelto que anegaba los lugares por donde pasaba. Por más que los triunfadores discurseaban hasta que la lengua se les secaba, la verdad no podía esconderse. Nadie puede tapar el sol con un dedo. Dijeran lo que dijeran, los caudillos no padecieron la derrota de Santa Anna. Ellos se cocinaban aparte y tenían los tamaños para poner en jaque a los vencedores. A como diera lugar, don Juan tenía que amacizarse en el gobierno. Los chaqueteos y las argucias se adueñaron de Palacio Nacional. Las tinieblas que recorrían su despacho sólo mostraban los arreglos inconfesables. Lo que ocurriera después, era otro cantar.

Después de que le juraron lealtad, los generales santanistas conservaron su grado y sus batallones; pero ellos no fueron los únicos que fingieron cambiar de bando: los ricachones que le entregaron el toro y el moro a Su Alteza Serenísima volvieron a abrir sus alforjas, y don Juan los abrazó como si fueran hermanos de sangre. Un gobierno con una mano adelante y la otra por detrás no llegaría muy lejos. Y, luego de que las milicias de los levantiscos entraron a la capital, los clérigos se atragantaron con su cobardía. Ellos tenían que entrarle y le entraron. Los más poderosos pactaron la paz a cambio de los sermones correctos, y los curitas que seguían alebrestados se encontraron con los matasiete que los obligaron a coserse los labios.

La derrota de Santa Anna era real, pero el gobierno de Álvarez apenas estaba prendido con dos alfileres que pronto se quebrarían.

Todos los que le juraron lealtad eterna estaban dispuestos a darle una puñalada por la espalda.

Los rumores que le llegaban a don Marcos y los decires que yo pescaba por aquí y por allá no estaban errados. El río revuelto no tardó en entrar a Oaxaca. Las aguas de viejos lodos volvieron sin que nadie pudiera atajarlas. Martínez Pinillos regresó como si nada hubiera pasado. La lluvia lavaría la plaza de armas y los vientos terminarían de limpiarla.

Después de besarle el trasero a don Juan, el general volvió a sentarse en el despacho mayor del palacio de gobierno. Su frágil lealtad estaba sellada con el apoyo que le entregó después de que le fallaron los cálculos. El dinero de los hermanos masones atravesó la sierra y se quedó guardado en el cofre de siete cerrojos que se escondía en la casa de Álvarez.

Lo que pasaba era obvio: cuando todo se derrumbaba, sólo lo peor seguía de pie.

Por más que quisiera, Martínez Pinillos no podía encarcelarnos, don Marcos y yo éramos los héroes de la resistencia contra Santa Anna. El tiempo de su rabia se había terminado y, para colmo de su desgracia, Oaxaca estaba a punto de ser arrasada por las llamas: los juchitecos tenían las armas dispuestas y la gente de Tehuantepec se preparaba para la matanza. Sus pugnas habían llegado al punto del ya no hay para atrás. Una de las ciudades estaba condenada a desaparecer. El istmo sólo podía tener una cabeza, su riqueza no podía repartirse a mitades. Para terminarla de joder, ellos estaban del lado de la Iglesia y no se tentarían el alma para masacrar a los liberales más colorados.

El general sabía que no podía derrotarlos y tampoco tenía la fuerza para sosegarlos. Sus destacamentos estaban mermados y los pertrechos brillaban por su ausencia. Apenas se hizo el ofendido para cumplir con el expediente y casi de inmediato les dio lo que pedían: Tehuantepec se separó del estado. Desde ese instante, sus habitantes podrían asesinarse sin que él tuviera que meter las manos y, de pilón, se quitaba de encima el problema de cobrarles las contribuciones que no estaban dispuestos a pagar. Según el Señor Gobernador, la paz perpetua había llegado a Oaxaca.

Después de que agachó las orejas y metió la cola entre las patas, la poca enjundia que le quedaba comenzó a desmoronarse. Día a día, su presencia se empequeñecía: los pueblos dejaron de obedecerlo y en la ciudad fue perdiendo calle por calle. En una cuadra mandaba el cura, en otra lo hacía un matasiete y en la siguiente gobernaba el caudillo de quinta que vivía en la vecindad de la esquina. Al final, sus órdenes sólo se cumplían en los pasillos del palacio de gobierno donde los tinterillos fingían que el mundo era idéntico al de su voz embriagada.

Todo estaba perdido.

Martínez Pinillos terminó por largarse.

Dicen algunos que en Veracruz tomó un barco con destino incierto, otros cuentan que huyó a un pueblo lejano y la muerte le reventó el hígado a fuerza de aguardiente. Es más, tampoco faltan los que juran que se escondió en un cuchitril en las afueras de la ciudad, que de cuando en cuando lo veían arrastrándose por las calles como pedigüeño tuerto y carcomido por la sífilis, y que —al final— se quedó tirado en un callejón donde se lo comieron los perros que vomitaron su podredumbre.

Martínez Pinillos desapareció para siempre, pero un papel con su firma llegó a mis manos: a pesar del odio, me había nombrado jefe político de Ixtlán.

A ciencia cierta no sabía cuánto valían sus palabras, los gobernadores iban y venían antes de que pudiera aprenderme sus nombres. Los Pérez, los Sánchez, los Domínguez y los Morales aparecían y desaparecían sin que alcanzaran a calentar la silla. El poder estaba en el aire y le tocaba al primero que lo cachara. En la capital, las cosas también iban para mal y pintaban para peor: los vientos de la guerra tomaban la fuerza de un huracán. Por eso, en el instante en que le vio los cuernos al Diablo, don Juan abandonó la presidencia para heredársela a uno de sus leales.

El viejo zorro sabía cuándo debía retirarse.

Nacho Comonfort se aposentó en Palacio para tratar de calmar las aguas y meterle el freno a los radicalismos que alborotaban el gallinero. La presencia de Juárez le incomodaba: él y sus secuaces podían hundir la nave a fuerza de buscar lo imposible. Sin el apoyo de la Iglesia y los curas, el gobierno estaba perdido. Y, para acabarla de amolar, la nueva Constitución que escribían en el Congreso era un asunto espinoso. Si los dejaba sueltos, los radicales terminarían invocando a los demonios de la guerra.

En las tardes, don Marcos, Guadalupe y yo nos sentábamos juntos. Las vírgenes y los santos que colgaban de las paredes se descascaraban al escuchar nuestras palabras. Las noticias que leíamos en los periódicos no podían mentir: en la tribuna del Congreso, los liberales más colorados derrotaban a los tibios y los clericales. Sus discursos eran de fuego y, cuando llegara la votación, las nuevas leyes arrasarían a los retardatarios. Nosotros estábamos convencidos de que el país del que hablaban los catedráticos del instituto estaba a punto de ser parido.

Los tres discutíamos y aplaudíamos mientras una de las criadas cuidaba que las tazas nunca estuvieran vacías y los ceniceros no se rebosaran con la ceniza de los puros que olían a comecuras.

Una de esas tardes, mi protector me habló sobre la persona que nunca había mencionado delante de mí. La prudencia a medias era otra de sus virtudes.

—Estuve platicando con tu padrino —me dijo con una gravedad que desentonaba con los festejos por los discursos incendiarios.

A él se le daban las reconciliaciones, a mí me venían bien el silencio y el olvido. Ese pasado estaba pisado.

—No te preocupes, sigues muerto para él —me comentó con ganas de no meterse en las honduras que no venían al caso.

—¿Entonces? —le pregunté con curiosidad.

Mi protector se quedó callado unos instantes.

El ceño fruncido acentuaba sus preocupaciones.

—Don José Agustín me advirtió que la Iglesia estaba lista para enfrentarnos. Los curas dicen que no se quedarán de brazos cruzados ante el avance del Diablo. Tu padrino tiene la sangre caliente: si alguien se atreve a tratar de vender las propiedades del clero, no se van a tentar el alma para reventar una asonada. Es más, si la Constitución no sale como ellos quieren, bendecirán los machetes.

Guadalupe y yo nos miramos sin atrevernos a dar una fumada.

—Ellos se están preparando para lo peor y nosotros seguimos en babia. Piénsenlo, si las cosas truenan, no vamos a tener de dónde agarrarnos —nos dijo para terminar de nublar la tarde.

De nada sirvió que él fuera y viniera de la casa de mi padrino para evitar las matanzas que olían los perros cuando levantaban el hocico. Por más que trataba de explicarle que una cosa eran los discursos y otra muy diferente era la realidad, sus palabras chocaban con los oídos tapiados. Cada vez que le decía que sólo tendría que leer la nueva Constitución para convencerse, el clérigo le respondía que sus ojos no podían mirar la herejía. Al final, la puerta de don José Agustín se quedó atrancada. La aldaba podía retumbar y tras la madera apenas se escuchaba el desprecio.

A ninguna persona con tres dedos de frente le sorprendió lo que pasó: el golpe se había anunciado desde los púlpitos. Una día antes de que se jurara la Constitución, la Iglesia promulgó la excomunión de los pecadores más siniestros. Todos los que extendieran la mano derecha sobre la ley quedarían proscritos. En el más allá sólo los esperarían los trinches. Si la Constitución había salido aguada era lo de menos: los clericales querían vengarse por lo que nunca ocurrió.

El miedo mordió a muchos, y más de tres caminaban con los calzones hediondos. Algunos empleados del gobierno renunciaron para tratar de salvar su alma aunque condenaran a su cuerpo al hambre; otros suplicaban para que no los obligaran a sumarse al acto impío, y tampoco faltaban los que rogaban por que su blasfemia se conservara en secreto. Las palabras de "juro, pero que nadie se entere" trataban de engañar a Dios.

Apenas unos pocos estaban dispuestos a jurar la Constitución delante de todos. Los más lo harían por conveniencia, y los menos estarían ahí por convencimiento. Las nuevas leyes les abrían la puerta a los despojos que los llenarían de oro. Antes de que entrara en vigencia, la pureza del derecho se había ahogado en la mierda.

Don Marcos y yo llegamos juntos a la ceremonia y levantamos la mano sin miedo. Mi alma ya estaba perdida y la suya estaba a punto de acompañarme en el mismo camino.

Detrás de nosotros estaban los que no podían echarse para atrás. Ahí estaban los masones que volvían a cambiar de bando sin que les pesara la vergüenza del chaqueteo; a sus lados se miraban los liberales de todos colores que entendían la Constitución de distintas maneras y, en las últimas líneas, se encontraban los leguleyos que decidieron adentrarse en el Averno para seguir cobrando en la Tesorería.

Fueran como fueran, todos alzaron la mano fingiendo que eran los mejores patriotas.

—Nuestro final está iluminado: después de muertos nos veremos en el Infierno aunque jamás atentamos contra Nuestro Señor —me aseguró don Marcos al terminar el juramento.

Le sonreí con ganas y lo mismo hice a los pocos días cuando me topé con mi padrino en la calle y me escupió por segunda vez. Al fin y al cabo, Esteban me esperaba entre las llamas. Y allá, en las tierras yermas, volveríamos a tener aventuras, aunque los diablos lo obligaran a beber aguardiente hasta que se le reventaran las tripas.

El odio a los blasfemos rasgó la ciudad con una furia incontenible. A nadie le importaba lo que decía la Constitución, los rumores y las prédicas podían más que la verdad. La reconciliación se murió antes de que alguien la buscara: la fe en el gobierno todopoderoso o en la Iglesia invencible los enfrentaba sin remedio.

Lo que pasaba en mi casa no era distinto de lo que ocurría en la puerta de al lado. Los ojos de mi madre estaban heridos por el odio y la compasión. El niño con un gorro de piel de burro que la había acompañado al templo de la Soledad estaba muerto, y las campanas de la torre jamás sonarían para avisarle a Dios que su alma iba en camino. En la capital, el Chato seguramente tomaba las cosas con calma: él estaba preocupado por formarse en el Colegio Militar, por afianzar sus amistades y gastarse su soldada en lugares que nada tenían de santos. Ni él ni yo nos imaginábamos que la guerra nos pondría en los bandos que lucharían a muerte.

El amor de hermanos y la traición permitieron que no nos matáramos.

Cuando la desgracia llega, siempre trae a sus cuatitas. Los ojos de navaja de mi madre apenas eran el anuncio de los desprecios y las prohibiciones que me transformaron en una caca de ánima. Pero lo mío sólo era el principio. Manuela, mi hermana pecadora, se fue secando delante de nosotros. Su cuerpo generoso perdió la carne y la calavera se le asomaba en el rostro que apenas era un cuero ceroso y estirado. Aunque todavía era joven, el pelo se le puso blanco y empezó a caérsele. Las gruesas trenzas que tenían la protección de san Juan enflaquecieron hasta convertirse en una greñas que apenas le tapaban la mollera.

La Muerte brotaba de su humanidad y nadie podía curarla.

El médico que mandó don Marcos apenas la vio y se largó después de pronunciar las palabras fatales.

—Ya no hay nada que hacer —nos dijo antes de despedirse.

Los dos sanadores que llegaron tampoco pudieron derrotar sus males.

—La maldición que le echaron no tiene remedio —murmuraron después de escupir en la entrada y persignarse para alejar la desgracia que habían tocado.

Manuela no duró mucho.

Antes de que los ángeles bajaran por ella, me rogó que me hiciera cargo de Delfina. Le juré que lo haría sin imaginarme el desenlace: la chamaca se amacizaría como mujer y poco faltaba para que, sin darse cuenta, me salvara de María Guadaña y me condenara al horror de la vida.

El día que mi hermana se fue de este mundo, Petrona me corrió de la casa. Ni siquiera pude ponerle un adobe debajo de la cabeza para que se fuera acostumbrando a la tierra. Mi presencia mancharía el cadáver y el alma de Manuela. Por más que lo deseaba, no pude estar en su velorio, las rezanderas no entrarían con sus rosarios y sus ceras si me veían al lado de su cuerpo. Mi madre tampoco me permitió acompañar a su ataúd de madera, apenas cepillada, al camposanto; mis pies no podían tocar la tierra bendita y el sacerdote se negaría a rezar frente a su tumba. Lo mismo pasó en los novenarios, yo sabía que el cura suspendería la misa hasta que me largara de la iglesia. Ella se fue sin que pudiera acompañarla.

A veces pienso que tal vez debimos llamar al hombre que la desvirgó: el padre de Delfina quizá la habría salvado, pero el tal vez sólo es el consuelo de los pendejos y los arrepentidos. Y yo, por más jodido que esté, no puedo darme el lujo de arrepentirme de nada. Los fantasmas no podrán devorar mis remordimientos.

Yo sólo era uno más de los enrabiados que se escondían en la oscuridad para esperar a sus víctimas y cobrar venganza.

—Éste es el bueno, el que vale de verdad —me juró don Marcos antes de pedirle a la criada que volviera a llenar las tazas y el olor del café perfumara la sala.

Como si tuviera veinte años, se levantó de su sillón para sentarse a mi lado. Después de darme tres palmadas en el muslo me entregó el documento. Su mano estaba firme. La temblorina que lo torturaba desde su regreso de Tehuacán estaba dormida, absolutamente sosiega. En esos momentos, volvía a ser el que había sido. Las cicatrices del exilio y las pesadillas de la mala muerte no se le notaban en el cuerpo.

El papel sellado con un águila en la esquina mostraba de dónde venía. La hoja era gruesa, casi tan fina como las que el secretario de Juan Álvarez llenaba con letras garigoleadas. Luego luego se sentía que era de las que no se usaban para escribir cualquier mamarrachada.

Él estaba orgulloso de lo que había logrado y no tenía ganas de ocultarlo. Los labios delgados y siempre tensos, la nariz aguileña que acentuaba sus cejas y las entradas en el cabello olvidaron la seriedad de todos los días.

—Si yo fuera otro, hasta te ofrecería un trago para festejarlo —me dijo con alegría.

Sus palabras sólo remarcaban su abstinencia en un mundo de borrachos y putañeros dispuestos a venderse al primero que les llegara al precio.

La firma que remataba el papel era la del gobernador en turno. Un tal García que estaba condenado a no durar en el puesto: sus tanates enclenques lo enanecían cada vez que se sentaba en la silla grande de Palacio. Ahí se leía que, por "méritos en campaña", yo era el nuevo jefe político de Ixtlán. La balacera de Teotongo fue el pretexto que justificaba los favores que pagaban las deudas rancias. Sin el apoyo de don Marcos, el nombramiento de Martínez Pinillos se habría olvidado para siempre, y yo me habría quedado papando moscas en Oaxaca. Al cabo de unos años, sería uno más de los leguleyos que tienen una ristra de hijos y viven en las fronteras de la miseria rogando que se abra la pagaduría o se cumpla el milagro de la tanda.

Los imbéciles que juraban que yo era el gran legislador de la historia sólo mentían para ganarse el pan. Como abogado apenas daba para ser el anda, corre, ve y dile en un despacho donde la madera de los escritorios tendría las señas de la desgracia y de las manos sudosas que opacaban el barniz. Los grandes procesos jamás me tocarían. Nadie iría al tribunal para verme disertar sobre la inocencia o la culpabilidad de un poderoso caído en desgracia o del asesino que no conocería la cárcel. Las cosas eran como eran y no había manera de ocultarlas, pero el orgullo me impedía vivir a costillas de don Marcos. A esas alturas no podía pedirle más, ya había hecho bastante cuando me dio la oportunidad de practicar en su oficina con tal de que me titulara sin que a mí me interesara tener un diploma.

¿Para qué lo niego? Las palabras no me alcanzaban para contestarle a mi protector.

El cargo de jefe político pesaba más que el de trece leguleyos y quince mandaderos desharrapados. Por eso fue que lo abracé con fuerza y murmuré un "gracias" con toda el alma.

Don Marcos sabía que mis discursos eran parcos. Él comprendía la rudeza de mis acciones: mi mundo no estaba en los juzgados.

Antes de que las cosas se enfriaran y los arrepentimientos se asomaran, tomé el camino para la sierra con la pistola lista para enfrentar a los bandoleros que eran los dueños de las veredas y los montes. Ixtlán no estaba lejos, apenas lo separaba un par de jornadas de Oaxaca.

El ritmo de mi montura y el silencio del camino me obligaban a darle de vueltas al asunto.

Los profundismos me tenían agarrado de los tanates.

Con el sol a plomo, la verdad me dio un bofetón: por más que me jugara el dedo en la boca no podía saber si me habían premiado o si me sentenciaban al infortunio. Mi cargo era un volado con una moneda sin cuño.

El viento me trajo el olor de mi destino. Ixtlán era un pueblo grande y astroso. En Oaxaca, la gente se persignaba cuando mentaba su nombre. Las beatas juraban que, en las noches, la carreta del Diablo recorría sus calles y en los callejones se miraban los espectros de los que tuvieron una muerte terrible. Los curas se negaban a bendecir el lugar donde habían caído y sus familias preferían olvidarlos a clavar una cruz que recordara el final de su existencia. La luz de las velas y el aroma de las flores marchitas no eran para ellos.

Aunque como testigo no valga, Dios sabe que las cosas no paraban en esos horrores.

Mientras se santiguaban, otras personas decían que las brujas convertidas en guajolotes arañaban los tejados y las señoras regaban alfileres enfrente de su casa con tal de que no se tragaran el alma de sus hijos. Las hechiceras que se arrancaban los ojos para ponerse los de un gato con el fin de mirar en las noches y encontrar a la persona que asesinarían para alimentar al Diablo tampoco eran raras.

Ixtlán era el lugar del Mal.

Durante muchos meses, el pueblo se miraba casi vacío: las cantinas estaban solas y las alimañas reposaban entre las botellas de chínguere. El viento que recorría las calles tenía el color del tizne que brotaba de las entrañas de la tierra. Todos sabían que, a la menor provocación, los hombres se iban a las matanzas mientras gritaban el nombre de su santo patrono. El apóstol Tomás lloraba lágrimas de sangre cada vez que los machetes se desenvainaban para cobrar las ofensas que nadie tenía claras. Los viejos odios eran las pústulas que supuraban para darle gusto a la escabechina. Y, si no se estaban acuchillando, los varones bajaban de la montaña para ir a los valles y la costa. El hambre guiaba sus pasos a las plantaciones donde siempre faltaban manos. Cuando ellos se largaban, la neblina llegaba y las mujeres se tapaban con sus rebozos como si estuvieran enlutadas. Ninguna sabía si volverían.

En Oaxaca, todos le sacaban la vuelta a la gente de Ixtlán. La indiada no se tentaba el alma para arrebatarle la vida a cualquiera, y los blancos y los mestizos eran unos judas de siete suelas. Ellos eran como los toros de los molineros: bravos o traicioneros. A la gente de piel clara sólo le importaban sus casas de cal y canto, sus tierras yermas y los comercios que regenteaban sin miedo a que la avaricia los condenara. De sus garras sólo se salvaban los pordioseros que se cobijaban en la puerta de la iglesia, los demás tenían cuentas pendientes que nunca terminarían de pagar.

Para terminar de joderla, las autoridades del lugar no tenían un peso partido por la mitad. Lo poco que conseguían dependía de las limosnas que les dieran los blancos y los mestizos que no acostumbraban a pagar sus deudas al gobierno. A fuerza de cuartelazos, asonadas y asesinatos, habían aprendido que ninguno de los jefes políticos echaría raíces y que podrían culpar al muerto de los robos que no cometió.

—Seguramente enterró el dinero en el monte. Ahí se aparece para señalar el lugar donde escondió lo que se robó —le decían al recién llegado que trataba de poner las cuentas en orden.

Yo era el mandamás de la nada y mi vida valía lo mismo que tres granos de cacao carcomidos por los gorgojos. La indiada se cobraría mis errores con filos y horcas, mientras la gente decente los dejaría hacer lo que se les pegara la gana con tal de seguir como estaban.

—Fue una desgracia, pero ¿qué le vamos a hacer? A lo mejor se lo merecía por andar haciendo lo que no debía —le dirían al militar que había llegado de Oaxaca para tranquilizar las cosas y enterrar lo que quedaba de mi humanidad.

Allá, en la última fila del camposanto me esperaban los otros jefes políticos.

Si no estuviera maldito, me besaría los dedos en cruz para jurar que todo lo que escribo es verdad. La gente de Ixtlán no me decepcionó: todos cumplieron a cabalidad lo que esperaba de ellos. Los blancos y los mestizos me recibieron como Dios manda y remataron sin darle la espalda a sus costumbres. Después de tres discursos y una comida grasosa se olvidaron de mí. El mole espeso que brillaba como si estuviera bruñido fue mi debut y mi despedida. Yo era el fulano que se pasaría los días pisando alacranes en un despacho que nada valía y donde nadie mandaba. Si en la calle me sonreían o ignoraban daba lo mismo. A pesar de las miradas que me traspasaban como si no existiera, podía hablarles y pedirles su apoyo. Jamás me respondieron con un no rotundo, pero el desgano de su sí confirmaba que me dejarían abandonado a mi suerte: yo sólo era uno más en la lista donde estaban escritos los nombres de los muertos y los que abandonaron su cargo a la mitad de la noche.

Con la indiada las cosas tenían el mismo color: detrás de sus "como *usté* mande" se agazapaba la mirada taimada que esperaba el momento para ajustar las cuentas que no les debía. Aunque nada les hubiera hecho, yo era su enemigo. Los prietos sólo eran dueños de su odio, y a manos llenas se lo prodigaban a sus mujeres y sus hijos. Poco antes de que llegara, se habían cosechado los frutos de su rabia: a golpes, un indio sin nombre mató a su padre. Y, con tal de asegurarse de que no volvería de la tumba, le despedazó la cabeza con una piedra. Las patadas que esa noche le había dado a su madre fueron la gota que derramó el vaso. No es que antes no la hubiera golpeado, pero esa vez le pegó de más y la santa señora empezó a vomitar sangre.

El cura del rumbo llegó, la gente ya se había juntado delante de la casucha. El ensotanado se santiguó tres veces delante del cadáver y a gritos llamó al dios de la venganza.

Los vecinos le hicieron caso.

Los aullidos del muchacho se oyeron hasta que la luna se perdió en la neblina.

Al amanecer, su cuerpo era un amasijo enrojecido. Ninguno de los matadores se había atrevido a poner en duda las palabras del clérigo: ese hombre tenía la obligación de educar a su mujer y su hijo debía mirar las golpizas con la boca cerrada, sin atreverse a ser peor que Caín.

Más me valía que no buscara a los culpables. Las celdas debían quedarse vacías. La debilidad de mi cargo me amarraba las manos. Al fin y al cabo, la mujer golpeada se murió antes de que se asomara el sol. Quienes la vieron, decían que, tan pronto como abrió los ojos, se miraba que tenía la cabeza perdida. Ella se quedaba viendo a la nada mientras que de la boca le colgaba un hilo de baba.

Por eso, antes de que cayera la noche, la enterraron en silencio.

Los asesinos se ahorraron el velorio y los pasos del cortejo no estuvieron acompañados de la música de la banda ni de los cohetes que reventaban en el cielo. Esa vieja, por más que hubiera sufrido, estaba condenada al Averno.

Todos sabían que, al día siguiente, el cura justificaría su muerte con un solo argumento: "Las mujeres son las serpientes que deben ser castigadas por su marido".

Los mayordomos de Ixtlán se tardaron dos semanas para aceptar que nos juntáramos. La lentitud y el tiempo sin péndulos eran sus aliados. Ellos podían devolverle el peso a mi sombra enflaquecida. Ahí estábamos, sentados en el piso de tierra, protegidos por los adobes y el techo donde se entreveraban las maderas, la paja y las telarañas. De cuando en cuando, un escuincle lombriciento se paseaba por el cuarto oreándose el trasero sin atreverse a vernos.

El agua de hojas apenas alcanzaba a diluir el aguardiente. Por más que hubieran querido, a ninguno le alcanzaban los centavos para echarle una raja de canela y un trozo de piloncillo. Ese olor y ese sabor apenas podían sentirse en los velorios.

El tiempo transcurría y las palabras se perdían en los vericuetos: el maíz que se aviejaba, las nubes aborregadas y los fríos que todavía no llegaban los tenían entretenidos. Los mayordomos hablaban sin hablar y me miraban para tratar de adivinarme. Sus palabras perdidas intentaban sentir el sabor de mi sangre.

El silencio de la sierra era su muralla.

Cuando estaba a punto de largarme con las manos vacías y las orejas llenas de todo lo que no me importaba, uno de ellos me detuvo con una pregunta que pronunció como si no buscara una respuesta.

—¿Y su merced qué se propone? —me dijo como si me cuestionara sobre la lluvia que apenas mojaba.

—Emparejar las cosas —le contesté sosteniéndole la mirada.

Uno de los mayordomos se movió un poco, cualquiera que lo hubiera visto pensaría que sólo se estaba acomodando.

—¿Y de verdad lo va a hacer? —susurró como si le hablara al vacío.

Volví sobre mis pasos y nos apalabramos. Ellos me tenían atrapado y sabían que estaba obligado a dar para recibir: en ese momento juré lo que pude y prometí lo que podía cumplir.

Mi apuesta estaba delante de ellos.

Mis promesas pagaron con creces. Antes de que se terminara la semana, la indiada empezó a llegar a mi despacho. Todos venían a lo mismo, querían apuntarse en la Guardia Nacional. Su presencia nada tenía que ver con el patriotismo ni con la causa que me animaba, sólo querían sacar raja de lo que les prometí a los mayordomos con tal de que pudiera mandar de a deveras.

A mis palabras no se las llevaría el viento. Ninguno de mis hombres terminaría en la cárcel por delitos menores y, si acaso parecían mayores, siempre habría manera de ver qué se haría con tal de que no los enjaularan; a todos los que pudiera les daría armas y parque, y los entrenaría para que aprendieran a pelear como soldados. Sin embargo, mi última promesa no tenía de dónde agarrarse. Delante del apóstol Tomás les había jurado que, en el momento en que se encarrilaran las cosas, los apuntaría en la lista del Supremo Gobierno para que les pagaran su lealtad. Si esto no se lograba era lo de menos: todos sabíamos que se cobrarían la deuda con los saqueos que pronto comenzarían.

El odio y el miedo se quedaron trabados en la quijada de los blancos y los mestizos.

Sin tentarme el alma los mandé muy lejos: "A freír espárragos", como diría el imbécil de mi yerno que enloquecía por los cocineros franceses y que ahora se pudre en una de las cárceles de los revolucionarios. Delante de ellos sólo pasaba lo que parecía imposible: el jefe político levantaba la fuerza que los metería en cintura.

El momento de pedir clemencia los esperaba con ojos de machete. Su tiempo estaba agotado, el mío estaba por delante.

Los indios aprendieron a marchar y el ejercicio transformó sus aguadencias en fibra. Los pocos fusiles que tenía llegaron a sus manos y apretaron el gatillo hasta que milagrosamente empezaron a atinarle a los blancos. Cada bala que quemaban los hacía más fuertes y a mí me daba más enjundia. El odio que tenían atragantado se desbordaba en los bramidos que rajaban el cielo después de que les ordenaba lanzarse a la carga. Al frente iban los fusileros con las bayonetas destripadoras, detrás de ellos aullaban los que apenas tenían machetes y picas. Si sobrevivían a la primera descarga, el combate cuerpo a cuerpo les daría la victoria.

Para mí no era un secreto que los blancos y los mestizos le escribían al gobernador García para exigirle que terminara con mis locuras; es más, algunos me ofrecieron dinero para que licenciara a mis hombres, y no faltó el que me insinuó que tratara a una de sus hijas para que emparentáramos y la paz se firmara en una recámara. Ese rejijo no conocía las palabras que me definían: busca mujer por lo que valga, y no sólo por la nalga. El tiempo del matrimonio por conveniencia aún no llegaba, Carmelita ni siquiera había sido engendrada.

Ellos podían llenar cientos de papeles, pero de lo que no estaban enterados era que los vencedores de Santa Anna no podían fiarse del ejército. A fuerza de vilezas y chicanadas, los liberales más colorados habían aprendido la lección. No por casualidad, antes de que tomara el camino a Ixtlán, don Marcos me recordó lo que tenía tatuado desde que comenzaron las tardes de humo y café: la guerra estaba a punto de tronar y no podíamos apostarle a los generales.

—Los mercenarios sólo obedecen al dinero. Nosotros necesitamos tropas del pueblo que se jueguen la vida sin darnos la espalda —me aseguró sin tener que pedirme que organizara a la gente.

Los indios armados nos convenían a todos: mis valedores tendrían una fuerza dispuesta, y yo mandaría en mis rumbos. El jefe político de Ixtlán partiría el queso.

Las cosas marchaban a pedir de boca: los blancos estaban acorralados, mis hombres me respetaban y los curas me temían. De nada les serviría vociferar en el púlpito para denunciar que estaba excomulgado, los mayordomos vigilaban sus palabras y mis soldados sellaron su lealtad cuando empezaron a pedirme que bautizara a sus hijos.

Cada vez que el sacerdote repetía las palabras del exorcismo: "Renuncias a Satanás y su pompa", sus ojos ennegrecían por el odio. Yo les sonreía y murmuraba el sí que afianzaba mi mando.

La medallita de plata y el bolo con tlacos eran más poderosos que los entripados del clérigo.

—Ustedes me responden por su vida —les ordené a los soldados que acompañarían a Guadalupe hasta Oaxaca.

Lupe apenas se estaba reponiendo del cansancio, pero valía más que se retachara. Después de leer la carta de don Marcos, sabía que su vida pendía de un hilo muy delgado.

Le di un abrazo y junté a mis hombres.

Ninguno faltó después de que el cencerro sonó en la plaza.

Formados en tres columnas me acompañaron a las casas de los que todavía se creían los mandamases de Ixtlán: a como diera lugar tenían que entregarnos sus armas. Por más que se resistieron y protestaron por el atropello, terminaron haciéndolo. Una sola palabra habría bastado para que la indiada les cobrara las cuentas pendientes y borrara para siempre la deuda que tenían. Las casas saqueadas, los hombres degollados y las mujeres profanadas apenas podrían tachar los números que los encadenaban.

Delante de ellos, los sargentos entregaron sus armas a mis huestes.

Por más que los blancos me rogaran, no podía darme el lujo de que se quedaran con un solo tiro y que, mientras estábamos fuera, tomaran la ciudad para restaurar el poder de la cruz y la infamia.

En Oaxaca, la traición estaba a nada de tronar: don Benito ocuparía la gubernatura y el tal García no estaba dispuesto a dejarla. Avanzábamos a marchas forzadas, los pasos de mis hombres casi eran tan veloces como el trote de los caballos. En el mesón que estaba muy cerca de la ciudad nos esperaban los enviados del gobierno.

Le marqué el alto a mis soldados y me acerqué a los traidores con pasos lentos. Si hubiera podido, mi caballo habría caracoleado para enseñarles de qué lado masca la iguana.

—El gobernador García le ordena que licencie a sus fuerzas y le entregue las armas —me anunció uno de esos fulanos que se sentía engallado y le urgía quedar bien con su amo para que pudiera vestirse decentemente. El uniforme que le heredó su antecesor y el mecate que se le asomaba en la cintura demostraban que el muerto le quedaba grande.

Mi respuesta no se hizo esperar:

—Dele gracias a Dios que ando de buenas y les doy la oportunidad de que se vayan con el cuero completo. Dígale a García que nosotros desconocemos a los traidores y entraremos a Oaxaca para proteger al licenciado Juárez.

El pendejete ese trató de alzar la voz, pero mi orden le acalambró la lengua.

—Preparen —les ordené a mis hombres.

Los fusiles apenas se estaban alzando cuando sus monturas levantaron una polvareda.

Cuando la ciudad se miró desde las alturas del cerro, organicé a mis fuerzas para la batalla: los macheteros se quedarían en ese lugar y los fusileros entrarían conmigo a Oaxaca. Los mejores tiradores irían al frente y, cuando tronara el primer balazo, se desparramarían para venadear a los enemigos. Si los soldados de García se atrevían a atacarnos, tendríamos la retaguardia protegida, y en menos de lo que canta un gallo avanzaría como refuerzos.

Entramos a la ciudad sin encontrar resistencia.

En las bocacalles no habían levantado parapetos y en las avenidas no se miraban los sacos retacados de tierra. El silencio era duro, espeso. Seguimos adelante con las armas amartilladas y rodeamos el cuartel de Santo Domingo.

Ni siquiera tuvimos que gritarles que se rindieran, los pocos soldados que ahí estaban nos abrieron la puerta y entregaron sus armas.

Mis hombres les apuntaban y yo me asomé al despacho grande. El chiquero era el mismo desde los tiempos de Martínez Pinillos. Con voz firme ordené que trajeran a los oficiales.

Los tres soldados obedecieron sin pasarse de bravos. Los uniformes harapientos y apenas abotonados les pesaban como una losa. En un santiamén se pararon delante de mí. Los vi de arriba abajo y les hablé con una violencia que apenas se notaba.

—Ustedes me dicen qué hacemos, los fusilamos en este momento o se suman a mis fuerzas como soldados.

Uno de ellos trató de negociar, pero lo paré en seco.

—Aquí sólo hay de dos: pan o palo —le espeté para que le quedara claro que conmigo no se valían los profundismos.

El hombre insistió y una seña bastó para que le descerrajaran un plomazo en la cabeza.

García huyó de la ciudad y Juárez entró a Oaxaca. Mis hombres desfilaron tras él. Al llegar al palacio de gobierno, yo lo esperaba en la entrada.

—Gracias, chamaco —me murmuró al oído y me abrazó como si fuera su hijo.

Conversamos un rato. A lo mejor por el agradecimiento, no pasó lo que se hizo costumbre: don Benito cumplió su palabra. Antes de que nos regresáramos para Ixtlán me entregó diez cajas de fusiles, una buena cantidad de pólvora y los instrumentos para la banda de guerra. A mí me nombró capitán, y con ganas de homenajearme me regaló mi primer uniforme. Si los centavos me hubieran sobrado, habría mandado a hacer un par más para nunca tener que quitármelo.

El grado que apenas se notaba no me acongojaba. Yo era el hombre fuerte de la sierra, el aliado armado que podía enfrentar a los enemigos de Juárez.

Salimos de Oaxaca cubiertos de gloria. Don Marcos estaba ahí para despedirme.

—Las matanzas de a deveras están a punto de empezar —me dijo y su voz sonó como la de un profeta.

Escribo sin mirar el calendario,
sus números sólo marcan el retraso de la muerte

La luna envidiaría la precisión de las cartas de don Marcos. Todos los miércoles, tan pronto como las sombras empezaban a alargarse, los cascos de la montura de su mensajero sonaban en la plaza de Ixtlán. Ramirito jamás falló y la gente podía ajustar el péndulo de los relojes al verlo pasar. Nunca le pregunté cómo lo lograba, hay cosas de las que vale más no enterarse. Capaz que llegaba antes y se quedaba esperando hasta la hora exacta para picarle los ijares a su mula.

A golpe de vista, las cartas parecían iguales. El papel cuidadosamente doblado, el rojo del lacre con el sello donde la M y la P se entrelazaban y el rostro del mensajero que se quedaba a pasar la noche para esperar mi respuesta nunca cambiaban. Sólo de cuando en cuando, Guadalupe se apersonaba para quedarse unos días y revivir los momentos de café y cigarros. Más de una vez le ofrecí que se sumara a mis hombres, pero Lupe le sacaba la vuelta a los sables y los fusiles. Lo suyo era seguir el camino de su padre.

Las palabras de don Marcos eran cuidadosas, había que tener el ojo entrenado para comprenderlas. En los caminos de la sierra podía pasar cualquier cosa, y los bandoleros cobraban lo justo por hacer encargos especiales. Despachar al otro mundo a un fulano desarmado para robarle un papel apenas costaba un par de monedas de plata. Por eso, los nombres apenas se insinuaban con una

159

letra y sus secretos se escondían entre las líneas que decían sin decir. Las fiestas eran conjuras y las conversaciones significaban lo contrario.

Las cartas iban y venían, pero las noticias que llegaban siempre eran peores que las anteriores. En los confesionarios el perdón se posponía y los rezos dejaron de ser la penitencia para sanar los pecados. Sin miedo a perder sus almas, los curas exigían el ojo por ojo y el diente por diente.

El Talión era su ley.

Las profecías de don Marcos eran más atinadas que las de la madre Matiana. Sin necesidad de versos y sin tener que mirar al cielo o tirar la baraja, sabía lo que estaba a punto de ocurrir. El colmillo retorcido vale más que los augurios de una gitana: con un solo plumazo, el gobierno había despojado a la Iglesia de sus propiedades.

Antes de que se terminara el mes, las haciendas, las casas y los baldíos se ofrecieron al mejor postor para impulsar el progreso de la nación y abandonar los tiempos retardatarios; pero esto sólo era un asunto de dientes para fuera. A como diera lugar, los mandamases necesitaban ocultar el reparto del botín. Con ganas de taparle el ojo al macho y disimular el miedo, la ley apenas permitía que los clérigos conservaran los templos. Por más que inflaran el pecho como guajolotes en celo, ninguno de los radicales tenía los tamaños para dar ese paso, derrumbar las iglesias y fundir las campanas para crear los cañones que vomitarían metralla sobre los fieles.

La indiada también estaba amenazada: las tierras de sus pueblos se venderían por un bicoca con el pretexto de que no tenían dueño. La falta de los papeles que garabatean los escribanos bastaba para justificar lo que harían. Los golpes de los enrojecidos eran brutales, pero al cabo de unos días tendrían un desenlace funesto. La calentura política logró que las alianzas entre los enemigos del gobierno se afianzaran: algunos persignados se convirtieron en prestanombres, y los prietos juraron por su santo patrono que los machetes darían cuenta de los herejes y los endiablados.

Los clérigos no cruzaron los brazos, tampoco se conformaron con lo poco que lograron salvar de la rebatinga. La tinta de la ley todavía manchaba los dedos, y en las puertas de los templos ya se sentía la pestilencia de los brochazos de la cola con la que pegaron los papeles de la condena: cualquiera que se atreviera a comprar sus tierras sería excomulgado. Los chacales que mordisquearan los bienes del clero conocerían los horrores indecibles y sus almas arderían en lo más profundo de la Tierra. Ellos tendrían el mismo destino que me perseguía: serían malditos de la cabeza a los pies y de la piel a la médula.

Lo que pasó estaba cantado.

Los caballos de la derrota se llevaron entre las patas a Juárez y sus lambiscones. A pesar de su ambición, las bolsas de los persignados se quedaron cerradas, y el gobierno sólo veía cómo sus arcas se convertían en un vacío polvoso, en una torre de papeles que contaban la historia de las deudas que lo ahogaban. Lentamente, y sin que nadie fuera capaz de evitarlo, los centavos ausentes se transformaban en los fusiles, en los lingotes de plomo y en los barriles de pólvora que los enemigos recibían en sus casas gracias a los arrieros que llegaban cargados de contrabando.

Dicen que compraban sus pertrechos en Nueva Orleans o que se los traían desde San Francisco. La gente contaba que ahí los trepaban en un barco sin bandera y con quilla de navaja, que en las noches más oscuras el navío atracaba cerca de Veracruz o soltaba su ancla en la costa de Tehuantepec. Y, en ese lugar, antes de que las treparan en las mulas, un sacerdote exigía abrir las cajas para bendecirlas mientras pronunciaba las palabras que anunciaban la escabechina:

—Hay un tiempo de matar y hay un tiempo de morir —murmuraban los clérigos mientras el agua sagrada salpicaba los fusiles.

—Lo peor está por llegar —me decía don Marcos en sus cartas con palabras alrevesadas. Tenía razón, María Guadaña estaba a punto de arrasarlo todo. Sin embargo, en esos días no podía darme cuenta de la ingenuidad de las poquísimas victorias que lo llenaban de esperanza: según él, con tal de darle un buen ejemplo a los ciudadanos, Juárez y sus secuaces habían comprado algunas de las casas del clero gracias a los créditos del gobierno que se agarraba una oreja y no se hallaba la otra.

A pesar de sus ensoñaciones, la verdad era distinta: los juaristas no querían dar un ejemplo, sólo buscaban atreguar la miseria que les roía las tripas y, con tal de seguir en el candelero, también les entregaron las tierras a los que necesitaban para no desbarrancarse del palacio de gobierno. Ningún oficial del ejército se quedó sin recibir una propiedad y todas rimaban con su rango, la distancia entre los generales, los coroneles y los sargentos podía medirse en varas de terreno.

Todos prometieron solemnemente que, si les sobraba el dinero y si la gente sembraba palos de escoba, pagarían su deuda hasta el último centavo, pero ninguno firmó un papel que lo comprometiera a cumplir su palabra.

Las voces fantasmales que llegaban a los pueblos y las ciudades eran el anuncio del polvorín que iba a tronar. Las chispas que salían mientras la Muerte afilaba su guadaña caían en todos lados, lo único que faltaba eran los remolinos que incendiarían los valles y los cerros. En Ixtlán, los curas se apalabraban con los blancos y los mestizos que se agenciaron nuevos fusiles; en Tehuantepec, en Juchitán y en la Costa Chica pasaba exactamente lo mismo. Aunque los calzones le mal olieran por la collonería, a don Benito no le quedó más remedio que salir de la ciudad para tratar de sosegar a la gente.

Mis hombres y yo lo escoltamos en su fracaso y nuestro orgullo quedó manchado por su cobardía. Una palabra habría bastado para que a sangre y fuego ganáramos la partida, pero al Señor Gobernador se le engarrotó la lengua y ni siquiera pudo quedarse a dormir en Tehuantepec. Por más que tocara las puertas, ninguna se abriría para recibirlo.

Por eso, cuando llegó la oscuridad nos largamos mientras que a Beno se le fruncía el trasero por las amenazas que jamás se pronunciaron, pero podían cumplirse sin miramientos. El ladino que había traicionado a los indios, el ladrón que no respetaba a Dios ni a los santos patronos ya no tenía manera de convencer a nadie.

En la Costa Chica las cosas estallaron de a deveras. Las llamaradas de la insurrección podían verse desde el otro lado del océano. Los que posaban como radicales tuvieron la peor de las muertes y sus familias también la padecieron. Entre los tizones de sus casas se veían los cuerpos achicharrados y retorcidos por el fuego. Sus cadáveres ni siquiera podían tentar a los perros. Las noticias que nos llegaban no eran falsas: cuando trataban de huir de las llamas, los negros y los mulatos los empujaban hacia el fuego con las horquillas de los diablos. Al terminar, el cura les daba el pan milagroso mientras bendecía su crimen. Matar a un hereje abría las puertas del Cielo.

La tormenta había comenzado. Los negros y los mulatos, los cimarrones y los que se partían el lomo en las haciendas entretejieron sus odios rancios con las prédicas de los curas. La venganza por los capados y las mujeres forzadas, la revancha por los fuetazos y los castigos que los dejaban tullidos reventaron con tal de desquitarse con el primero que se les atravesara.

Las banderas de la patria se quemaron y en su lugar se alzaron los pendones negros con cruces encarnadas. Los prietos enloquecidos juraban que los arcángeles marcharían a su lado y sus espadas de lumbre fundirían los fusiles y los cañones de sus enemigos. Y, si para su mala suerte esto no pasaba, la muerte con un machete en la mano los llevaría a la Gloria donde Jesús les haría el milagro de blanquearles la piel.

Los gritos de "Viva Cristo y mueran los herejes" borrarían su pasado.

Los negros con sus machetes, los curas con sus banderas y los blancos y los mestizos con sus fusiles pronto estarían en condiciones para avanzar en contra de Oaxaca y restaurar el reino del Cielo y asesinar a los endiablados.

La situación era desesperada. Mandar al ejército para que los enfrentara era imposible. La lealtad que los soldados habían jurado se derrumbaría tan pronto como se toparan con los alzados. Ellos eran mercenarios y se venderían al mejor postor. La sopa de fideos se había terminado y sólo quedaba la de jodeos: la Guardia Nacional era la carta que le quedaba al gobierno. El todo o nada decidió sus acciones.

Mientras las llamas devoraban a la Costa Chica, el coronel Manuel Velasco llegó con sus hombres a Ixtlán. Sin pensarlo dos veces, me sumé a su unidad con los mejores fusileros que tenía. El resto se quedaría para enfrentar a los traidores que seguramente se levantarían en armas cuando la polvareda de nuestros pasos se perdiera en el camino.

—Pase lo que pase, no tengan piedad —le dije al hombre que dejé a cargo del pueblo.

Esa orden me cambió la vida. Debía convertirme en alguien inclemente, en la persona que cobraría con sangre las desobediencias y los ataques.

Los miramientos y los profundismos estaban muertos y olvidados.

Una mancha, nuevamente una mancha. La risa muda me retumba en las orejas y se queda atrapada en los laberintos de la tinta...

Más tarde, antes de que el láudano
me haga el milagro de dormir sin pesadillas
y me recupere de las torturas

Mis ansias no le importaban a la Muerte. María Guadaña quería frenarme con sus truculencias. La plumilla se atoraba entre los harapos de los muertos, la tinta traspasaba sus mortajas y terminaba reventándose sobre el papel. Delante de mí, las letras se transformaban en manchurrones.

Yo los miraba sin asustarme y me aguantaba las ganas de mentarle la madre.

Su negrura se volvía colorada. Las manchas eran idénticas a las huellas de las gotas que caían desde la plancha donde el desvirgador de mi hermana me salvó la vida. En ese instante supe lo que pasaba y mi amante despechada me dio un latigazo sin tentarse el alma: la tos doledora se apoderó de mi pecho hasta que la saliva deslavó la tinta escurrida.

A pesar de los espasmos y el dolor que me quebraba el hueso de en medio, la suerte no me abandonó por completo. Carmelita no estaba en casa y las criadas comadreaban en su covacha. El murmullo de sus habladurías no llegaba a mi recámara, pero la fetidez de sus humores se afianzaba en las paredes como un sudor chicloso.

Me limpié la boca con la mano y cerré los ojos. El miedo a descubrir un esputo ensangrentado me tenía amarrado. Pero el poco valor que me quedaba me alcanzó para abrirlos: en mi palma sólo me miraban la baba espesa y las flemas transparentes.

María Guadaña sabe lo que hace y se roba los gargajos ensangrentados. Sin tener que matarme, mi amante despechada quiere detener las palabras que le arden.

Escribo con el pecho adolorido
y acompañado por los espectros que ensombrecen las paredes

El gobierno hambreado nos mandó a la matanza con las alforjas colmadas de miseria. Cada vez que las oía rebotar sobre las ancas de mi caballo, el sonido de la penuria resquebrajaba el camino reseco. Desde que salimos de Ixtlán, el coronel Velasco y yo perdimos la oportunidad de engañarnos. Si obedecíamos los mandatos del gobierno no llegaríamos muy lejos. Con los fantasmas a un paso de mi escritorio, las mentiras están de más: en el palacio de gobierno, Juárez y sus achichincles sólo se enredaban en sus joterías y sus profundismos. En los montes, sus órdenes de no alborotar a la indiada importaban tres arrobas de majada.

María Guadaña nos seguía, su manto borraba las huellas de los huaraches y las herraduras. El viento helado arrastraba el polvo y no nos soltaba aunque el sol nos cayera a plomo. Las cosas estaban mal y pintaban para peor. Si la miseria nos daba una tregua, los bastimentos nos alcanzarían para tratar de acercarnos a nuestro destino sin que el olor de la negrada nos llegara a las narices. Por más que achicáramos las raciones, los cuatro costales de totopos y los dos de frijoles picados apenas nos darían para tragar en la siguiente jornada.

Y, cuando el hambre no atenazara, los soldados empezarían a desertar. No hay lealtad que aguante los retortijones de la panza vacía. Para acabarla de joder, los pertrechos apenas alcanzarían para dos balaceras de poca monta. Después de eso, mis hombres enclenques tendrían que luchar a machetazos contra los zainos que seguramente estarían bien comidos. Por más que quisiéramos convencernos de la victoria, la derrota marcaba nuestros pasos antes de que comenzaran las batallas.

El coronel Velasco no necesitaba escuchar mis lucubraciones, las suyas eran las mismas. A lo mejor por eso me entendió sin tener que descararse.

—¿Usted siempre obedece? —me preguntó como si hablara de lo que no importaba.

Lo miré para calarlo.

Sus ojos miraban al frente y la rienda de su montura estaba floja entre sus manos. Antes de responderle tenía que descubrir la jiribilla que se agazapaba en sus palabras. Hay cosas que no se dicen de manera abierta, pero también hay otras que ocurren mientras uno se hace pendejo y mira hacia otro lado.

—No, mi coronel, hay veces que no queda de otra más que hacer lo que se puede para salir adelante. Al final, lo único que le importa al gobierno es la victoria. ¿Para qué nos engañamos? Después de que la tienen, encuentran el modo de tapar las atrocidades —le respondí sin voltear a verlo.

Mi voz tenía su mismo tono.

No hubo necesidad de que conversáramos, todo estaba decidido.

Avanzábamos con el hambre metida en el tuétano y los barriles de agua empezaron a criar inmundicias. Las natas que flotaban en su superficie y los renacuajos que nadaban sin pena no alebrestaron a nadie. Las ganas de comer eran más duras que las profecías. Por más que nos afanáramos para atreguarnos las tripas, mis soldados tenían que aguantar las tarascadas de las lombrices que anidaban en sus adentros.

¿Qué otra cosa podíamos hacer? La guerra no puede ser absoluta, el saqueo tiene sus frenos. Tan pronto como llegábamos a los pueblos y los caseríos que me apoyaban, nuestros hombres se quedaban en la loma. La advertencia de que pagarían con su vida los robos los dejaba con la rabia atragantada.

En esos caseríos apenas nos deteníamos para descansar y conversar mientras nos refrescábamos y agarrábamos aire para seguir adelante sin tocar un bledo. Las cosas son como son y a veces no hay manera de cambiarlas. Esa gente me tenía ley. Cuando llegara el momento, se la rifarían a mi lado. Por eso, sin que hubiera necesidad de andar mendigando, algo nos daban y algunos de sus hombres se sumaban a la columna con una hoz o un machete.

La verdad era sencilla, absolutamente simple: a todos nos urgía llegar a los rumbos de los alzados.

Desde el día que nos adentramos en tierra de nadie, la historia se repitió sin cambios. Juntábamos a la gente para que oyera a Velasco perorar sobre la defensa de la patria y las órdenes que nunca dio el Supremo Gobierno. La negrada nos veía con sus ojos de vaca muerta y muchos abrían la boca para que no quedara duda del tamaño de sus bembas. Ahí estaban, con las entendederas encarceladas y rascándose la pelambrera para tratar de asesinar a los piojos que estaban desayunando.

Por más que quisieran entenderlas, las florituras del coronel no les entraban en la sesera. Por eso, en el preciso instante en que Velasco terminaba su discurso, le ordenaba a uno de mis hombres que les pusiera las cosas en claro.

—A ver cabrones, entreguen sus armas y la comida que tienen —les bramaba mientras desenfundaba su pistola.

Cuando el primero de los prietos alzaba la voz para protestar, un plomazo imponía la obediencia.

—¿Quién sigue? —gritaba mi hombre mientras pateaba el cadáver con ganas de que una colorada valiera más que cien descoloridas.

Las más de las veces, los zainos agachaban las orejas y metían el rabo entre las piernas.

169

Entonces mandábamos a sus mujeres para que acarrearan las cosas. Mis soldados les apuntaban a sus hombres. Sin problema jalarían el gatillo si a cualquiera se le ocurría pasarse de bravo. Si los negros se rendían y la bronca no pasaba de uno o dos muertos, algo les dejábamos para que les quedara claro que no queríamos matarlos de hambre, pero, si empezaba la balumba, soltábamos a los perros de la guerra.

Después de la primera descarga, empezaban el saqueo y los hechos sin freno. El coronel Velasco y yo nos íbamos a la salida del pueblo para darle la espalda a la matanza y que me hiciera la misma pregunta:

—¿Qué les ven? —me decía con tal de entender por qué a nuestros hombres les encantaban las negras y las mulatas.

Yo alzaba los hombros sin ganas de explicarle lo obvio. Las nalgas y las tetas abultadas no podían negarse.

La furia duraba lo suficiente para que termináramos de fumarnos dos puros largos y gruesos.

Tan pronto como se terminaban los gritos, regresábamos para ordenar la marcha.

El lugar olía a sangre y charamusquina, a profanación y robos que iban más allá de lo que necesitábamos. Cada vez que abandonábamos un pueblo, en el pescuezo de mis soldados se veían las medallas de plata que perderían en la siguiente tirada de dados, y algunos cargaban tres machetes además de su fusil.

—Son para lo que se ofrezca —me dijo el hombre que estaba seguro de que los repartiría entre los hombres que se nos sumarían sin necesidad de levas.

Así seguimos avanzando hasta que llegamos a nuestro destino.

Desde la punta del cerro veíamos las casas de Ixcapa. A lo más nos separaba una legua de la calle principal. Ahí estábamos, observando el pueblo vacío y los parapetos que parecían abandonados. Los rumores de que los negros de Cuajinicuilapa se les habían sumado parecían una mentira. Todo lo que había profetizado en el camino parecía más falso que una moneda de trece reales.

Sólo Dios sabe cuánto tiempo nos quedamos mirando a la nada. El aburrimiento se me había metido en la carne. Sólo quería levantarme para beber un poco de agua antes de encender el enésimo puro.

—Ahí están —afirmó Velasco y me pasó el largavista.

Dos negros habían asomado la cabeza.

Yo no me había equivocado. Las huellas que nos salían al paso me daban la razón: Ixcapa era una ratonera.

—¿Ahorita o al rato? —me preguntó el coronel.

—Mejor en la noche, todavía hay cosas que preparar —le contesté.

Ellos nos esperaban con las armas listas. Nosotros no podíamos atacar confiando en el valor y los gritos endiablados que anunciaban las bayonetas caladas. El heroísmo a lo pendejo mata a la gente.

Después de organizar las guardias les ordenamos a los soldados que descansaran y nos alistamos para la batalla: con cincuenta fusileros, el coronel rodearía Ixcapa y, cuando los negros trataran de huir, los recibirían con una descarga. El resto de las fuerzas quedaría a mi mando para entrar por la calle grande. Si las cosas se ponían feas, Velasco avanzaría para salvarnos.

Mi plan era mejor que cualquiera que le pasara por la cabeza.

—No habrá prisioneros —le recalqué para que no tuviéramos malentendidos por un arranque de piedad.

Mis soldados se embarraron la cara con lodo y cubrieron los cascos de las monturas con sacos retacados de trapos. Sin la oscuridad y el silencio estaríamos perdidos. A cada paso tratábamos de adivinar lo que no se miraba en el suelo, una rama que se quebrara bastaría para que nos descubrieran y tronara la descarga que arrasaría a mis mejores tiradores.

Ya estábamos cerca, muy cerca del primer parapeto.

La mudez nos bendijo al escuchar los ronquidos de marrano de los defensores y los centinelas.

Traspasamos su protección y los machetes zumbaron. El crujir de los huesos y el sonido ahogado de la muerte nos permitirían seguir adelante. Su sangre era una mancha negra sobre la tierra negra. La suerte estaba de nuestro lado: poco a poco avanzaríamos. Detrás de nosotros apenas quedaría un reguero de cuajarones.

Pero nada sucede como uno quiere, la suerte es veleidosa y se pasa de cabrona.

Uno de los prietos no tuvo a bien estirar la pata con el primer tajo y alcanzó a gritar antes de que le dieran el segundo.

Su aullido llamó a las armas y los fogonazos iluminaron la calle.

Los disparos de la negrada atinaban a la nada, los de mis rifleros eran precisos.

El ruido del golpe seco de los cuerpos que caían era el anuncio de la victoria. Nos engallamos y seguimos adelante con las bayonetas dispuestas. Los negros nos pelaban la de hacer hijos. Sin embargo, los ojos amarillos de los enemigos nos salieron al paso. Sus siluetas se recortaban en la noche, su número era legión. Los prietos de Cuajinicuilapa estaban en las filas de Ixcapa.

Mis hombres se formaron en tres líneas.

Entre ellos y nosotros apenas habían cincuenta pasos.

Durante un instante el silencio lo fue todo: nosotros estábamos listos y los prietos juntaban valor.

El grito de "mueran los endiablados" retumbó en sus filas. Detrás de la negrada, un cura montado en un caballo negro y con una bandera más negra lo aulló, y ellos se lanzaron sobre nosotros. Algunos se detuvieron un instante para persignarse y otros besaron sus medallas milagrosas antes de alzar sus armas.

Los fusiles tronaron al mismo tiempo, la calle se llenó de cuerpos.

El deseo de que huyeran se murió antes de que pudiera murmurarlo. Los que todavía estaban vivos brincaron sobre los cadáveres y nos preparamos para recibirlos con las bayonetas. Mis soldados gritaron como posesos y enterraron sus aceros en el vientre de los enemigos. A mi lado, una de las puntas se quedó atorada entre los huesos de un mulato y mi hombre lo pateó con furia para desclavarla.

La lucha era cuerpo a cuerpo, machetes contra bayonetas, machetes contra picas y machetes contra machetes. La sangre nos salpicaba y los gritos de dolor nos golpeaban las orejas. El hombre que estaba a mi lado se desplomó: un negro inmenso le partió la cabeza con un marro y sus sesos me mancharon la cara.

Mi fusilero se retorcía en el piso con los ojos en blanco. Ése fue el augurio de la desgracia: por la calle de al lado llegaron más enemigos.

El negro del marro volteó a verme y levantó su arma. No logró herirme, una bayoneta lo atravesó por la espalda.

Entonces sentí el golpe y el ardor de la quemadura. La sangre más prieta brotaba de mi costado. Todavía alcancé a disparar un par de veces antes de que los soldados de Velasco barrieran a la negrada.

Después de eso llegó la nada.

Cuando abrí los ojos, me di cuenta de que me llevaban en una camilla. El llanto del cielo me lavaba la cara. El coronel Velasco caminaba a mi lado, el tizne de la pólvora que le escurría se quedaba atrapado en su barba apenas crecida.

—Ganamos —me aseguró con una sonrisa y acentuó sus palabras con una palmada cuidadosa.

Quería preguntarle qué había pasado.

Las victorias que se transforman en derrotas no pueden presumirse.

Satán es el único que sabe si Velasco me adivinó el pensamiento. Sus palabras casi me aliviaron.

—No tomamos prisioneros, a todos los pasamos a cuchillo —me aseguró.

Los tropiezos y los resbalones de los que me cargaban hacían que los dolores se ensañaran contra mi humanidad. El deseo de tener una piedra de rayo para aventársela al cielo y calmar las aguas no tenía sentido. Dios lloraba por nuestra victoria y trataba de castigar a los que todavía estábamos vivos.

Los gritos no llegaban a mi garganta, sólo se reventaron cuando me tiraron y rodé en el lodazal. Las voces que me pedían perdón sonaban tan opacas como el último de los ecos. Sobre ellas apenas se escuchaban las mentadas de madre de Velasco.

Llegamos a una hacienda herida por el abandono.

Una mujer empezó a ponerme paños húmedos en la frente. La realidad iba y venía sin que pudiera aferrarme a ella. Así habría seguido de no ser por los dedos que me hurgaban la herida: un sanador del rumbo me estaba untando un emplasto de ocote, huevo y manteca.

—Con esto queda —le aseguró a Velasco antes de estirar la mano y largarse.

Estaba equivocado: esa noche, María Guadaña me montó como si fuera su primer amante.

Velasco sabía que apenas me quedaba un soplo de vida. El menjurje del indio me pudrió la herida y las fiebres me estaban matando. A él ya no le quedaba de otra más que jugarse el todo por el todo. Me volvieron a poner en la camilla para llevarme al hospital de sangre que estuviera más cerca.

Nada recuerdo del camino. En mi memoria apenas está grabado el rostro del cirujano que me rajó el vientre y el cuadril para lavar la pus que me carcomía. El olor de la podredumbre se apoderó de mi nariz y el dolor de las pinzas que buscaban la bala se quedó grabado en mi piel. Por más que lo intentó, el plomazo se aferró a mi carne y ahí se quedó con ganas de transformarse en una sentencia de muerte.

Él hacía lo que podía y yo me perdía en los ojos de Delfina.

Los días pasaron, y recobré la conciencia. Delante de mí estaba Manuel Ortega, el hombre que había desvirgado a mi hermana. La vida es rara y sus caminos se entrelazan: si el Chato y yo nos lo hubiéramos cargado, capaz que estaría bailando con la Calaca.

—Se salvó por milagro —me susurró con tal de asegurarse de que había derrotado a la Muerte.

Su voz era idéntica a la que me saludaba en el instituto, pero su rostro había cambiado irremediablemente. Cada una de las amputaciones y cada uno de los gritos que llamaban a la madre que jamás llegaría, cada súplica que no se cumpliría y cada sutura que se enfrentaba con la muerte lo transformaron en alguien sombrío, en un hombre con los hombros cargados y la bata ensangrentada, en alguien que dejó de limpiarse los zapatos manchados de cuajarones.

A Manuel Ortega se lo tragó la guerra, pero antes de que terminara de devorarlo pedí que me trajeran lo que quedaba de mis pantalones.

—Tenga, esto es para usted —le dije mientras le entregaba la bala que tenía su nombre.

Mi deuda estaba pagada, pero él no sabía que encontraría el modo de que cubriera la suya: Delfina no podía vivir sin tener el apellido de su padre.

No pasó mucho tiempo antes de que las cartas de don Marcos me alcanzaran. Siete veces bendijo mi suerte y otras tantas lo hizo con las manos de Ortega. Sin embargo, su letra era distinta, las temblorinas de la vejez y Tehuacán se notaban en sus trazos. Ninguno de nosotros volvería a ser el mismo. Las matanzas nos ennegrecieron el alma.

Las noticias que me daba nunca eran buenas y seguían los pasos de los periódicos. Juárez se había largado de Oaxaca para añadirse al gobierno de Nacho Comonfort y, cuando tronó la asonada, asumió la presidencia y se largó hacia el norte con el dinero que quedaba en la tesorería de Palacio. El país se había rasgado de una vez y para siempre: los ensotanados y los colorados se preparaban para llevar la guerra hasta el último de los cerros.

Apenas me repuse, empecé a organizar a mi ejército. Mis correos llegaron a los pueblos que me tenían lealtad. Poco a poco, los hombres que se quedaron regados en los caminos fueron llegando. La guerra marcaba sus pasos y sus garras les habían tatuado la carne. A los tullidos los mandé a sus casas con una escolta y la promesa de que pronto recibirían unos centavos para ayudarse.

En dos semanas estábamos listos y la orden de avance sonó al frente de mis filas.

La matanza nos esperaba y no había manera de sacarle la vuelta.

París, 29 de marzo de 1915,
las campanas de la muerte repicaron y los espectros se largaron
para acompañar a los ataúdes que llegaron de las trincheras

La batalla se había terminado. A pesar del silencio y las nubes de pólvora que todavía no se levantaban, el estruendo de los cañonazos y los berridos de la muerte me retumbaban en los oídos. La estridencia de la matanza es más terca que las mulas. Por eso, cuando llega la mudez, se convierte en un eco que te rebota en la sesera sin que nadie pueda escucharlo. Su fragor es una apuesta a favor de la locura y los malos sueños que jamás se largan. Por más que quieran olvidarla, la matanza se les queda pegada a los vivos sin que los sanadores tengan con qué arrancársela. Las plumas de guajolote se quiebran y las rezaderas no les curan el ánima.

Delante de los destripados no me quedaba de otra más que aguantarme, lo mío apenas daba para ser un asunto menor. Si la suerte me sonreía, en un par de días el zumbido se apagaría sin tener que pedirle al curavacas que me sambutiera un cucurucho de papel y le prendiera fuego para ahuyentar a los fantasmas que se habían quedado atrapados en mis oídos. Las gotas de espíritu de vino diluido en agua eran un lujo que estaba más allá de mi alcance. Ese remedio sólo se conseguía en una de las boticas de Oaxaca.

Con mucho cuidado me toqué las suturas que el doctor Ortega me dejó en el costado. El dolor que me acompañaba era porfiado y testarudo. Por más que le hiciera, seguía aposentado en mi cuerpo junto con la bala enquistada. Me miré los dedos: la sangre fresca no los manchaba, en mis manos sólo estaban las huellas marrones de las salpicaduras que se secaron por el calor de los fogonazos. Mis uñas se veían más largas de lo que eran, su tamaño se acentuaba con los coágulos que las pintaban por dentro.

Estaba sentado delante del campo de batalla. Tenía clavadas las ansias de prender un cigarro, un puro grueso y largo como los que fumaba con el coronel Velasco, mientras mi gente saqueaba los pueblos enemigos. De alguna manera debía festejar que la Tiznada se había largado con un palmo de narices. A pesar de los pesares seguía vivo y, aunque pareciera imposible, habíamos derrotado a los clericales por un pelo de rana calva.

La última carga a bayoneta calada decidió la escabechina: mis soldados se lanzaron al combate que parecía perdido y con el Diablo metido en el cuerpo destriparon a todos los que se les atravesaron.

Su miedo a la muerte nos dio la victoria.

Después de un rato de andar entre los restos de la matazón, uno de mis oficiales se apersonó para entregarme la bandera negra con una cruz colorada. El trapo estaba desgarrado por los plomazos que lo atravesaron.

—Gracias —le dije y me aguanté las ganas de pedirle un poco de tabaco y una hoja de maíz reseca.

Sin que nadie se lo ordenara, Jacinto me dijo lo que según sus entendederas era el resultado del combate: delante de nosotros estaban más de quinientos cadáveres de los dos bandos.

—Quinientos treinta y cuatro, para ser exactos —me aclaró sin un asomo de duda, aunque el número de muertos no estaba claro.

—¿Cuántos son nuestros? —le pregunté sin levantarme.

El cansancio brutal me impedía las formalidades. En esos momentos me conformaba con tener una cifra que se acercara a la verdad.

—No sé, todos se ven iguales —me contestó, mientras alzaba los hombros y apuntaba el número en el papel arrugado que siempre lo acompañaba.

Sin pedirme permiso se sentó a mi lado y empezó a hacer sus cuentas. Los dedos apenas le alcanzaban para sumar.

Cuando terminó, volteó a verme.

—Todavía nos faltan muchos —murmuró y se largó sin despedirse.

Jacinto estaba convencido de que sólo ganaríamos la guerra cuando los muertos sumaran ciento cuarenta y cuatro mil. Según él, la cantidad tenía que ser absolutamente exacta: uno de más o uno de menos provocaría el fin del mundo.

Lo suyo no era una chifladura ni una rareza, Jacinto no era el único que soñaba con el apocalipsis y los diablos: más de tres de mis soldados juraban que se habían cruzado con la procesión de las ánimas y recibieron la cera que les dieron los difuntos para que los acompañaran.

Por más que rezaban y se santiguaban, el mal fario terminaba por alcanzarlos. Al día siguiente amanecían con un hueso en la mano y sus horas quedaban contadas: todos morían cuando llegaba la oscuridad. Lo que pasaba después era inevitable: mis hombres no tenían más remedio que descabezarlos antes de enterrarlos. Sólo así podrían evitar que se levantaran de sus tumbas para devorar a los vivos.

Los zopilotes todavía no se asomaban y los rapiñadores se escondían detrás de las ramas. La paciencia estaba de su lado, y a lo mejor los consolaba. Ellos tenían que esperar hasta que mis soldados terminaran de juntar los pertrechos que estaban en buenas condiciones. Si no se reventaba con tal de vengarse, la carabina de un muerto podría salvarle la vida a uno de los míos.

Los fusileros creían que mi mirada estaba perdida entre los restos del banquete de María Guadaña. Ninguno quería darse cuenta de que me estaba haciendo pendejo y que seguiría haciéndolo hasta que terminaran su faena. Las pocas monedas y las baratijas que les arrebataron a los cadáveres eran el botín que se merecían y tal vez compartirían. Todos respetábamos la ley de la guerra: nadie se mata de a gratis y los degüellos debían ser premiados. Los sueldos que a veces podía pagarles necesitaban una compensación que corría por cuenta de los cadáveres y los pueblos incendiados.

En esos momentos no me quedaba de otra más que ver sin mirar. El respeto a los cadáveres podía posponerse hasta que terminara la guerra.

Los hombres dedicados al pillaje no eran los únicos que caminaban entre los restos de la batalla. Con una resignación envidiable, tres de mis soldados recorrían el campo con las bayonetas dispuestas para cumplir las órdenes que los castigaban delante de la tropa. A ellos, por su falta de bravura, les había tocado bailar con la más fea y no podrían tentar el botín. La ganancia sólo era para los valientes. La misión de esos pobres diablos era precisa. Si se negaban a cumplirla, se enfrentaría al paredón con los ojos vendados: los enemigos heridos sentirían el acero que silenciaría sus gritos y, si querían quedar bien con sus oficiales, tendrían la oportunidad de sacarles los ojos para borrar la imagen del hombre que los mató.

Con los que parecían nuestros se portaban de otra manera: si su mirada distinguía la llegada de María Guadaña, tomaban la decisión definitiva. A los que no tenían remedio les daban un plomazo en la sien; a los que quizá podrían salvarse, los mandaban al hospital de sangre donde los médicos brillaban por su ausencia. En ese lugar todo corría por cuenta de un curavacas con pocas luces y buenas intenciones.

Los gritos de dolor cada vez se escuchaban más lejos. Antes de que el sol se muriera entre los cerros todo se habría terminado y la noche le daría cobijo a la última rapiña, la que correría por cuenta de los miserables que vivían en los caseríos cercanos. Su espera también tenía que ser premiada.

—Tenga, vale más que coma —me dijo uno de los soldados, mientras me entregaba un pan aguado.

Le arranqué un trozo, me lo llevé a la boca.

Cada vez que lo mascaba, el sabor de mi sangre y el de los cuajarones de los enemigos se hacía más fuerte. Lo miré y hallé lo que imaginaba: la corteza y el migajón estaban manchados de rojo.

Seguí comiendo con calma. Era eso o nada.

En la cabeza sólo me repiqueteaba una idea: "Otra victoria como ésta y estaremos derrotados para siempre". Los demasiados muertos y las bajas me habían salido muy caros.

Los pasos de los profundismos se acercaban, pero un soldado les marcó el alto con cinco palabras.

—Dice el doctor que venga —me susurró sin atreverse a mirarme la cara.

Lo vi y me levanté casi sonriendo, el tal doctor era el curavacas que nunca se tomó la molestia de desmentir a la soldadesca sobre el diploma que no tenía.

El hospital de sangre era el segundo matadero. Las tres monjas, que en un arrebato de piedad se sumaron al curavacas, se desgarraban el alma para tratar de lograr lo imposible. Por más que lo intentaran, María Guadaña las derrotaba antes de que pudieran meter las manos en los cuerpos despedazados. A fuerza de cuajarones, sus hábitos habían perdido la pureza del blanco, pero ellas seguían adelante murmurando las plegarias que ofrendaban su sufrimiento a un Dios sordo y desagradecido. En un descuido, capaz que también estaban malditas por oponerse a los designios del Cielo cuando trataban de salvar a un hereje contumaz.

Suspiré para sacarme a la Huesuda del cuerpo y me acerqué al hombre que me llamaba.

—Ayúdeme —me dijo, mientras me mostraba la pierna destrozada de un soldado.

Los huesos puntiagudos que se asomaban entre la carne y el chisguete de sangre que brotaba con una regularidad asombrosa no necesitaban explicaciones. El pobre tipo no tuvo la suerte de que la metralla le diera de lleno.

En silencio me quité la casaca y la dejé sobre uno de los pocos cadáveres que tenían un trapo en la cara. No tenía caso que me arremangara la camisa entintada de rojo. Las nuevas manchas apenas serían las rayas que le faltaban al tigre.

—Usted me dice cómo le ayudo —le respondí, con ganas de echarle la mano.

En silencio le ofreció al herido un trozo de cincho doblado. El hombre asintió y lo mordió con rabia mientras dos soldados lo detenían con toda su fuerza. Sin más ni más, me entregó un serrucho y me señaló lo que quedaba de la pierna.

—Ampútesela —me ordenó como si fuera un general.

No supe qué responderle.

—Usted le entiende a la carpintería, con eso le basta —me aseguró sin miramientos.

Esa tarde la suerte estaba de mi lado. A la tercera serruchada el hombre se desmayó y pude mocharle la pierna sin que se retorciera. El curavacas me dio una palmada en la espalda y, después de que le vació media botella de aguardiente, le limó los huesos astillados y, a fuerza de puntadas, le hizo el muñón.

—La verdad es que me quedó chulo —murmuró antes de darme la espalda para irse a atender a otro herido.

Aunque nadie hubiera dado un peso por su futuro, Cojo López sobrevivió y yo lo conservé a mi lado.

Él me quería porque le había salvado la vida, pero jamás perdonó a los ensotanados. Todos los cautivos que llegaban a sus manos tenían el mismo destino: debían bailar mientras tocaba la armónica y, si no dejaban de moverse en el preciso instante en que sonaba la última nota, les daba un balazo en el ombligo. El chiste era que se murieran lentamente y sus gritos se transformaran en la letanía que escucharían las siguientes víctimas.

La verdad es que ninguno sobrevivía.

La excusa para asesinarlos siempre era la misma.

—Ese tipo bailaba muy feo —decía, mientras tomaba su muleta y se levantaba con dificultades.

Más tarde

Apenas tuvimos tiempo para recuperamos y volver a las matanzas. Los ríos de sangre corrían por toda mi patria y nadie sabía cuál de los bandos sería el triunfador. Juárez fingía que era el presidente y corría como las ratas cuando se asomaban los escobazos, y los ensotanados avanzaban o retrocedían según les pegaran los vientos. Por más que nos matáramos, la victoria siempre se alejaba de nuestras manos.

Las profecías de don Marcos seguían cumpliéndose y nuestros pasos obedecían los designios de la Muerte. Las órdenes que milagrosamente llegaron a mis manos nos señalaban un rumbo y acaso dibujaban lo que pasaba: los liberales que estaban en Oaxaca nos esperaban con la esperanza herida. Sin nuestro refuerzo, la ciudad caería a manos de los persignados. Los hermanos Cobos se habían apoderado del centro y las fuerzas liberales resistían en el cuartel de Santo Domingo. Los clericales los tenían sitiados, los nuestros apostaban la vida en un volado siniestro: sus enemigos tenían las mismas costumbres que el Cojo López.

Aunque quisiéramos, no podíamos apretar el paso. Por más que nos esforzáramos y dejáramos atrás a los heridos, la orden de marchas forzadas era imposible de cumplir. Las guerrillas de los conservadores nos venadeaban en las cañadas y en las veredas donde apenas cabía una montura. Valor no les faltaba. Por pocos que fueran, aguantaban hasta el último plomazo. Ahora sé que María Guadaña estaba a su lado y sostenía las banderas negras con cruces coloradas. Ella también se agazapaba entre los peñascos o se escondía entre los árboles. Sus soplidos guiaban a las balas sin que yo estuviera enterado de su despecho. Una vez apenas sentí el rozón que me reveló su presencia.

Luzbel es testigo de que nunca dejamos una cuenta pendiente. Ningún enemigo quedó a nuestra espalda. A todos los que nos balacearon los despachamos sin necesidad de fusiles. El Cojo López tenía a su cargo la cobranza. Su saña se había afinado. Él silababa un jarabe mientras los amarraba en un tronco grueso y los capaba con su cuchillo. Sus tajos eran lentos y más de una vez les embarró sal en la herida antes de terminar la faena. Por más que los persignados se resistieran, les abría la boca y les sambutía sus partes para que sintieran el sabor de la muerte. Nunca desperdició una bala. Si la suerte les sonreía, los enemigos se desangrarían con rapidez, pero si la traían torcida conocerían los colmillos de las bestias y las quijadas de las hormigas coloradas.

Yo lo dejaba hacer. Nunca metí las manos para tratar de detenerlo. Cada hombre que caía en sus manos me hacía más fuerte: las voces del miedo pueden más que los fusiles y los cañones. La fama de mis huestes me abría el camino y ganaba batallas. Más de una vez, los rezanderos huyeron al verme delante de la columna.

El eco de los horrores abría el camino a Oaxaca y seguiría a mi lado durante más de una década. El tiempo de los perdones y las reconciliaciones aún no llegaba. Sus días sólo comenzarían cuando tuve que amacizarme en la silla y mis rivales se dieron cuenta de mis alcances. Yo no era como los otros militaretes que se alzaban en armas con un plan de mierda para justificar el quítate tú para que me ponga yo. Lo mío sí iba en serio.

Entramos a la ciudad con las armas dispuestas y las orejas paradas. Las calles estaban solas, los remolinos que anunciaban al Diablo atolondraban la basura. Aunque Dios se hincara para rogarle, Satán no podía darse el lujo de abandonar a los excomulgados, pero sus señales no bastaron para alertarnos. Delante de nosotros el mundo se miraba distinto. Los parapetos estaban abandonados y los cadáveres brillaban por su ausencia. Las huellas de los combates se veían en las paredes heridas por los balazos. Oaxaca estaba muerta y nosotros avanzábamos sobre sus despojos. De no ser por la mujer que se asomó en una ventana habría pensado que la ciudad estaba abandonada.

Llegamos al cuartel sin tener que apretar el gatillo.

Las puertas se abrieron y entramos formados con la creencia de que todo se había terminado. Seguramente los Cobos y su gente ya se habían largado a Tehuantepec, donde los mochos los recibirían con los brazos abiertos y una comilona que festejaría su supuesta victoria. Pero antes de que pudiera bajarme del caballo, el fragor de los plomazos se adueñó del fuerte. Los soldados corrieron a las troneras y apenas respondieron con unos cuantos tiros. En menos de lo que canta un gallo mis hombres los reforzaron, pero los disparos se silenciaron en un suspiro.

Desmonté con calma y caminé hacia el general. Mi fama de valiente no podía quedar en entredicho con una corredera.

—Lo engañaron —me aseguró, mientras me ofrecía la mano.

Tenía razón: los Cobos nos dejaron entrar a Oaxaca y en un santiamén volvieron a rodear el cuartel. El silencio que seguía a las balaceras nos robaba las palabras e impedía los formalismos. El general me puso la mano en el hombro y me llevó a las oficinas. Sus pasos eran lentos, el uniforme que le nadaba en el cuerpo remarcaba su flacura. La piel amarillenta le colgaba de los cachetes y la papada. Sus buenos tiempos estaban olvidados.

Ahí estaban don Marcos y Lupe, también el gobernador que se decía mi pariente por parte de padre. Apenas nos abrazamos.

—Toma, esto es lo único que tenemos de sobra —me dijo Guadalupe al tiempo que me acercaba una caja de puros.

La primera fumada me supo a gloria. El tabaco de calidad y la brasa enrojecida eran distintos de las hebras prietas que enrollaba con hojas de maíz.

Teníamos que hablar y hablamos.

Manque el gobernador tenía la tentación de caer en discursos, los demás no cayeron en sus redes. Las cosas estaban de la tiznada. Los Cobos y sus gañanes tenían la ciudad para abastecerse, y desde Tehuantepec llegaban los arrieros que les mandaban las mulas cargadas. A ellos les sobraban pertrechos y en el cuartel todo faltaba: las balas que podían dispararse estaban contadas y las raciones empequeñecían conforme el tiempo pasaba. Los que casi estaban bien abastecidos eran mis hombres, pero no podían gastarse la pólvora en infiernitos.

La pregunta de "qué hacemos" se quedó sin respuesta.

Estábamos entrampados. Con el paso de los días, la situación se volvió desesperada. Los perros del cuartel terminaron en el cazo después de que les arrebataron la vida con un mazazo y las mulas los acompañaron en el mismo camino. A pesar de que la hervían durante un buen rato, su carne seguía correosa, amoratada y con un sabor que retorcía la lengua. Sin embargo, nadie le hacía el feo. Era eso o nada. Para terminar de joderla, el agua del pozo se estaba acabando y las nubes no se miraban en el cielo. De no ser por el negrísimo humor de don Marcos, la fregada nos habría cargado en tres patadas.

Pedir ayuda era imposible. Ningún mensajero podía cruzar la plaza sin que los enemigos lo acribillaran. María Guadaña empezó a pasearse por las troneras y su pestilencia se adueñó del fuerte. Cuando el calor arreciaba, los zopilotes se posaban en las torres del cuartel y se quedaban quietos, sólo abrían las alas para refrescarse después de que se llenaban los ojos con la imagen de nuestros soldados.

El general comenzó a rondarle la idea de rendirnos, el gobernador le apostaba a la huida. Ahí estábamos, atrapados como ratas arrinconadas. Cada vez que uno de los nuestros se asomaba detrás del muro, las balaceras volvían para embarrarnos en la jeta la certeza de que estábamos condenados.

En las guardias que nos tocaban, mis hombres y yo sólo queríamos que nos atacaran con todo lo que tenían, pero los Cobos no eran imbéciles: sabían que faltaba muy poco para que el general les entregara su sable y dieran paso al gusto a la degollina que terminaría con los herejes en Oaxaca. En esas horas eternas, uno de mis fusileros le disparó a un enemigo que se atrevió a alzar la cabeza. La bala no le atinó, pero de uno de los costales de la trinchera brotó un polvo blanco.

—Dispárale otra vez —le ordené, y la blancura volvió a mostrarse.

Los Cobos habían levantado la trinchera con los sacos de harina que sacaron de la tienda de al lado. La comida estaba a unos cuantos pasos y nosotros podríamos conseguirla.

Por más que el generalete intentó que nos echáramos hacia atrás y quebráramos los sables, ninguno de los que mandaban en el cuartel tuvo la desvergüenza de darle el espaldarazo. Ahí estaba, casi mudo, colgado de la brocha y con la collonería clavada en la médula. El gobernador que se decía mi pariente no tuvo más remedio que fajarse los pantalones para fingir el valor que le faltaba, y el resto de los oficiales hizo lo mismo, aunque a leguas se veían sus tanates atorados en el gañote.

Las palabras de don Marcos fueron brutales. Por más que le buscaran tres pies al gato, no tenían manera de negarlas: los soldados que se murieran podrían salvarle la vida al resto de las fuerzas. Su voz cerró el paso a las discutideras y ni siquiera se tomó la molestia de sugerir que sometiéramos a votación el plan que propuse.

—Lo que no es por su voluntad, será por la fuerza —remató don Marcos, con la mirada fija en el general.

Su amenaza apenas estaba velada.

El mando del cuartel se había resquebrajado.

El general no tuvo más remedio que aceptar de mala gana y se largó del despacho. Tras él sólo quedó el eco de la puerta que estrelló con la fuerza que le quedaba. El hambre y las tumbas en el patio del cuartel le habían carcomido la valentía. Los hombros encorvados y la espalda huesuda contaban la historia de su derrota. Nada quedaba del hombre que fue. Su nombre se lo tragó el pasado. De sus letras ni siquiera quedó la pestilencia de un eructo. Antes de que la guerra se terminara, el general se había transformado en una polvareda que se metía en los ojos con ganas de obligar a que los andantes se persignaran ante el espectro que nunca podría cruzar el río que anunciaba el Infierno. El barquero con la carne podrida y el xoloitzcuintle que le ofrecía su lomo se aburrieron de esperarlo, y él se quedó atrapado en el lugar de las sombras sin límites.

Con veinte de mis hombres pude llegar al edificio de enfrente. La mudez y el sueño de los atacantes nos permitieron cruzar la calle. La oscuridad era profunda, ni ellos ni nosotros nos atrevíamos a encender un quinqué. Su luz orientaría a las balas.

El plan era tan simple como la locura que se adueñaba de la gente en las noches sin luna. A fuerza de mazazos agujerariamos las dos paredes que nos separaban de la tienda y, una vez ahí, nos agenciaríamos los bastimentos y tomaríamos la trinchera que la resguardaba. En esos momentos apenas buscábamos dos cosas: tener algo que comer y prepararnos para romper el sitio. Si nos descubrían, desde las troneras nos apoyarían los fusileros y las tropas saldrían del cuartel con las bayonetas dispuestas.

Delante de nosotros sólo estaba la esperanza de que los enemigos se hubieran quedado sordos. El Coludo no podría abandonar a los herejes sin hacerles el milagro de retacarles las orejas con cera prieta.

Los adobes se desmoronaban por los golpes de los marros cubiertos con trapos y por las manos que terminaban de arrancarlos. Uno por uno entramos al cuarto: los menos estaban listos para el derrumbe, los más esperaban con las armas listas.

—Ésta es la buena —les susurré a mis soldados.

Durante un instante se quedaron callados.

—¿Rápido o despacio? —me preguntó uno de ellos.

—Rápido —le ordené.

Con un solo golpe los marros derribaron los adobes fracturados. Empujamos el resto de la pared y entramos con las armas listas.

Los enemigos no alcanzaron a tomar sus fusiles. Una sola descarga los mandó a bailar con las calacas. Las botellas de aguardiente también estallaron con las balas. Mis hombres los despojaron de sus armas y de inmediato atacamos a los que se resguardaban en la trinchera.

La humareda de la pólvora se transformó en neblina. Los machetazos remataron a los pocos que quedaban. Los secuaces de los hermanos Cobos empezaron a dispararnos, los soldados que estaban en las troneras apenas les respondían con tiros aislados.

El hijo de puta del general les había ordenado que no desperdiciaran el parque.

Las herraduras del caballo de la muerte se oían en la calle y los enemigos avanzaban disparándole a lo que fuera. Las puertas del fuerte se abrieron y mis soldados comenzaron a disparar para protegernos. Al frente venía el Cojo López y sin miedo su pecho empezó a recibir las balas. Cada plomazo que le atinaba lo hacía bailar sin necesidad de armónicas. Él solo soltó su muleta cuando se sumó media docena.

El plan se había hundido entre las natas que flotaban en los bacines. Huimos con las manos vacías y sin poder sostener la trinchera. El Crucificado estaba del lado de los cobardes y el Diablo nos abandonó cuando lo vio con sus relámpagos en la mano. El muy imbécil no sabía que ya se habían inventado los pararrayos.

En el despacho nos esperaban el general y el gobernador. Don Marcos y Lupe estaban lejos de ellos. El olor de las velas de sebo era idéntico al de la carroña, y los rostros apenas aluzados parecían fantasmas.

—El fracaso estaba anunciado, prepárese para abandonar el cuartel. Éste es el momento de rendirnos sin perder el orgullo —me dijo el general para ocultar su traición.

Yo sólo sentía cómo nacía el escupitajo que se merecía. Con calma acaricié mi pistola. Todavía estaba caliente, pero no le quedaban balas. Satán sabía que no necesitaba tiros, a golpes podía matar al vejete. Pero esa noche, el generalucho andaba de suerte. Antes de que le diera el primer bofetón, don Marcos se acercó.

Sus pasos recuperaban la firmeza que Tehuacán le había robado.

—No, lo que estaba anunciada era su cobardía —le espetó al general.

En ese momento no podía vengarme, sólo extendí la mano delante de él.

—Señor, usted queda relevado del mando por traicionar a sus hombres. Entrégueme su sable y dé gracias porque no lo fusilaremos por la espalda.

Mi voz sonaba dura como piedra.

El gobernador trató de intervenir, pero antes de que la boca se le llenara con la palabra *insubordinación*, lo miré a la cara. Mi quesque pariente se echó hacia atrás. Las ansias de conservar su puesto valían más que el futuro de su compadre.

Tomé su sable y le arranqué las insignias a su uniforme. Cada galón que perdía lo degradaba delante de todos.

—Señores —les dije a los que ahí estaban—, vamos a romper el sitio.

Don Marcos y Guadalupe asintieron, los demás obedecieron.

Nadie se atrevió a pronunciar un discurso para arengar a mis huestes. Las puertas del cuartel se abrieron y nos lanzamos a la carga. El ruido de las alas negras nos protegía. Los enemigos no esperaban que los atacáramos después de la balacera. A cada paso que daban, mis soldados dejaban un reguero de sangre. El ánima del Cojo López los poseía y los animaba en la carnicería. La tropa mataba y remataba; los soldados decapitaban a los que se les enfrentaban y seguían adelante con una cabeza en la mano.

Las llamas que brotaban de la tierra nos abrían paso.

Los hermanos Cobos huyeron con la gente que les quedaba y los perseguimos durante muchas jornadas. A los heridos que abandonaban en el camino, mis soldados les rajaban la panza y les sacaban las tripas para que sus ojos se llenaran de horror.

No había necesidad de ordenar que la piedad se ignorara. Los días de hambre y ratonera les habían envenenado las tripas. A lo mejor por eso, antes de que Tehuantepec volteara a verse, las brigadas de los Cobos casi estaban aniquiladas.

A pesar del cansancio y la victoria no podíamos regresar a Oaxaca. El riesgo de que los tehuanos pudieran levantarse en armas nos obligaba a seguir adelante. María Guadaña nos miraba desde los cerros, su lengua agusanada se acariciaba los colmillos. Con tantita suerte, sus antojos serían satisfechos. En las condiciones que estábamos, una puñalada trapera podría poner el punto final a nuestra existencia. La vida era un volado y había que echárselo.

Mis hombres no alcanzaron a reponerse del todo y la corneta sonó para ordenar la marcha. Al frente iban los lanceros a caballo y sus picas apuntaban al cielo. En ellas estaban clavadas las cabezas de algunos de los compinches de los hermanos Cobos. El más verde de los mosqueríos las acompañaba para fornicar sobre sus heridas.

El pánico nos abría el paso y yo no hacía nada para marcarle el alto a las habladas. La gente que abandonaba los caseríos juraba que mis hombres devoraban a sus enemigos para volverse invisibles y evitar que las balas los hirieran. Según ellos, cada bocado que mascaban los hacía más poderosos y los largos espetones que cargaban eran el anuncio de los festines donde bailaban los diablos.

Las habladurías eran más poderosas que las balas y los machetes, ya con una fuerza agotada.

En Tehuantepec, las procesiones perdieron su sentido y los curas abandonaron a su rebaño sin despedirse. El miedo al ánima del

Cojo López apresuraba sus pasos. Por más que lo intentaron, los rezagados no lograron huir. El tiempo que perdieron en sus tarugadas y sus profundismos los llevó a la desgracia: al cabo de dos leguas tuvieron que regresarse a su casa para hincarse delante de los crucifijos sin que nadie les diera los santos óleos. Los caminos estaban en nuestras manos.

Apenas algunos, los que se creían muy bragados, estaban dispuestos a vender cara su vida.

La ciudad estaba casi a nuestro alcance cuando ellos llegaron. El miedo los acojonaba, pero ellos hacían lo posible por parecer enteros.

—Ríndanse —me dijo el que parecía más gallo.

El pobre diablo no pudo terminar su discurso. Un balazo lo tumbó del caballo.

Me acerqué a sus acompañantes sin limpiarme las salpicaduras de sangre.

—Los que tienen que rendirse son otros. Antes de que el sol caiga a plomo tienen que entregar sus armas —les ordené, como si nada hubiera pasado.

En silencio, los tehuanos volvieron sobre sus pasos.

Vuelvo al mundo que me tortura, regreso a los descolones que no me sueltan y destruyen la dignidad que me queda. Las campanas dejaron de sonar, el murmullo de los rezos ya no se escucha y el chirrido de los tranvías se apoderó de la calle. El acero que rueda sobre el acero levanta las chispas que tateman lo que queda de las plegarias. En el panteón, los enterradores están terminando su trabajo. Pronto colocarán las flores que amanecerán marchitas. Mi amante despechada se acerca, el sonido de sus huesos se oye en la lejanía.

La guerra no se detiene. María Guadaña no se harta de mocharle el hilo de la vida al que se atreva a asomarse desde las trincheras para coronar el fragor de la batalla. En las noches todavía puedo escuchar el tronido de los cañones que despedazaban a los soldados. Por más que me esfuerzo no puedo distinguir si son alemanes o franceses. La sordera no me salva de los tronidos sin dueño. Si me asomara por la ventana, seguramente podría ver el brillo de las explosiones que todo lo paralizan.

Las nuevas matanzas son casi inmóviles. Los ataques que pretenden avanzar una legua no llegan muy lejos. A pesar de las máscaras que los convierten en monstruos, el gas mostaza les quema los ojos y los pulmones a los que se atreven a intentarlo. Los meses pasan y los soldados siguen atrapados en sus hoyancos. El cielo tampoco les da clemencia. Sus uniformes no alcanzan a secarse, los piojos los martirizan y las ratas muerden los dedos de los que se atreven a dormir sin botas. Ahí están, las horas se alargan hasta que suenan los silbatos y comienzan los cañonazos y el traqueteo de las ametralladoras.

La nueva guerra es una máquina sanguinaria que todo lo tritura.

Algunas mañanas me paro delante de la ventana para observar los cortejos. Mi aliento empaña a las mujeres enlutadas que caminan a los lados de los ataúdes que jamás se abrirán. La soldadura apresurada fundió sus bisagras y clausuró su cerradura. Los despojos que guardan son un secreto de Estado. Una sola mirada bastaría para que la gente exigiera la paz. Al final de la procesión enlutada avanzan los heridos y los tullidos, los ciegos y los mutilados, los locos que no resistieron el horror de las trincheras.

Los miro y pienso en el Cojo López. No puedo jurarlo, pero lo que hacía quizás era menos terrible, por lo menos sus víctimas podían verlo a la cara y se quedaban con la efigie de su matador grabada en los ojos. En cambio, ahora, las máquinas que escupen fuego hasta que se les acaban los tiros son operadas por unos asesinos enmascarados, por proletarios que se disfrazan de guerreros.

Dejo la pluma en el tintero y me acomodo en el sillón que está casi enfrente de mi cama. Los espectros están a punto de volver del camposanto, pero cuando lleguen los habré derrotado en esta batalla: ellos sólo podrán mirar el vaso con los restos del láudano que me permite dormir sin sueños.

París, 31 de marzo de 1915,
las campanadas que llaman a la misa
de difuntos se quedaron mudas;
los espectros disfrutan de la molicie
y las moscas sobre la fruta son un presagio

Esa día no hubo necesidad de matanzas, y las monedas de oro se quedaron colgando del cuello de las mujeres. Antes de que el sol llegara al ombligo del cielo, Tehuantepec se rindió casi sin condiciones. Las cuentas de Jacinto no se movieron. Por más que nos esforzábamos, no podíamos cumplirle: todavía nos faltaban muchos muertos para acabar los ciento cuarenta y cuatro mil cadáveres que él anhelaba. Ése, según me había enterado, fue el número que un clérigo le susurró mientras se le brotaban ojos y le apretaba una cuerda en el gañote.

De no ser por las habladurías siniestras y el infeliz que se fue a bailar con las calacas sin terminar de hablar, los carretones retacados de armas y pólvora no hubieran llegado en el momento preciso. La carnicería estaba anunciada, por temor le sacaron la vuelta. ¿Qué caso tenía que le buscaran chichis a las culebras? El miedo de los cobardes siempre se disfraza con los ropajes de la prudencia. Por eso mero, los rezanderos metieron la cola entre las patas y se conformaron con las promesas que no me pesaban: la ciudad no sería saqueada y, si ellos no alborotaban el avispero, las venganzas quedarían olvidadas hasta que se atrevieran a hacer de las suyas.

Todos salimos ganando. A los tehuanos no se los cargó la tiznada, y ninguno de mis soldados se atrevió a tocar sus triques. La amenaza del paredón era más perra que sus ansias de rapiña. A nosotros, los acuerdos también nos favorecieron: nos ahorramos un volado con la Huesuda. Desde la noche que salimos de Oaxaca, mis hombres no habían tenido un momento de descanso y los heridos que cargábamos nos pesaban de más. Los carretones que cerraban la marcha olían como el tepache que anunciaba la llegada de la gangrena. De no ser por los pertrechos que entregaron, nos habríamos tenido que rendir antes de que la ciudad cayera.

Por más peros que le pusieron, los mandones de Tehuantepec doblaron las manitas con lo que no les cuadraba: los liberales entraríamos desfilando y en la plaza mayor se quemarían las banderas negras con cruces encarnadas. Si las campanas repicaban o se quedaban quietas para anunciar nuestra llegada me daba lo mismo, lo importante era que la gente las escuchara y agachara la cabeza delante de las llamas.

Dios estaba muerto.

Los liberales lo habíamos asesinado.

Los meros meros de la ciudad nos acompañaron hasta la plaza grande. Ellos iban al frente y sostenían en alto las picas con las cabezas de los achichincles de los hermanos Cobos. Uno de ellos, después de que se vomitó sobre sus pantalones y su montura, me rogó, ofreciéndome devolver la lanza. Sus súplicas cayeron en oídos sordos. A chillidos de marrano, oídos de matancero. Ellos tenían que sostener los despojos para que a los tehuanos se les metiera en los ojos la imagen de María Guadaña que venía montada en las ancas de mi caballo.

Mis hombres fingían que su rabia tenía la rienda tensa y estaba a punto de desbocarse. Ninguno desobedeció a sus oficiales: aunque tuvieran tatuadas las llagas de los combates y el cansancio estuviera a punto de tumbarlos, tenían que parecer enteros. Ellos debían ser idénticos a los enrabiados que tienen el hocico colmado de espuma y destripan al primero que se les atraviesa. Sin tentarse el alma, mis soldados debían mostrarse como los posesos que son capaces de devorar a sus víctimas para sellar su pacto con Satán.

A pesar de mis deseos, la ciudad parecía muerta. Los postigos estaban cerrados y en muchos habían claveteado cruces de palma en las maderas ruinosas. Por más que lo repitieran, el *Ora pro nobis* era un murmullo que no podía ahogar el sonido de los pasos de la columna. Apenas unos pocos salieron a vernos y tres veces se santiguaron delante de la soldadesca. Cuando pasábamos delante de los templos, los clérigos susurraban maldiciones. Detrás de ellos, los monaguillos coreaban sus abominaciones. Aunque apenas se oían, puedo jurar por la memoria de Delfina que sus ensalmos invocaban a san Miguel y su espada de fuego. Sólo uno de ellos se atrevió a saludarnos con una seña fraterna. Fray Mauricio estaba de nuestro lado. A él le venían guangas las amenazas del obispo que tenía la bendita costumbre de escupirme.

A pesar de la rendición, el viento negro nos pegaba de frente: mis huestes estaban maltrechas y por lo menos tardarían un par de semanas en recuperarse. Durante catorce días no podríamos defendernos, apenas éramos capaces de fingir que la bravura seguía de nuestro lado y seguíamos enteros. Los muros del cuartel maltrecho ocultaban la verdad.

Para suerte de mis bravos, el curavacas se había quedado en Oaxaca. La urgencia de empiernarse con una mestiza salvó muchas vidas y me libró de volver a tomar el serrucho. Por eso, en cuanto nos asentamos en Tehuantepec nos agenciamos un médico casi respetable. Lo único que manchaba su honra era su abolengo de abortero y ser el partero de los escuincles que abandonaban en la puerta del hospicio, con tal de jurar que sus madres seguían siendo vírgenes. El destino de esos chamacos valía menos que el honor de una familia que presumía lo que no tenía.

Al principio, el espantacigüeñas se puso rejego y nos ladró cuando se enteró de que no podría dejar el cuartel hasta que todos los soldados estuvieran buenos y sanos. El encabronamiento se le notaba a leguas, pero esa orden no era una chulería. Si ponía un pie en la calle, nada se tardaría en contar lo que había visto. Y, para evitar que tuviéramos que pasarlo por las armas por lengua suelta, lo mejor era que se quedara. Al cabo de unos días terminó por hacerse a la idea y, sin que él y yo lo quisiéramos, trabamos cierta amistad: su cinismo aluzaba los momentos de oscuridad y desánimo.

Al principio, la correspondencia casi llegaba a tiempo. Los mensajeros apenas tenían que cambiar su montura para regresar a Oaxaca con el cuerpo entero. En uno de esos papeles venía mi nombramiento: yo era el nuevo jefe político de Tehuantepec. La guerra por fin me hacía justicia y me alejaba de los lugares malditos que empequeñecían los horres de Ixtlán.

En menos de lo que cantó un gallo, siete pregoneros recorrieron la ciudad para anunciarlo con todas sus letras. Ninguna cuadra debía quedarse sin escuchar sus gritos destemplados. Y, a la mañana siguiente, en las esquinas del centro pegaron el bando que aún tenía la tinta fresca. Sobre aviso no hay engaño: yo mandaba, ellos tenían que obedecerme. Por lo menos en los papeles, tenía la sartén por el mango y los tehuanos sólo podían brincar a la lumbre.

Gracias a las cartas de don Marcos me enteré de que tres militaretes se opusieron a que me dieran el cargo. Nunca faltan los suspirantes dispuestos a dar una tarascada. Según ellos, sus méritos en campaña ensombrecían los míos. Ninguno se mordió la lengua para mentir y tratar de ocultar lo que estaba a la vista de todos: yo había salvado el gobierno liberal, yo había rescatado la capital y también había tomado Tehuantepec, mientras que esos collones se escondían en la sierra y se lamían sus partes como los perros aburridos.

Las palabras de esos cabrones sonaban como matraca. Su traca-traca era el sonido de la envidia y la avaricia. Pero cuando llegó la hora de la verdad, se echaron para atrás. El puesto por el que peleaban era un mal negocio. La gente de la ciudad no estaba dispuesta a abrir sus bolsos para pagar los impuestos y en las arcas no había un peso partido por la mitad. Las miserias no tenían para cuándo aplacarse y, nomás para terminar de ensombrecer el panorama, el Supremo Gobierno había anunciado que sólo mandaría ciento setenta hombres y cien fusiles sin parque para sostener la plaza. Entre esas armas y unos palos resecos no había diferencia.

Los criollos y los mestizos tehuanos me cerraban las puertas y la leperada me daba la espalda mientras se persignaba con tal de ahuyentar al que no tiene sombra. Las prédicas de los púlpitos los habían envenenado. En sus cabezas se enroscaban las serpientes del miedo y el odio.

Cada vez que mi banda tocaba en la plaza grande, la gente se tapaba las orejas para no escuchar la música que venía del Infierno. Si lo que sonaba era un jarabe o un vals era lo de menos. Ninguna nota les cuadraba a los persignados y, en un santiamén, el lugar se quedaba más solo que los panteones en lunes. Los únicos que no se largaban eran los perros que husmeaban la basura. Ellos eran nuestro público y la sarna los igualaba a quienes huían.

Poco a poco nos quedamos aislados.

Sin necesidad de cercos estábamos sitiados. Los bandoleros que pactaron con los mochos se adueñaron de los caminos a cambio del botín, y las guerrillas de los clericales nos esperaban en los lugares donde reinaba la Muerte. Cada mensajero que mandaba a Oaxaca tenía que ser escoltado por más de veinte hombres que se santiguaban antes de treparse a sus monturas.

Nadie sabía si volvería.

La guerra seguía avanzando y la victoria no le sonreía a ninguno de los bandos. María Guadaña era la única que se alzaba con la victoria y nadie se atrevía a hacerle sombra. Juárez estaba refundido en Veracruz y el ejército del general Miramón casi lo tenía rodeado. El patarrajada seguía posando como presidente. Aunque el orgullo me ardiera, no me quedó de otra más que pedirle frías: por más jodido que estuviera, el Supremo Gobierno no podía abandonarnos a nuestra suerte. Lo que pasó después ya estaba cantado. Mis hombres se jugaron la vida por muy pocos centavos: dos mil pinchurrientos pesos que ni siquiera alcanzaban para limpiarse las nalgas. Beno me despreciaba y yo debía tragarme la bilis.

Por más que fingiera que vivía en una pobreza franciscana, Juárez no se imaginaba que yo estaba enterado de lo que pasaba en el puerto. Por más que le hiciera al tío Lolo, su verdad no podía esconderse. Don Marcos no me mentía en sus cartas: todas las mañanas, antes de que empezara a tragar como marrano, el Señor Presidente se apersonaba en el despacho del ministro de Hacienda para cobrar su sueldo. Los cien pesos en monedas de oro valían más que la limosna que nos mandó para que sostuviéramos la ciudad que estaba a punto de arder.

A toro pasado lo entiendo; en un descuido, capaz que hasta lo justifico: en la silla dorada no caben dos personas. Lo que se sabía no podía ocultarse. Mi presencia crecía y se hacía más enjundiosa por las armas y las habladas; en cambio, la suya sólo enflaquecía para demostrar que la silla le quedaba grande. Día a día, la timba se le enmantecaba mientras que a sus soldados les brotaban las costillas; día a día, él llenaba su cofre y los generales no tenían un méndigo tlaco para comprar pertrechos.

Él se creía el Señor Presidente y nada tardaría en vender el país con tal de volver a Palacio Nacional presumiendo la gloria que no se merecía y lo igualaba con la persona que más odiaba.

Leo lo que acabo de escribir y me doy cuenta de la verdad que se esconde entre mis palabras. La malquerencia de Juárez tenía una causa distinta de la que pregonaba: su aborrecimiento en contra de Santa Anna no estaba marcado por la rabia contra la tiranía ni por los trapos que le regaló para vestirlo como una persona decente. El problema no era la política, su furia tampoco se alimentaba de la afrenta que nunca ocurrió.

Su rabia era tan grande que, cada vez que mentaba su nombre, descubría que eran idénticos: Juárez era Santa Anna y Santa Anna era Juárez. Los dos estaban dispuestos a lo que fuera con tal de nunca abandonar la silla. El poder es más perro que el láudano y la santa rosa, la presidencia es idéntica al chínguere que no puede dejarse y embrutece hasta la muerte, a las apuestas donde todo se pierde hasta que la gente termina arrastrándose y lamiendo el suelo para agenciarse una limosna.

Pienso en mis palabras y me pregunto qué podrían pensar los que las lean.

Aunque nadie quiera creerlo, yo no fui como esos malditos. Entre nosotros hay un abismo de por medio. Durante más de treinta años aguanté el peso de la presidencia con tal de que mi patria se pacificara y floreciera. A pesar de las carnicerías y el olor de la pólvora, yo soy el Sol de la Paz y puedo morir con la frente en alto. Si algo de dinero hice fue porque no me quedó más remedio. El creador de la nación merecía vivir como la gente de bien y tener una vejez tranquila.

Yo no seré como Santa Anna, Carmelita tampoco tendrá que hacer lo mismo que la esposa del caudillo: ningún pordiosero entrará a la casa para rogarme que lo bendiga. El verdadero Padre de la Patria morirá lejos de su país y los crímenes de los alzados destruirán su memoria.

Vuelvo a leer lo que he escrito y las preguntas se me apelotonan en la cabeza. ¿Mis palabras son verdaderas? ¿En estas páginas no se asoman las mentiras? ¿Los renglones que he llenado durante un mes son los recuerdos de un viejo decrépito que sólo escribe para esperar la llegada de la muerte?

Vale más que le pare, capaz que me estoy engañando.

Hoy mismo,
mientras la noche avanza sobre París
y mis preguntas se hunden en la negrura

Los dos mil pesos duraron menos que el viaje para traerlos; es más, ni siquiera me alcanzaron para pagarle a Limantour las armas que descargó de un barco oscuro y sin bandera. Por más cabeza que les eché, las cuentas del gran capitán no cuadraron.

—No se preocupe, ya llegará el tiempo en que nos pondremos a mano —me dijo Limantour con la seguridad de que no lo dejaría colgado.

En el peor de los casos, él se quedaría con unas buenas tierras en Oaxaca.

A lo mejor por eso, por la muina que me amargaba la lengua, se me metieron en el ánima los recuerdos de Santa Anna y del Cojo López. Ellos sí sabían de qué lado masca la iguana. Aunque tuviera que empeñar mi sangre y firmarle un pliego al Patas de Cabra, tenía que meter en cintura a quienes se les quemaban las habas por brincarse las trancas. El papel que decía que yo mandaba y ellos obedecían no podía convertirse en las palabras que se llevaban las ventoleras.

El remedio ya lo conocía y lo había padecido en carne propia.

Apenas había dejado correr el rumor de que les pagaría a los que denunciaran a los traidores, cuando el primer chivato se apersonó en el cuartel para recitar una lista de nombres y felonías. Poco a poco, las hojas se convirtieron en una resma. Ahí, cerca de mi escritorio estaban los papeles que me daban santo y seña de los tehuanos: ningún nombre faltaba, ninguno sobraba. Yo sabía quién era el cura que mantenía a su amante con lo que se robaba de los cepos y lo mismo pasaba con el hombre que se acostaba con su hija, con el comerciante que tenía un harén de mulatas y con los que tenían una silla dorada en los puteros. Cada una de sus maledicencias estaba anotada y, sin pedir nada a cambio, los traidores delataban a los que se les habían adelantado.

Santa Anna me enseñó que una muerte terrible y un cadáver colgado en la plaza grande son más poderosos que las armas. Sin remordimientos confieso que los castigos a los tehuanos no eran a lo bruto: las muertes tienen que calcularse con más cuidado que el disparo de un cañón. Por eso, cada vez que revisaba la lista de las serpientes, sólo elegía a las que eran perfectas.

Ningún miserable fue capturado y los pordioseros continuaron maldiciéndome en las puertas de los templos. Los únicos que amanecían difuntos eran los que se creían invulnerables. El letrero que les clavaban en la frente apenas tenía las siete letras que se transformaban en el eco de la amenaza: "Traidor" se leía en ese cartón.

Antes de que los muertos sumaran una decena, la ciudad se llenó de penumbras. En los lugares donde se reunían los conspiradores, sólo quedaron el polvo de los rincones, las cenizas de los puros y las manchas de las flemas que se secaron en las esquinas. El miedo a la muerte podía más que la Muerte. Los curas se cosieron los labios para que no les brotaran las palabras que no debían pronunciarse. Sus sermones cambiaron: sólo amenazaban con el fuego eterno a los borrachos y los fornicadores. Yo era el silencio estruendoso, el murmullo incesante, el hombre que era capaz de desencadenar el horror. Por esta razón, apenas unos pocos de los familiares de los difuntos se atrevían a venir al cuartel para pedirme explicaciones.

Cuando llegaban a mi despacho, se quedaban parados delante de mí.

En el rostro tenían labrada la historia de su desgracia, el miedo a que mis hombres hubieran devorado a su pariente.

Yo los oía y fingía que sus voces me importaban. Al final, sólo pronunciaba las frases que nada decían y todo lo auguraban.

—Esas cosas no pasan por casualidad, algo muy grande debía su pariente —les contestaba, mientras hacía cara de pesar.

Aunque la amenaza estaba sobre la mesa, no se quedaban contentos y seguían con el duro que dale sin atreverse a acusarme de frente. Su terquedad tenía un precio y yo estaba dispuesto a pagárselo sin poquedades.

—Mejor vayan a ver a fulano, capaz que él sí puede explicarles lo que le pasó —les respondía para que sintieran el calambre.

A pesar del odio que le tenía, la lección del general Martínez Pinillos tampoco se me había olvidado: el nombre que pronunciaba siempre era el de uno de los traidores con los que conspiraba el difunto. Ese hombre, antes de que recibiera la vista de las personas que abandonaban mi despacho, desaparecería para convertirse en una lección inolvidable.

La poca gente que me abrió sus puertas no criticaba lo que hacía, o por lo menos fingía que no se enteraba de lo que pasaba. De dientes para fuera juraba que los muertos que aparecían en la plaza eran las víctimas de los bandoleros que nadie podía ver. Esos criminales eran tan negros como la noche que los cobijaba.

Fray Mauricio era uno de ellos. Cada vez que nos juntábamos a conversar, las palabras corrían sin frenos. En realidad, sólo nos separaba lo que bebíamos. Entre su jerez y mi café había una distancia que no podíamos brincar. Los sabores de la fe y del liberalismo siempre serán distintos. A pesar de esto, con él podía sincerarme sin miedo: el cura entendía que la guerra había sido inevitable. En el país no podían convivir dos dioses celosos hasta la muerte. El crucificado omnipotente y el gobierno todopoderoso no cabían en la misma tierra; uno de ellos tendría que someterse aunque mi patria se ahogara en su sangre y no quedara piedra sobre piedra.

Los dos estábamos de acuerdo y fray Mauricio, quizá con la boca amarga por la tristeza, justificaba lo que estaba pasando.

—Si Nuestro Señor vivió y murió pobre, la Iglesia no tiene derecho a la riqueza sin límites. A mis hermanos en Cristo ya se les olvidaron las palabras de Marcos: "Dad al César lo que es del César, y a Dios lo que es de Dios" —me decía y de inmediato se santiguaba pensando que su alma estaba perdida.

Aunque el miedo entiesaba a los que se querían pasar de gallos, los curas que estaban lejos de Tehuantepec seguían azuzando a la indiada. En Juchitán sólo le daban la hostia a quienes juraban asesinarnos y, para terminarla de amolar, amenazaban con el Averno a todos los que fingían no tener una vela en el entierro.

—Nuestro Señor se vomita sobre los tibios —les advertían los clérigos, mientras ponían los brazos en cruz y clavaban la mirada en el cielo para invocar al Dios inclemente.

Las ansias de muerte crecían en la sierra y en el rumbo de la costa.

Las chispas que salían de los machetes que afilaban y la pólvora que se agenciaban estaban a nada de reventar. Los rumores de que habían levantado una maestranza y estaban fundiendo dos cañones no tenían manera de atreguarse. Las campanas de esos rumbos habían dejado de sonar. Las opciones estaban enterradas, sus uñas no podían quebrar las tapas de sus ataúdes: si avanzaba hacia Juchitán, los tehuanos nos atacarían por la espalda, y si nos quedábamos en la ciudad, los juchitecos nos harían la guerra en unos cuantos días.

Estábamos cercados y Juárez nos había abandonado. Sus tratos oscuros y sus ansias por vender el país para seguir mandando eran más importantes que Oaxaca.

Por eso fue que hablé con fray Mauricio y le rogué que me acompañara para tratar de firmar la paz. Él era devoto de san Vicente y su hábito pesaba en el rumbo de los que estaban a punto de levantarse en armas.

Había que jugársela y nos jugamos el todo por el todo.

El cura aceptó sin entrar en profundismos y, antes de que el calorón se adueñara del mundo, tomamos el camino para Juchitán. Apenas nos acompañaban cincuenta rifleros que sólo estaban ahí para cuidarnos la espalda y protegernos si teníamos que huir.

Antes de salir se quedó un rato hincado delante del altar.

—Rogué por nuestras almas, sólo Dios sabe si volveremos —me dijo mientras se trepaba en el caballo.

Su sonrisa era melancólica. Fray Mauricio sabía que los juchitecos habían mandado al otro mundo a más de diez curas.

Asentí con un movimiento de cabeza y le clavé las espuelas a mi montura. Tal vez, sólo tal vez, el mensaje que había mandado serviría de algo.

Los fusileros se quedaron a media legua de Juchitán. En esos momentos no podíamos mostrarnos como bragados. El desplante de sus pasos en la ciudad nos condenaría a la peor de las muertes.

En silencio, fray Mauricio guiaba a su caballo por las calles precisas.

Llegamos a una casa grande y desmontamos. Ni siquiera tuvimos que tocar la puerta; antes de que lo intentáramos nos abrió una india que no olía a anafre. Con la mirada baja nos hizo una seña para indicarnos el lugar donde nos esperaban.

En el cuarto estaban los mayordomos y los mandones.

Detrás del más viejo se miraba un san Vicente de bulto y su imagen se aluzaba con cuatro velas. La ropa del santo brillaba por los ojos de oro y plata que tenía colgados. No tenía caso contarlos, cada uno de ellos era una venganza cumplida.

Los saludamos con respeto y nos sentamos delante de ellos. Nada nos ofrecieron para beber, el recuerdo del aguardiente apenas diluido en agua de hojas que me dieron en Ixtlán era un mal presagio. Nosotros sólo éramos unos fuereños podridos.

Fray Mauricio no alcanzó a pronunciar por completo sus palabras de agradecimiento. Un matasiete lo interrumpió a lo cabrón.

—Los herejes sólo se merecen el machete, lo demás son pendejadas —nos gritó con la rabia metida en los ojos.

Su voz aguardentosa y la lengua que se le trababa en las erres retumbaron en el cuarto. La cara de ese jijo nunca se me olvidó. La vida nos obligó a encontrarnos para saber de qué cuero salían más correas. Después de que asesinó a Félix, me pagó todas las que debía. Esa vez no me ensucié las manos, quería ver cómo se retorcía y suplicaba para que lo mataran. Ese fulano se tardó en morir y, al final, me fui del lugar sin cargo de conciencia.

Cuando el matasiete trató de levantarse para desfundar su arma, uno de los mayordomos le ordenó que se sosegara. Ese hombre era el más viejo y quería oírnos.

Hablamos con calma, las palabras que parecían sin importancia iban y venían. Ellos nos medían y nosotros hacíamos lo mismo.

Al final, nos pusimos de acuerdo: doscientos juchitecos se sumarían a mis fuerzas y yo los armaría lo más pronto posible. A cambio, nos comprometimos a respetar a san Vicente y les perdonaríamos la vida a los sacerdotes. Ellos se encargarían de que los sermones no alborotaran a nadie.

Cuando estábamos despidiéndonos, el viejo volvió a hablar.

—¿Nos va a ayudar con nuestros enemigos?

—Por supuesto —le contesté, sin dar más señas.

Ese día, sin necesidad de abonos, compré el odio rancio que le tenían a Tehuantepec.

Regresamos con más hombres. A pesar del riesgo, volvíamos con la frente en alto: el odio que le tenían a los tehuanos pudo más que la fe de los juchitecos. Las palabras de los curas tomaron otro rumbo y las hostias se repartían como si fueran tortillas: en la fila de los templos estaban los que no se habían confesado, los parientes de quienes se unieron a mis hombres y los que juraron cargarse a más de siete. Ninguno se iba sin comulgar. Si los ensotanados los maldecían en silencio a nadie le importaba: los herejes devoraban a Dios y su fuerza se convertía en parte de su sangre y su carne.

Salvo el canijo que me terminaría pagándome con su vida las afrentas y el asesinato de mi hermano, todo había salido a pedir de boca. Todo iba bien, pero la negrura nos alcanzó en el camino. El vaho de María Guadaña se me metió en la carne.

París, 1 de abril de 1915,
escribo mientras los espectros se arrullan con las campanas
que llaman a la misa dedicada a los soldados caídos

Los pasos del caballo me retumbaban en la cabeza. Manque los golpes de las herraduras no levantaban chispazos en el polvo, su sonido azonzado era idéntico al de los marros enfurecidos que se estrellaban contra los yunques para doblegar el acero. Mis ojos estaban ensombrecidos y no podía mirar al herrero del Infierno que caminaba a mi lado. Los golpes de su martillo marcaban el compás a mi montura. El ruido me dolía. Las risotadas que, de cuando en cuando, se escuchaban en la columna me herían los oídos como si un malamadre disparara su arma a dos dedos de mi cabeza. A cada vara que avanzaba, el anhelo de la sordera se me metía en el cuerpo.

Por más que lo quisiera, no podía fingir que estaba entero. El solazo no alcanzaba a calentarme, los latigazos de hielo me herían la carne y mis manos estaban tan amarillas que los callos de las armas se veían pálidos. Mi amante despechada me abrazaba, su lengua me recorría la nuca y sus dientes me mordisqueaban las orejas. María Guadaña me torturaba; sus humedades eran una probada del Infierno.

Estaba jodido, completamente jodido.

Poco a poco me fui enconchando y las gotas de sudor dibujaban un mapa en la silla. Los islotes se transformaban en islas de lumbre y pronto revelarían el plano del Averno.

La cabeza no me respondía. Por más que trataba de invocarlo, el recuerdo de Delfina no llegaba. La memoria de sus labios húmedos y mis manos sobre su piel estaba atrapada en las quijadas de María Guadaña.

La muerte sin consuelo tenía permiso para adueñarse de mi alma.

Fray Mauricio se me emparejó.

—¿Qué te pasa? —me dijo, sin perder el paso.

Su imagen se veía deslavada, brumosa, absolutamente empañada. Por eso tuve que frotarme los ojos para tratar de arrancarme las chinguiñas.

El padre le jaló la rienda a mi caballo y nomás movió la cabeza.

—Tienes cuartanas —murmuró.

Después de eso, no llegamos muy lejos. Me desbarranqué de mi montura y las fiebres se apoderaron de mi humanidad desencuadernada. Dicen que temblaba como perro encanijado, que tenía los ojos en blanco y que los paños húmedos que me ponía fray Mauricio se secaban antes de que terminara de rezar un *Pater Noster*.

Los pocos que se acercaron me dijeron que, en un instante de lucidez, apenas pude pedirle un favor.

—Que no me vean así, la gente cantará el Alabado antes de que me muera —le dije.

Fray Mauricio entendió mi ruego como nadie lo comprendería: los años en el confesionario le habían enseñado cómo era el Mal sin antifaces.

Con dos ramas casi derechas, una bola de ixtle y un sarape me hicieron una camilla. De no ser por las pocas leguas que nos faltaban para llegar, seguramente no la habría contado. Sin la imagen de Delfina, estaba en manos de María Guadaña.

Cuando estábamos a punto de entrar a Tehuantepec, fray Mauricio me cubrió con una cobija piojosa, su tejido estaba oculto bajo el sudor cuajado. La noche no era suficiente para esconderme y cubrir a los juchitecos que nos acompañaban. La urgencia de que los tehuanos los vieran se cumplió a carta cabal: sus enemigos mortales eran mis aliados. En el pendón que tenía bordado a san Vicente estaba grabada la revancha.

Aunque cualquiera le hubiera apostado a otra carta, el espantacigüeñas no se hizo el rejego y salió de su casa sin quitarse el camisón. Llegó al cuartel y empezó a tratar de salvarme en nombre de nuestra amistad a medias. De la botica que abrieron a culatazos llegaron las cataplasmas vermífugas que me pusieron en el vientre para detener el asedio de las cuartanas. La calentura iba y venía, pero las friegas de agua sedativa y pomada alcanforada en la espalda, en la riñonada y en las muñecas lograron derrotarla antes de que el sol despuntara.

Cuando desperté, el matasanos seguía a mi lado y me ofreció un pocillo con almíbar.

—No mucho, con dos tragos es suficiente —me ordenó con ganas de serenarme.

El agua dulcísima me devolvió el alma.

Intenté levantarme del camastro, pero él me lo impidió.

—Toda la noche estuvo delirando —murmuró con la misma voz de los curas cuando hablaban sobre lo que se decía en el confesionario.

A él sólo podía mentirle.

—No me acuerdo de nada —le respondí para atajar sus preguntas.

Por más jodido que estuviera, no podía contarle lo que había visto. Esa noche, ahora lo sé, fue la primera vez que los espectros se revelaron.

Ahí estaba, tumbado en el camastro con las coyunturas adoloridas y el sudor pegado en el cuero. La fatiga apenas me dejaba moverme. Me quedé quieto, muy quieto para pensar en los descarnados que me visitaron: el capitán vestido de franciscano estaba parado delante de mí, a sus lados se miraba dos sombras. Como si el tiempo les sobrara, las imágenes de los difuntos se volvían macizas con una lentitud exasperante. María Guadaña estaba entre ellas y su voz sonaba como el último de los ecos.

—Ellos siguen —susurraba mientras les ponía sus manos huesudas sobre la cabeza.

Entonces supe quiénes eran.

El rostro de mi madre se mostró con las heridas del desencanto y las llagas de mis pecados. La vida de rezos y martirios no le alcanzaba para que san Pedro le abriera las puertas del Cielo. Ella había parido a un hereje, a un hombre marcado por la lujuria y el incesto, al pecador irredento que juró defender la ley impía y tomó las armas en contra de los persignados. Mis yerros eran los suyos, su condena apenas era el anticipo de la mía. Siete generaciones no bastarían para lavar mis faltas, mi simiente estaba maldita.

Junto a ella estaba don Marcos. Su rostro resignado y el pecho rajado por los médicos que estúpidamente se esforzaron por desentrañar su muerte no podían ocultarse. Él trataba de hablarme. Su boca se movía para intentar romper la mudez y derrotar los crujidos de la sangre reseca. Por más que quise, no pude entenderlo. De su silencio sólo me quedó la certeza de que la confianza estaba muerta, aunque la suya seguía intacta. Los lacayos de Juárez me darían la espalda y yo tendría que enfrentarme a los que fingían ser mis aliados.

Sus muertes estaban anunciadas y yo cargué con ellas antes de que ocurrieran.

Nada podía en contra de las revelaciones de María Guadaña.

El día que murió mi madre me pidieron que no me presentara en el velorio y tampoco me apersonara en su entierro. Acepté sin reparos. El pretexto de defender la causa me vino como anillo al dedo. Con don Marcos las cosas fueron distintas: Lupe y yo hicimos guardia junto a su ataúd y lo acompañamos al cementerio sin bendiciones. Su lugar no estaba en el atrio de la iglesia ni en las cercanías del altar, su cadáver sería entregado a la tierra seca del panteón que estaba en las afueras de la ciudad.

El hombre de Dios pasaría la eternidad muy lejos del Todopoderoso.

París, 2 de abril de 1915,
mientras el recuerdo de la gloria
y la revancha se asoman en mi mente

La guerra seguía entrampada. Las cuentas de Jacinto perdieron su sentido: los ciento cuarenta y cuatro mil cadáveres que deseaba no se acababan en nuestros rumbos. Él no sabía que allá, en la lejanía, la cifra perfecta se había rebasado. Todas las fuerzas, daba lo mismo si eran clericales o nuestras, estaban mermadas; los que no tenían vela en el entierro también se encontraron con María Guadaña. En aquellos días yo me reía por dentro de sus locuras, pero ahora —mientras los espectros deambulan a mi alrededor— puedo creer que el cura estrangulado no mentía cuando dijo el número preciso: las matanzas no se aquietaron después de que derrotamos a los conservadores, sus hombres se levantaron de la tumba y los ejércitos de espectros volvieron a tomar las armas para seguir guerreando en el mismo bando que los invasores que pronto llegarían. La guerra incesante era el anuncio del fin del mundo.

Los correos iban y venían. Los pliegos que entregaban siempre estaban marcados por las sombras: las victorias eran insignificantes y las derrotas eran idénticas. La sangría era lenta pero implacable. Lo bueno fue que el Chato desertó y se sumó a mis fuerzas después de que le escupió a un crucifijo. La familia y las querencias podían más que los bandos y las venganzas. Su uniforme clerical quedó abandonado y, a pesar de que los centavos siempre faltaban, le hicieron uno nuevo que lo identificaba como oficial colorado. Desde ese día y hasta que se lo cargó la Huesuda, siempre estuvimos en el mismo bando: el de la patria y el mío.

Las grandes batallas eran imposibles. Ni ellos ni nosotros teníamos las armas suficientes para enfrentarnos en el combate definitivo. Y, para acabarla de fregar, los ejércitos estaban menguados y dispersos: quinientos hombres por aquí, trescientos por allá y casi un millar en quién sabe dónde. Los retardatarios y los comecuras integrábamos las soldadescas que apenas podían imponer su dominio en unas cuantas leguas que siempre estaban a punto de caer en manos de los enemigos.

A pesar de esto, la guerra era una máquina infernal que trituraba a cualquiera que se le atravesara. Su rabia insaciable les abrió la puerta a los horrores que nunca paraban. La sierra se dejó venir y los bandoleros arrasaban los pueblos; las guerrillas avanzaban dejando un reguero de colgados y los soldados se enfrentaban en las escaramuzas que siempre terminaban en degüellos. De punta a punta, mi patria olía a carne podrida y odios rancios. Por más que algunos lo intentaran, ninguno de los bandos estaba dispuesto a bajar las armas. Los pacificadores terminaron degradados o delante del paredón.

El Mal estaba suelto y la putrefacción seguía los pasos de los soldados y los matasiete. María Guadaña y el Señor de las Moscas eran los mariscales de las hordas enloquecidas y los criminales ebrios. El hambre era dueña de las ciudades y, en menos de lo que tarda un avemaría, se transformó en la peste que carcomió la carne y el alma de la gente.

La maldición de los ciento cuarenta y cuatro mil difuntos se cumplió a carta cabal.

Las historias sobre los infectados nos perseguían como los chirridos de las cigarras. A fuerza de oírlas y después de persignarse tres veces, los curas terminaron ignorándola. El tiempo de las oscuridades los obligaba a perdonar los pecados que cometían los suyos.

Dicen que en Tehuacán vivía el hombre que exhibía a su hija como la última virgen de la ciudad, que cobraba por verla desnuda y que a uno de los espectadores le permitía tentalearla con tal de que comprobara que tenía el himen intacto. La chamaca se dejaba hacer con la mirada perdida y sin que se cuerpo temblara por los dedos intrusos. Por más dinero que le ofrecían, él jamás vendió su pureza: su hija debía llegar virgen al altar y el espectáculo era mejor negocio que un acostón definitivo.

Esa familia no era la única apestada. Las mujeres que perdieron a sus hombres deambulaban por las calles y se alzaban las enaguas con tal de poner algo en la mesa, tampoco faltaban los que guardaban las hojas de maíz que encontraban tiradas en las calles para olisquearlas y tratar de adivinar a qué sabía el tamal que alguna vez habían envuelto y, como era de esperarse, los hijos de la Muerte recorrían las calles para acuchillar al primero que se les atravesara con tal de despojarlo de las baratijas que terminarían en el mostrador de una pulquería o una tienda destartalada.

La peste no sólo corrompía las almas, los cuerpos también sufrían sus estragos: en los caseríos y las ciudades, el ruido de las herraduras de las tropas y los maleantes anunciaba la llegada de los males. Con ellos veían el tifo y el cólera, la fiebre quebrantahuesos y la ojeriza que nadie podía curar. Ellos, quizá sin saberlo, eran los enviados del Señor de las Moscas que gobernaba la peste. Al principio, las carretas retacadas de muertos recorrían las calles y recalaban en los panteones; pero al cabo de unas semanas, bastaba con mirar las puertas de las casas para descubrir que el Mal había triunfado.

Las cruces rojas que pintaban en ellas eran el aviso de las enfermedades, la súplica de que alguien las entregara al fuego para terminar con sus habitantes y los miasmas asesinos. La bondad estaba muerta y en el mundo sólo se oía el ruido del caballo esquelético que anunciaba el triunfo de la Calaca.

Las cartas de don Marcos trataban de ocultar su vergüenza. Su pluma se atoraba cuando intentaba escribir las palabras que denunciaban la traición. Juárez y Ocampo habían entregado el país a cambio de volver a Palacio. La mala sangre que les corría por las venas podía más que la defensa de la patria. Sus ansias de seguir trepados en el candelero los transformaron en las suripantas que les abrieron las piernas a los yanquis: su reconocimiento y sus armas permitirían ganar la guerra entrampada.

Por órdenes de Juárez, Ocampo apenas fingió que negociaba con el representante de los gringos. Cualquiera que lo hubiera visto no tardaría en descubrir que no tenía ninguna diferencia con las putas callejoneras que, antes de alzarse las enaguas, tratan de ganarse un centavo más. Al final, los yanquis se fueron con un tratado que Santa Anna habría sido incapaz de firmar: de norte a sur y de este a oeste, sus ejércitos podrían recorrer el país sin que nadie se los impidiera.

Ellos, como clientes satisfechos, cumplieron su palabra a carta cabal y dejaron unos centavos en el buró de Juárez. La armada yanqui llegó a Veracruz y, con el pretexto de que eran piratas, destruyeron los barcos que el general Miramón había comprado para atacar el puerto. La batalla por mar y tierra jamás ocurrió; la derrota de Juárez fue absoluta y no le quedó más remedio que abandonar el sitio mientras las fiebres cuartanas diezmaban sus columnas.

Los clericales estaban heridos de muerte. Gracias a las ardides de Juárez y Ocampo, la diosa Fortuna dio media vuelta a su rueda para dejarlos en el fondo. Después de la victoria en Veracruz, sólo pasó lo que tenía que pasar: sin necesidad de que la oscuridad los ocultara, los navíos que venían de Nueva Orleans comenzaron a atracar en el puerto. Sus vientres estaban retacados de las armas que pagaban la venta de mi patria.

Los liberales podíamos ganar aunque la deshonra nos pesara. Nuestra victoria estaba ensombrecida. A la hora de repartir los pertrechos, las urgencias se hicieron de lado y los rastreros salieron ganando. Las huestes que ensombrecían a Juárez se quedaron con un palmo de narices y los militaretes que se hincaban delante de él se llenaron de fierros, y exactamente lo mismo hicieron con los caudillos a los que no les importaba la presidencia. La lealtad era el papel con el que Juárez y Ocampo se limpiaban el trasero.

La victoria importaba, pero sólo podría tocarle a los hombres que le cuadraban a Benito.

Lo que pasó ya no me sorprende. Tal vez yo habría hecho lo mismo: en la silla dorada sólo entra un trasero.

A mí me dejaron con las manos vacías y me ordenaron que escoltara las armas que le tocarían al vejete de Juan Álvarez. Juárez sabía que a él no le importaba la presidencia y le sobraban los falsos laureles: cuando cayó Santa Anna se había aposentado en la silla dorada y la abandonó antes de que los caballos se lo llevaran entre las patas. Al fin y al cabo, era el caudillo que gobernaba una buena parte del sur; desde las montañas hasta la costa, don Juan era el dueño de vidas y haciendas. Con eso le bastaba para decidir a qué bando apoyaría y, en un descuido, tenía el peso necesario para inclinar la balanza. Los ocho mil rifles, las trescientas cajas de municiones y el montón de barriles de pólvora tenían dueño. Nosotros apenas podríamos darles una pellizcada que deberíamos justificar con las mentiras más rebuscadas.

El viejo zorro era más importante para Beno.

Lo que a nosotros nos pasara sólo sería una cuenta más en el rosario de las desgracias que había provocado con tal de seguir pavoneándose con la banda presidencial sobre el pecho. A pesar de esto, en esos momentos todavía no me daba cuenta de lo que era. Nuestras relaciones cambiaban con la luna, como si fueran mareas y, aunque nadie me lo crea, aún buscaba y hallaba maneras de justificarlo. Yo era el chamaco de Juárez y mi lealtad se mantenía a pesar de los descolones y las revelaciones de don Marcos. Yo me esforzaba por evidenciar que era inocente. El único culpable era Ocampo, el malamadre que sólo terminó de hacer daño cuando lo asesinaron.

A ese que fui apenas le estaba creciendo el colmillo; el que ahora soy lo tiene demasiado retorcido. Hoy sé que las indecisiones y la lealtad me salieron caras, muy caras. Estas páginas serían distintas si las hubiera escrito en esos años. Hoy sé demasiado y el saber me carcome el alma.

Más tarde,
mientras el polvo de las mortajas
se queda atrapado las paredes

A pesar de las proclamas y los discursos de fuego, la realidad no agachó las orejas delante de Juárez, tampoco metió la cola entre las patas al escuchar las habladurías de Ocampo. Si a ellos se les enmielaban los oídos mientras peroraban, a la guerra le importaba un carajo sus voces tipludas. Sus ansias de seguir montados en el toro del poder los cegaban y, cuando todavía no arrancaban la siguiente hoja del calendario, sus estupideces les pasaron la primera factura: algunos cargamentos de armas cayeron en manos de los clericales.

El miedo a dejar la silla los había obligado a tomar el camino de la desesperación, al deseo de apostarlo todo con tal de que Beno continuara en la presidencia. El suicidio les parecía menos grave que olvidarse de Palacio Nacional. El correo que mandaron desde Veracruz me alcanzó en la sierra. A Ocampo le bastaron siete renglones y un puñado de palabras resecas para ordenarme que destruyera las armas para que no cayeran en manos de los rezanderos. El quedar bien con don Juan podía posponerse hasta que ocurriera el milagro de que sus generales triunfaran.

—¿Qué le informo al señor ministro? —me preguntó el mensajero con la formalidad que sólo tienen los que están acostumbrados a lamerle el trasero a sus mandamases.

No me detuve a pensar en mi respuesta, las palabras que me salieron de la boca brotaron sin que pudiera contenerlas.

—Dígale la verdad, sólo la verdad: sus órdenes serán cumplidas hasta las últimas consecuencias —le respondí con firmeza.

Nada le dije a nadie, pero nuestros pasos cambiaron de rumbo. El viejo zorro se quedaría con las manos vacías y los pertrechos llegarían a Tehuantepec.

Hoy puedo jurar por la vida de mi nieto que Ocampo se dio cuenta de lo que hice. Los cortesanos de Juárez les sacaban la vuelta a las armas, pero no se tentaban el alma para asesinar con sus lenguas envenenadas. En su boca, el más pequeño de los rumores se convertía en una denuncia de alta traición a su amo. Desde ese día, Ocampo no volvió a responder mis cartas, y mis peticiones lo acompañaban a la bacinica.

En el fondo estábamos parejos: si él quería verme muerto, a mí me urgía ir a su sepelio.

Las cicatrices de las cuartanas huyeron cuando vieron mis hordas dispuestas. El balazo que tenía metido en la carne estaba presto a acompañarlas sin grandes dolencias. El frío era lo único que me recordaba su presencia. Poco faltaba para que el médico yanqui que venía en uno de los barcos de Limantour me lo sacara, después de que se le bajara la borrachera. Esas puntadas se sumarían a las que adornaban mi piel con las marcas del guerrero.

El día que nos avisaron que Oaxaca había sido tomada por los clericales, estábamos listos para la batalla. Yo me soñaba imbatible y en más de una ocasión se me metió en la cabeza la demencia de que era inmortal. Después de que nos revolcamos, a María Guadaña sólo le quedaba una posibilidad: cuadrarse delante de mí.

Salimos dispuestos a vencerlos. Los fusiles brillantes y los pertrechos que nos sobraban eran suficientes para imaginarnos invencibles. Los vientos negros huirían con el sonido de nuestros pasos y los clericales se rendirían cuando la sombra de mis hombres se mostrara en la punta de los cerros. Todo era perfecto y yo me imaginaba con el pecho cuajado de medallas; pero la derrota nos alcanzó cerca de Mitla.

Sin que pudiéramos meter las manos, caímos en las trampas de los rezanderos y nuestra bravura sólo fue una estupidez. Nos habíamos confiado, las armas que le robamos a don Juan malamente nos habían convencido de que teníamos la victoria en la bolsa.

La ingenuidad tiene un precio. Nosotros lo pagamos.

Esa tarde le dije a Jacinto que se quedara callado: sus sumas me dolían en el alma y, para colmo de la desgracia, me habían dado un tiro en la pierna. Por fortuna, la bala venía cansada y el médico no tuvo problemas para sacarla.

Nos retiramos, pero a los pocos días volvimos para sitiar Oaxaca.

Mi hermano y yo nos turnábamos en el largavista. Poco a poco, la gente dejó de salir a la calle y los perros dejaron de recorrerlas. Las noches sin ladridos eran la señal que esperábamos. Entonces, sólo entonces, comenzamos a avanzar con una lentitud calculada. La revancha no podía ser un golpe mortal, sus huellas debían quedar marcadas en las calles y los cuerpos. Detrás de nosotros sólo quedaban las casas incendiadas y los cadáveres sin nombre.

Los ruegos caían en oídos sordos.

La Ley de Talión no me alcanzaba para cobrar venganza por el revés de Mitla. Mi fama no podía ser empañada y mucho menos podía darme el lujo de compartir el apodo que tenía uno de los generales que fueron abandonados por Juárez. Yo no podía ser el "héroe de las mil derrotas".

La marea de fuego no tuvo que llegar al centro de la ciudad. Los barrios incendiados obligaron a huir a los curas y los clericales. Las monturas enflaquecidas apenas los soportaban. Oaxaca era mía y de nadie más. Tal vez por eso, al patarrajada y a Ocampo no les quedó más remedio que firmar mi ascenso: yo era el nuevo comandante y, aunque les pesara, todos tendrían que empinarse.

Yo era el amo y señor de Oaxaca, pero esto no me alcanzaba para atreguarme las penas. La sal de mis ojos brotó sin que pudiera contenerla, la oscuridad del despacho del cuartel fue lo único que me permitió ocultarla. Las profecías de mi amante despechada se cumplieron irremediablemente: mi madre y don Marcos se fueron al otro mundo. Petrona no alcanzó a perdonar mis herejías y mi protector me abandonó cuando más lo necesitaba. A sus consejos se los tragó el silencio y el colmillo me creció a fuerza de palos de ciego.

Es de noche, el vaso con láudano
me espera para bendecirme con la inconsciencia

La derrota de los rezanderos cambió las reglas de juego. Su ejército quedó destrozado y Beno regresó a la capital. Los muertos de hambre aplaudieron la victoria a cambio de una jícara de pulque acedo y sus posaderas volvieron a sentir la caricia del terciopelo encarnado. A él le importaba un bledo que el Palacio fuera un muladar y mi patria apenas tuviera una mano por delante y la otra por detrás. Al Señor Presidente sólo le urgía deshacerse de todos los que pudieran ensombrecerle el puesto. De no ser por las guerrillas que no entregaban sus armas, los militares estábamos condenados a la oscuridad. Juárez no era un imbécil: tenía perfectamente claro que los generales podrían tumbarlo.

El fantasma del licenciamiento recorría los pasillos de Palacio Nacional. Lo único que detenía su firma era el anhelo de seguir encaramado en la silla. A Beno no le quedaba más remedio que llamar a elecciones, y a fuerza de trapacerías tenía que doblegar a sus contrincantes. Los gendarmes y los soldados, sus pocos fieles y el dinero que quedaba en las arcas eran sus cartas fuertes en contra de Lerdo de Tejada y del general González Ortega. La orden de licenciamiento dormía el sueño de los justos, y Juárez se reunía en la penumbra con los militares y los leguleyos que estaban dispuestos a venderle el trasero.

El día de las elecciones, Beno tenía los hilos en la mano y sólo hizo lo acostumbrado. Los soldados y los gendarmes arrearon a la leperada y a los que tenían la piel de color quebrado. Los garrotes que traían los pastores no eran en vano: los miserables se formaban en silencio y su fila era tan recta como el hilo de una plomada. Los que estaban a cargo de las mesas llenaron los papeles de los votantes que no podían leer pero estaban dispuestos a poner una equis en el sitio adecuado. Las urnas de los lugares donde el indio sería derrotado fueron destruidas sin que nadie las defendiera y los dobles padrones aparecieron; entretanto, los uniformados custodiaban las calles para guiar a los ciudadanos que tenían malas intenciones. Juárez también había centaveado a muchos diputados. Las protestas del coronel Altamirano y del Chinaco Riva Palacio de nada valieron: la mayoría alzó la mano para ratificar la eternidad del prieto en la silla del águila.

Según los juaristas, la democracia había triunfado y el país quedaba en manos del hombre predestinado. En esos momentos ya no había para dónde hacerse. Por eso tuve que aceptar la parte del botín que me ofrecieron: el comandante Porfirio Díaz sería diputado sin necesidad de hacer campaña, esas molestias sólo las padecían los que estaban condenados a perder. Mi uniforme se quedaría colgado en el ropero y me vestiría con las levitas que remarcaban mi cuerpo enflaquecido por las enfermedades y la guerra. Yo era un abogado sin título, pero todos comenzaron a decirme licenciado con tal de que rimara con los criados de Benito.

En la Cámara de Diputados, el ojo de Dios nos miraba desde el techo y las columnas de Salomón cobijaban a los hablantines que llegaban a la tribuna. El Congreso estaba dividido y había que tomar partido: el coronel Altamirano y el Chinaco Riva Palacio exigían la renuncia de Juárez. Alguien como don Benito no tenía derecho a poner las nalgas en la silla dorada.

—El máximo servicio que el presidente podría prestarle a la patria sería presentar su renuncia —aseguró Altamirano en la tribuna y sus seguidores se levantaron para aplaudirle.

Beno era el culpable de las matanzas y la ruina, y lo mismo pasaba con las artimañas que parieron la presidencia ilegítima.

Apoyos no les faltaban. Pronto se apersonaron en Palacio Nacional para exigirle que renunciara. La guerra entre el Congreso y el presidente estaba declarada. El momento de las decisiones había llegado, pero mis palos de ciego me llevaron al bando contrario sin necesidad de discursos ni acuerdos sombríos. Mi mano nunca se alzó para secundarlos. En esos días no podía imaginar que muchos de los rebeldes se sumarían a mis fuerzas cuando tomé las armas en contra de Juárez y que uno de ellos escribiría el plan con el que nos levantamos para tumbar a Lerdo.

Satanás es testigo que el parricidio fue mi última opción.

En la Cámara, las discutideras no tenían freno. Las acusaciones de traición a la patria sólo cambiaban debido al juarismo o al antijuarismo del fulano que ladraba desde la tribuna. Los diputados sólo buscaban hallar los insultos que superarían a los de sus rivales. Ellos eran idénticos a los versistas que vivían en el fondo de las vecindades y vendían su pluma para medio lavar los honores y los orgullos desvencijados. Si en Calpulalpan las fuerzas clericales habían sido derrotadas, ya era lo de menos, y exactamente lo mismo pasaba con las guerrillas que no entregaban sus armas. La victoria sobre los conservadores apenas daba para una verdad a medias. El futuro del país podía posponerse hasta que los legisladores terminaran de maldecirse.

Ahí estaba, sentado y con las orejas retacadas con las palabras que llenaban el *Diario de los Debates*. La necedad era la dueña del Congreso. Y así hubiera seguido, pero la suerte me sonrió el día que vi llegar al mensajero. Su uniforme estaba polvoso y su respiración entrecortada. Sin pedirle permiso a nadie se acercó al presidente de los debates y algo le susurró al oído.

El hombre se fue sin despedirse y la campana sonó para interrumpir la tarabilla del discursero que ocupaba la tribuna.

—Las tropas del general Mejía están atacando San Cosme —dijo con voz impostada.

Sus palabras tenían una formalidad que no aclaraba sus intenciones.

El diputado que estaba en la tribuna redobló sus ataques en contra de Juárez y lo culpó de que las guerrillas conservadoras estuvieran a un paso de la capital. Las mentadas de madre se adueñaron de la sala. Los diputados sólo querían culpar a sus rivales.

Me levanté en silencio y caminé al lugar donde estaba el presidente de los debates.

—Me voy, hago falta más en otro lugar —le dije y me largué sin esperar su anuencia.

¿Para qué lo niego? El Congreso podía irse a la chingada.

Llegué al mesón donde me hospedaba, tomé mi rifle y las cartucheras. Mi criado salió a conseguirme un caballo. El sombrero de copa se quedó tirado en la calle y le clavé los tacones a mi montura. Al llegar al templo de San Fernando me encontré con los que fueron mis soldados: la Brigada Oaxaca había repelido el ataque de los ensotanados y apenas se escuchaban unos tiros aislados. Los guerrilleros de Mejía apenas les sirvieron de botana.

Después de la balacera, mi futuro quedó decidido. Sólo regresé a la Cámara para presentar mi renuncia. La tribuna y el sable no rimaban en mi persona.

Mis leales y una reserva de zacatecanos me acompañaron a las matanzas. El humo de la pólvora era menos sombrío que las palabras de los diputados. En Jalatlaco derrotamos al Tigre Márquez, los setecientos prisioneros que tomamos habrían llenado de felicidad al Cojo López, pero no nos quedó más remedio que entregárselos al Supremo Gobierno. El general Ortega se cuadró delante de mí y le escribió una carta a Juárez sobre el parche de un tambor. En ese cuero se leía que el Señor Presidente tenía la obligación de ascenderme a general de brigada.

La victoria en Jalatlaco les ardió a los lambiscones.

Los corifeos de Benito hicieron todo lo posible para que no firmara el nombramiento que me había ganado a sangre y fuego.

—Ese rango le queda grande a alguien tan joven —dijo uno de ellos.

—Los oficiales curtidos lo van a tomar como una afrenta —completó otro de los arrastrados.

A Benito no le quedó más remedio que firmar el papel que tenía escrito mi nombre. A fuerza de muertes, yo había aprendido a ganar las batallas. El general Mejía y el Tigre Márquez seguían vivos y alguien tenía que cazarlos. A marchas forzadas avanzamos hasta los rumbos de Pachuca y ahí derrotamos a Márquez.

Ese día no tomamos prisioneros. Lo único que no logramos fue fusilarlo: el Tigre se esfumó como un fantasma. Sólo volveríamos a verlo después de que le ofreció su espada a los franceses y al Habsburgo que llegó con la calentura de ser emperador de mi patria.

Las derrotas de Tomás Mejía y del Tigre Márquez eran la rendija por la que podía colarse la paz. Pero Juárez le dio un balazo a la paloma con la rama de olivo. Lo que pasó no fue una sorpresa: el licenciado Iglesias siempre nos dijo que el Señor Presidente no era un hombre culto y que la luz de su inteligencia palidecía junto a las velas de sebo. La necedad y las chicanadas eran sus únicos méritos. Por eso, sin pensar en las consecuencias, ordenó la suspensión de pagos a los extranjeros, y la cobranza llegó en navíos de guerra.

Las armas todavía estaban calientes y Juárez les negó el reposo. Su patriotismo de quinta y las ansias de repartir dinero valían más que la vida de los mexicanos. Al principio, la suerte le dio un espaldarazo. Los españoles y los ingleses se retiraron luego de que el gobierno aceptó lo inaceptable, pero los franceses siguieron adelante.

La guerra volvió y yo empuñé las armas.

IV

Hojas sueltas

París,
a principios de abril de este año maldito

Mi mujer llegó con un paquete. Por más que trataba de sonreírme, la penumbra se asomaba en su rostro. La luz amarillenta de la bombilla resaltaba las arrugas que asoman a los cuarenta y se acentúan cuando llegan los cincuenta. Desde que la vejez empezó a metérsele en el cuerpo, en su tocador aparecieron los emplastos que le prometían lo imposible y me prohibió mirarla cuando estuviera desnuda o en paños menores. La carne floja no cuadraba con su alcurnia ni rimaba con su orgullo.

Su buena figura se deslavó para siempre. Los tiempos en que le repateaba escuchar la retahíla de sus nombres también están lejos. En un descuido, capaz que reposan junto a sus carnes firmes. A las más mulas de sus amigas se les quedaron atorados en el gañote cuando tenía tantitos más de dieciséis y dejó de ser María Fabiana Sebastiana Carmen. A pesar de su lozanía, el "doña Carmelita" se impuso sobre sus apelativos desde el día que nos casamos y le pedí que hiciera a un lado la sábana santa que separaba nuestros cuerpos.

Ella aceptó de mala gana y sus ojos se quedaron fijos en el techo mientras apretaba los labios para resistir mis embestidas. Yo necesitaba olvidar a Delfina, aunque la piel de mi nueva esposa fuera más clara y tuviera las pasiones amarradas. La tripa de cordero que me ponía sólo servía para cumplirle el deseo que yo conocía y que ella jamás me confesó.

Delante de mí abrió el envoltorio y me entregó una resma de papeles de baja estofa. Por más que me conozca, Carmelita no sabe que todavía puedo distinguir la calidad de las hojas cuando las siento entre las yemas. Los tiempos en que fui mensajero de don Marcos están labrados en la punta de mis dedos. Los cuadernos forrados con piel y las páginas en las que se siente la suavidad del algodón no volverán a mis manos y la tinta se oxidará de mala manera para perder su negrura. Ahora sólo podré escribir sobre las que nacieron condenadas a contar las mamarrachadas y que terminarán envolviendo un trozo de carne.

A pesar de que traté de ocultarla, Carmelita se dio cuenta de mi decepción silenciosa. De inmediato me dio una excusa que sería creíble de no ser por el dinero que tenemos para mantenernos.

—Es culpa de la guerra, tú sabes que las tiendas están casi vacías —me dijo mientras me acariciaba la cabeza.

Carmelita no tiene la culpa.

Tal vez hace lo que hace con tal de procurarme. Ella sólo le contó sus preocupaciones al doctor Gascheau y él inventó un nuevo mal para explicar mis acciones. "Grafomanía", le dijo a mi señora con la seguridad que sólo tienen los imbéciles.

—Déjelo escribir todo lo que quiera —susurró pensando que mi sordera era profunda—, lo importante es que esté tranquilo... vale más que llene papeles a que le dé un soponcio o se ponga violento. No se preocupe si los guarda bajo llave y no la deja leerlos, lo que hace es una manía de anciano, de alguien que está perdiendo el control de sus pensamientos y puede terminar recluido.

Gascheau está harto de que no me muera, de que María Guadaña y los espectros se nieguen a obedecerlo para exhibir sus desatinos. Los dos billetes que mi mujer le entrega cuando se larga ya no son suficientes para mantener sus ganas de venir a la casa. Mi agonía es una afrenta. Tal vez por eso la idea de la manía es su salvación: un arrebato bastará para que me encierren en un manicomio y él se quede en su casa para mirar la ventana con ansias de que los pasos de su hijo acallen el tañido de las campanas.

6 de abril de 1915,
el sitio de los espectros continúa
y sus silencios me devuelven la memoria

La invasión había comenzado: las tropas francesas se preparaban para avanzar. Sin necesidad de rayos, las lápidas se quebraron para que las fuerzas de ultratumba se sumaran a sus filas. Las voces del odio dejaron de ser un murmullo y la rabia contenida reventó delante de nosotros. La gente que nos gritaba en las calles y los periódicos que desaparecían después de parir tres números repetían las mismas palabras: "No nos engañemos, los soldados franceses llegaron para salvar a México", "Los zuavos están dispuestos a derramar su sangre para levantar a nuestra patria de su eterna postración", "Los juaristas son una gavilla, una horda sedienta de muerte".

Sus malquerencias y su aborrecimiento no sorprendieron a nadie. Ellos estaban hartos de las matanzas y los cementerios que rebosaban; ellos querían ponerle fin a la anarquía, a la tiranía de las turbas y a las profanaciones que no dejaron piedra sobre piedra. Nosotros no estábamos en mejores condiciones: dudábamos de la victoria y ninguno de ellos levantaría las armas por mi patria. Detrás de las puertas que podíamos derribar para engrosar los batallones estaban los altares con las ceras que alumbraban el camino de los muertos; ahí también se miraba a las mujeres que quedaron desfiguradas por las venganzas y, donde la guerra no había deformado a nadie, se revelaba la miseria que llegó con la rapiña.

Durante tres años habíamos matado de sobra. A los únicos que no se les miraban las costillas eran los zopilotes que padecían para levantar el vuelo. Por más que quisiéramos ocultarlo, la guerra se había llevado entre las patas a mucho más de ciento cuarenta y cuatro mil, lo mismo daba si formaban parte de los ejércitos o si trataron de hacerse a un lado para esquivar la contienda. A esas alturas de la matanza, ¿quién se atrevería a negarlo? María Guadaña era la gran demócrata de mi patria.

Según don Benito, la cifra sin números había sido el sacrificio que permitiría bendecir el parto del gobierno todopoderoso. Pero ninguno de los generales fue capaz de imaginarse el número infausto, y a Jacinto se lo cargó la tiznada con todo y sus papeles arrugados. Aunque nadie lo reconoció a cabalidad, dicen que su cuerpo descabezado se quedó tirado en una de las refriegas. Lo cierto es que la maldición del cura ahorcado se cumplió sin que pudiéramos evitarlo.

El tiempo de las tribulaciones estaba delante de nosotros. Los fríos que derrotaban al sol más encandilado, las noches adelantadas y los temblores eran los augurios del fin del mundo. En las costas del golfo pronto se escucharían los rugidos del dragón de siete cabezas y las trompetas infernales convocaban a los ejércitos a que abandonaran sus tumbas. Los días del seminario volvían. En la cabeza sólo me retumbaban las palabras de los evangelios: "Se levantará nación contra nación, y reino contra reino; y habrá pestes, y hambres, y terremotos en diferentes lugares. Todo esto será principio de los dolores sin límite".

Los señores de la guerra no fuimos los únicos que invocamos las tribulaciones y le abrimos la puerta a la guerra del fin del mundo. Las ansias de dinero de Juárez condenaron al patíbulo a la supuesta victoria sobre los clericales.

El ángel de la paz terminó colgado del pescuezo hasta que las ventoleras arrancaron las plumas de sus alas.

Las tribulaciones y la gente que nos daba la espalda nos desgarraban el ánima. Después de tres años de escabechinas, nuestras fuerzas eran menos que añicos. Los cadáveres incontables, los tullidos, los enloquecidos y los desertores las habían mermado sin remedio. Sus restos se miraban en las calles y en los portales de los templos. Cada uno de los nuevos pedigüeños había marchado a nuestro lado. A todos los abandonamos a su suerte y lejos de sus tierras arrasadas. La leva dejó de ser una opción para levantar ejércitos de la nada. Las palabras de fuego no podían traspasar la cerilla que se juntó durante las matanzas. Los hombres preferían una muerte rápida a la lenta agonía de marchar al frente. Por más que quisiéramos convencerlos de lo contrario, ellos sabían que la guerra estaba perdida.

A pesar de lo que mirábamos, el engaño se mantenía firme y alimentaba las mentiras que se decían en Palacio. Las cuentas del general José López Uraga decían que teníamos diez mil hombres dispuestos para la batalla. A Juárez sólo le crujía la cara mientras trataba de sonreír. El Señor Presidente se sentía satisfecho y eso era lo más valioso para el comandante del Ejército de Oriente. Lo que sucediera después era harina de otro costal, y seguramente hallaría la manera de justificar la derrota. Sin embargo, cuando le preguntábamos sobre los pertrechos, Pepe tartamudeaba durante unos instantes antes de hacernos las cuentas del gran capitán: cientos de barcos partirían de San Francisco para entregarnos las armas que no teníamos.

—Los yanquis no pueden abandonarnos —decía con ganas de que sus palabras fueran verdaderas.

Las mentiras nos llevaban al despeñadero y, con tal de confirmar nuestra caída, las reuniones para decidir la estrategia se hundían en el lodazal de las cobardías, que se disfrazaban con los milagros y los portentos que jamás les tocarían a los excomulgados. Todos sabíamos que los yanquis se mataban por culpa de la negrada y no podían apoyarnos.

Aunque la realidad nos abofeteara, López Uraga se negaba a verla: las armas del norte tenían que dispararse en contra de los sureños y ningún fusil cruzaría la frontera. Su guerra estaba antes que la nuestra. Y, para terminar de ensombrecer el panorama, la certeza de que los franceses eran el "mejor ejército del mundo" les repapaloteaba en la cabeza a los que les urgía firmar la rendición sin condiciones.

Mi patria se podía ir al carajo sin que nadie tomara un fusil para defenderla.

En lo único que López Uraga no nos mentía era el tamaño de las fuerzas enemigas: diez mil hombres perfectamente pertrechados habían desembarcado en Veracruz, y en menos de lo que canta un gallo, a ellos se sumó el ejército que se levantó de la tumba. El Tigre Márquez y Tomás Mejía tenían siete mil hombres curtidos en los combates.

En el mejor de los casos, nos superaban dos hombres por uno. En el peor, ni siquiera podríamos detenerlos.

Por más que lo intentaba, López Uraga ya no podía apuntalar sus mentiras. Los batallones inexistentes y los cañones que debían traerse desde los confines del país sólo servían para endulzarle la tarde al presidente que nada entendía de la guerra. El experto en engaños no era un mariscal, y nosotros teníamos la obligación de quedarnos callados. Beno no soportaba que le llevaran la contra.

Al final no le quedó más remedio que aceptar la realidad delante de su patrón.

—Señor Presidente —le dijo a Juárez con la marcialidad que nunca tuvo—, le ruego que me releve del mando del Ejército de Oriente. No me siento capaz de llevarlo a la victoria.

Nadie le pidió que se quedara. Benito apenas alzó la mirada para remarcar su desprecio.

La suerte estaba echada. Yo me levanté de mi asiento para abrir la puerta del despacho. Una señal habría bastado para que López

Uraga se convirtiera en el segundo general al que le arrancaría los galones de la casaca.

Pepe se desanudó el sable y lo dejó sobre la mesa antes de largarse. El silencio lo acompañó hasta que su figura se perdió en el pasillo.

A pesar de su cobardía, no fuimos capaces de imaginar lo que haría. Las ventoleras que llegaban desde Veracruz imantaron su caballo y lo pegaron a las alas de los zopilotes.

José era un chaquetero y los franceses lo recibieron con los brazos abiertos. Poco a poco, López Uraga se transformaría en la serpiente que intentaría tentar a los que seguíamos fieles a la causa y así siguió hasta que el agua le llegó a los aparejos. Por eso, cuando la victoria estuvo al alcance de nuestra mano, dio un paso al frente para huir sin manchar su orgullo enlodado: Maximiliano le ordenó que fuera el jefe de la escolta que acompañaría a Mamá Carlota a la locura. Cuando el imperio cayó, Pepe se largó a Estados Unidos con ansias de litigar sus propiedades desde San Francisco: sus islas colmadas de mierda de gaviota, sus haciendas y sus casas habían sido expropiadas como castigo por sus traiciones. Aunque los papeles fueron y vinieron, nada quedó de su riqueza. La miseria fue su verdadera condena. Al final, a su nombre se lo tragó la infamia y, por más que lo intentó, el mío no lo acompañó en su desgracia.

Juárez no lo pensó demasiado, el general Zaragoza quedó al mando del Ejército de Oriente. Aunque todo hacía pensar lo contrario, esa vez no se equivocó en sus decisiones. Como si nada hubiera pasado, seguimos barajando las opciones que se desmoronaban cuando las rozaba la primera palabra. Ninguna era buena, todas estaban condenadas. Al final, la estrategia que determinamos apenas era una solución desesperada: les daríamos batalla en Puebla y, mientras se fortificaba la ciudad, los atacaríamos para frenar su marcha. La capital no podía caer en sus manos.

Cuando me levanté de la mesa para volver al cuartel, el mapa que habíamos rayoneado me refregó en la jeta la imposibilidad de la victoria. Sin tener que echar un volado, le habíamos apostado a la peor de las cartas: los diez mil hombres de los que hablaba López Uraga desaparecieron junto con sus palabras. Los pertrechos también eran un fantasma. Las cosas estaban claras y no había para dónde hacerse: el que está dispuesto a perder hasta da lástima que gane.

El Chato me esperaba en el corredor. A él no podía mentirle, por eso le hablé de nuestro destino.

—Para morir nacimos —me contestó sin que su voz sonara a bravata.

Nuestra suerte estaba echada.

Llegamos a la ciudad maldita y empezamos a prepararnos para la batalla. En las esquinas estaban pegados los bandos que odiaban los poblanos y que los soldados los obligaban a cumplir sin distinciones: la guerra era lo único que emparejaba a la gente. En las calles no se podían juntar más de cuatro varones, los robos se castigaban con la horca y los lugares de juego y jelengue tenían que cerrar las puertas a las seis en punto de la tarde. Tronar un cohete también merecía la pena capital.

En las noches, el silencio casi era absoluto y los perros hambrientos atajaban la luz de las farolas que iluminaban las calles anchas. A pesar de los centinelas y los rondines, en las callejas y los callejones los criminales esperaban a sus víctimas o se preparaban para asaltar una casa. El oro y las alacenas retacadas eran buenas razones para asesinar a sus dueños. Cuando amanecía, los soldados se apersonaban para sacar los cadáveres y acarrear a los vivos para que levantaran las trincheras y los parapetos, o se quebraran el lomo mientras cavaban las zanjas y los fosos que tal vez detendrían a los franceses.

Ahí estaban todos: los blancos y los prietos, los indios y los mestizos y, detrás de ellos, se encontraban nuestros soldados con el dedo en el gatillo para asegurarse de que cumplirían con lo mandado. El polvo y el sudor no les venía mal a los que presumían su sangre extranjera.

Las mujeres de siete apellidos se apelotonaban en mi despacho y me seguían por las calles. Sus voces destempladas eran mi sombra. Todas me exigían lo mismo y todas se fueron al carajo después de maldecirme. El color de la piel de sus maridos y sus hijos no era una excusa para evitar que tomaran la pala y el pico junto con sus criados. Sólo eso podíamos obtener de una ciudad que se soñaba imperial desde antes de que cayera en manos de los invasores.

Mi hermano tenía cincuenta hombres a caballo y se fue a cumplir su destino sin que las piernas le temblaran. Bravo era y bravo murió. Pasara lo que pasara, tenía que detener el avance de los franceses y los rezanderos. En el camino hacia el golfo todavía se miraban las cicatrices de la guerra en contra de los conservadores: los pueblos incendiados y los cuerpos achicharrados, los campos devastados y las cruces que les salían al paso eran una remembranza y un presagio.

Los pocos lugares que seguían en pie estaban abandonados, la gente se largaba al monte cuando el ruido de las cabalgaduras se acercaba a sus casas. El miedo a la muerte y a la leva los obligaban a vivir como las bestias. Por más que sus soldados esculcaran las casuchas nunca encontraron una mazorca y en los graneros apenas se sentía el olor de las ánimas.

Aunque tenía las tripas pegadas al espinazo, el Chato no le sacó la vuelta a la Muerte y atacó la vanguardia de los invasores. Cuentan que se llevó a muchos entre las patas, pero los caídos no bastaron para lograr la victoria. Uno de los negros que venía con los enemigos le disparó y le atinó en el pecho. El golpe de la bala lo tumbó del caballo y los zuavos lo capturaron. El mal fario lo había alcanzado: los invasores y los clericales lo obligarían a revelar nuestros planes y, después de que soltara la lengua, lo fusilarían como un acto de clemencia. Lo que podía pasarle no era un secreto: el Tigre Márquez era un maestro del horror, un experto en provocar los dolores que nadie soportaba.

A pesar de los nubarrones, Félix andaba de suerte: uno de los generales españoles que todavía no se embarcaba metió las manos por él. Las promesas que le había hecho a su mujer se cumplieron a carta cabal. Mi hermano se salvó por milagro: gracias a un militar fuereño y a las cartucheras que medio detuvieron el plomazo pudo conservar la vida y apenas se ganó tres puntadas.

Por más que hoy quieran difamarlo, su valentía estaba más allá de la duda, pero a su ataque le pasó lo mismo que a los de los otros oficiales: las vidas que cobraban eran insignificantes y la marcha de los franceses y los rezanderos apenas se desaceleraba. De muy poco servía que las victorias miserables se anunciaran en los periódicos como si fueran decisivas y don Guillermo Prieto le diera gusto a la pluma en *La Chinaca*. La fama de los franceses seguía intacta y le arañaba la médula a nuestros soldados. Ellos llegaron cubiertos de gloria, nosotros sólo teníamos la infamia a cuestas.

Los pasos de mi brigada también quedaron marcados por el infortunio. Aunque no quisiera oírlas, las palabras que anunciaban la huida se me clavaban en las orejas. Las cartucheras casi vacías, los fusiles que amenazaban con reventarse al primer disparo y el rancho que empequeñecía apuntalaban el desánimo de mis soldados. Ellos sólo podían imaginarse la gloria si avanzaban con el estómago lleno y balas de sobra.

Al tercer día abandonamos el pase de lista, apenas así podíamos ocultar el silencio que acompañaba a los nombres de los desertores.

Los franceses y los ensotanados estaban muy cerca y se preparaban para atacarnos. Las leguas que nos separaban se podían contar con los dedos de una mano.

Cuando estábamos a punto de llegar a la ladrillera donde desembocaba el camino de Amozoc, mis soldados comenzaron a dejar sus fusiles en el suelo. El silencio nos rodeaba y apenas se interrumpía por el sonido de las culatas que se cubrían de polvo. Ellos volvían sobre sus pasos con la esperanza quebrada y la valentía encogida. Antes de que el primer gallo cantara, la neblina se los llevaría para siempre.

Mi caballo sintió las espuelas y les cerré el paso con la pistola en la mano. A lo mejor esperaban un discurso para volver a sus puestos, pero yo no soy un hombre de arengas.

—Aquí nos podemos morir todos. Ustedes deciden si ahorita los despacho o si se la juegan para seguir vivos —les advertí sin miedo a lo que pudiera pasar.

Ellos tenían claro que yo no mentía. La fama de despiadado todavía me acompañaba.

Todos se regresaron y levantaron sus armas.

Ninguno se sorprendió cuando llegaron a la ladrillera: ellos serían la primera línea en el combate y sus compañeros tenían la orden de dispararles si se atrevían a echarse para atrás.

Zaragoza llegó a Puebla dos días antes de que comenzara la batalla. Venía con los tres mil hombres que formaban la retaguardia del ejército. Apenas tuvimos tres reuniones para confirmar lo que haríamos y ratificar el odio de los poblanos. Los clérigos y los potentados se negaron a apoyarnos con dinero y, más por fuerza que por ganas, aceptaron que empadronáramos a los varones de la ciudad para que se sumaran a las tropas. Cuando tronara el primer cañonazo y sonaran las campanas de la catedral, ellos debían presentarse con un arma en la mano en los lugares que les tocaban.

Las noticias sólo confirmaban los bufidos de la Muerte. Los franceses y sus aliados estaban en Amozoc y se preparaban para avanzar sobre Puebla.

Yo seguía firme en la ladrillera.

La noche era espesa y las lumbradas delataban nuestra presencia. Durante un instante pensé ordenarles que las apagaran, pero mi voz se ahogó cuando miré a uno de los soldados. Sus manos se movían y en los muros aparecían sombras chinescas: los conejos y las águilas se desplazaban en silencio. Me quedé callado, todos estábamos condenados a muerte, y ellos, a falta de su última cena, podían perderse en las oscuridades que se animaban por la presencia de los animales.

Jueves 7 de abril de 1915,
en el lugar de siempre
y después de sufrir la humillación de la cánula

Escribo lo que apenas recuerdo. La mirada de María Guadaña me impide negar lo que pasa. Hay días en que la cera de mi memoria se derrite sin necesidad de fiebres. Anoche apenas fui capaz de reconocer a Porfirito. Su rostro me era ajeno y sus ojos pelones sólo recuperaron su tamaño cuando un chispazo me devolvió sus facciones. Durante unos instantes, mi nieto se transformó en una mancha, en un perfecto desconocido. Apenas pude salir del atolladero fingiendo que mi desmemoria era una broma, un juego baboso.

Porfirito me sonrió, pero mi excusa no convenció a Carmelita. Su mirada inquisidora no puede destrabarme la lengua y sus pupilas me dicen que está a punto de llamar al doctor Gascheau. Sin embargo, las criadas no salen de la casa para ir a buscarlo. A ella la detiene la vergüenza de tener que decirle a la gente que su marido está dementado. La camisa de fuerza, el rostro babeante y los baños helados empuercarían su idea de viudez. Eso sería demasiado para una Romero Rubio, para la mujer que se entregó pensando que sería la paloma de la paz.

La verdad no puede esconderse: tengo miedo. Quizá por esto, las palabras sólo manchan el papel para tratar de convencerme de que podré seguir adelante aunque los gusanos de la desmemoria caven túneles en mi cabeza.

El presente se pierde, y a veces el pasado lo acompaña en el olvido.

Por más que intento descifrar los rostros de los espectros, la negrura los vuelve idénticos. María Guadaña le borró los rasgos al Chato con tal de negarme sus verdades, y lo mismo hizo con los soldados que el Crucificado condenó al Infierno. Mis soldados jamás volverán de la tumba.

Las únicas facciones que no me abandonan son las de Delfina. Ella era perfecta y aguantó las ausencias durante los años de guerra contra los franceses y el imperio: las pocas veces que nos encontramos y las cartas que le escribía entre matanza y matanza se convirtieron en los tizones que nos fundían. Su cuerpo ardía en mi memoria y mi memoria ardía en su cuerpo.

Escribo tratando de recordar, las palabras que brotan de la plumilla me amenazan con atorarse en el papel corriente. Vale más que las abandone y abra la botella de láudano: el vino, el azafrán, la canela y el clavo disimulan la amargura del opio. Tres dedos serán suficientes para que los espectros se alejen de mis sueños y el aliento del dragón me lleve a lo que ocurrió a principios de mayo de ese año.

Las campanas de la catedral y el bramido de los cañones se fueron al diablo. Mil veces habrían podido retumbar y mil veces la escena se repetiría sin que nada cambiara. Los poblanos tenían las orejas tapiadas. Apenas unos cuantos llegaron a sus puestos. Los más atrancaron las puertas y clavetearon los postigos antes de hincarse para rezar. Sus plegarias eran bendecidas por la sangre de Cristo y las trompetas celestiales que anunciaban la llegada de los rayos implacables. Sin que les importaran las consecuencias, ellos seguían las órdenes del obispo Pelagio. Sus pastorales habían cruzado el océano y las plegarias de sus fieles rogaban por la victoria de los invasores. Con cada amén que pronunciaban, sus anhelos se amacizaban: el gobierno de los herejes caería por la metralla que les quebraría los huesos y les arrancaría la carne.

Las escopetas de caza, los sables que alguna vez portaron sus antepasados o el machete que tomaron del leñero no le servirían de mucho a los pocos que se presentaron en las trincheras. A ninguno le faltaba una medalla milagrosa, a todos les sobraban el miedo y la vergüenza por haber traicionado a los suyos. Su condena sería inapelable: las puertas de los templos se cerrarían y sus almas vagarían para siempre en el lugar sin límites. A nosotros nos sobraban excomuniones y, en un descuido, su presencia nos ayudaría; con un poco de suerte pareceríamos más de los que éramos y podríamos engañar a los prismáticos de los franceses.

La batalla comenzaba. Ninguna persona en su sano juicio estaba dispuesta a apostar una moneda a nuestro favor, los franceses habían vencido a todos sus rivales y los republicanos no seríamos la excepción. Ellos marchaban con la certeza de la victoria y nosotros nos agazapábamos esperando lo peor. Las armas envejecidas y la ausencia de refuerzos volaban sobre nosotros como las mariposas que anuncian la muerte.

Nuestras fuerzas estaban malditas y del Cielo caerían los rayos que destruirían los cañones.

Los hombres que me acompañaban en la ladrillera miraban las banderas enemigas. La infantería se acercaba. Yo veía a los rivales con mi largavista. Sus rostros mostraban confianza y muchos bromeaban con la seguridad de que no resistiríamos el primer embate. Las balas Minié eran más precisas que nuestros plomos. Su alcance nos superaba con creces. Sin embargo, la suerte estaba de nuestro lado: en las columnas, los morteros brillaban por su ausencia. Mis hombres no morirían destripados sin haber disparado antes. Es más, el miedo casi se les había atreguado con la llegada de dos pelotones de rifleros y una carreta con algunos pertrechos. Aunque las milicias de los fuertes enflaquecieran, Zaragoza no estaba dispuesto a dejarnos colgados de la brocha.

Todos estaban protegidos por los muros derrumbados y apuntaban sus armas con ansias de que el vaho de la Muerte guiara sus balas. El murmullo de sus rezos apenas se interrumpía con las explosiones que retumbaban en los cerros. En mis trincheras y en la ciudad, los nombres de los arcángeles se susurraban para rogar por las espadas de fuego.

Ninguno de mis soldados podía disparar hasta que los franceses estuvieran cerca, la pólvora no nos daba para infiernitos. Yo caminaba detrás de ellos y les palmeaba el lomo a los que sudaban frío. Nada le dije al muchacho que se orinó cuando los tambores y las cornetas desgarraron el viento, también me quedé callado cuando miré a los que se santiguaban y se metían en la boca su medallita con la imagen de la Virgen.

Ella le llevaría sus últimas palabras al Crucificado. María le rogaría a Dios que le abriera las puertas del Cielo a los que combatirían sin ser bendecidos por los curas.

Los enemigos se acercaban. Al frente estaban los soldados resucitados que recibirían la primera descarga, detrás se veían las manchas de los uniformes azules y colorados. Sus pasos seguían el ritmo de los redobles y sólo esperaban la orden de lanzarse a la carga. Los rostros blancos y zainos comenzaron a delinearse. La furia estaba labrada en su cara.

Mi grito de fuego levantó una humareda.

Los soldados siguieron disparando sin que pudieran apuntar. Lo único que podían hacer era tratar de mantener el ritmo de las descargas. Los gritos y los insultos nos decían que no íbamos perdiendo. Las explosiones que venían de los fuertes nos confirmaban que aún resistían.

Poco a poco, los aullidos comenzaron a enmudecer.

El sonido de la corneta cambió su rumbo.

Delante de nosotros brotaba el silencio que apenas se interrumpía por el zumbido de la guadaña.

La voz de alto al fuego tardó unos instantes en ser obedecida. La humareda se estaba levantando y avancé unos cuantos pasos más allá de la ladrillera. Los invasores se retiraban sin levantar la bandera de tregua. Los cadáveres se quedaron abandonados y los heridos se encomendaban al cielo para que la Muerte no se los llevara.

Félix y sus jinetes estaban listos, una seña bastó para que se lanzaran a la carga.

Los enemigos huían y los sables de la caballería les rajaron la carne. En las trincheras, mis soldados tenían las armas dispuestas para contenerlos en caso de que se retiraran. Por desgracia, su bravura no fue suficiente para completar la carnicería: las zanjas los detuvieron y los zuavos se parapetaron en los hoyancos.

La última carga sería una locura, un suicidio que a nada llevaría.

Mi hermano volvió sin bajas y en la ladrillera apenas teníamos un par de heridos que se quejaban. Nadie podía creer lo que había pasado: el mejor ejército del mundo se alejaba y trataba de sumarse a las columnas que atacaban los fuertes.

Apenas tuvimos tiempo para celebrar y repartir un barrilito de chínguere entre nuestras huestes. Ninguno de los soldados lo saboreó, todos se lo bebieron de un solo jalón. El aguardiente les devolvió el alma al cuerpo. Félix se acercó y me ofreció un pocillo de lámina.

—¿Al estilo del general Sóstenes? —me preguntó con ganas de reírse.

Yo me negué a beber el menjurje moviendo la cabeza.

—Allá tú —dijo mi hermano, mientras vaciaba la pólvora de una bala al aguardiente.

El Chato se lo despachó con un solo farolazo y yo apenas me mojé los labios.

Sin que nadie se los ordenara, mis hombres salieron de la ladrillera para cumplir con el ritual de la guerra: los cuchillos silenciaron a los heridos. Todos volvieron con las armas y las cartucheras que les arrebataron a los muertos. Los pocos soldados que casi estaban desarmados recibieron un fusil y los tiros se repartieron con una justicia que Salomón nos envidiaría.

El mensajero del general Zaragoza llegó con nuevas órdenes: debíamos avanzar hacia los fuertes y atacar a los enemigos por uno de los flancos. Ninguno de mis hombres se echó para atrás, todos estábamos envalentonados hasta la muerte. El gallo francés se había culeado delante del giro mexicano.

Las ventoleras del Infierno apresuraban nuestros pasos.

Llegamos a tiempo y aullamos como demonios cuando nos lanzamos a la carga. Si ya veníamos endiablados, nuestros trinches se aguzaron cuando vimos que la indiada de la sierra se había dejado venir. Los cotones y los huaraches se entreveraron con los soldados uniformados a medias. Los zacapoaxtlas guerreaban a nuestro lado. El filo de sus machetes brillaba como si fuera de plata y con un solo tajo le rajaban la panza a los caballos de los oficiales. Cuando las tripas se desparramaban y los jinetes caían, los golpes del hierro les reventaban la cara. La sed de sangre tenía que saciarse y los franceses comenzaron a replegarse.

Por más pasos que daban no se podían separar de nosotros.

Cuando les ordenaron retirarse, sus columnas perdieron el orden y huyeron despavoridas. Los cañones de los fuertes alzaron sus bocas y dispararon sobre ellos. Las explosiones mataban y mutilaban. Muchos tiraban sus armas con tal de correr más rápido. La corte marcial que los condenaría por perderlas no era peor que la matanza.

Yo los veía retirándose.

La boca me sabía a sangre y el sudor que arrastraba el hollín de la pólvora me picaba en la cara. Me trepé en un caballo y me lancé a la carga junto con el Chato y sus hombres. La derrota de los invasores no sería completa si no los masacrábamos en la huida. El zumbido de los sables lo era todo. Mientras avanzábamos a galope, los brazos se nos acalambraron. El choque del acero contra los huesos se sentía como si lo estrelláramos contra una piedra.

Así habríamos seguido hasta llegar a Amozoc, pero el general Zaragoza ordenó que nos detuviéramos. En ese lugar quizás estaban los refuerzos y valía más no lanzarse contra ellos.

El sol comenzaba a ocultarse cuando volvimos a los fuertes. La piel de los caballos se sentía húmeda y del hocico les brotaba el vaho que ponía en duda la temporada de calores. La Muerte todo lo enfría. A mitad del campo de batalla detuve mi montura, el momento de dar parte de las acciones podía posponerse. Nadie me extrañaría en el cuartel del general Zaragoza y el tiempo de ponerme un paño caliente en el brazo esperaría hasta que llegara una de las mujeres que acompañaban a las tropas. Ella vendría dispuesta a humedecerme el catre y se iría enmuinada por mi desprecio. El recuerdo de Delfina me obligaba a dar un paso hacia atrás, el tiempo del engaño todavía no se asomaba.

La tierra estaba erizada por las picas, las banderas tenían las manchas del lodo ensangrentado. Los hoyancos de las explosiones anunciaban la cercanía de los despojos y los fusiles que nunca se dispararon. Los heridos y los muertos parecían intocables. La agonía de los soldados no reconocía sus lenguas, los que llamaban a su madre ya tenían la muerte encima. La oscuridad anunciada alejaba a los carroñeros. Nadie le había ordenado a los batallones que salieran de los fuertes para rematarlos y recuperar las armas que aún servían.

La sombra de la procesión que venía de la ciudad comenzó a acercarse. La monotonía del réquiem acompañaba sus pasos. Las cruces en alto y los incensarios seguían el ritmo que salmodiaba su derrota. Los sacerdotes empezaron a caminar entre los cuerpos, sus rostros se ocultaban detrás de los pañuelos humedecidos con agua avinagrada. Las sotanas de cuervo y zopilote se detenían ante los heridos y los moribundos. Antes de bendecirlos y darles la absolución debían averiguar quiénes eran. Si desobedecían los mandatos del obispo Pelagio, el tribunal de la fe les rasparía las manos y les arrebataría la ropa talar.

Los franceses y los persignados sintieron los dedos que les trazaban la cruz en la frente con los santos óleos. Los nuestros sólo recibieron su desprecio. Ningún republicano merecía la paz de los sepulcros.

Los muertos me rodeaban y pronto comenzarían a hincharse hasta que la piel se les reventara para desparramar las gusaneras. El sol de mayo es uno de los achichincles de María Guadaña. Algo habría que hacer antes de que la peste lograra lo que no habían conseguido los franceses. Como Zaragoza era un hombre de bien, seguramente mandaría que les dieran sepultura o los llevaran a la barranca que cubrirían con cal y tierra. Lo que yo pensaba era distinto: había que quemarlos para que el olor de la carne tatemada se adueñara de Puebla. Todo era cosa de mirar para dónde soplaba el viento. El tizne de las hogueras se les metería en el cuerpo a todos los que rezaron por nuestra derrota.

Él buscaba la paz, yo anhelaba la venganza.

La mudez de la ciudad era absoluta. Las pocas farolas que se habían encendido remarcaban nuestras negruras. La oscuridad que nos acompañaba se metía entre los adoquines y los enladrillados de las fachadas. Ésa fue la primera vez que vi las huellas de los espectros. Sin necesidad de ventoleras, sus andrajos empolvaban el blanco de los azulejos.

El general Zaragoza observaba las calles. A pesar de todo, su espalda se mantenía tan recta como una tabla bien cepillada. Las puertas seguían atrancadas y en los postigos se asomaban las puntas de los clavos. Los ruegos de los poblanos cayeron en la nada, ahora sólo les quedaba sentarse a esperar el castigo del Cielo.

Las trincheras y los parapetos casi estaban vacíos, sus defensores se habían ido a los fuertes para celebrar la victoria. La despensa abierta y los barriles dispuestos los esperaban para presumir sus hazañas exageradas. Después del tercer trago, todos jurarían que habían matado a miles.

Zaragoza se detuvo. Un perro negro olisqueaba el aire. El hambre lo obligaba a seguir el rastro de la matanza.

—Estamos condenados —me dijo.

En silencio le ofrecí un cigarro y me lo agradeció con un gesto.

—Vea lo que está delante de nosotros... la ciudad está de luto por la victoria. Tal vez lo mejor habría sido quemarla y dar la batalla sobre sus ruinas.

Mi general no se equivocaba, Puebla se transformaría en una ratonera.

El orgullo de la victoria apenas nos alcanzó para recuperarnos, sepultar a los muertos e impedirnos la revancha. Las sogas se quedaron arrumbadas y los árboles de la ciudad no crujieron al sentir el peso de los cuerpos. Los curas que se negaron a darles el último sacramento a nuestros soldados y los que obedecieron al obispo Pelagio tenían una nueva oportunidad para traicionarnos. La guerra aún no se decidía y los franceses no tenían la intención de levantar la bandera blanca.

La afrenta de Puebla obligó a su emperador a doblar su apuesta, Napoleón III jamás se retiraría con las orejas gachas y la cola entre las piernas. El orgullo de su imperio no podía quedar enlodado por una bola de desharrapados. El mariscal derrotado fue relevado sin miramientos y los mástiles se alzaron como lanzas en Veracruz. De las naves que soltaron anclas desembarcaron treinta mil hombres y cincuenta cañones que venían para reforzar a los conservadores y al ejército derrotado. En unas pocas semanas, nuestros logros se hundieron en la mierda: el ejército de despojos no podría aniquilar a los soldados frescos.

La suerte nos había abandonado.

257

Los ires y venires a Palacio Nacional no servían para nada. En las reuniones, la lengua se nos secaba por el agua que nos negaban. Por más que tratábamos de ponerle las cosas en claro, el Señor Presidente seguía endiosado con el 5 de mayo, y con una terquedad de hierro juraba que volveríamos a derrotarlos.

—El patriotismo del pueblo todo lo puede —nos decía mientras trataba de ocultar su barriga guanga y sus ansias por irse a tragar.

El general Zaragoza no podía respaldarnos. El tifo le había puesto el punto final a su vida. La poca sensatez que le quedaba al gobierno estaba enterrada bajo una lápida de siete palmos. Por más que lo deseáramos, el más grande de los epitafios no podría resucitarlo.

El desenlace estaba anunciado. Con pasos firmes avanzábamos hacia el despeñadero y nadie ordenaría que nos detuviéramos antes de llegar al barranco. Al final, cuando todo estuviera perdido, Beno se hincaría delante de los franceses y de los ensotanados para rogarles que lo dejaran seguir en la presidencia. Si ya había chaqueteado en otras ocasiones, volvería a hacerlo sin que le importara la muerte de sus hombres. El trono de calaveras era lo único que le interesaba.

En Veracruz, los invasores se preparaban para avanzar. El Señor Presidente se apersonó en Puebla con la confianza de que sus cañones estaban lejos. La mínima amenaza lo habría obligado a encerrarse en Palacio para buscar los rosarios que se colgaría en el pescuezo y urdir las mentiras que le diría a los vencedores. Ese día, Juárez repartió medallas como si fueran tortillas, después visitó a los heridos en el hospital de sangre donde todo faltaba, y remató en una corrida de toros que no le importaba. Al final, sólo al final, aceptó reunirse para discutir lo que haríamos.

Ahí estábamos, sin poder levantarnos de los asientos. Beno tenía las posaderas sobre un cojín con tal de parecer más alto. A su espalda se encontraba el ventanal que desdibujaba su rostro y deslumbraba a los que estaban enfrente. El ambiente era idéntico al de los velorios sin chínguere ni tamales.

Sin que la pena por su voz tipluda lo tocara, nos informó sobre lo que ya veíamos venir.

—El general González Ortega quedará al mando del Ejército de Oriente —nos manifestó sin haberse tomado la molestia de preguntarnos qué diablos opinábamos.

Las discusiones sobraban. Aunque no lo quisiéramos, no nos quedaba más remedio que aceptar sus decisiones. La mínima ruptura sólo apresuraría la victoria de los franceses.

Juárez siguió perorando como si nada hubiera pasado.

La determinación de no considerar a los militares que habíamos apostado la vida era inapelable. Su jugada era siniestra. El tiempo de ajustar las cuentas con González Ortega había llegado: el hombre que lo desafió en las elecciones debía pagar su osadía. Si los franceses lo derrotaban, la deshonra lo hundiría para siempre y, si por obra de un milagro triunfaba, podría darle los laureles a otro de sus aliados. Su nombramiento no incluía el mando del Ejército del Centro que quedaría bajo las órdenes de Nacho Comonfort.

Su estrategia era estúpida, pero nos la reveló como si fuera obra de Napoleón.

—En esta ciudad gloriosa volveremos a derrotar a los invasores y los retardatarios. Aquí volveremos a hacer lo que hicimos y ellos volverán a retirarse con el orgullo herido —nos aseguró con la confianza de que sus disparates estaban más allá de las impugnaciones.

El silencio de los sepulcros se adueñó del despacho.

El Señor Presidente puso las manos sobre la mesa para levantarse. A mí no me quedó más remedio que tratar de detenerlo.

—Don Benito —le dije intentando suavizar las cosas—, creo que vale la pena que lo piense de nuevo, los franceses seguramente aprendieron de sus errores y nosotros sólo podemos confiar en que vuelvan a repetirlos.

Los ojos de Juárez se transformaron en navajas, pero seguí adelante como si no me hubieran rozado.

—Usted sabe que el que pega primero, pega dos veces. Los franceses tienen el mar a su espalda y todavía podemos atacarlos en el puerto antes de que nos rodeen en Puebla. Ellos tienen el tiempo de su lado y nosotros tenemos la ciudad en contra. Por esta razón le ruego que me deje marchar con mis hombres a Veracruz.

El Señor Presidente suspiró y en silencio se paró de su silla.

—Gracias, señores. No se levanten, la patria premiará su obediencia.

Sus palabras eran una amenaza y se largó sin despedirse.

La ratonera estaba dispuesta, nosotros teníamos la obligación de caer en ella.

La semana todavía no se terminaba y Juárez ordenó que me presentara en la capital. Llegué a Palacio y me senté a esperarlo. Nada quedaba de las antiguas glorias del edificio. Frente a mí estaba su despacho, mis pies se apoyaban en una alfombra raída. El sillón que me ofrecieron no estaba en mejores condiciones: la tela luida y ensombrecida por el sudor y la mugre contaba la historia de sus desgracias.

Veinte veces se abrieron las puertas y otras tantas se cerraron sin que ninguno de sus achichincles me invitara a pasar. Benito quería domarme con el látigo del desprecio, con la espera interminable que se me quedó labrada en la carne. A como diera lugar tenía que aguantar el ninguneo. Lo toleré fingiendo que los descolones no me calaban.

La guerra y la política son asuntos de resistencia. El tiempo en que le respetaba la pluma y trataba de justificarlo se había terminado. Su "chamaco" estaba envenenado por las ansias de parricidio.

Cuando estaba pardeando, el tinterillo pronunció las palabras precisas.

—General Díaz, el Señor Presidente lo espera.

Entré al despacho, Beno estaba en su escritorio y con una seña me ofreció asiento delante de él.

—Discúlpame por haberte hecho esperar.

Sus palabras sonaban como si apenas hubieran pasado unos cuantos minutos.

—No se preocupe, don Benito, yo entiendo el tamaño de sus responsabilidades —le respondí en el mismo tono.

Sin levantarse de su silla siguió hablando. Su lengua tejía telarañas y su voz las enmielaba con tal de atraparme.

—Sólo a alguien como tú puedo contarle la verdad de lo que pasa —me dijo como si de verdad fuera alguien de su confianza—. Desde hace días en la ciudad corre el rumor de que los enemigos intentarán apoderarse de los pocos cañones que la defienden; también se dice que el Tigre Márquez se acerca para atacarnos. Tú comprenderás que necesitamos la presencia de un héroe, de alguien que sea capaz de acallar las voces del miedo y la cobardía. Por esta razón te pido que, junto con tus hombres, te encargues de proteger la capital.

Sus palabras eran una engañifa. A él sólo le urgía que abandonara mi posición para que González Ortega siguiera al pie de la letra sus órdenes sin que nadie le llevara la contra.

Durante unos instantes guardé silencio.

—No se preocupe, Señor Presidente —le respondí con marcialidad—, tal vez usted no sepa que los cañones pueden guardarse y custodiarse. Tampoco se angustie por el Tigre: de buena fuente sé que sigue en Veracruz. Ahí se va a quedar hasta que avancen los invasores, el general Márquez conoce a la perfección el momento de dar un zarpazo. A pesar de esto, cuente con mi apoyo: con todo gusto le mandaré a uno de mis coroneles para que coordine las maniobras en la capital; pero, como usted lo ordenó, tenemos que derrotar a los invasores en Puebla y mi lugar está en esa ciudad.

Me retiré sin ofrecerle la mano. Sólo me cuadré y le juré que mi espada siempre sería fiel a la república.

Su chicanada había fracasado.

Después de esto, los perros de la guerra se quitaron el bozal y no hubo manera de que él me obligara a abandonar mi puesto.

El hecho de que Juárez mentara al Tigre Márquez no era una casualidad. La gente le tenía más miedo que a los franceses y a los curas enloquecidos, el recuerdo de la matanza de Tacubaya era una cicatriz en su memoria. Ese día barrió a los liberales y les ordenó a sus hombres que pasaran por las armas a todos los que se les atravesaran. Ninguno desobedeció su mandato. Los médicos que atendían el hospital de sangre, los labradores del rumbo y los escuincles que se atrevieron a asomarse tuvieron la peor de las muertes. Después de descerrajarles un plomazo, los desnudaron y a culatazos los dejaron irreconocibles. A sus asesinos no les interesaba si estaban muertos o no, lo que buscaban era desencadenar el horror.

Dos días enteros se quedaron tirados mientras sus parientes trataban de identificarlos. La carne molida por los golpes los había emparejado y los curas se negaron a bendecirlos. Las familias se fueron sin su muerto y los cadáveres terminaron en una barranca. Ésa era la manera de evitar que la capital cayera en las manos de la peste. El general Márquez se había ganado su apodo y de inmediato se transformó en el espectro que aterrorizaba a la gente.

Afuera de Palacio me esperaba mi hermano; a su lado estaba un teniente coronel que había desertado del bando enemigo. Manuel González no podía darse el lujo de profanar el recuerdo de su padre que fue asesinado por los yanquis. El odio a los invasores lo había obligado a juntarse con nuestras tropas. En esos días, Manuel todavía tenía los brazos completos y las entradas en la cabeza le remarcaban el bigote. A leguas se le notaba lo bragado y nuestros silencios nos hermanaron: el Manco no sólo fue mi amigo, también fue mi compadre y se la rifó conmigo hasta que la silla maldita le envenenó el alma y no me quedó más remedio que entregarlo a la jauría del Congreso.

Nuestra ruptura todavía no se asomaba y su presencia me salvó de entrar en detalles.

Félix no podía enterarse de la traición de Juárez. Por la poca mecha que tenía, en un santiamén lo habría mandado al carajo, y sin pensarlo dos veces, habría hecho lo mismo con González Ortega. Los dos apenas le alcanzaban para limpiarse la cola. Sin detenerse a pensar en los refuerzos, ambos tomaríamos el camino a Veracruz para atacar a los franceses.

—Nosotros no necesitamos vejigas para nadar —me había dicho para justificar su arrebato.

Por suerte, mi hermano se conformó con unas pocas palabras.

—Ya ves cómo es, sólo me dijo una sarta de necedades —le conté como si nada hubiera pasado.

El asunto quedó olvidado antes de que llegáramos a la esquina.

Los franceses avanzaban hacia Puebla. La sombra de nuestra derrota acompañaba su marcha. Ellos eran los enviados de Dios que barrerían a los soldados de Satán. Las poblaciones que les salían al paso los recibían con la bandera blanca y les levantaban arcos de triunfo para que pudieran desfilar sin que nadie les estorbara. Los pueblerinos metidos a poetas los esperaban en la plaza para declamarles los versos que los igualaban a Marte y, si acaso había un filarmónico, él se encargaba de componer una marcha triunfal para los soldados que derramarían su sangre con el fin de salvar a la patria de las hordas salvajes.

Don Hermenegildo Bustos fue uno de ésos. Después de que fracasó como criador de sanguijuelas, retratista y sabelotodo, terminó metiéndose de músico. A toda prisa se cosió una casaca verde perico y la adornó con botones dorados, cruces bordadas con hilos de plata y una banda colorada que desentonaba con sus pantalones de ranchero. Cuando los invasores entraron a su pueblo, los tamborazos desacompasados anunciaron el estreno mundial de la "Marcha triunfante de Napoleón III". Ese día, don Hermenegildo conoció su primera gloria, la segunda no brillaría tanto como ésa.

Las líneas de suministros de los invasores permanecían intactas, las nuestras estaban a punto de quebrarse. Comonfort seguía las órdenes de Juárez y desaceleraba su marcha. Nadie se preocupaba por detener el avance de los pertrechos que venían de Veracruz. Por más que se lo pedí, el general González Ortega me impidió atacarlos. Él sólo estaba dispuesto a resistir hasta el último hombre. Lo único que podíamos hacer era saquear las haciendas cercanas para tratar de llenar las bodegas de los fuertes.

González Ortega apenas se había atrevido a cambiar las órdenes de Juárez. Su plan era resistir hasta que llegaran las lluvias y las tropas francesas estuvieran agotadas. Después de eso, avanzaríamos sobre ellas y las perseguiríamos hasta Veracruz.

A golpe de vista, su estrategia no parecía tan mala; sin embargo, faltaban meses para los aguaceros y nosotros no teníamos lo necesario para resistir. Las pláticas que tenía con el general Berriozábal no eran tonteras: los dos estábamos convencidos de que las órdenes de González Ortega eran el mejor camino a la derrota.

A pesar de los pesares, seguimos adelante con los planes. La ciudad quedó rodeada de fuertes y parapetos, y los soldados aprendieron a moverse como una máquina recién aceitada. Teníamos más de veinte mil hombres y, por lo menos en principio, creíamos que un soldado en una trinchera valía más que tres enemigos.

Los vimos llegar y no tratamos de impedir sus maniobras.

En el preciso instante en que la ciudad quedó rodeada, los cañones vomitaron fuego. Sus bocas no sólo apuntaban a los fuertes y las defensas, las explosiones reventaban las casas y herían los edificios donde se resguardaban los civiles. Las noches se iluminaban por sus bombas incendiarias y nuestras fuerzas seguían sin enfrentarlos.

La posibilidad de romper el sitio agonizaba mientras González Ortega repetía las órdenes de Juárez y juraba que la batalla daría un giro.

—Pronto llegarán los refuerzos —murmuraba, mientras se besaba los dedos en cruz.

Quizá no nos mentía, pero los hombres que venían del sur terminaron destripados antes de que pudieran acercarse a Puebla. Nachito Comonfort obedeció a Juárez y descubrió que el experto en chuecuras nada sabía sobre la guerra.

Después de esa derrota, Benito nos abandonó sin miramientos. Las divisiones que estaban en la capital no podían moverse y, si los invasores continuaban avanzando, lo acompañarían en la huida a quién sabe dónde.

Puebla olía a pólvora y estaba oscurecida por el humo y el polvo. Los que se atrevían a brincarse las trancas para buscar algo con qué llenarse las tripas no lograban su cometido: los cañonazos de los franceses dislocaban sus pasos. Y si acaso sobrevivían, nuestros soldados los obligaban a levantar los cuerpos que estaban tirados en las calles. El odio de los poblanos crecía sin que pudiéramos evitarlo. La poca comida que quedaba era para los soldados que saqueaban las tiendas y tumbaban las puertas para robar las alacenas.

Los rumores le soltaban la rienda al horror que no se atreguaba con los juicios sumarísimos. El día que colgamos a la vieja que vendía tamales quesque rellenos de carne humana, las lenguas terminaron de destrabarse y las noches se transformaron en desiertos. Nadie se atrevía a poner un pie fuera de su casa, el pánico a que los degollaran y los guisaran como marranos claveteaba las trancas.

González Ortega intentó solucionar esta desgracia a fuerza de palabras: le escribió y le reescribió al mariscal de los franceses para que permitiera que las mujeres y los niños abandonaran la ciudad. La respuesta del militar era implacable: cualquier persona que se atreviera a huir sería cañoneada. Nuestro enemigo sabía lo que estaba haciendo. El número de hambrientos no podía disminuir, cada uno de ellos era una apuesta a favor de su victoria.

Los agobios había llegado al límite y, antes de que los franceses se lanzaran al asalto final, la gente salió a la calle. Todos tenían el rostro amarillento y enflaquecido. Nadie tuvo que discursearlos para que hicieran lo que hicieron: en silencio avanzaron hacia las líneas enemigas, los palos con trapos anudados hacían las veces de banderas blancas. Cuando estuvieron cerca de los invasores comenzaron a rogarles. La ciudad valía menos que un trozo de pan o unos granos de maíz con gorgojos.

Nuestros enemigos guardaban silencio. Ningún oficial salió para atajarles el paso.

Los franceses sólo esperaban que estuvieran a tiro.

Los cañones y los morteros bramaron. Las explosiones y la metralla cayeron sobre los miserables. Los que tuvieron suerte fueron despedazados, los que la traían atravesada quedaron mutilados. Ahí, a mitad de la nada, estaban los cuerpos que se retorcían, las manos que trataban de detener los chorros de sangre que tenían el mismo ritmo que su corazón. Ahí también estaban los que enloquecieron e intentaban meterse las tripas en la rajadura de la barriga.

Los sobrevivientes huyeron y entraron a la ciudad exigiendo comida. Con la poca fuerza que les quedaba destruyeron las puertas de las tiendas vacías y se metieron en las casas donde creían que algo quedaba. Su furia parecía incontrolable y no tardaría en despedazar las defensas. A González Ortega no le quedó más remedio que hacer lo que hizo: los fusileros le cerraron el paso a la turba y abrieron fuego. En las calles se quedaron los cuerpos que nadie levantaría.

Por más que lo intentamos, Berriozábal y yo fracasamos: González Ortega no estaba dispuesto a cambiar sus planes aunque la derrota se acercaba. Él había descubierto la estrategia de Juárez y prefería morir entrampado a vivir deshonrado.

Todavía no alcanzábamos a recuperarnos del tumulto y una explosión cimbró la ciudad. Una manzana entera había reventado.

Las minas de los franceses eran capaces de todo. El humo y la polvareda todavía no se disipaban cuando se lanzaron al ataque final.
Su infantería avanzaba hacia el incendio que les abría el paso. Durante veinte horas estuvimos combatiendo entre los muros que
se derrumbaban. De nada valieron la sangre y la muerte. Los más
de cuatrocientos rifleros que perdí no cambiaron el rumbo de la
batalla.

Todo estaba perdido. Antes de izar un lienzo casi blanco, González Ortega ordenó que se destruyeran todas las armas y los pertrechos. A los soldados sobrevivientes y a algunos de sus oficiales
les dio la oportunidad de retirarse mientras las banderas de mi patria ardían con tal de que no cayeran en manos de los invasores. La
ciudad casi estaba destruida y nosotros doblamos nuestros sables
antes de que los franceses llegaran para capturarnos. Los más de
mil oficiales republicanos que caímos en sus manos sólo teníamos
un futuro incierto.

Hoy, todavía hoy,
los espectros me rodean para seguir
con sus ojos vacíos el ritmo de la plumilla

Tres días completos se tardaron los invasores en entrar a Puebla. Las órdenes de su mandamás debían cumplirse antes de que pusieran un pie en las calles. La voz de los pregoneros parecía incansable y los sobrevivientes salieron de sus casas con palas y maderas para levantar los cadáveres. La podredumbre impedía que los alzaran tomándolos de los pies y las manos. El sonido de los restos lodosos contrastaba con el ruido de las palas que raspaban el suelo. Cuando los barriles se llenaban, los carromatos se los llevaban para tirarlos en una hondonada casi lejana. Allá los esperaban los dos fusileros que aniquilaban a los perros que llegaban a desayunar. Su nariz los llevaba al matadero. Ninguno de esos animales podía volver a la ciudad con la rabia metida en la sangre. A su lado se miraban los curas que no dejaban de salmodiar. Todos se cubrían la boca y la nariz con un paño humedecido con agua bendita. Ellos también cumplían las órdenes de su patrón: los hombres de Dios no podían morir por los miasmas infectos.

María Guadaña no se quedó conforme con la matanza. Las diez mil vidas que se llevó apenas eran un anticipo. Por eso mismo, sus resoplidos hincharon las velas del barco que cruzó el océano para completar la desgracia. El obispo Pelagio había regresado y desde el púlpito consolaba a los vivos. El horror de la guerra debía tener un significado: el Dios de la venganza exigía un baño de sangre. Sus palabras retumbaban entre los muros de la catedral y su eco se quedaba atrapado en la cúpula:

—Nuestro Señor nos pide sacrificios y nos pone a prueba para asegurarse de la firmeza de nuestra fe. Los inocentes que le ofrendaron su vida son la llave que nos abrirá las puertas del Cielo, el luto de sus familias permitirá la restauración del Reino de Cristo en nuestra patria herida por los blasfemos y los herejes.

Al final de su homilía, el amén era coreado por los fieles que soñaban con los muertos transformados en ángeles y serafines.

Los cadáveres desaparecieron y los poblanos se prepararon para recibir a los franceses. Las calles se lavaron con tal de borrar las huellas de la podredumbre, y el viento que venía de Veracruz se llevó la pestilencia. La gente caminaba y se detenía para santiguarse delante de las cicatrices de la batalla: los edificios heridos y el rastro de los incendios eran una ofrenda al Crucificado. Por más grande que fuera su luto, los poblanos nos culpaban de las desgracias. Sus palabras eran capaces de lo que fuera: el fuego de los franceses se habría evitado si la república les hubiera entregado sus sables.

El ruidajo de la fiesta que se preparaba llegaba hasta los fuertes y los pocos que nos visitaban nos daban noticia de lo que pasaba. Un quedabién llamó a don Hermenegildo para que compusiera una nueva obra. Apenas unos cuantos se dieron cuenta de que "La entrada triunfal de los salvadores de Puebla" era idéntica a la "Marcha triunfante de Napoleón III". A nadie le preocupaba que la banda sonara desafinada y sus notas estuvieran regidas por las chifladuras. La música apenas era un trámite para que comenzara la fiesta. Todos aplaudieron y vitorearon el desfile de los franceses. Los fuegos de artificio reventaron la noche, y en las plazas no faltaron los bailes, las apuestas y los juegos. La gente correteaba a los marranos enmantecados y hacía cola delante de los palos encebados que tenían colgado un jamón en su extremo.

Aunque todavía no llegaba la Semana Santa, en las esquinas reventaron los judas que tiznaron los muros resquebrajados. Ninguno tenía la imagen del hombre que recibió las treinta monedas, sus rostros sólo buscaban retratar a Juárez y a González Ortega.

Mi efigie brilló por su ausencia.

Desde las celdas, nosotros mirábamos lo que sucedía. La fiesta de los poblanos contrastaba con la melancolía de los que estábamos encarcelados. La mitad de nuestros soldados había muerto y todos los que pudieron huyeron a sus pueblos. Nadie podía dudar del rumbo que tomaron sus pasos.

Nada de lo que había ocurrido era un secreto. Después de que González Ortega aseguró que se rendía por falta de parque, el resto de los oficiales hicimos lo mismo. Algo de razón tenía mi general, la batalla ya estaba perdida. A pesar de todo, el mariscal de los franceses casi se portó decente cuando abandonamos las armas: el uniforme impoluto, el pecho cuajado de metallas y las plumas de su bicornio eran suficientes para restregarnos la derrota.

Con el descalabro a cuestas nos encerraron en las mejores celdas. Los oficiales no merecíamos las crujías enlodadas por las deyecciones de los reos. En el patio, los franceses obligaban a nuestros hombres a formarse. Los que aceptaban unirse se convertirían en la primera línea que entraría en combate. De los que se negaban poco hay que decir, el ruido de los fusiles bastaba para contar su destino.

Cuando llamaron a los generales, yo sólo esperaba el anuncio del paredón. A los franceses sólo les exigiría que no me fusilaran de espaldas y con los ojos vendados. Delante de mis asesinos me fumaría el último cigarro y gritaría un viva a mi patria, al tiempo que el comandante les ordenara que abrieran fuego. Todos los encerrados teníamos claro que nadie vendría a rescatarnos. El indio maldito nos había abandonado a nuestra suerte. En esos momentos, él huía de la ciudad y sus pasos se frenaban por el peso de las carretas que cargaban el oro de la tesorería.

Juárez era el presidente de un carruaje y nosotros nos jugábamos la vida.

A su lado, en el asiento que aún brillaba, estaba Lerdo de Tejada, el experto en barnizar con las leyes las celadas de su patrón. A pesar de las desgracias, Sebastián no perdía la compostura. Su cabello peinado hacia atrás seguía tieso por el betún más fino, y en su cara de tlayuda se acentuaban sus cejas escasas y su quijada diminuta. Lo mismo pasaba con su nariz prominente y sus patas flacas que contrastaban con su panza fofa. Él era el nuevo Judas y pronto trataría de venderme.

Ellos huían, nosotros nos enfrentábamos al infortunio. No había pasado una semana desde la derrota cuando nos llamaron a cuentas. El mandamás de los franceses nos ofreció asiento y uno de sus asistentes entró con tazas de café. Todos las aceptamos y las agradecimos. Los días de hambre y sed nos obligaron a hacerlo. Hasta donde nos fue posible intentamos beber como la gente decente. Por más que la desgracia nos calara no podíamos comportarnos como pordioseros.

Todavía nos quedaban unos tragos cuando el general puso las cartas sobre la mesa. Sólo teníamos dos opciones: ser embarcados en Veracruz con destino a una prisión francesa o firmar la promesa de que jamás levantaríamos las armas en contra sus hombres; incluso abrió la posibilidad de que nos cambiáramos de bando y, después de que demostráramos lealtad, nos serían devueltos algunos soldados.

—Yo sé que son hombres de honor y cumplirán con su palabra aunque no tengan fuerzas a su mando —afirmó sin miedo a sonreírnos.

En esos momentos apenas me quedaba la posibilidad del desplante.

—Señor general, lamento mucho rechazar una de sus ofertas. La traición a la patria no puede marcarme, la cárcel es mi opción.

Mis palabras obligaron a todos a tomar el mismo camino. Sin embargo, al día siguiente, algunos se arrepintieron y abandonaron sus celdas a cambio de un nuevo uniforme. De los más de mil cautivos que tenían, sólo un poco más de la mitad amaneció tras las rejas. El espectro de López Uraga se había adueñado de sus almas.

La suerte estaba echada. Nuestros días terminarían entre las rejas o en una isla que con toda justicia podría tener el mismo nombre que Satanás. Nada sabíamos de los presidios franceses, pero no podían ser peores que los nuestros. Si la suerte nos sonreía podríamos escapar y, si nos daba la espalda, nos pudriríamos en la lejanía.

González Ortega me miraba en silencio. Tal vez aquilataba la posibilidad de cambiar de bando. No lo culpo: a casi todos nos flaqueaba el patriotismo.

—No se preocupe, mi general; le juro que la Fortuna no se cansa de darle vueltas a su rueda —le dije con ganas de aluzarlo.

González Ortega sólo se acarició la barba rasposa y Berriozábal apenas negó con un movimiento de cabeza.

Hoy mismo,
después de leer mis palabras

Estoy cansado y mis ojos sienten la arena del sueño. Me da lo mismo lo que hagan los espectros. Los frascos de láudano y pasiflora se quedarán cerrados. Mañana, María Guadaña decidirá lo que pase.

París, 9 de abril de 1915,
los espectros siguen a mi lado
y mi memoria se alimenta de sus sombras

El arte de la fuga no tiene gracia, para dominarlo sólo se necesita tenerlos bien puestos. A los que son más perros les basta con retorcerle el pescuezo al celador para hacerse de un arma y llegar a la puerta cargándose a todos los que se les atraviesen. El único chiste es no morirse en el intento y pagarle a Lucifer el favor recibido. Un chivo degollado o el alma de un cabrón que está tardándose en ir a bailar con las calacas es suficiente para quedar a mano. A esos malditos siempre les sirven la huida en bandeja de plata, pero mi situación era distinta: estaba encarcelado en uno de los fuertes y los guardias sobraban.

A como diera lugar debía hallar la manera y el momento para fugarme. Ahí estaba, como chango enjaulado, mirando los cambios de guardia, el paso de los rondines y los movimientos que ocurrían después de que sonaba la corneta. Yo trataba de desentrañar el mecanismo del reloj que todo lo controlaba, pero ahora sé que sólo me estaba haciendo pendejo. Por más que trataba de encontrar una rendija, la vigilancia era más sólida que las paredes. Mis anhelos apenas podían flotar en la cubeta que estaba en una de las esquinas de la celda, cuyo hedor nos hería las narices. No había manera de que alguien nos ayudara o que desde arriba llegara la orden de que los celadores se hicieran tontos. Los franceses y los clericales no podían perder sus mejores piezas; sin nosotros, el ejército republicano estaba casi descabezado.

El ritmo de la cárcel nos atontaba. Aunque el sol y la luna mantenían su ritmo, nosotros perdimos la cuenta de los días. Las rayas que González Ortega grababa en el muro no servían para nada y el encierro agotó las conversaciones. Berriozábal se sentaba a mi lado y recargaba la espalda en la pared. Sus palabras siempre eran las mismas:

—Qué daría yo por un cigarro —me decía y se quedaba viendo a la nada.

Poco faltaba para que comenzáramos a babear y termináramos con la sesera agrietada.

Así habrían seguido las cosas y los "hubiera" nos envenenarían hasta desear la muerte de los otros reos que estaban en la celda. González Ortega encabezaba la lista de los odios. A más de tres les ronroneaba el Diablo para convencerlos de que podían vengarse de su terquedad suicida.

Al cabo de unos días, las cosas cambiaron: el ayudante del mariscal se apersonó delante de las rejas y con voz ceremoniosa nos avisó que nos llevarían en cuerda a Veracruz. Los grilletes nos acompañarían hasta el puerto y cruzaríamos el océano en la panza de un navío sin que la luz nos acariciara.

Estábamos jodidos. Las paredes de roca se transformarían en muros de agua y la piel se nos podriría en la humedad y la negrura.

La desgracia nos había alcanzado, pero el mariscal era un caballero y autorizó la entrada de los familiares y los amigos de los cautivos. Los derrotados se merecían la última cena y el adiós definitivo. Mis compañeros de rejas estaban contentos. A mí apenas me quedaba un consuelo: el buey solo bien se lambe. Nadie, absolutamente nadie vendría a verme. El Chato había huido poco antes de que la ciudad cayera, y Manuel González estaba en el hospital de sangre recuperándose de la amputación que lo premió con su mote. Las leguas que me separaban de Delfina eran inmensas y nuestros amores seguían ocultos con tal de que los enemigos no la capturaran. Su nombre no se escucharía en la celda, y los espectros que hoy me sobran, me faltaban en esas horas. La presencia de mi madre o la de don Marcos habrían bastado para conservar una pizca de esperanza.

Cuando llegaron los amigos y las familias hubo de todo. Las lágrimas por la separación y el arribo de la miseria se desbordaron sin pena. El destino de las mujeres era peor que el de Petrona cuando se quedó viuda: sólo se quedarían con una mano por delante y la otra por detrás. Entre los republicanos, el único que jamás dejaba de cobrar su sueldo era el Señor Presidente. Y, para terminar de hundirlas, los franceses, los imperialistas y los persignados les negarían unas tortillas acedas con tal de restregarles la derrota de su hombre. En el mejor de los casos, ellas y sus hijos terminarían padeciendo el olor de los arrimados que tienen la paciencia de raspar lo que se queda embarrado en las ollas.

En las celdas también se oían las promesas de fidelidad eterna que terminarían rompiéndose cuando la miseria obligara a las mujeres a conseguirse otro marido. Y, como debe ser, más de uno de los que jamás se atrevió a tocar las armas juraba por los clavos de la Cruz de Cristo que en el camino nos rescataría una partida que brotaría de la nada.

Prometer no empobrece, dar es lo que aniquila.

Todos traían algo de comer y beber, tampoco faltaron los itacates que apenas alcanzarían para el camino al puerto. A mí sólo me tocó un pocillo de café casi caliente. Esos sorbos valían lo mismo que mi futuro. Los profundismos se acercaban y, con tal de perderme, estaba dispuesto a permitir que me atraparan.

¿Qué otra cosa podía hacer más allá de hundirme en el pantano de las tarugadas?

Entonces lo vi, ese fulano era la llave de todas las puertas y, si no abría la última, por lo menos me ahorraría la eternidad de la cárcel.

Me le acerqué y con cara de perro apaleado le rogué que me hiciera un favor.

—Regáleme su gabán y su sombrero para el viaje —murmuré con la voz precisa.

El fulano se me quedó viendo. Mi desgracia era idéntica a la de su pariente.

Sin protestar me entregó lo que necesitaba. Berriozábal descubrió mis planes y, como que no quiere la cosa, hizo lo mismo.

Los celadores sólo estaban preocupados por dar cuenta del vino Carlón que les habían decomisado a los amigos de los presos. Los borrachos no tenían bandera. En el preciso instante en que algunos se fueron, Berriozábal y yo avanzamos con ellos. La bola casi nos disimulaba. Me despedí del oficial de guardia inclinando la cabeza y lo mismo hice delante del capitán que me conocía y me traía entre ojos. El sudor me corría por la espalda como un hilo helado.

Yo tenía la lección aprendida y conocía el precio de los errores. Por más que quisiera no podía voltear atrás y mucho menos debía tratar de ver qué pasaba a mis costados. Tenía que seguir con la vista clavada en el piso. El recuerdo del pariente de don Marcos que fue encarcelado y torturado me pesaba en los hombros.

Llegamos a la puerta. Salimos con calma y seguimos avanzando hasta que nos adentramos en la ciudad. Los muros destruidos y las casas quemadas nos obligaban a seguir un camino ratonero. En las esquinas estaban los soldados con los fusiles dispuestos, a su lado se recargaban los chivatos que nos señalarían con su dedo maldito.

No había para dónde ir, tampoco teníamos un lugar donde escondernos.

Cerca de nosotros caminaba una mujer andrajosa y desgreñada. Sus pies descalzos aún no tenían la suficiente mugre y sus callos todavía no se engrosaban para aguantar las heridas de las pequeñas piedras. Sus brazos estaban en cruz y sus ojos se perdían en la oscuridad del cielo. Ella le cantaba un alabado a su Dios Bendito con voz cristalina. En un descuido, sus plegarias alcanzarían para los tres.

Así hubiéramos seguido de no ser porque nos topamos con alguien que nos conocía. De ser otro, escribiría que ocurrió un milagro gracias a los cánticos de la rezandera.

Ese fulano casi era amigo de Berriozábal y su fe en nuestra causa había resistido el sitio y los cañonazos.

—Síganme —nos ordenó el hombre cuyo apelativo se escapa de mi memoria.

Le obedecimos en silencio.

Un par de cuadras más adelante estaba su casa. Entramos. Las marcas de la batalla se revelaban en las cuarteaduras de las paredes. Los dos cañonazos que destriparon el empedrado no cayeron en vano. Ahí, apenas alumbrados por una candela temerosa, estaba uno de nuestros compañeros de armas.

La felicidad nos soltó la lengua.

El hombre sin nombre nos dejó solos unos minutos. Aunque nos hubiera salvado, él tenía clarísimo que hay cosas de las que más vale no enterarse; sin embargo, su prudencia no podía ser eterna y volvió para poner las cosas en claro.

—Tienen que irse mañana. Entiéndanme, estoy con ustedes, pero su presencia pone en peligro a mi familia —nos dijo antes de levantar los hombros con resignación.

Tenía razón, cualquier persona que tuviera escondidos a dos generales y a un coronel se jugaba la vida.

Nuestras opciones estaban más flacas que una viuda sarmentosa. Apenas teníamos una pistola, un sable y nueve balas. El general traía unos pesos, no muchos; los bolsillos del coronel estaban casi vacíos, y yo sólo tenía un gabán y un sombrero que ni siquiera servían para atajar la lluvia.

—¿Cuánto tienen? —preguntó nuestro protector.

El general Berriozábal le enseñó nuestros caudales.

—A lo mejor con eso alcanza —nos dijo y se salió de su casa.

Ya era noche cerrada cuando abrió la puerta. A señas nos pidió que saliéramos y nos metiéramos entre la paja de un carretón.

—Él los va a sacar de la ciudad —susurró, mientras señalaba al conductor.

Un murmullo fue suficiente para agradecerle lo que hacía por nosotros.

Nos trepamos y el carretonero revisó que estuviéramos cubiertos. Los rechinidos de los muelles y los golpes de las ruedas contra los hoyancos nos acompañaban en el camino. A unos cuantos pasos estaban nuestros enemigos, pero ninguno hizo nada para detenernos. Las órdenes de sus oficiales eran precisas: ninguno debía emprenderla en contra de los poblanos y sólo debían cazar a los republicanos que siguieran escondidos en la ciudad.

Después de un rato, el carromato se detuvo. El conductor nos ordenó que bajáramos.

—Hasta aquí llego —nos dijo, mientras nosotros nos sacudíamos la paja de los uniformes que no habían sentido el jabón desde los últimos días de la batalla.

—¿Dónde estamos? —lo cuestionó el general Berriozábal.

—En el monte —nos respondió y se trepó en su asiento.

El chicotazo que le rajó el lomo a una de las mulas dio por terminada la plática que no había comenzado.

Tomamos el camino sin discutir el rumbo. Las luces que estaban a nuestra espalda nos repelían, los quinqués de Puebla revelaban la presencia de los enemigos. Poco a poco comenzamos a encontrarnos con los hombres que huyeron. Milagrosamente, alguno cargaba sus armas, pero la mayoría avanzaba con las manos vacías. Nunca pasamos de quince. Los demás se escondían en el monte con tal de no unirse a la columna. Para ellos, la guerra se había terminado.

El hambre nos pesaba y la sed nos perseguía.

En los pocos arroyos que nos salían al paso, los zuavos habían dejado los cuerpos de los animales muertos. El agua envenenada completaría la labor de sus rifles. A pesar de esto, algo conseguíamos en los caseríos que nos salían al paso. La gente de bien nos ofrecía unas tortillas y algo de beber, pero los que nos odiaban eran capaces de negarle agua al gallo de la pasión. Con ellos no había más remedio que hacer lo que hacíamos. A la hora del "ellos o nosotros", no había de otra más que el nosotros. Los cuatro cirios y el petate siempre les tocaron a ellos.

Sin darnos cuenta, nos fuimos recuperando. A los soldados que nos acompañaban les enseñé a reparar sus armas y a más de uno le mostré cómo debía apuntar. Esos hombres seguían convencidos de que todo se reducía a jalar el gatillo a lo pendejo. A pesar de esto, seguíamos a mitad de la nada y las ansias de reagruparnos guiaban nuestros pasos. Un rumor por aquí y un beso en los dedos en cruz eran nuestras brújulas.

Los días pasaban y, al final, nos encontramos con una partida de los nuestros. Las ancas de sus caballos eran mucho mejores que los pasos en el camino que llevaba a ninguna parte.

En su campamento nos recibieron como si fuéramos náufragos. Nos llevaron a la hoguera donde se asaba lo que quedaba de un puerco salvaje. Los trozos que corté estaban achicharrados. Su durísimo sabor me devolvió el alma al cuerpo. La carne sabía a monte, a la rabia que tienen las bestias rodeadas por las picas.

La barriga llena me llenó de sopor. El cansancio me exigía una siesta larga y sin interrupciones, pero los oficiales me miraban con ganas de que les diera una orden. Me levanté y comenzamos a resolver lo que se podía: las armas tenían que ser reparadas y las balas se repartirían con justicia. Las brigadas que apenas tenían un hombre se sumaron a los pelotones mermados. En un par de días avanzamos sobre una hacienda con tal de avituallarnos. Los casi cien que éramos estábamos dispuestos a volver a la batalla.

Las noticias que nos llegaban casi eran esperanzadoras. González Ortega y otros oficiales se habían fugado en Orizaba y seguramente levantaban pequeños destacamentos para hostilizar a los invasores. Sin embargo, los arrieros nada nos dijeron sobre su última tarugada: el general derrotado terminó tomando el camino hacia el norte para encontrarse con Juárez. La maniobra que lo condenó a la derrota y la deshonra no le parecía suficiente. Ellos nos enteraron de que los franceses avanzaban hacia Ayotla. Ahí podríamos detenerlos antes de que llegaran a la capital.

En esos momentos ni siquiera nos imaginábamos que la ciudad había caído en sus manos. Esas tropas eran la retaguardia. El plan estaba listo, pero apenas daba para ser un palabrerío. Por pocos que fueran, sabía que no podríamos derrotarlos, por eso mandé a tres mensajeros para que encontraran a los hombres dispersos y los trajeran a nuestro campamento.

Uno de ellos volvió muy pronto, a su lado estaban algunos soldados que venían del norte. La carta que traían había pasado de mano en mano. El papel mostraba los estragos del camino y las emboscadas. La firma de Juárez remataba el documento y, aunque no tenían ningún destinatario, sus órdenes eran precisas: debíamos avanzar hacia Querétaro para reforzar a De la Garza. Sus fuerzas también estaban destrozadas y pronto serían barridas por los franceses y los clericales. La historia de su marcha era un rosario de desgracias: sus soldados se habían amotinado, las dos piezas de artillería que tenía se quedaron abandonadas en el camino y, como debía ser, no tenía un peso partido por la mitad para agenciarse lo indispensable.

De la Garza no estaba mejor que nosotros, aunque la lealtad de mis hombres aún se mantenía. Desobedecer era imposible. El ataque a Ayotla estaba condenado al fracaso. Nadie vendría a reforzarnos. Por más que quisiera no tenía para dónde hacerme: donde manda capitán no gobierna marinero.

A marchas forzadas avanzamos hacia Querétaro. Si nos alejábamos del camino, sólo lo hacíamos para no presentar combate.

Llegar a la ciudad era vital. Ahí podríamos avituallarnos y reagruparnos.

La mirada de mi mujer me persigue. Sus ojos me escudriñan en busca de los síntomas que describió Gascheau. A pesar de que el fantasma de la vergüenza le corroe el alma, sus largos silencios invocan a los alienistas y los baños helados, las cárceles con paredes acolchadas y las camisas con mangas tan largas como los delirios que están atrapados en los manicomios. Tal vez yo tengo la culpa de lo que pasa. Mientras Carmelita me ayudaba a bañarme me tenté el muslo para sentir la delgadez de mi pierna. Me toqué la piel fina y sin vellos y, sin que la pena se asomara, me jalé el cuero que le cuelga. Mi señora no se da cuenta de que de esta manera mido mi vejez, ella sólo piensa que soy un demente que se tentalea impúdicamente.

Carmelita me mira, yo guardo silencio. Nuestra partida avanza. Las piezas se mueven en el tablero con una sutileza envidiable. Mi mujer y yo somos los grandes maestros de la impostura. Cualquiera que nos viera podría pensar que no pasa nada, que la vida sigue sin interrupciones ni amenazas; estaría dispuesto a jurar que me procura y carga la pesada cruz de su matrimonio. En la casa, el polvo en los tapices sigue siendo invencible y las sombras que me acompañan sólo esperan el momento para arrebatarme la vida. Y, mientras esto sucede, María Guadaña se sienta sobre la mesa donde escribo. A veces me hace una caricia con tal de que yo sienta que su piedad es posible. Ella no es como la Tupa que cumple sus promesas a cambio de una vida. Yo sé de estas cosas, Rafaela me las contó con el silencio que ocultaba las noches que pasaba en la Cueva del Obispo. Ella era la dueña de las velas negras y las serpientes, de las monedas que todo lo podían y del ganado que nadie debía comprar.

Hace un momento, cuando la presencia de Carmelita rompió el encanto de la escritura y ahuyentó el recuerdo de Rafaela, estuve tentado a decirle lo que me pasa, pero la primera palabra que me llegó a la boca se quedó encarcelada. Mi mujer no podría entenderla. De inmediato mandaría a las criadas al consultorio de Gascheau. Mi amante despechada también me condenó a decir lo que debo decir, a tragarme lo que ocurre con tal de no ser encerrado en un manicomio.

Carmelita me mira y mi silencio la obliga a dejarme solo. Pero ella no se mantendrá lo suficientemente lejos: de cuando en cuando se asomará para verme. Da lo mismo si lo hace para descubrir la presencia de los ángeles o encontrar las huellas de la locura. Mi mujer está convencida de que el doctor Gascheau no se equivoca. Los diplomas que tiene colgados en su consultorio lo hacen dueño de la verdad absoluta; en cambio, lo que yo tenga en la cabeza no posee ningún valor, todo lo que me repapalotea en la sesera sólo confirma el diagnóstico del médico que está harto de mí.

La mudez no es un consuelo y los profundismos se adueñan de sus territorios.

A fuerza de darle de vueltas, hay veces que creo que el medicucho tiene razón. ¿Quién se atrevería a negar que soy un vejete demente, un anciano decrépito que llena papeles con tal de inventarse una historia para esperar la llegada de la Muerte y justificar su caída? Yo renuncié a la silla encarnada cuando mi ejército todavía estaba casi completo, cuando tenía generales como el indio Victoriano que podían arrasar a los alzados. A veces no puedo entender lo que pasó, pero el gobierno de hierro se descuajaringó.

¿Cómo puedo saber si lo que he escrito es un delirio? ¿La verdad se encuentra en las páginas que he llenado de palabras? ¿Acaso existe alguien que tenga los tamaños para decirla sin miedo? Los únicos que la conocen son los espectros y sus ojos vacíos me revelan lo que debo recordar.

¿Qué sería de mí sin los fantasmas? ¿Cuál sería el sentido de mi agonía sin la presencia de mi amante despechada? A fuerza de estar a mi lado he dejado de aborrecerlos. En sus harapos está entretejida mi historia. Ellos no son como los descarnados que se le aparecían al imbécil de Madero en sus reuniones espíritas.

Ninguno de mis muertos me habla del futuro, sus pensamientos tampoco se pudren con las estupideces del más allá. La Gloria y el Infierno no existen en el lugar sin límites, en el Purgatorio de todos los días apenas existen el presente y la espera. Ellos sólo pueden susurrarme el pasado, el tiempo que se fue para siempre, la época que enterrarán junto con mi cuerpo en un cementerio sin importancia. Mi tumba no estará junto a la de Victor Hugo y jamás se parecerá a la de Napoleón. Sin embargo, lo peor de todo será que mi mujer y mis hijos terminarán por convencerse de que mi sepulcro apenas será una estación de paso.

Ahora sé que mis fantasmas también están condenados. Se quedarán atrapados en mi féretro, en el sarcófago que nos devorará a todos y quedará olvidado hasta que el tiempo se acabe. Jamás volveremos para recorrer nuestros pasos. Nadie podrá devolver mis restos a mi patria y los alzados se festinarán sobre mi mortaja y mi cuerpo embalsamado. Nadie, absolutamente nadie extrañará al viejo loco que pasó sus últimos días escribiendo las páginas que nadie leerá. Nadie, absolutamente nadie me concederá mi último deseo: ser enterrado en la misma tumba que Delfina. El polvo de mis huesos se quedará encarcelado. Jamás podrá levantarse con el viento para cruzar el océano y acariciar su tumba de mármol cuarteado.

La ciudad se rindió sin oponer resistencia. El tiempo en que le arrancarían el plomo de las techumbres y fundirían las campanas para crear balas y cañones aún no llegaba. Las sombras no tenían la enjundia para devorar a los franceses ni podían cercar al emperador Maximiliano.

Nos adentramos en sus calles sin gallardía y sin que los tambores marcaran el ritmo de nuestra marcha. Los integrantes de la banda de guerra estaban sobradamente muertos o habían desertado. Apenas teníamos una bandera desgarrada y mis soldados sólo alcanzaban a cubrirse las vergüenzas con los harapos que les arrebataron a los cadáveres. El hombre que avanzaba a mi lado tenía la casaca de un dragón y sus brillos se estrellaban con sus calzones de manta. De no ser por el hoyo y la sangre seca que adornaban el costado, casi parecía nueva.

Nadie salió a recibirnos. El afilado silencio reforzaba el odio de sus habitantes. Los pies descalzos o enhuarachados apenas se escuchaban en las calles retorcidas de la ciudad levítica. Cuando llegamos al cuartel, los uniformados nos entregaron sus armas. Y, después de las advertencias de rigor, muchos se incorporaron a nuestras fuerzas. Chaquetear era mejor que gritar "viva Cristo rey" cuando se oyera la descarga.

Las cosas no eran distintas con el resto de los queretanos. Sin necesidad de ajusticiamientos doblaron las manos y corrieron a la iglesia para confesar sus pecados. La ayuda a los herejes pertinaces los condenaba al anatema. El patíbulo que levantamos en el centro de la plaza bastó para que se quedaran rumiando sus maledicencias y los curas los absolvieran sabiendo que podrían inaugurar el cadalso. Por más que hablaran de las glorias del martirio, el miedo los llevaba por otro camino.

A pesar de que los papeles que firmábamos apenas servían para convencernos de que éramos unos caballeros, los poderosos y los clérigos entendieron que los préstamos de guerra detendrían el saqueo. En unos cuantos días, mis soldados traían unos centavos en la bolsa y las celdas del cuartel se llenaron con sacos de maíz y frijoles, con lingotes de plomo y los barriles de pólvora que trajeron de las minas cercanas. La generosidad de los hacendados que vivían en la ciudad no se quedó atrás: las mulas, los burros y los caballos llegaron con las carretas retacadas de pastura.

De la nada también llegaron las mujeres que empezaron a atender a mis hombres como Dios lo manda: el sonido de las palmas que echaban las tortillas, el olor de la manteca que ardía en los comales y los placenteros quejidos que acompasaban la noche se adueñaron del cuartel. Lo único que tenían prohibido era fumar santa rosa y perderse en el aguardiente. Un trago de más y un jalón de sobra podían incendiar la ciudad.

Mis soldados tenían quién les calentara el petate y a mí apenas me quedaba el recuerdo de Delfina. La remembranza de su piel suave y morena, de sus ojos profundos y sus gemidos me acompañaba sin darme el consuelo de tenerla. Entre ella y yo jamás hubo una sábana santa.

Ésa fue la primera vez que llené muchísimas páginas con tal de atenuar los dolores de su ausencia. Nunca supe cuántos de esos papeles llegaron a sus manos: los mensajeros que las llevaban a veces no volvían, y en unas pocas ocasiones regresaron con las palabras que olían a gardenia. Yo leía y releía las cartas de Delfina, de la mujer que nunca se pondría un vestido de novia y que sólo antes de morir recibiría el sacramento que nos uniría delante de un Dios vengativo.

Una de esas cartas jamás encontró cobijo en mi alforja, la tenía guardada en el pecho como si fuera el escapulario más poderoso. Esas palabras eran el ensalmo que detendría las balas y, cuando la paz llegara, me llevaría a su lado para vivir sin sobresaltos. Lo que pensaran los curas de nuestras querencias incestuosas me importaba una arroba de majada.

Los pocos hombres que sobrevivieron al desastre de las fuerzas del general De la Garza llegaron arrastrando la cobija. Los queretanos los miraban sin que la piedad pudiera asomarse en su rostro. Nosotros los recibimos de buena gana: a muchos les suturaron las heridas, a otros les amputaron lo que era imposible salvar y a unos más les quemaron las llagas con un fierro al rojo vivo. El hospital de sangre que improvisamos se quedó corto y en los pasillos sobraban los hombres tirados en camastros. A los que no venían tan jodidos bastó con darles de comer y dejarlos descansar un rato.

De la Garza estaba quebrado. Los gritos de horror no lo dejaban dormir y el hambre se ausentaba de su cuerpo. Sus labios estaban engrilletados y apenas se abrían para murmurar que sus soldados querían envenenarlo. Sus ojos estaban perdidos en la nada y la temblorina no lo dejaba a sol ni a sombra. Por más que trataba de explicarle lo que podíamos hacer, él seguía atrapado en el recuerdo de su derrota, en el motín de sus hombres y en las ansias de pegarse un tiro para acabar con el sufrimiento.

Antes de que el domingo se asomara, lo llevé al convento de las clarisas y les di la más generosa de las limosnas para que lo recibieran. Un pequeño saco con monedas de oro y la promesa de que ninguna de sus propiedades sería tocada, bastaron para que sus puertas se abrieran. Valía más que ellas lo enclaustraran hasta que recuperara la cabeza.

Por más que le hicieron y le viraron, el general nunca quedó bien del todo. En uno de sus arrebatos se arrancó los ojos. A las monjas no les quedó más remedio que amarrarlo y amordazarlo hasta que, en un arrebato de piedad, María Guadaña se lo llevó para siempre.

A pesar de la pérdida del general De la Garza, la suerte casi nos sonreía: los soldados estaban repuestos, las armas reparadas y los pertrechos dispuestos. La vida muelle habría seguido durante quién sabe cuántos meses, pero los nubarrones nos advirtieron que no podíamos quedarnos en Querétaro. Los invasores y los rezanderos se preparaban para avanzar hacia el norte y el viento negro anunciaba sus pasos. La moneda estaba en el aire y nadie sabía de qué lado caería: el águila nos obligaría a buscar a Juárez, y el gorro frigio nos daría libertad para hacer lo que se nos pegara la gana.

El tlaco no alcanzó a caer, y si hubiera caído se habría quedado parado de canto. Desde algún lugar sin huella en los mapas, Juárez nos mandó sus últimas órdenes: debíamos avanzar hacia Oaxaca y yo quedaría al mando del Ejército de Oriente. Después de eso, perdimos contacto con Beno. Su gobierno apenas daba para mandar en su carruaje o en un pueblucho que estaba a punto de caer en manos de los invasores.

Si cualquier despistado leyera mi nombramiento como general de división, seguramente se imaginaría largas columnas donde no faltarían las mulas que jalaran las piezas de artillería. En un descuido, quizás habría pensado en un estado mayor que discutiría la estrategia sobre los mapas, mientras los quinqués aluzaban sus medallas. Esas imágenes son maravillosas, pero nada tienen que ver con lo que sucedía: el Ejército de Oriente no llegaba a trescientos efectivos y los mejores días de mi uniforme habían pasado antes de que nos derrotaran en Puebla.

Los clericales y los invasores tenían razón: nosotros sólo éramos una horda hambrienta y sin ley.

Tomamos el camino que nos llevaría a Oaxaca. Mientras el sol aluzaba nos escondíamos en el monte y retomábamos la marcha cuando caía la noche. No podíamos darnos el lujo de presentar batalla, pero las emboscadas se convirtieron en la especialidad de la casa. Todo era cosa de tener paciencia para atacar a los franceses que se quedaban rezagados o a las partidas que se atrevían a encender una hoguera para guiar nuestras balas. Cada raya que mis hombres marcaban en su fusil no sólo significaba una muerte, con ella también llegaban las armas que les arrebatábamos a los enemigos.

Conforme nos acercábamos a Oaxaca, la gente que me tenía ley comenzó a unirse a mis unidades: uno aquí, tres acá y una decena más allá. Mi nombre valía y eso era suficiente para que me acompañaran al matadero. Juárez apenas daba para ser un fantasma y sus adulones ni siquiera se tomaban la molestia de tratar de mandarnos una carta.

Yo estaba solo y nadie podía hacerme sombra.

París, 10 de abril de 1915,
hoy escribo con calma: la tarde es roja y
los espectros saben que no los aborrezco

La cobardía y las traiciones eran más veloces que las milicias. Los silencios de la sierra y los papeles que mansamente nos entregaban los arrieros daban razón y cuenta de lo que sucedía en la ciudad: el gobernador Cajiga se carteaba con los franceses que estaban en Tehuacán y, con tal de ratificar su perfidia, le besaba la cola al obispo de Antequera. En Oaxaca, la Constitución estaba muerta y las leyes que la reformaban se olvidaron por completo. Las incesantes derrotas de los republicanos y el gobierno a salto de mata habían inclinado la balanza. Para el mandamás del estado, una vida con el espinazo curvo era preferible a morir como los hombres. Por eso mero, cuando sus soldados nos alcanzaron, las sorpresas brillaron por su ausencia. Sin darse cuenta del tamaño de sus tarugadas, me exigieron que me rindiera y entregáramos las armas.

No tenía caso apalabrarse con ellos. Los siete muertos de hambre no tenían los tamaños para pactar absolutamente nada; en el mejor de los casos eran unos ve, corre y dile. Lo suyo apenas daba para una balandronada que nació condenada al fracaso. Por eso, antes de que ordenara el avance, mis hombres sólo hicieron lo que sabían hacer y despacharon el asunto en tres patadas. Al frente de la columna que entró en Oaxaca iban los jinetes con las picas donde estaban clavadas las cabezas de esos pobres diablos.

Nuestros pasos tenían que llenar de miedo a cualquiera que tuviera la ocurrencia de tratar de cerrarnos el camino.

—Usted me dirá de qué color pinta el verde —le dije al tal Cajiga con una tranquilidad que cualquiera me habría envidiado.

El gobernador iba a empezar a perorar y estaba dispuesto a amenazarme con soltar a sus perros chimuelos. Por más vueltas que le he dado, la cabeza no me da para entender a los tipos que no saben que están derrotados y se atreven a fingir una bravura que no tienen. No es que a ellos les urja morirse de una manera honorable, tampoco les interesa negociar su rendición con la frente en alto. A lo mejor el miedo los apendeja y los acompaña hasta el patíbulo donde el pánico les moja los calzones.

Así estaban las cosas: su necedad imbécil se topeteaba con su derrota. Los invasores no estaban dispuestos a avanzar para socorrerlo y a los clericales de la ciudad les habían arrancado los güevos. Por eso no me quedó más remedio que ponerle los puntos sobre las íes.

Con calma saqué de mi bolsillo la última carta de Juárez y la puse sobre su escritorio.

—Léala, por favor léala —le ordené con suavidad.

El gobernador tomó el papel. Cuando sus ojos terminaron de recorrer los renglones lo soltó como si le quemara las manos. Por más que le ardiera el alma, ya no le quedaba de otra más que agachar las orejas y obedecerme. Su pecho de guajolote en brama se desinfló y su mirada se quedó clavada en la taracea del escritorio.

—Se me hace que ya nos entendimos —le dije—, de una vez escriba su renuncia y de aquí nos vamos juntos al Congreso: la presenta y, como ya estamos encarrerados, de una vez manda a su casa a los diputados. Entiéndalo, estamos en guerra y sus discutideras sólo entorpecen las batallas.

Cajiga llamó a uno de sus escribanos, le dictó los documentos y el asunto quedó resuelto en un santiamén. Si dos o tres de los diputados protestaron, sólo fue para cumplir con el expediente. En el preciso instante en que los fusiles les apuntaron, se largaron diciendo que eran víctimas de un atropello y que el peso de la ley me mocharía el pescuezo.

El más bravero me amenazó con someterme a juicio político.

Su voz sonaba como chillido de un marrano atorado y sus manos se engarruñaban como si le estuviera dando un supiritaco.

Entonces le pedí a uno de mis hombres que lo trajera a mi lado.

—Señor legislador —le advertí mientras lo miraba a los ojos—, le propongo que no me siga jeringando con la tontera del juicio político, los juicios sumarios del ejército son más rápidos y mucho más peligrosos, ¿estamos?

El diputadete metió la cola entre las patas y apenas alcanzó a musitar un "como usted diga, mi general".

Esa noche cené en el palacio de gobierno y dormí en una cama de a deveras.

Yo mandaba en Oaxaca y seguía Juárez perdido en los terregales del norte.

Si yo era el gobernador legítimo o lo era por la fuerza de las armas daba lo mismo. Esos profundismos eran cosa de leguleyos y sus palabras me importaban un bledo. Hay veces que en mi patria se manda con la ley, pero, si los códigos estorban, se dispone por encima de lo que ordenan las leyes.

Ni los políticos ni los abogados se daban cuenta de que el güiri guara en la tribuna no servía para nada. Las palabras no detienen las balas. La ciudad tenía que prepararse para resistir el ataque de los invasores y yo estaba obligado a decidir qué haríamos con lo que pasaría en Veracruz. Mis hombres, con una elegancia que envidiarían los franceses, les habían tomado prestados a unos arrieros dos papeles impresos en aquellos rumbos: *La Imparcialidad* y *La Opinión de Xalapa*. En sus renglones casi derechos se leía que los quesque emperadores de mi patria estaban a punto de desembarcar en el puerto, y que Maximiliano y Carlota sólo buscarían ponerle el punto final al gobierno de las hordas heréticas y la plebe leperuzca.

De nueva cuenta, mi patria tendría dos gobiernos y los señores de la guerra decidiríamos su destino: los clérigos y los clericales apostaban a favor del imperio, y nosotros, los que nada sabíamos de Juárez, estábamos obligados a decidir si chaquetearíamos o nos mantendríamos firmes. El problema que López Uraga enfrentó en su última reunión militar me había alcanzado.

Las habladurías contaban que Habsburgo era un liberal de hueso colorado y estaba dispuesto a negociar con nosotros. Si esto era cierto, no teníamos grandes razones para enfrentarlo. Tal vez, sólo tal vez, deberíamos apoyarlo en contra de la Iglesia a cambio de la retirada de los franceses. Después de que triunfáramos, ya veríamos de qué cuero saldrían más correas; sin embargo, también había una pregunta que me repapaloteaba en la cabeza como las mariposas que anuncian la llegada de María Guadaña: ¿qué diferencia había entre un indio que sólo dejaría la presidencia cuando la muerte se lo llevara y un emperador que haría exactamente lo mismo?

¿Para qué lo niego? En esos momentos todo era confuso y no había más remedio que medirle el agua a los camotes.

Los camotes hirvieron en menos de lo que canta un gallo. El arzobispo Pelagio le exigió al emperador lo que no estaba dispuesto a hacer. Por más que le echara en cara los compromisos que hizo con el papa y le exigiera la devolución de los préstamos que le hicieron para comprar su palabra, la Constitución no sería derogada y las leyes que la reformaban dejarían de ser letra muerta. La guerra entre los clérigos y el imperio había comenzado. Los anatemas que se pronunciaban en el púlpito de la catedral llegaban hasta Chapultepec, pero el Habsburgo se sentía confiado por el apoyo del ejército francés. Su trono se mantendría mientras las tropas de Napoleón III acamparan en mi patria.

Aunque las bayonetas estaban de su lado, Maximiliano no la tenía fácil: el enfrentamiento con Pelagio no era su único problema. Los yanquis no lo reconocían como soberano y las arcas del país enflaquecían a una velocidad asombrosa: el poco dinero que conseguía se le iba en pagar a los soldados franceses y en tratar de mantener las apariencias. Las malas lenguas decían que el emperador no podía cobrar su sueldo y vivía de la dote de su mujer. Si en los papeles debía recibir una millonada, a la hora de la verdad no le quedaba de otra más que conformarse con tener casa y sustento. La única manera como podría salir adelante era terminar con la guerra, por eso comenzó a cartearse con Beno, pero el indio ladino jamás aceptó sentarse a negociar. A Juárez le pesaban la blancura, las barbas y la altura de su enemigo, y, para acabarla de joder, no estaba dispuesto a dejar la silla.

El Habsburgo estaba entrampado y necesitaba nuevos aliados.

Antes de que llegara a Oaxaca me avisaron de su presencia. Apenas lo acompañaban unos pocos coraceros que no estaban dispuestos a desenvainar sus sables. A pesar de su traición, no ordené que lo despacharan al otro mundo; al contrario, mis hombres lo escoltaron hasta la puerta del palacio de gobierno.

López Uraga, el general que había cambiado de bando antes de que comenzara la primera batalla de Puebla, llegó a mi despacho. El uniforme imperial le sentaba bien. En su cuerpo no estaban labradas las huellas de las batallas. Su bicornio tenía bordada un águila coronada y en el pecho le colgaban las medallas que no se había ganado con las armas. Como militar no valía un clavo chueco, pero como político era una fiera.

Nos saludamos con respeto y le ofrecí asiento. La necesidad de entender lo que el Habsburgo tenía en la cabeza era una buena razón para no condenarlo.

Había que escucharlo y yo estaba dispuesto a hacerlo.

López Uraga encendió su puro con calma. El aroma del tabaco veracruzano se adueñó de mi despacho. Ninguno de los dos teníamos interés en los recuerdos: él no había olvidado la vergüenza que lo acompañó en la última junta de guerra, y yo tenía muy presente el momento en que le abrí la puerta.

—Mi general —me dijo con toda la pompa del mundo—, vengo a traerle un mensaje del emperador Maximiliano I.

Asentí y con una seña le pedí que continuara. Delante de él tenía que cuidar mis palabras y mis gestos. López Uraga sabía leer a la gente y sus palabras tenían la fuerza de los hechizos.

—A Su Alteza sólo le importa la paz y contar con el apoyo de las personas más notables del imperio. Por esta razón, que sin duda es uno de los más grandes honores que él puede concederle, le ofrece que se una a sus fuerzas. Si toma la bandera imperial, quedará al mando de todas las tierras que controla, sus tropas no serán licenciadas ni nada por el estilo; sólo si lo pide serán reforzadas con soldados franceses o imperiales.

Nada le respondí, mi silencio tenía que obligarlo a que soltara la sopa.

—Usted sabe que los franceses todavía no avanzan hacia Oaxaca —murmuró con ganas de atenuar su amenaza—, ellos confían en que no tendrán que enfrentar a quien puede convertirse en uno de sus mejores aliados. Las tropas del emperador sólo esperan su decisión. La paz está al alcance de su mano.

Lo miré con calma y López Uraga puso el resto de sus cartas sobre la mesa.

—Además —afirmó con una gallardía perfectamente impostada—, usted conservará su grado y, si así lo desea, puede ocupar el cargo de ministro de Guerra del imperio.

El momento del todo o nada había llegado.

Me levanté de mi asiento con calma y le pedí a uno de mis ayudantes que trajera dos copas de brandy. Prendí un cigarro y le di una calada larga y profunda.

López Uraga estaba a punto de levantar su copa para brindar, pero mis palabras interrumpieron su movimiento.

—Por favor, dígale al señor Maximiliano que le agradezco profundamente sus distinciones, dígale también que estamos de acuerdo en que lo más importante es la paz; sin embargo, estoy obligado a rechazar su oferta. Usted seguramente le podrá explicar mejor que yo las razones por las cuales no puedo cambiar de bando.

El general dejó su copa sobre la mesa, se levantó y se fue sin despedirse.

Toda la tarde la pasé dándole vueltas a lo que había sucedido. Sabía que Maximiliano me necesitaba y que pronto vendría otro de sus mensajeros con una nueva oferta. Lo mejor era mantener esa línea abierta, por eso decidí que no debía escribirle una sola línea a Juárez. El Señor Presidente no era un hombre de sutilezas y mucho menos era capaz de tenderles puentes de plata a los enemigos. Él sólo veía moros con tranchetes. El silencio era la única manera de que no me considerara un traidor.

Beno no debía enterarse de mis decisiones. Yo seguiría a su lado, pero tomaría un camino distinto cuando llegara el momento preciso. El parricidio estaba anunciado: el hombre fuerte de Oaxaca debía transformarse en el hombre fuerte del país.

La locura del poder decidió la partida. La poca gente decente que acompañaba al Señor Presidente le pidió que dejara el puesto. Por más cuentas que hiciera, su tiempo en la silla se había terminado. Sin embargo, las razones de la ley que tanto mentaba el indio se fueron al carajo gracias a las argucias de Lerdo de Tejada. Según el leguleyo, la guerra era un estado de excepción que obligaba a tomar medidas excepcionales y, por lo tanto, Juárez debía seguir al frente del país hasta que los republicanos lograran la victoria. Entre eso y la presidencia vitalicia apenas había una pulgada. Las argucias volvieron a ganar y nadie pudo evitarlo.

Después de eso, nada quedaba por hacer: siempre habría una excepción y nunca faltaría una chuecura para que él siguiera al frente de mi patria. Sin embargo, Juárez y Lerdo habían estirado la liga de más: las alianzas se quebraron en un santiamén, don Guillermo Prieto los mandó al diablo y los abandonó con tal de que su honra no se enlodara. La poca dignidad que le quedaba a su gabinete se perdió con su partida. El general González Ortega también se bajó del barco. En menos de lo que lo estoy contando, levantó un ejército dispuesto a enfrentar a los juaristas. Algo de ley le tenían sus paisanos, al grado de que lo reconocieron como presidente de la república.

La guerra ya no sólo era en contra de los invasores y los clericales, los soldados de Beno luchaban contra los que apostaron la vida por su causa. La añeja costumbre de asesinarnos había regresado por sus fueros.

Las cartas de González Ortega pronto llegaron a Oaxaca. El general me recordaba las batallas en las que combatimos hombro con hombro y me invitaba a sumarme a sus tropas. En esos papeles siempre leía un párrafo casi idéntico: "Juárez se convirtió en un dictador, en alguien que nos entregará a la muerte con tal de seguir en la presidencia". Sus planes eran simples y tentadores: si nos uníamos, el resto de las fuerzas republicanas abandonaría al indio y podríamos pactar la paz con el Habsburgo. Ningún mexicano debía morir para mantener a Beno en la silla que estaba a punto de quebrarse. Es más, los generales que todavía le guardaban lealtad eran los mejores expertos en derrotas. Nosotros éramos los únicos que habíamos logrado algunas victorias.

Le contesté con palabras que decían sin decir: mis negativas podrían leerse como aceptaciones y mis aceptaciones como negativas. Un sí o un no rotundos eran peligrosos. Pasara lo que pasara, necesitaba tiempo. Después de lo que había sucedido con López Uraga, los franceses se estaban preparando para avanzar contra Oaxaca y, para terminar de joder las cosas, no tenía manera de saber si los hombres de González Ortega serían suficientes para resistir en dos frentes. La palabra *ejército* ya no podía deslumbrarme: un puñado de miserables podía tomar ese nombre.

Las cartas del general dejaron de llegar. Sus palabras se transformaron en los murmullos que arrastraba el viento del norte. Los juaristas lo derrotaron en una batalla con escasos muertos y González Ortega se pudría en la cárcel. Su juicio fue rápido, sus cargos rondaban lo indefendible: él era un traidor a la patria y había provocado la caída de Puebla por permitir que los franceses la rodearan.

Nada sé de lo que le pasó entre las rejas, pero su arrepentimiento se transformó en un manifiesto que conoció la caricia de la imprenta para convertirse en una hoja volante que recorrió el país entero. En esos renglones reconocía a Beno como el único presidente y, como debía ser, le juraba lealtad eterna. Después de eso lo soltaron y González Ortega regresó a su casa con lo puesto. Nunca más saldría de ella y tampoco volvería a dejar la ciudad donde vivía. Los fantasmas lo acompañaron hasta el fin de sus días. El indio le había negado los honores que se merecía: las medallas y los puestos sólo serían para aquellos que estaban dispuestos a mantenerlo en la silla.

Sin darse cuenta, Beno me había ahorcado las mulas. Por eso le escribí para ratificar mi lealtad y asegurarle lo que no sabía si era cierto: "En Oaxaca, los invasores serán derrotados". Jamás recibí su respuesta. El Señor Presidente desconfiaba del hombre que fue su chamaco.

Las defensas de la ciudad resistieron muchos ataques, pero terminaron quebrándose. El fuego de las casas que mandé incendiar para detener a los invasores fue insuficiente y nosotros aguantamos hasta el último disparo. La rendición era lo único que nos quedaba y, a falta de parque, bebimos el cáliz de la derrota.

Las tropas francesas entraron un par de días más tarde. Esa misma noche ofrecieron una fiesta para la crema y nata de la sociedad oaxaqueña. Los masones que cambiaban de bando, los clérigos marcados por el pecado y algunos republicanos embozados comerían y bailarían sobre la ciudad en ruinas. Sus estrambóticos valses resonarían sobre los cadáveres de mis tropas.

A pesar de la fiesta y los acordes de una orquesta que en nada se parecía a la de Hermenegildo, los vestidos de las mujeres contaban distintas historias: las que llegaron enlutadas guardaban silencio por la muerte de mi patria; en cambio, las esposas y las hijas de los rezanderos se veían colmadas de colores y joyas para celebrar la victoria de los invasores. Sus hombres no se arrastraban más porque ya no les quedaba más suelo.

El honor estaba muerto y enterrado. Más de uno se sentiría contento de recibir a cualquier oficial en su casa para que le hiciera el milagro de tener un nieto con los pelos güerejos y la piel un poco más clara. En un descuido, las piernas abiertas de su hija le darían un título nobiliario y un escudo de armas que mandaría labrar en la entrada de su casa. El sueño de ser el marqués de Tlacolula o el conde de Teposcolula les abriría las puertas de los emperadores.

A mí no me invitaron a la fiesta: yo era el general derrotado y esa noche la pasé encarcelado. Delante de mí apenas se miraban un jarro de atole aguado y un pan chicloso. Los tiempos de ser un prisionero de lujo se habían terminado. Como el mariscal de los invasores conocía mis mañas, en la entrada de mi celda estaban dos soldados dispuestos a dispararme. Y, antes de que pusieran el candado, el oficial a cargo me informó lo que harían conmigo: me mandarían a Puebla. Ahí se decidiría mi destino. Cada día que siguiera en Oaxaca abría la posibilidad de que mis hombres o mis leales me ayudaran a fugarme.

La Muerte me hacía la ronda en mi nueva prisión, y los poblanos festejarían la victoria del imperio colgándome del primer árbol que se les atravesara. Cualquier plaza era buena para levantar mi patíbulo: los odios rancios entre las órdenes religiosas podían posponerse mientras asesinaban al general de los herejes. Mi destino estaba cantado y no valía la pena llorar por lo que me sucedería: pa' las ansias de la Muerte, la pachorra del enfermo.

A pesar de esto, más de una vez estuve tentado a pedir que me dieran una pluma y unas hojas para escribirle a Delfina. Aunque la abulia fuera mi dueña, no podía irme de este mundo sin despedirme. En esas páginas le diría cuánto la amaba y le contaría mis sueños perdidos: nuestros hijos jamás nacerían y nunca sería el hombre fuerte que llevara a mi patria por el camino de la paz y el progreso. Ella y yo dejaríamos de incendiar las noches desde nuestro lecho y nuestros amores impíos no ahogarían las llamas del Infierno.

Esperar la llegada de la Muerte no duele y el alma termina por acostumbrarse al tiempo que siempre está a punto de terminarse. Los días pasaban sin huellas. El sonido de los pasos de los carceleros eran mi reloj. Así hubiera seguido hasta que la soga rasposa llegara a mi cuello, pero uno de los celadores se paró delante de mis rejas y abrió el candado.

Me levanté pensando que el momento final había llegado. Lo único que me consolaba era el hecho de que mis captores me ahorrarían la molestia de soportar al ensotanado que llegaría para tratar de confesarme.

—Váyase, de arriba llegaron órdenes para que lo soltáramos —me dijo el fulano sin darme más explicaciones.

Al principio dudé de sus palabras. La ley fuga siempre es una buena manera de darle carpetazo a cualquier asunto incómodo. Sin embargo, di un paso adelante y nadie me detuvo hasta que me largué de Puebla. Mis narices se llenaron con el aire fresco y borraron los restos de la sobaquina que empuercaba mi celda.

Nunca supe quién dio la orden. A veces pienso que el Habsburgo me dejó huir con ganas de que le debiera la vida y pudiera cobrarme el favor. También he creído que fue López Uraga con tal de tratar de que pudiera lavar su honra, y lo mismo podría decir de los otros generales que chaquetearon y terminaron por verle los cuernos al Diablo. Cuando todo se desmoronara, ellos necesitarían un aliado en nuestro bando.

Lo que pasó esa noche es un misterio. Sin embargo, cuando me aposenté en la silla imperial, la historia de las rejas que se abrieron les soltó la lengua a todos lo que querían convertirme en un héroe inmaculado. Desde esos días, la verdad quedó sepultada en los escombros y nadie se preocupó por hallarla. Lo que cuentan sobre mi escape sólo es una mentira. Es más, hoy confieso que no me negué a desmentirla y que en más de una ocasión la repetí con tal de ocultar mis oscuridades. La historia del cuchillo y la soga apenas da para ser parte de uno de los folletines que escriben los franceses. Hoy lo digo con todas sus letras: me dejaron escapar y volví a la sierra para levantar una nueva tropa.

La guerra me llamaba y aún no sabía que Delfina casi se saldría de mi alma.

La fecha no importa,
hay cosas que sólo pueden escribirse en la negrura de la noche

Apenas éramos unos hombres que andábamos perdidos en la sierra. Por más que me esforzaba, ni siquiera llegábamos al tostón. Entre nosotros y los bandoleros no había más diferencia que la bandera que nos cobijaba: el águila que la adornaba se negaba a ser coronada. En esos días andábamos a salto de mata y yo la conocí en un pueblo perdido a mitad de la nada, un lugar que desapareció de los mapas por obra del fuego y la sal. Ahí estábamos, reponiéndonos de los estragos del camino; la mayoría de mis hombres se cobijaba en los graneros y yo encontré un lugar donde podía estar casi solo. Los parroquianos bebían con calma, apenas algunos se entretenían jugando al rentoy y a los dados. La única preocupación que tenían era emborracharse sin prisa y sin darle lata a sus vecinos.

Rafaela entró al mesón acompañada por el silencio. Ni siquiera tuvo que cerrar la puerta para que todos se quedaran callados y los dados dejaran de repiquetear antes de ser lanzados. Las palomillas huyeron de los quinqués que aluzaban las mesas. En la barra de madera, el cantinero abandonó su trapo para clavar los ojos en el altar que estaba en una de las esquinas. El rostro del arcángel Miguel se ensombreció y su espada estuvo a punto de quebrarse.

Los pasos de Rafaela apenas sentían el piso. Su sombra era tan oscura como la noche. El enredo acentuaba sus caderas macizas y sus ancas perfectas, su huipil de muselina imantaba las pupilas y el collar colmado de monedas de oro con la efigie del Habsburgo le resaltaba el cuello. Ella era absolutamente distinta de todas las mujeres con las que me había topado. Sus ojos provocaban un terror misterioso, sus movimientos eran idénticos a los de un jaguar que avanza hacia su presa.

La miré sin miedo.

Uno de los parroquianos me murmuró una advertencia:

—Deje de verla, ella es la Tupa —me dijo antes de concentrarse en el vaso que tenía entre las manos.

Sus palabras se me resbalaron como manteca.

Me paré con calma y me acerqué.

Las brujas y las endiabladas me hacían lo mismo que el viento al abanico. A esas alturas me sobraban los muertos que tenían mi imagen labrada en sus ojos resecos.

—¿Le invito un trago? —le pregunté a Rafaela.

Ella aceptó y nos sentamos en la mesa del fondo. Poco a poco, los parroquianos se fueron sin acabarse lo que les quedaba de aguardiente.

Rafaela no tosió con el primer farolazo, con el segundo ni siquiera se le enrojecieron los ojos.

Esa noche hablamos largo y tendido, nuestras palabras se entrelazaron y tantito antes de que el sol se asomara, se fue y me dejó más solo que un perro amarillo.

Las ganas de tocarla se me quedaron clavadas en las manos y su ausencia me dolía en el espinazo.

Rafaela entendía el peso de los muertos y más de una vez había tentado las llamas del Infierno. La gente del rumbo le sacaba la vuelta y sólo le dejaba ofrendas en la Cueva del Obispo. Ahí, entre las velas negras y las plumas de guajolote, amanecían las monedas que pedían una venganza y a ellas se agregaba la plata que rogaba para que se sosegaran las lluvias que ahogaban las siembras. Algunas mujeres, las más necesitadas, también le dejaban velas coloradas y calzones sucios para que amarrara a los hombres que deseaban. Dicen que ella los hervía y con esa agua preparaba el chocolate que cumplía los deseos. Los lugareños preferían no mentar su nombre.

—Capaz que piensan que algo le debemos o que estamos endiablados —decían para justificar sus silencios.

Sin embargo, todos juraban que la Tupa vivía en el lugar sin límites, entre la Tierra y el Cielo, entre la Gloria y el Infierno. Su casa apenas era una estratagema para ocultar quién era en verdad.

A pesar de los consejos de los borrachos, al día siguiente me apersoné en su casa y seguimos hablando. Con nadie, ni siquiera con Delfina, me había abierto de esa manera. Las palabras se convirtieron en un puente y el puente en el camino que nos llevó a la cama. La viuda rezandera y las soldaderas que me habían calentado el catre nada sabían de lo que podía hacerse en la noche. Delfina y Carmelita también eran demasiado puras para imaginarlo.

Rafaela me tenía atrapado y yo no trataba de huir, apenas la dejaba por unos días para emboscar a los enemigos o recorrer los que habían sido mis rumbos y levantar más hombres. Ella me esperaba en el pueblo y sólo miraba cómo su ganado crecía. Nadie se atrevía a comprarle una res. Su carne era demasiado roja y su sabor hechizaba a quienes la probaban.

Mis fuerzas crecían y mi presencia era un ir venir.

Negarlo no viene al caso. Delfina casi se me había olvidado. Apenas de cuando en cuando le escribía las líneas que todo lo ocultaban. El deseo de penetrar a Rafaela me quemaba entre las piernas, pero yo sabía que no tenía futuro con ella: si me perdía entre sus humedades nunca sería el hombre que mandaría a todos. Sólo podría terminar como el eterno prisionero de sus ardores y sus furores. Es más, mis soldados comenzaron a sospechar lo que pasaba: la Tupa me estaba chupando el alma y mi cuerpo terminaría por secarse. Después de eso me convertiría en polvo y el primer aironazo me destruiría para siempre.

Me despedí cuando mis tropas ya eran lo suficientemente grandes para volver a la guerra: una centena de bravos sobraba para matar a cualquiera que se nos atravesara. Rafaela me acompañó hasta mi montura con su vientre crecido y yo le juré que pronto regresaría. Nunca sabré si por fortuna o por desgracia era demasiado tarde para cumplir mi palabra.

Yo estaba en Tehuantepec y el mensajero que llegó del lugar sin límites me contó la desgracia.

La Tupa había sido asesinada. Los niños que amanecieron desangrados sólo tenían una explicación y Rafaela la pagó con su muerte. El prieto que estaba delante de mí no quería contarme los detalles de lo que había sucedido, pero al final aflojó la lengua. La indiada sacó a mi mujer de su casa para comenzar a golpearla, después le cortaron las manos y le arrancaron la lengua y los ojos antes de que la enterraran viva en un cruce de caminos. Al final, el fulano se asinceró de a deveras y me dijo que Rafaela tuvo suerte: a las Tupas no sólo las mataban, también se las comían con tal de zurrarlas para que no volvieran de su tumba.

—¿Quién quita y a lo mejor se le aparece? —me dijo con ganas de consolarme.

Sus deseos no eran suficientes, todavía tenía que confesarme algo.

—¿Y mi hija? —le pregunté.

—Está aquí abajo, la salvó doña Josefa —me contestó.

Mandé por la mujer y abracé a mi hija.

Cuando ellos se fueron, le hablé a uno de mis asistentes para darle una orden definitiva: el pueblo debía arder hasta que no quedara piedra sobre piedra, ninguno de sus habitantes podría sobrevivir y sus tierras serían cubiertas con sal para que nada creciera. Mi maldición sería peor que la de los curas.

Esa tarde le conté casi todo a Delfina. Ella me comprendió sin echarme nada en cara. Las necesidades de los hombres en la guerra siempre deben ser perdonadas.

Delfina se quedó con la niña y la quiso como si fuera suya, aunque no tuviera su apellido.

Amanda Díaz Quiñonez era parte de la familia y se casó como Dios manda a pesar de que mi yerno era un bueno para nada. Su única gracia era tener la sangre de los De la Torre y Mier, el resto sólo servía para contratar cocineros franceses, provocar las habladurías que trataban de mancharme y quedarse en mi patria cuando todo se había derrumbado. Por esa pendejada le pasó lo que le pasó: cuando los alzados tomaron la capital, lo aprehendieron en menos de lo que canta un gallo, y lo acusaron de ser uno de los asesinos del imbécil de Madero. Para acabarla de joder, el tal Zapata se lo llevó en cuerda para despojarlo de sus haciendas. Otro gallo le habría cantado si ella se hubiera matrimoniado con el hijo del Manco González... el problema es que el hubiera no existe.

Amada cargará la cruz de su parroquia y yo la veré sufrir desde el Infierno.

12 de abril de 1915,
los fantasmas guardan silencio,
María Guadaña no se asoma por la ventana

Poco faltaba para que el imperio estuviera de rodillas y los plomazos le reventaran el pecho a Maximiliano y sus generales. A toda costa, Napoleón III tenía que retirar a sus tropas: en el norte, los yanquis habían derrotado a los sureños y se preparaban para ayudar al gobierno de Juárez. Las noticias de que le darían un préstamo de veinte millones de pesos en armas eran de todos sabidas. El indio que jamás se tomó la molestia de tentar un fusil, ahora tendría rifles y cañones para dar y repartir entre sus leales. Para colmo de la desgracia de los franceses, el Habsburgo no tenía ni un centavo para pagar a los soldados, y, del otro lado del océano, los prusianos se preparaban para hacerle la guerra a Francia. La locura de Carlota rimaba a la perfección con lo que estaba ocurriendo.

La orden de llegar a Veracruz para embarcarse no podía ocultarse. Las columnas que avanzaban hacia el puerto apretaban el paso y apenas oponían resistencia. Las grandes batallas quedaron olvidadas. Ningún regimiento daría marcha atrás para salvar a los rezagados y nadie se detenía a sepultar a los zuavos que venadeaban en los caminos. El mejor ejército del mundo se retiraba sin batirse en su camino hacia el mar. Los únicos que se quedaron entrampados fueron los soldados belgas que estaban al mando de Van der Smissen, el coronel que le calentaba la cama a la emperatriz mientras Maximiliano cazaba mariposas y se hundía entre las piernas de una india de Cuernavaca. Las habitaciones separadas de Chapultepec tenían una explicación venérea.

Dicen que el Habsburgo le tenía ojeriza y por eso le cerró la puerta de su despacho. Cuando Carlota enloqueció, los belgas dejaron de importarle. Su deshonra colgaba entre las piernas de uno de ellos. A Smissen apenas le quedó la posibilidad de mandarle la carta que debió leer: "Como el fanatismo de los mexicanos es inmenso, todavía podemos reclutar diez mil hombres y derrotar a nuestros enemigos", le dijo el militar que terminó largándose cuando todo se derrumbó y la capital cayó en mis manos. Él se merecía el puente de plata que se levanta en honor de los mejores enemigos.

A mí me consta que Maximiliano estuvo tentado a abdicar, pero a la hora de la verdad abandonó la pluma con la que firmaría su último documento. Las palabras de su madre bastaron para que tomara una decisión fatal. "Los Habsburgo jamás abdican", le ordenó la santa señora en el papel que lo condenó a muerte.

A él lo perdieron las mujeres: las ansias de corona de su esposa lo encaminaron a la muerte, las cortesanas y la india lo alejaron del trono, y el orgullo de su madre lo ofrendó al paredón.

En aquellos momentos, yo tenía doscientos hombres bien entrenados y a ellos se unieron los lanceros que comandaba el Manco González. Si Beno nos negaba las armas era lo de menos, por la buena o por la mala estaba decidido a seguir adelante: los ardores de Rafaela estaban enterrados en quién sabe dónde y, en las noches sin luna, su cuerpo abandonaba la tumba para devorar a los caminantes. Los cargamentos que Limantour traía desde San Francisco nos pertrechaban y la cacica de Tehuantepec nos tendió la mano con sus contrabandos. Sin ellos nada hubiera sido posible.

Juana Cata las podía y nadie se atrevía a hacerle sombra. Ella no necesitaba ser una Tupa para tener los hilos en la mano y mandar sin necesidad de cargos ni decretos. Apenas nos conocimos y luego luego nos apalabramos: en los barcos que llegaran a la costa para surtir sus almacenes vendrían las armas que me fiaría, y por su cuenta y riesgo se juntarían los cuerudos que se unirían a mis tropas. Si estaban bien o mal armados era un detalle menor: ellos se la jugarían a mi lado por órdenes de la mandamás de Tehuantepec. Juana Cata era de ley y casi nadie entendió nuestros enjuagues. La orden de que las locomotoras pitaran cada vez que pasaban delante de su casa nada tenía que ver con los amoríos, sólo era una manera de confirmarle que yo estaba ahí, listo y dispuesto para lo que se le ofreciera. Su lealtad era la mía y desde Palacio le pagué con creces todo lo que hizo. Por más que digan y redigan, nunca me revolqué en su cama: ella tenía colmillos en su parte y nada se tardaría en castrarme para convertirme en uno de sus esclavos. La manteca que le sobraba a su marido no era casual.

Desde antes de que nos casáramos, Delfina la recibía de buena gana y Carmelita, aunque a veces le alzaba la ceja en la casa de la Cadena, se sentaba con ella a la mesa. Por muy Romero Rubio que fuera y por más que me hubiera adecentado para convertirme en don Porfirio, Juana Cata le daba veinte y las malas. Su casa era tan francesa como la nuestra, su fortuna empalidecía a la de mi mujer y, para cerrar con broche de oro, ella mandó y remandó hasta el último día de su vida.

La verdad es que no éramos muchos, pero nos sobraban calzones para enfrentar a los invasores. Salimos hacia Miahuatlán y dejamos atrás a los mixtecos que siempre quisieron apuñalarnos. Ahí nos recibieron como debe ser y sin reparos nos ayudaron con gente y centavos. La mano de Juana Cata también se notaba en esos rumbos. En ese lugar nos enfrentaríamos a la columna de mil franceses que avanzaban a marchas forzadas con tal de treparse a sus barcos. Si ellos nos superaban en número era un asunto de poca monta: mis hombres guerrearon como los machos. Antes de que cayera la noche, los habíamos despedazado. Cuando estábamos a punto de pasar por las armas a los prisioneros, descubrí que apenas estaban pertrechados y la deshonra les amarraba las manos.

Ellos ya no eran pieza para nosotros, su fama nos quedaba guanga.

De ahí para adelante, no hubo quien pudiera detenernos. Con el orgullo hinchado le informé a Juárez de nuestra victoria, y él le vio los cuernos al Diablo. El fantasma del parricidio empezó a rondarlo. El indio pedorro se dio cuenta de que no nos hacían falta las armas que les entregó a sus leales y, aunque le ardiera en la cola, el camino a la capital del país estaba a punto de abrirse para mis tropas.

Beno no fue el único al que le machucamos los dedos con la puerta. En los pueblos por los que pasábamos, los traidores nos recibían con las hogueras donde ardían las águilas coronadas y todo nos entregaban con ganas de borrar su pasado. El miedo les mordisqueaba el tuétano y muchos descubrieron que tenían razón en sentirlo. Hasta en los traidores hay distingos.

Seguimos adelante. Nuestras columnas eran mucho más largas. Volvimos a sitiar Oaxaca y pronto descubrimos que se acercaban los invasores. A ellos no les quedaba más remedio que atacarnos para llegar a sus barcos. Salimos a enfrentarlos. En menos de una hora los derrotamos: capturamos a quinientos soldados y terminamos de refaccionarnos con las armas que les arrebatamos. Las mulas cargadas con municiones, los obuses y los fusiles me permitieron terminar de pertrechar a mis soldados.

Las ansias de revancha guiaban nuestros pasos: los poblanos tenían que pagar todas las que nos debían y el camino a Veracruz debía bloquearse para obstaculizar la retirada. Nadie podía negarme el gusto por la venganza: el Habsburgo, sus mejores generales y lo que quedaba de sus tropas estaban atrapados en Querétaro y la mayoría de los invasores había cruzado el océano. Durante casi un mes sitiamos la ciudad, y el 2 de abril la tomamos a sangre y fuego. El convento del Carmen quedó tinto por los cuajarones y los perros se festinaron con los cuerpos de mis enemigos. La piedad estaba muerta y los rangos terminaron en el chiquero: todos los oficiales imperialistas fueron pasados por las armas y lo mismo hicimos con los rezanderos que obedecieron a Pelagio y nos abandonaron a nuestra suerte.

La victoria en Puebla dejó a la capital al alcance de mis manos: el Tigre Márquez desamparó a sus hombres y los zalameros del Señor Presidente empezaron a mandarme mensajes. Mañana, tarde y noche llegaban los telegramas que trataban de detenerme. Sus palabras siempre eran las mismas. En ellas se mostraba la zozobra de Beno: debía esperar a que Mariano Escobedo tomara Querétaro y sus tropas entraran a la capital con las banderas en alto. El mensaje era claro, absolutamente indudable: Juárez no podía permitir que me cubriera de gloria. Los laureles sólo debían tener un dueño y ése era el Señor Presidente.

Apenas nos tardamos unos días en transformar la capital en una ratonera. Los defensores se sabían derrotados y nosotros apretábamos el cerco. Lo único que me urgía era que cayera antes de que Juárez llegara. Sin darse cuenta, la plebe se convirtió en nuestra mejor aliada: las noticias de los saqueos confirmaban el hambre y los soldados que huían disfrazados de miserables dejaban la ciudad a merced de cualquiera.

Día a día se apersonaban los traidores y los que estaban dispuestos a revelarnos la manera de atacar sin bajas; tampoco faltaban los que ofrecían demencias con tal de salvarse o de hacer leña del árbol caído. Un muchacho muerto de hambre nos pidió tres sacos de monedas a cambio de la cabeza del niño que adoptó Maximiliano con tal de que su trono tuviera un heredero. La vida del nieto de Iturbide apenas le alcanzaba para justificar sus ansias de dejar de ser el pobre diablo que era. Ese infeliz no sabía que el escuincle, su hermano y su tía bigotona se habían embarcado para nunca volver.

Al final, la capital cayó en mis manos sin bajas considerables. Los pocos muertos y heridos apenas servían para cumplir con el expediente: el Ejército de Oriente casi estaba intacto y sus soldados estaban dispuestos a seguirme hasta el Infierno. Yo era el general triunfador, el hombre fuerte que podía pararse en jarras delante de cualquiera.

Mi nombre sonaba y, por primera vez, tenía manera de disputarle la silla a Juárez.

Sin embargo, había que guardar las formas. Nada hice para impedir que el Señor Presidente encabezara la marcha triunfal y sumiera la barriga mientras la leperada lo llenaba de flores a cambio de unos tlacos oxidados o una jícara de pulque acedo. El olor de su miseria se acompasaba con la podredumbre de Beno. Lo único que hice fue remacharle mi decencia y mi patriotismo: delante de todos sus lisonjeros le entregué el dinero que me sobró de la campaña y le di una bandera para que le quedara claro que el país era libre y no necesitaba dictadores.

Yo era el parricida, yo era el hombre que podía conducir al país hacia el rumbo correcto. Él sólo era el pasado.

13 de abril de 1915

La guerra se había terminado y yo debía cumplir mis compromisos. Sin problemas pagué la multa para que los leguleyos me entregaran la dispensa de sangre, y en menos de lo que canta un gallo busqué a Manuel Ortega, el hombre que había quedado marcado por la guerra: sus manos ya no podían sostener los filos que amputaban y en su consulta apenas se asomaban los pacientes que le pagaban a plazos. De no ser por la dote de su mujer, Ortega no podría atreguarse las exigencias de las tripas.

Yo le debía la vida, pero todavía teníamos un pendiente. El recuerdo de la bala que tenía grabado su nombre y un buen puesto en el gobierno bastaron para que pagara su deuda. El mismo día que reconoció a Delfina nos casamos delante del juez y nos negamos a recibir la bendición de la Iglesia. Ella tenía veinte y yo ya era un hombre hecho y derecho; ella era mi sobrina y yo tenía la dispensa que borraba el incesto. Lo que dijeran el Crucificado y sus achichincles podía irse al carajo sin pagar alcabala ni detenerse en las estaciones de paso.

La vida casi me sonreía, los cadáveres que cargaba no me quitaban el sueño y la remembranza de Rafaela casi estaba borrada. En la cera de mi memoria ella estaba muy cerca de la viudita con la que rezaba el rosario. Sólo de cuando en cuando Amada me obligaba a recordarla con sus movimientos felinos y sus ojos profundos.

El enfrentamiento con Juárez marchaba con lentitud y la vida de nuestros hijos se transformó en un suspiro enlutado. Los tres primeros se fueron cuando ya se me habían metido en el corazón, Delfina se marchitaba con la pena y, aunque nunca me lo dijo, estaba segura de que sus muertes eran un castigo de Dios. De no ser por Amada, el corazón se le habría secado para siempre.

Delante de todos me tragaba mi pena.

Nadie, absolutamente nadie podía verme quebrado ni enlutado. Si el indio había enterrado a muchos de sus hijos mientras hacía cara de palo, yo haría exactamente lo mismo y ni siquiera mandaría traer de lejos sus ataúdes para sepultarlos cerca de Palacio.

Apenas había tres personas con las que podía asincerarme sin miedo: el Chato, Juana Cata y el Manco González eran los únicos que conocían mis pesares.

El día que enterramos a Luz, el Manco estuvo a mi lado. Su silencio y su lealtad me consolaban mientras los sepultureros paleaban la tierra. En esa ocasión, sí tuve los tamaños para desafiar la mudez.

—Usted sabe lo que es perder a un hijo —le dije con el alma en la mano—, pero no tiene idea de lo que significa perder a todos. Tres hemos tenido y tres se han muerto para condenarnos al luto eterno. Con ellos se fue el amor a la vida, al trabajo, a todo lo que tiene sentido.

Manuel se quedó callado unos instantes antes de responderme con las palabras que me devolvieron el alma al cuerpo.

—Lo entiendo —me dijo—, pero usted también debe aceptar que es el padre de todos los mexicanos.

Aunque ahora me duela reconocerlo, mi compadre tenía razón: los hijos muertos me obligaron a ser el padre de todos los vivos.

Dicen que los niños muertos se van al Cielo, pero los nuestros estaban condenados a nunca mirar la Gloria. El padre excomulgado y la madre que vivía en pecado, manchada por la bastardía, les negaron el perdón. Por eso es que a veces me quedo en silencio y mi pluma se detiene para escuchar los llantos que acompañan a mis espectros. Su eco me llena de paz. Yo sé que Delfina está a su lado, y sus sollozos quizá sean el anuncio de que ella se acerca.

Mi tiempo se acaba y los cuervos se adueñaron de las cornisas de la casa. Sus graznidos acompañan a los ataúdes que siguen llegando del frente y sus ojos colorados me miran cuando me asomo a la ventana para verlos pasar. Yo los entiendo cuando abren sus alas negras y aceradas para implorarle a mi amante despechada: mi cadáver debería recorrer el camino al cementerio.

Estoy cansado de vivir, de escribir sobre papeles corrientes que nadie leerá.

V
El cuaderno inconcluso

Finales de abril de 1915
¿De verdad vale la pena que siga escribiendo?
Tal vez lo mejor sea perderme en el llanto de los niños muertos

Mi amante despechada es la única que sabe cuántos días me quedé con la boca atrancada. El más duro de los cáñamos me cosía los labios y las estacas del silencio estaban clavadas en las encías que extrañaban el sabor del bálsamo de la India. La pústula que me traje de mi patria supuraba como si fuera nueva. El pus blanquecino que me endulza la boca me alivia las dolencias, pero no alcanza para envenenarme lo suficiente. Sigo vivo, y vivo seguiré hasta que a María Guadaña se le pegue la gana llevarme.

En las mañanas del silencio, Carmelita y Chinta me ayudaban a levantarme de la cama y me entregaban el bastón para que pudiera llegar al sillón. Los treinta y cinco pasos que debía recorrer eran inmensos para los pies que apenas podían arrastrarse. Ahí, entre los cojines que acomodaban, me daba la resolana que nada podía contra el frío que me calaba. El vaho de María Guadaña no dejaba de pegarme. La temblorina de las manos me atontaba los recuerdos y las horas pasaban sin que nada cambiara. El llanto de los niños muertos me acompañaba sin darme tregua.

Del resto sólo aguantaba lo que estaba obligado a soportar. Sin oponerme a sus manos y sus fierros dejaba que el doctor me revisara. En silencio obedecía sus indicaciones con tal de que se diera cuenta de que lo comprendía: le acercaba el brazo para que me tomara el pulso y el ritmo de mi respiración se acompasaba con sus palabras. Por más que me apretaba la carne para medirme la presión, tampoco me daba el lujo de quejarme. Los lamentos y las súplicas se quedaban atorados en la garganta. Delante de él no podía quebrarme y a Gascheau no le quedaba más remedio que contener sus ganas de encerrarme. Las puertas de los hospitales y los manicomios estaban vetadas para un dios caído. El hombre que alguna vez fue todopoderoso sólo podía morirse en su cama.

Nada de lo que hiciera podría alterar la que parecía mi decisión definitiva: quería dejarme morir y apenas abría la boca para recibir alimento. Después de unas cucharadas escupía lo que me daban, el babero que me pusieron era una ofensa que se añadía a la cánula y los lienzos que me quitaban cuando apestaban. Las ansias de muerte huelen a mierda y orines, al sudor rancio que se seca sin que una esponja humedecida pueda diluirlo.

Las cosas estaban decididas y casi podía jurar que me saldría con la mía. Si mi amante despechada no me concedía el milagro de arrebatarme la vida, yo lo obtendría por la fuerza. Desde el día que decidí la mudez, sólo espero el momento en que irrumpa el silencio de los niños muertos. Su mutismo anunciará la llegada de Delfina.

Durante esos días, la puntualidad de Gascheau fue impecable, sus pasos cansinos siempre se oían cuando las campanadas de la iglesia señalaban la hora precisa. Las misas de difuntos corrían al parejo de su presencia. Sus palabras nunca cambiaban: yo debería estar muerto y mi mujer podría disfrutar de la viudez que la liberaría de la cruz del matrimonio y la alejaría del amarguísimo cáliz de vivir con una divinidad derrotada. Su presente nada tiene que ver con su pasado. Por más que se hubiera quebrado la cabeza, el día que Carmelita obedeció las órdenes de su padre no podía imaginarse que esto le sucedería. Ni siquiera en las cartas que le mandó a Lerdo se asomaba la pesadilla que enfrentaría.

La voz del médico ya era su único consuelo.

—Entiendo que está agotada y que el hartazgo la avergüenza —le murmuraba con ganas de reconfortarla—, pero ya falta poco, tal vez unos días, si acaso un mes para que Nuestro Señor se apiade de él.

Mi mujer agradecía sus palabras y lo acompañaba a la puerta sin detenerse a mirar el polvo que tercamente seguía manchando el tapiz. Las huellas de las mortajas la habían derrotado y las criadas dejaron de padecer sus reclamos. El tizne parisino terminó por imponerse como la única explicación posible. Las telarañas que se adueñaban de los candiles y los candelabros también dejaron de ser perseguidas; mi mujer juraba que sólo eran parte del hollín que se metía por las ventanas.

—El progreso del que tanto hablabas es muy sucio —me confesó en una de las mañanas en que la grisura del cielo era inclemente.

Ella sabía que no le respondería. Si yo soy un viejo chocho, ella es un chocho viejo.

Todo habría seguido por el mismo camino, y a fuerza de hambres Delfina apresuraría sus pasos. El llanto de los niños muertos ya no podría retenerla en el Infierno. Sin embargo, antier todo fue distinto: Gascheau se echó hacia atrás cuando decidí hablarle.

—El cadáver de su hijo se pudre en los lodazales de las trincheras —le dije con una voz grave y dura.

Mi mujer estaba a unos cuantos pasos y se persignó con angustia al descubrir el sonido de ultratumba que se alimentaba de los graznidos de los cuervos.

El medicucho escuchó mis palabras y bajó la mirada antes de guardar en su maletín la hoja donde escribiría la receta.

—No tiene caso buscar un nuevo remedio —susurró y Carmelita asintió—, sigan con la pasiflora y el láudano. Lo importante es que no sufra ni pierda los estribos.

Después de eso se largó y apenas se detuvo unos instantes para hablar con mi mujer y rechazar los billetes que le ofrecía.

Gascheau estaba derrotado.

Cualquier cosa que le dijera a Carmelita me importaba un bledo. La cantaleta de "el general es un hombre muy viejo" seguramente se repetiría como el rezo que no necesitaba ningún amén. Mis oídos seguían atentos al silencio que se apoderó de la casa desde que mi nieto dejó de venir. La ausencia de su risa y sus negativas a marchar con la vista al frente me entregaron a la penumbra. Mi hijo y mi esposa se convencieron de que Porfirito debía ahorrarse el horror de mirar a su abuelo que agonizaba mientras los demonios lo enloquecían y lo condenaban a la pestilencia. Lo mejor era que en su memoria se guardaran los recuerdos del viejo que caminaba con la rectitud de una plomada y cargaba el bastón que imaginaba como su arma defensiva.

Sin embargo, hoy descubrí algo de lo que Gascheau le dijo a mi mujer.

Después de que regresaron las criadas, Carmelita entró a mi recámara con una sonrisa que se esforzaba por parecer verdadera. La mueca no le alcanzaba para iluminar su mirada. En silencio me ofreció un nuevo cuaderno y se llevó las páginas de mala muerte que reposaban en la mesa. Su blanco dudoso se fue para siempre. Gascheau había optado por el único camino que le quedaba: soltarle la rienda a la grafomanía con tal de que mi serenidad se mantuviera hasta que la muerte me alcanzara.

Gracias al medicucho, la monotonía del papel y las letras volvió por sus fueros. Las palabras temblorosas me acompañarán hasta el final de mis días.

Mi pluma se quedó quieta durante unos momentos. Dudar no tiene caso. Los profundismos están de más. Ya no me queda más remedio que aceptar que Gascheau tiene la razón y su diagnóstico es verdadero. ¿Hay alguien que pueda darse el lujo de titubear antes de jurar por las siete potencias que no soy un viejo dementado que sólo se atregua llenando las páginas de un nuevo cuaderno?

Nadie, absolutamente nadie se atrevería a poner en duda mis males.

Por más que intente rebelarme, mis esfuerzos no tienen sentido. Las palabras del médico son más poderosas que mis anhelos. Por eso volví a mi mesa, sólo así puedo silenciar el ruido del reloj de la sala y esperar lo que me está negado. Aquí también están mis fantasmas. Sus bocas mudas me obligan a seguir recordando.

El día que mi pasado se acabe, María Guadaña por fin llegará para llevarme.

2 de mayo de 1915
Escribo en silencio. Los niños muertos duermen
mientras mi pluma ensombrece las páginas

Yo apostaba como la gente decente y jugaba con las cartas abiertas. Sin darse cuenta, el tallador del destino obedecía mis órdenes cuando repartía los naipes. Los reyes de espadas y bastos adornaban mi mano, el de oros todavía no se asomaba y el de copas se lo turnaban los que se hacían tontos y mentían diciendo que eran hombres de pelo en pecho. Beber con ellos era peligroso. Por más que me invitaban a los conciliábulos donde se fraguaban los planes para dar un cuartelazo, nunca me apersoné en las casas y los cafés que olían como la pólvora que está a punto de quemarse.

No había necesidad de llamar a una gitana para darse cuenta de que ninguna de las conspiraciones tendría un buen parto: las tropas de Juárez eran más numerosas y estaban mejor pertrechadas. Las armas carecían de sentido, los yanquis estaban dispuestos a apoyar al indio. Sin que les doliera darle un préstamo que nunca se pagaría, en un santiamén le mandarían media docena de barcos retacados de acero y muerte.

Sólo él podía garantizarles que su idea de "América para los americanos" se cumpliría a carta cabal y que las naves que llegaran de otros países sufrirían lo indecible antes de que lograran desembarcar sus mercancías. Sin necesidad de firmar tratados como el que se acordó durante la guerra en contra de los ensotanados, Beno les entregaría el país con tal de seguir en la silla.

Su idea de que "para mis enemigos, la ley; y para mis amigos, la justicia" se mostraba sin velos, aunque su justicia sólo fuera otra de sus patrañas. Los puertos abiertos al comercio estaban encadenados a la voluntad de sus amos.

Desde que la política se le metió en el cuerpo, Juárez fue un vendepatrias, un chaquetero incapaz de negarse a la mancha de la deshonra. Sus pocas luces no le alcanzaban para darse cuenta de que los yanquis eran unas serpientes y zurraban oro como si fueran el mero Diablo. Él era un patarrajada que se sentía gringo, un prieto que trataba de blanquearse mientras se empinaba delante de los vecinos. Manque hoy digan lo contrario, yo era distinto. Siempre supe que los estadounidenses se quedarían quietos si en mi patria ondeaban las banderas de las naciones de Europa, y si los barcos de Japón llegaban a sus costas. Entre ellos no podrían matarse y todos tratarían de ganarse el favor del gobierno para tratar de apresurar el paso que los alejaría de sus competidores. La bandera de las barras y las estrellas sólo se frenaría cuando se topara con las cruces de san Jorge, san Andrés y san Patricio. Y, si ellas no les bastaban para que guardaran sus armas, para eso estaban los gallos, las águilas y las picas de Flandes. Lo que estoy escribiendo no es una revelación ni un secreto, apenas da para ser lo que conoce cualquier persona con tres dedos de frente: para los toros de jaral, los caballos de ahí mismo.

¿Para qué oculto lo que todos saben y resaben? Nadie se atrevería a negar lo que pasó desde la muerte del Habsburgo. A mí me urgía desbarrancar a Juárez para sentarme en la silla, pero mi estrategia era distinta. En esos días era claro que la gente decente me veía como el verdadero triunfador de la guerra. Aunque los cagatintas de Beno escribieran en mi contra, las palabras que se publicaban en los periódicos libres ratificaban sus apuestas: el héroe de las armas le daba veinte y las malas a un dictador perpetuo. Después de diez años de matanzas, el país no podía darse el lujo de salir de Guatemala para entrar a Guatepeor.

El caso es que yo hacía campaña sin hacer campaña y malamente confiaba en las rupturas para imponerme en las elecciones. Los juaristas y los lerdistas estaban a nada de sacarse los ojos, mientras que los porfiristas cerraban filas a mi alrededor. En aquellos momentos me sobraba la confianza y no quería que el Ejército de Oriente perdiera su brillo con un golpe de Estado. Hay laureles que no deben buscarse; a fuerza de descalabros había aprendido que la victoria sólo llega cuando debe llegar.

Por más infundios que me levantaban, yo no era como Santa Anna. Tampoco podía convertirme en el prieto maldito que torcía las leyes o emputecía a mi patria con tal de seguir en la silla. El recuerdo de don Marcos me obligaba a ser distinto y, si al final tuve que quedarme en Palacio, sólo fue por una tragedia que no pude remediar: nunca hubo alguien que tuviera los tamaños para ocupar mi lugar y fuera capaz de jalarle la rienda a una nación salvaje y traicionera. El tigre de la insurrección siempre trataba de romper sus ataduras. A mí no me quedaba de otra más que regresarlo a su jaula a fuerza de plata y plomazos. Da lo mismo si la bestia se encarnaba en la indiada soliviantada que se oponía al progreso, en los militares que querían pasarse de sabrosos o en los políticos que alborotaban a la leperada con tal de aplicarme la ley del quítate tú para que me ponga yo. Todos se soñaban puros, pero la podredumbre siempre alimentaba sus acciones.

Sé bien que fui un padre duro, pero mis hijos infinitos tenían mala sangre. Hoy, el tigre sigue suelto y nadie tiene la fuerza para domarlo.

Hoy mismo,
después de soportar la vergüenza
de que limpiaran mis pestilencias

En Oaxaca y el resto del sur, la gente estaba dispuesta a retacar las urnas con mi nombre. Todo estaba perfectamente amarrado: los militares y los caudillos cumplirían su palabra. Ninguno de los suyos faltaría ese día. Y, si el Señor Presidente se atrevía a desconocer los resultados y proclamar su victoria, para eso estaba mi hermano que ya era el gobernador del estado. A Félix no le temblaría la mano para mandar al carajo al ladino ambicioso y romper el pacto federal. Él me debía el puesto y sabía lo que le tocaba hacer. A pesar de todo, las armas eran nuestra última opción.

Los planes avanzaban con el viento a su favor, pero las chicanadas nos arrinconaron a la mala. Lerdo bajó las manos y se vendió a cambio de presidir la Corte. El cara de tlayuda confiaba en los zopilotes y le apostaba a la muerte de Juárez, por eso se conformó con ser el presidente sustituto. A pesar de esto, el Señor Presidente no se quedó conforme: en la negrura de Palacio firmó el decreto que desmembró al Ejército de Oriente. La mayoría de sus hombres fueron desmovilizados y desarmados, los pocos que se conservaron fueron entregados a los generales que le juraron lealtad al indio.

Nuestra última opción estaba muerta sin haber nacido. Las piedras de las laderas se derrumbaron y la sepultaron antes de que tomáramos las armas.

De un día para otro me convertí en un general sin tropas y lo mismo les pasó a los oficiales que me apoyaban. En aquellos momentos, el corazón maltrecho del indio era la única carta que seguía a nuestro favor. A lo mejor por eso, mi hermano y algunos de sus leales se acercaron para proponerme el remedio definitivo: en Tlacolula vivía la mujer que conocía los secretos de la tierra de panteón y dominaba las artes de la muerte. Si hubiera sido por ellos, a nosotros nos habría tocado el honor de protagonizar la mentira de la Carambada, aunque en vez de veintiunilla se mostrarían los diablos y los fantasmas.

Por más que trataron de convencerme los mandé al carajo. El seminarista que había colgado el hábito y creía en el fin del mundo estaba sepultado; el macho jarioso que era capaz de jurar que la Tupa invocaba a los diablos, dormía en su tumba. El mundo de los espectros no me servía para nada. Los problemas del poder no se resuelven en el más allá, sólo se solucionan cuando se hacen las cuentas que no conocen los que apenas saben sumar y restar. En el juego de la muerte siempre hay algo que cambia los números.

La ingenuidad me salió muy cara. El día de las elecciones ganaron las trapacerías. A fuerza de amenazas y retahílas, los que trabajaban en el gobierno se convencieron de que le debían a Juárez el pan que se tragaban. Ninguno tuvo que esforzarse para olvidar que su sueldo se lo pagaba la nación y que no salía del bolsillo del dictador de quincalla que les ofrecía el toro y el moro. En las calles sobraban los soldados que orientaban el voto y, en las mesas donde el sufragio se respetaba, a golpes y disparos se robaron las urnas que se entregaron al fuego en el baldío más cercano. Las largas filas nada tenían que ver con el civismo: ahí estaban los pordioseros que los uniformados arreaban con tal de obtener el mérito que cobrarían en unas pocas semanas. Una centena de miserables les bastaba para ganar un ascenso y dos pesos más en la raya. Ése era el verdadero valor de la democracia. Por más que digan lo contrario, mi patria es el lugar de la borregada, el reino de los acarreados que la venden por menos de un plato de lentejas.

El desenlace estaba cantado. Por más que quisiéramos, protestar no tenía caso. La leyes estaban muertas y sus defensores se habían vendido como putas callejoneras. El perro de Lerdo nunca le daría entrada a un juicio en contra de su aliado, y la mayoría de los diputados desquitaron su sueldo levantando la mano para ratificar la victoria de Beno.

Lo que entonces me sorprendía, con el tiempo dejó de asombrarme: una silla en el Congreso y una mordida al presupuesto domestican a los que se creen más fieras. Durante los treinta años que estuve en el candelero, aprendí la lección que todo lo puede: a pesar de sus chillidos, los pollos se conforman con el *maíz*. Todos los políticos tienen un precio, y sus ideales se desmoronan cuando hacen cola en la pagaduría.

El Chato y los generales que me eran fieles estaban endiablados. La calentura les nublaba la sesera y más de uno se tentaba la funda de la pistola. Las ansias de matar les carcomía el alma. Por eso me tardé en convencerlos de que se quedaran sosiegos: aunque me habían vencido en las elecciones, todavía no estaba derrotado. Un descalabro lo tiene cualquiera y todos sabíamos que, en el peor de los casos, la tercera es la vencida. Al final, mis hombres volvieron al redil, y en Oaxaca se aprobó lo que se tenía que aprobar.

La caída de Juárez no era un asunto de bravatas. Gastarse la pólvora en infiernitos es la mejor manera de terminar con los ojos vendados y delante del paredón. Por eso, pian pianito, tendríamos que prepararnos para vencerlo. Los años que el indio estaría aposentado en la silla me sobraban para amarrar los hilos que se habían desmadejado. Negarlo es imposible: para ver pasar el ataúd de tu enemigo sólo se necesita paciencia.

En Oaxaca, a nadie le sorprendió que los diputados me rogaran para que aceptara el honor de ser nombrado benemérito del estado. De no ser porque les marqué el alto me habrían hecho desfilar con una corona de laureles y dos negros abanicándome. En esa misma sesión del Congreso, solemnemente le ordenaron al gobernador que, sin reparar en el precio, comprara la hacienda de La Noria. El pueblo debía entregármela como reconocimiento por mis sacrificios en defensa de la patria. La necesidad de que tuviera un lugar para descansar de las fatigas de la guerra bastaba para que su exigencia fuera perfecta y nadie se atreviera a desafiarla. Ni siquiera los hombres de Beno tuvieron la desfachatez de negar mis victorias. En el fondo, esos dos pelagatos habían llegado a la Cámara después de que le di el visto bueno a sus nombres. Una pizca de oposición siempre le da sabor al caldo.

Acepté los honores y los bienes con una humildad que nadie esperaba. Delante de la gente, el general Porfirio Díaz no podía mostrarse como un perdonavidas marcado por la jactancia. Yo tenía que ser el más modesto servidor de la patria, el hombre que estaba destinado a guiarla hacia el futuro promisorio, el caudillo que le pondría el punto final a la dictadura perpetua. El guerrero invencible apenas descansaría lo necesario para seguir adelante y obligar al prieto a que respetara la sagrada voluntad del pueblo.

La Noria estaba en el lugar preciso. Sus tierras y sus aguas daban para dar y repartir. Con ganas de llevar la fiesta en paz y taparle un ojo al macho, me dediqué al campo y la caña. Los soldados que seguían a mi lado se convirtieron en peones, mayordomos y caballerangos. Entre jornada y jornada se seguían entrenando para no perder la fibra que pronto necesitarían. La casa grande quedó amurallada y las calpanerías donde vivían mis bravos estaban protegidas por las mismas piedras.

Nadie que no fuera invitado podía acercarse a la hacienda. Lo que ahí pasaba estaba vedado para los ojos que venían de fuera, sólo los que estaban calados tenían oportunidad de acompañarme y conversar sobre lo que pasaba sin pasar.

Vender lo que brotaba no era difícil, Juana Cata se encargaba de que todo fuera sobre rieles. El rey de oros había llegado a mi mano aunque la riqueza apenas me importaba. Esos centavos no servían para engordarme las alforjas. Yo me preparaba para el parricidio, y Juárez fingía que su mandato sería eterno. Por más que los rastreros trataban de ocultar lo que pasaba en Palacio, su enfermedad no era un secreto de Estado. El médico que entraba y salía de su habitación no era un fantasma. El corazón del Señor Presidente ya no daba para mucho y, si acaso aguantaba, yo estaría listo para enfrentarlo en el campo de batalla.

Al final, tuve razón: el indio volvió a hacer de las suyas. A fuerza de trampas ganó en las siguientes elecciones. Aunque el corazón le reventara y se ahogara en su sangre, el viejo decrépito no estaba dispuesto a dejar la silla.

Cuando la noticia llegó a Oaxaca, luego luego me junté con mis leales. Sin necesidad de profundismos tomamos las armas para defender el voto de los ciudadanos. La dictadura perpetua tenía que ser arrasada. En esos momentos, casi todos estábamos de acuerdo en que el vaso se había derramado para siempre: los periódicos denunciaban las trapacerías de Beno y sus dueños se negaban a recibir los centavos que les ofrecían a cambio de que chaquetearan. Las páginas de *El Globo* del coronel Altamirano y las de *El Padre Cobos* de don Ireneo me apoyaban de una manera casi abierta, y los insultos al indio llenaban columnas completas. A ninguno le temblaban las piernas, los dos estaban dispuestos a sufrir la destrucción de sus prensas.

La hora de la verdad había llegado y Félix puso la muestra de lo que pasaría: el Congreso de Oaxaca desconoció a Juárez como presidente y ordenó el encarcelamiento de los jefes políticos que le hacían el caldo gordo. Esos puestos serían para los nuestros. En menos de lo que lo estoy contando, la Guardia Nacional se rearmó para defender la soberanía del estado y avanzar en contra del hombre que se había pasado las elecciones por el puente más chaparro.

Yo estaba seguro de que los generales se levantarían en armas y juntos derrotaríamos a los juaristas. Mis acuerdos no podían ser en vano y las lealtades estaban selladas con lo que mis aliados deseaban. A ninguno le negué la posibilidad de que se adueñara del puesto que más le cuadraba y, a los que ya lo tenían, les garanticé que les dejaría las manos libres para que hicieran lo que se les pegara la gana. El tiempo de meterlos en cintura vendría más tarde.

El repiqueteo del telégrafo no paraba y las decisiones de los militares apenas llegaban. El Manco González nada se tardó en responder, pero los otros sólo nos daban largas. Sus palabras se repetían sin escribir una línea de patriotismo: "Si fulano le entra yo estoy puesto para jugarme la vida por nuestra causa", afirmaban con tal de ganar tiempo para decidirse por uno de los bandos. Los vientos no estaban claros y ellos eran unas veletas.

En Oaxaca, las cosas también terminaron por ensombrecerse. Por más que los presionaba, los juchitecos le dieron la espalda a Félix. El tiempo para entrarle al estira y afloja se había terminado, pero ellos creían que nos tenían agarrados de los güevos y sólo nos venderían su lealtad a cambio de lo que nadie podría darles: las tierras de Tehuantepec, las salinas y el no pagar las alcabalas eran un lujo que no podíamos darnos. Si los juchitecos se salían con la suya, los demás exigirían lo mismo.

Por eso, lo que no sería por las buenas, se lograría por las malas.

El Chato salió al frente de sus hombres y atacó Juchitán. Los templos fueron profanados y arrastró a su santo patrono por las calles. Las chispas que salían de las herraduras de su montura eran el fuego que se ensañaba en contra del protector de los cobardes. Por más que san Vicente levantara el dedo, el milagro de su salvación nunca llegó.

Mi hermano mató a todos los que se le atravesaron y el fuego arrasó las casas de los traidores. Su lección tenía que ser terminante.

Después de ella, el miedo les amarraría las manos a todos los que estuvieran en nuestra contra. Una colorada valía más que cien descoloridas. Sin embargo, la victoria no le alcanzó para sosegar a la indiada que ansiaba su muerte. Junto con los gañanes que lo seguían, el malamadre que me odiaba desde los tiempos de fray Mauricio lo atrapó y lo despedazó a machetazos. Por más que su mujer y sus hijos me rogaron, su ataúd se quedó cerrado.

Los juchitecos me arrebataron al Chato. Su crimen no podía quedar impune, pero invocar a las leyes sólo era una ingenuidad por los cuatro costados. La vida no retoña, pero la venganza siempre florece. Su asesino se fue al otro mundo. Los dos días que tardó en morirse se le hicieron eternos. El Cojo López y Martínez Pinillos se habrían asustado con lo que era capaz de hacer el hombre que tuvo a su cargo el asunto.

Félix me esperaba en el Infierno, pero el alma de su asesino no llegó a ninguna parte. Mis hombres tiraron su cadáver en una porqueriza. Los cerdos se lo tragaron y lo zurraron después de convertirlo en lo que siempre fue: una mierda que pisarían y repisarían hasta que su recuerdo y su nombre se borraran.

Después de la muerte del Chato, la desgracia se nos vino encima. La guerra contra Juárez era un desastre. Los pocos que se levantaron en armas no tenían lo suficiente para barrer a las tropas del dictador. A fuerza de derrotas, los juaristas aprendieron a ganar. Y, para terminarla de joder, tenían las fronteras abiertas, y los pertrechos de los yanquis las cruzaban sin que pudiéramos evitarlo. Nosotros contábamos los tiros y ellos le daban gusto al gatillo sin detenerse a pensar en la falta de parque.

A pesar de lo que estaba pasando, me mantuve firme en la decisión de no comandar a nuestros hombres. Yo era el símbolo de la contienda y tenía que levantar ejércitos de la nada. Los que afirman que me acobardé tienen la lengua tan negra como las culebras. Apenas estuve unos días en Estados Unidos y volví a mi patria para encontrarme con los que podían apoyarnos. A caballo recorrí los caminos del norte y recalé en las montañas para apalabrarme con los caciques que eran los amos y señores de esos rumbos: el Tigre Lozada y otros matasiete me recibieron. Todos me dieron su palabra de que no me entregarían a mis enemigos. Pero, por más que le hice y le viré, su alianza nunca cuajó. Sus pasados imperialistas y sus odios a Juárez no les alcanzaban para que la sierra se dejara venir.

A esas alturas ya no había para dónde hacerse: estábamos solos y el general Escobedo nos entregaría a los zopilotes. Desde los tiempos de Maximiliano, él me la tenía jurada: el indio le había prometido que tomaría la capital después de que fusilara al emperador, pero yo se la había arrebatado.

Por más que tratara de convencerme de que las cosas tomarían otro rumbo, la rebelión estaba derrotada. La huelga de los generales y los desaires de los caudillos nos habían condenado sin que pudiéramos meter las manos. Cuando ya no quedaran hombres para combatir, terminaríamos viviendo a salto de mata mientras los juaristas nos cazarían como si fuéramos bestias rabiosas.

Sólo un milagro podría salvarnos de la desgracia. Y, sin que tuviera que rogarle a la madre del Crucificado, el portento ocurrió de un día para otro: el indio maldito se murió en Palacio. Por más que su médico le quemó el pecho, el corazón se le reventó por las malquerencias que guardaba.

Su muerte le soltó la lengua a las habladas. El Señor Presidente no podía morirse así como así. Por eso mero, algunos juraban que Leonarda Martínez —la bandolera a la que le decían la Carambada— lo había envenenado antes de que se lo cargara María Guadaña. Las hojas de veintiunilla llevaban la fecha de la muerte en su nombre. Ellos juraban que se había vengado por el fusilamiento de su amante, un oficial del imperio al que el indio condenó al paredón sin escuchar sus súplicas. Un condenado de ese tamaño no le pesaba al asesino del Habsburgo y sus generales. Tampoco faltaban los que culpaban a Lerdo y le endilgaban un pecado por omisión. Los que esto sostenían podían besarse los dedos en cruz con tal de respaldar la historia de que Sebastián sólo había mandado llamar al médico cuando el indio estaba boqueando. Y, para cerrar con broche de oro, más de tres estaban segurísimos de que su hijo lo había dejado morir con tal de tratar de heredar el trono.

Al final, las ventoleras se llevaron esas palabras y a Juárez lo enterraron como si fuera el padre de mi patria.

La apuesta de Lerdo pagó con creces: el cadáver del ladino todavía no se entiesaba cuando asumió la presidencia sin que nadie se opusiera a que levantara la mano para jurar sobre la Constitución. Nuestro levantamiento perdió su sentido, la muerte de Juárez nos había arrebatado la justificación para seguir con las armas en la mano. Pero esto no implicaba que las hostilidades terminaran. El cara de tlayuda podía seguir adelante y arrasarnos de una vez y para siempre. Sin embargo, a Lerdo le urgía la paz y nos sentamos a negociar con lo poco que nos quedaba.

Escribo sin saber la fecha, el tiempo ya no me importa:
mis palabras son una manera de apresurar
los pasos hacia la nada

Las letras del decreto de amnistía todavía estaban frescas y los alzados cumplimos nuestra palabra. Lo mejor que podíamos hacer era enrollar la cola para lamernos las heridas del fracaso sin que pudiéramos enterrar a los que murieron en vano. La paz de los sepulcros no era para mis soldados. Ellos jamás se levantarían de su tumba como los conservadores que se alistaron en las filas del imperio. El odio de Pelagio seguía firme como una roca. Desde el Palacio del Arzobispado ordenó que nadie les prendiera una candela ni rezara por sus almas. La primera línea de un *Pater Noster* sería suficiente para que el castigo divino cayera como un rayo sobre los que rogaran por los alzados.

La derrota había sido casi absoluta. En el Cielo y en la Tierra yo era menos que nada, mi único consuelo era el de los necios que intentan recuperarse aunque ya lo perdieron todo: si la tercera era la vencida, aún me quedaba una jugada para aposentarme en la silla.

A pesar de que las cuentas de la candidez parecían perfectas y nadie se atrevía a desmentirlas, el horno ardía con toda su furia, aunque el humo apenas se notaba. Mariano Escobedo le había pedido mi cabeza al cara de tlayuda, alguien de mi calaña sólo podía terminar en el paredón o retorciéndose mientras un mecate le apretaba el cuello.

La voz del general que nos había derrotado no podía ser ignorada y, para acabarla de joder, tenía las leyes de su lado. Cualquier tinterillo era capaz de demostrar que había traicionado a mi patria. Las cosas eran como eran y no había manera de sacarles la vuelta. Por eso no me quedó más remedio que soportar lo que no debía aguantar: delante del hombre que me venció, Lerdo me entregó mi baja del ejército. En ese papel se habían borrado todas mis glorias y sólo quedaba la deshonra de ser un levantisco que fue perdonado por lástima. Mis galones se quedaron sobre el escritorio y las medallas que me había ganado me fueron arrancadas. Ese día, ni siquiera Escobedo se tomó la molestia de abrirme la puerta.

Las cosas no pararon con esa afrenta, mi nombre también debía desvanecerse. El perro de Sebastián me exigió que me alejara de Oaxaca para siempre, sólo así podría conservar mi patrimonio y salvar a mi familia de cabrones que seguramente estaban dispuestos a ajustar las cuentas. Mi presencia podría alborotar los rescoldos de la hoguera que nunca cundió. El destierro sería otro de mis castigos. Por eso fue que vendí La Noria y, sin darle muchas vueltas, me fui a Tlacotalpan para dedicarme al negocio que medio entendía: lo dulce del azúcar me quitaría la amargura.

Ahora pienso que aquel exilio no fue una tragedia. Hoy sé que la distancia entre Veracruz y París es infinita. Es más, a Delfina y a mí nos vino bien la lejanía: en Tlacotalpan nos nacieron dos hijos que conservaron la vida. A pesar de los deseos del arzobispo, las maldiciones divinas casi se habían aquietado. Cerca del río y rodeados de las casas pintadas con colores delirantes, Porfirio y Luz Aurora crecieron buenos y sanos. Las mujeres de mi casa juraban que la Virgen de la Candelaria los protegía con su manto y los arrullaba con las décimas que sólo escuchaban los santos.

Por más que se persignaran, yo no podía creer que la Virgen que reinaba en los fandangos los hubiera mirado. Una docena de rosarios no alcanzaba para borrar las excomuniones y una gruesa de avemarías tampoco bastaba para limpiar el pecado de Delfina. La verdad era distinta: los cuidados de mi mujer y de Amanda los alejaron de los males y las maledicencias. Nada les dije sobre el ojo de venado que les colgaba del cuello y siempre guardaba silencio cuando miraba los colibrís disecados que colgaban sobre su cuna.

Decir que no existen los espíritus, invoca los espectros.

En mi patria, las cosas seguían por el mismo camino: la herencia de Beno estaba tatuada en todos los que se acercaban a Palacio, su mala sangre corría por las venas de los traidores. El cara de tlayuda era el presidente interino y su mandato no daba para mucho: sus días transcurrían en los comederos afrancesados y los lugares donde la música le permitía pasar el rato sin preocuparse. La vida muelle que siempre había deseado por fin lo acariciaba: su timba se inflaba y sus piernas adelgazaban mientras trataba de conseguirse una mujer que le calentara la cama y posara como primera dama.

Después de que una tal Manuela lo mandó muy lejos para matrimoniarse con un sastre remendón, era obvio que de nada le servían los pelos embetunados y las cartas que se comerían los ratones. Sus palabras de amor estaban condenadas a transformarse en cagarrutas. Lo mismo le pasó con la ropa que trataba de ocultar sus deformidades. En los periódicos y los pasillos todos estaban de acuerdo en que Lerdo tenía la cualidad del tordo: las patas flacas y el culo gordo.

A la gente que lo salmodiaba le daba lo mismo si Sebastián leía con la mano izquierda mientras la derecha le daba vuelo a la hilacha, o si era cliente de las pirujas que se agüeraban la pelambrera con agua oxigenada. Según ellos, el Señor Presidente sólo tenía la monomanía de guiar a la patria. Sin embargo, todos sabían que Lerdo era un poco hombre y, al final, prefirió cultivar la manteca a agenciarse una esposa de a deveras.

A él le corresponde el dudoso honor de ser el único presidente soltero y, en un descuido, capaz que también se ganó la gloria de morir señorito. De no ser por las cartas que llegaron a mis manos, habría jurado que en las noches se vestía de Manola.

Aunque Lerdo andaba con la calentura de los ferrocarriles y los chacuacos, el único adelanto que logró fue la llegada de las meseras a los cafés. Si en Francia ya despachaban a los clientes, aquí harían lo mismo con tal de que México llegara a esas alturas. Al principio todos estaban felices con lo que pasaba en el Café del Progreso: las féminas por fin tenían al alcance de su mano un trabajo acorde con su inteligencia y su vigor. Y, de puritito pilón, los clientes se alegraban la pupila con las caderas que se meneaban mientras los atendían. Su pinta y sus palabras eran mejores que las de las vendedoras de agua de chía que se conformaban con decirles "qué le sirvo mi alma".

Pero ni siquiera eso le salió bien al imbécil. Apenas habían pasado tres meses cuando sus ansias de novedad se fueron al diablo. La gente decente se dio cuenta de que las propinas no eran el camino que les permitiría ahorrar para la dote que les daría un buen matrimonio; cada centavo que les daban era un paso que se adentraba en el camino de la perdición. El dinero que les regalaban los clientes estaba manchado por la lujuria. Las denuncias que se leían en el periódico de don Ireneo no podían echarse en saco roto y las meseras tuvieron que regresarse a su casa. Ahí se quedarían hasta que un buen samaritano las dejara cargadas.

Todo se le resbalaba a Lerdo, las ansias por honrar cada una de las letras de su apellido le brotaban por los poros. En realidad, a él sólo le importaban las elecciones que se acercaban. El gusto por la presidencia interina se había transformado en el anhelo por la presidencia constitucional. Sus querencias por seguir en la silla no andaban solas: algunos emperifollados le calentaban las orejas y le abrían las puertas de su casa para recibirlo como si fuera un marajá.

El padre de Carmelita era uno de ésos.

En Tlacotalpan, el negocio jalaba a todo lo que daba, y el rey de oros sonreía en mis cartas. Apenas me faltaba tantito para que todo fuera perfecto. Por eso, con tal de que el azúcar me saliera más dulce, levanté una maestranza con todas las de la ley. El humo de las cañas comenzó a entreverarse con el que brotaba de la fundición donde parían cañones rayados. Y, nomás para rematar, casi al lado de las tlapixqueras construí la fábrica de las municiones que alimentarían los fusiles que me llegaban de contrabando. A fuerza de muertos había aprendido la lección. En el peor de los casos, la falta de pertrechos no nos pegaría en los primeros días de la asonada.

Las armas eran importantes, pero a ellas —como dicen los jaraneros— siempre les falta otra cosita para llegar hasta arriba. Aunque el sonido del telégrafo siguiera mis pasos, me aficioné a las conversaciones y los viajes. El pretexto de encontrarme con mis viejos compañeros de armas para recordar las glorias que no volverían y cerrar los negocios que no dejaban un centavo, me daba la oportunidad de tejer los amarres perfectos.

Por eso fue que me encapriché con volver a ser diputado. En esos días se me había olvidado que los discursos se me atragantaban y que la rabia me teñía los ojos de rojo. Si la primera vez que llegué a la Cámara fue mala, la segunda estuvo de la fregada. Lo mío eran las pláticas en corto, los silencios que todo lo dicen y apenas unos pocos entienden. Por eso fue que me largué del Congreso y me dediqué a lo que de verdad valía la pena.

Delfina sólo me miraba y, cuando estábamos solos, repetía las mismas palabras:

—Por más que te bañes siempre hueles a pólvora —me decía sin ganas de frenarme.

Después de eso me olisqueaba y el hígado se le retorcía a María Guadaña; sus amores eran de hielo junto a los de Delfina.

Sin darse cuenta, Sebastián trabajaba para mi causa. La comida y el coñac, los cigarros que incesantemente prendía para tratar de encontrarle tres pies al gato y su incapacidad para mandar lo estaban hundiendo sin que nadie le echara la mano. Él era el títere que se imaginaba titiritero.

Los únicos que seguían a su lado eran los mismos de siempre: el general Escobedo, Manuel Romero Rubio y otros encopetados le enmielaban los oídos sin darse cuenta de la tormenta que se les venía encima. Las cosas tienen un límite y Lerdo se lo había brincado. Por eso, cuando intentó quedarse en la silla, el pueblo le dio la espalda y nosotros tomamos las armas. Las cartas y los telegramas que les mandaba a mis aliados siempre decían lo mismo: "El gobierno ha perdido su legitimidad y nosotros debemos recuperarla".

A sangre y fuego defenderíamos el valor de los sufragios. Nuestro plan no era como los que publicaron los otros levantiscos: en cada una de sus palabras se notaba la mano de los que tenían buena pluma. Don Ireneo, el Chinaco Riva Palacio y otros más le entraron hasta que fuera perfecto. Los tuxtepecos no éramos unos cualquieras: nuestras ideas eran inmaculadas y nuestros fusiles estaban calados.

Aunque en el norte nos faltaban respaldos y Escobedo seguía al mando de las tropas, volvimos a tomar las armas. La tercera sería la vencida, la producción del azúcar más dulce no podía ser en vano. Los oaxaqueños estaban de mi lado y en más de un lugar del sur tronaron asonadas. Los gritos de "muera Lerdo" y "sufragio efectivo, no reelección" sonaban a todo lo que daban.

En la capital, las cosas también estaban de la tiznada: el viejo Iglesias presidía la Corte y se negó a reconocer a Lerdo como presidente. Las leyes le dieron la espalda al leguleyo que se bendecía gracias a los enjuagues de Juárez. En un santiamén, Iglesias optó por el mismo camino de Beno: se proclamó presidente interino y se fue a Guanajuato para levantar una tropa que lo respaldara.

En esos momentos no valía la pena perder el tiempo con Iglesias: los enemigos de mi enemigo tenían que ser mis amigos. Ya después, cuando mis tropas volvieran a tomar la capital, le explicaría con calma de qué color pintaba el verde.

Al principio, los combates quedaban tablas. El ojo por ojo era la única ley que rifaba. A Lerdo no le quedó de otra más que ofrecer una recompensa por mi cabeza. Al fulano que me entregara vivo o muerto le darían cincuenta mil dólares. Ese dinero tentaba a cualquiera, el más leal de mis hombres podría traicionarme por menos de eso.

La sombra de la puñalada trapera no se me despegaba y no me quedó más remedio que poner tierra de por medio. Durante unas semanas me quedaría en Nueva Orleans sin tener que forjar puros como el indio pedorro y sus secuaces. Esa ciudad era el lugar de las conspiraciones, el sitio del que partían los contrabandos. Ahí podía conseguir todo lo que nos faltaba.

Llegar a Nueva Orleans no era ocioso ni cobarde.

El camino al puerto no fue difícil de recorrer. La gente que me tenía ley me escoltó hasta que llegamos al muelle donde estaba el *City of Havana*. Sin grandes problemas me trepé al barco: los trámites de sanidad se pasaron por alto y mis fieles me disfrazaron para que no levantara sospechas. Yo los dejé hacer aunque los pelos que me llenaron de talco me parecían la más grande de las ridiculeces.

Las anclas se levantaron y la humareda que brotó de la chimenea anunció nuestra partida. En la costa, una banda militar tocaba para despedir al navío de guerra que partía al mismo tiempo. Las notas de la marcha me calaron en el alma. Esos músicos no tocaban para despedir al héroe de la patria. Yo sólo era un general al que le habían arrebatado los galones.

El puerto apenas era una línea quebrada que se anunciaba en el horizonte. Me senté en la cubierta para sentir el aire salobre. Ahí estaba, con la mirada perdida en las rajaduras que la nave trazaba en el agua. Entonces me di cuenta de que la suerte me había abandonado. El barco de la armada navegaba hacia nosotros y los bufidos de su maquinaria anunciaban su velocidad.

Alguien me había traicionado.

Me lancé por la borda para nadar hacia la costa. Las millas que me separaban de la playa y las olas embravecidas me importaban un carajo. Por más que las grandes aguas pudieran devorarme, no podía darme el lujo de caer en manos de Lerdo. La cárcel o el juicio sumarísimo no debían alcanzarme.

El grito de "hombre al agua" y los pitidos del capitán se adueñaron del barco. La tripulación descolgó una lancha para rescatarme. Los remeros me alcanzaron y me ofrecieron su mano. Yo rechazaba su apoyo. Sólo por la fuerza pudieron treparme en la embarcación. Y, con tal de que me serenara, aceptaron ocultarme bajo una lona. El miedo a ser capturado era más grande que el miedo a ahogarme.

¿Para qué niego lo que muchos trataron de ocultar? La verdad es que me había equivocado: el navío de guerra pasó de largo y ni siquiera se detuvo para tratar de ayudar a los marineros que me salvaron. Por primera vez en mi vida me sentí ridículo: en la temblorina que se adueñaba de mi cuerpo se entretejían el frío y la rabia.

El *City of Havana* continuó su travesía y les abrió la puerta a las leyendas que me adornaban con oropeles. Cuando llegué a la silla, algunos quedabién contaban que me lancé por la borda y con un cuchillo destripé al tiburón que se interpuso en mi camino; tampoco faltaban los que decían que toda la armada se había lanzado contra nuestro navío y, como debía ser, sobraban los que aseguraban que supuestamente participaron en mi rescate.

Nada de esto es cierto, lo único verdadero es el miedo que me llevó a hacer una locura.

El viaje a Nueva Orleans nunca dio frutos. Nadie estaba dispuesto a apostar un centavo a favor de los alzados. La suerte estaba echada y no teníamos de otra más que entrarle con lo poco que nos quedaba. Si en el sur mis hombres avanzaban con las banderas en alto, en el norte las cosas pintaban mal. A pesar de esto, las tierras amarillentas no podían detenernos, y volví para encabezar la revolución. A mi lado cabalgaban los hombres que se habían jugado la vida en contra del imperio y que ahora la arriesgaban por una causa sagrada.

En las primeras escaramuzas nos alzamos con la victoria, pero cuando llegamos a Icamole descubrimos que todo estaba en nuestra contra. Escobedo y sus generales casi nos tenían rodeados. En el menos peor de los casos, apenas los separan unas cuantas jornadas para alcanzarnos.

Nada de esto podía acobardarnos, por eso fue que nos lanzamos al combate y nos partieron el hocico.

Los cagatintas de Lerdo juraban que después de la derrota chillé como marica.

En los periodicuchos que él pagaba empezó a imprimirse el mote siniestro. Según ellos, yo era el Llorón de Icamole. Sin embargo, ninguno de esos cagatintas era capaz de imaginarse lo que sentía cuando miraba a mis soldados destripados. La tinta emputecida no duele como la sangre. Las tres lágrimas que se me salieron no eran las de un cobarde, eran las de un patriota dolido por la muerte de los mejores hombres de México. Y, si alguien lo duda, hay un hecho que no pueden negar: a pesar de lo que había sucedido, seguí adelante con mis tropas maltrechas.

Después de la tragedia de Icamole seguimos avanzando. A cada paso que dábamos mis fuerzas crecían: los porfiristas de cepa, los viejos imperialistas, los elementos de la Guardia Nacional y los juaristas decepcionados llegaban con sus armas en mano. El Ejército Regenerador se engrosaba para demostrar lo que todos sabíamos: nuestra revolución no era un asunto de quítate tú para que me ponga yo, la meta que perseguíamos era mucho más grande. Después de que Lerdo cayó, logramos lo que nadie había conseguido: el respeto absoluto a la voluntad de la gente.

Llegamos a Tlaxcala, y en Tecoac nos jugaríamos el todo por el todo. Si las tropas del cara de tlayuda eran más numerosas y estaban mejor armadas, nosotros teníamos la bendición de la patria. Nos lanzamos a la carga. Al principio, los hombres de la dictadura comenzaron a retirarse. Paso a paso tratábamos de arrinconarlos para quebrarles el eje. Sin embargo, la falta de pertrechos comenzó a jugar en nuestra contra. La batalla estaba durando más de lo que habíamos calculado. Poco faltaba para que ellos nos arrebataran la iniciativa, pero entre los cerros se oyó una corneta que todo lo cambió: la caballería del Manco González destruyó sus defensas. La matanza fue dura, pero nos tocaron los laureles.

Mientras caminábamos entre los muertos, me asinceré con mi compadre.

—Yo sé que le debo la victoria, usted será mi ministro de Guerra —le dije y cumplí con mi palabra al grado de que lo dejé encargado de Palacio.

Su traición aún no se asomaba. Ella llegaría unos años más tarde, cuando todavía tenía la intención de cuidar las formas y lo dejé al frente de la Presidencia. El Manco creyó que se la había ganado a ley y se le metió la calentura de seguir aposentado en la silla. No lo hubiera hecho. Aunque me dolió en el alma, no me quedó más remedio que azuzar a los diputados para que lo acusaran por sus corruptelas y lo condenaran a la distancia. Lo único bueno fue que jamás pudimos emparentar: a mi hija Amada nunca le cuadró su muchacho.

Después de la derrota de Tecoac, Lerdo huyó de la capital con los calzones hediondos. Y, antes de largarse, ordenó que le entregaran el oro de la tesorería. No llegó muy lejos, mi gente lo atrapó sin que pudiera dar un nuevo golpe.

En menos de lo que canta un gallo lo condenaron al paredón y me mandaron un telegrama para pedirme mi parecer. Apenas me tardé en contestarles: no tenía sentido que convirtieran en un mártir al pelagatos que alimentaría el odio de los rijosos. Lo mejor era que lo encarcelaran mientras decidía qué haría con él. Por vía de mientras, la falta de coñac y la comida miserable serían su primera condena. Con Iglesias, las cosas no fueron distintas: por más que le ofrecí una salida digna y casi legal, se emperró con su necedad de que era el presidente legítimo, por eso tuve que destrozarlo antes de que acompañara a Sebastián detrás de los barrotes.

Lo que pasó estaba anunciado: embarcamos a Iglesias y a Lerdo con rumbo al exilio. A uno lo mandamos a San Francisco desde Manzanillo, al otro le tocó largarse a Nueva York desde Acapulco. El largo viaje seguro que les atemperaría el carácter. En esos días, los periódicos gringos decían que mi patria exportaba más expresidentes que plata. Quién quita y tenían razón. El general Escobedo también escogió su destino: huyó con la cola entre las patas sin que se le aplacaran las ansias de revancha. Apenas habían pasado unas semanas cuando intentó organizar una asonada desde el otro lado de la frontera, pero la mera verdad es que traía la suerte alrevesada: el gobierno yanqui quería llevar la fiesta en paz y lo persiguió hasta que dobló las manos.

La tercera fue la vencida. A golpe de vista todo indicaba que me había salido con la mía, pero la verdad era muy distinta: los políticos y los leguleyos me miraban como uno más de los golpistas que habían llegado a Palacio; la gente de dinero estaba marcada por las suspicacias, para ellos sólo era el enésimo generalete que llevaría al país a la ruina y, para terminar de jorobar las cosas, los yanquis me negaban el reconocimiento. Lo que hicieron con Escobedo apenas había sido un cale.

Ninguno de ellos se imaginaba lo que tenía en la cabeza. Los años no habían pasado en balde y las lecciones eran las cicatrices que me recorrían el cuerpo. Para amacizarme en la presidencia necesitaba que todos doblaran las manos. La reconciliación de los enemigos eternos era el único camino que nos llevaría a la paz. Poco a poco los fui quebrando y, al final, casi todos se quedaron contentos con lo que les había tocado: los juaristas levantaban la mano en las cámaras y pronunciaban discursos que nada incendiaban; los lerdistas entendieron que no les quedaba más remedio que escoger entre el pan y el palo, y el resto de los políticos y los caudillos se acostumbraron a comer carne tres veces al día. Con los militares la cosa estuvo más fácil: apenas necesitaba dejarles la rienda tantito suelta para que comenzaran a licenciar a sus hombres sin que sus nombres se borraran de la nómina y, cuando empezamos a modernizar el ejército, todos querían apalabrarse con los proveedores. Al final, sus tropas se especializaron en desfiles y sólo usaban sus fusiles en contra de la indiada y los revoltosos que apenas estaban armados.

Los más tarugos fueron los únicos que no entendieron lo que estaba pasando. Por más que la verdad les pasaba delante de los ojos, no se daban cuenta de lo que hacían el hijo de Juárez y sus compinches: ellos eran los porteros de los capitalistas extranjeros y siempre se quedaban con una tajada por ayudarlos en los trámites. El progreso era el camino que desembocaba en la concordia y la riqueza. Por eso, el día que vino a verme un gobernador para pedirme frías, no me quedó más remedio que explicarle cómo eran las cosas.

—Haga obra mi amigo, haga obra y verá cómo todo se endereza —le dije, y entendió a la primera.

Con los gringos también hubo estira y afloja, pero al final entraron al redil. Cada capitalista que llegaba de Europa se convertía en alguien que les podía arrebatar la cena. Las amenazas dejaron de servirles. Ellos me reconocieron y, sin hacerme el remolón, les abrí la puerta a sus negocios. Mi patria era rica y sus bienes alcanzaban para todos. Así, pian pianito, el paisaje fue cambiando hasta que quedó irreconocible: las chimeneas y los rieles, las líneas de telégrafo y las presas transformaron la nación salvaje.

Los ensotanados eran los únicos que no querían entender las reglas: las leyes sólo se derogan cuando estorban, pero siempre se mantienen por si acaso se necesitan. El arzobispo Pelagio creía que estaba delante de una persona que tenía las mañas del indio. La gente que él mandaba siempre volvía con maldiciones y amenazas. Él y yo sólo pudimos entendernos cuando me cayó la desgracia...

El reflejo de la ventana no podía mentirme. Entre los cueros del pescuezo, mis venas se tensaban como los calabrotes que se enfrentan a los nortes. Cada latido era una ráfaga y las palpitaciones me amenazaban con reventarlas para ahogarme con mi sangre. La presión que tanto le preocupaba a Gascheau podía arrebatarme la vida. Aunque en la sesera me retumbaban las órdenes que le daba, mi mano se rebelaba con ansias de darme un cuartelazo. En la oscuridad sin espectros, María Guadaña la obligaba a seguir sus mandatos. El manguillo estaba tieso, de su punta sólo brotaban las manchas del silencio. Mi pluma se negaba a contar la historia que me partió el corazón y me condenó a la espera infinita.

Por más que intenté rebelarme, mi amante despechada me impuso sus deseos. El olor a clavo del bálsamo de la India —que apenas me aliviaba los dolores de la quijada— y los aullidos del perro cuartelero que estaba en el muelle desbarrancaron mis planes. El final de mi historia tendrá que adelantarse hasta que a la Muerte se le pegue la gana llevarme. El llanto de los niños muertos debe enmudecer para que todo se acabe.

París, finales de mayo de 1915, la pluma me pesa por las malas
artes de María Guadaña, pero yo debo seguir adelante.
Ya falta poco para que llegue el triunfo de la muerte

Por más que los médicos entraban y salían, la fatalidad no se rendía. Tres veces cambiaron las sábanas sin que la sangre se detuviera. Mi niña apenas boqueó antes de que la Calaca se la llevara. El Dios inclemente se había apoderado de mi casa y María Guadaña blandía su hoja. Por más que golpeaba la puerta, las bisagras seguían inmóviles. El silencio era abominable y sólo se quebró cuando el doctor que presumía de sus títulos franceses me dijo que no quedaba nada por hacer: la hemorragia mataría a Delfina en muy poco tiempo.

Entré a verla. Su piel estaba cerosa y su pecho apenas jalaba aire. Mi amante despechada aguardaba a su lado, la Virgen de la Soledad esperaba su turno. Por más que me esforzaba, las palabras que le mentirían estaban enclaustradas en mi garganta. Delfina no se negaba a la muerte y se agarraba de la vida para cumplir su último deseo.

—Me quiero ir en paz con Dios —me dijo con una voz que apenas se escuchaba.

Por más que el pasado me pesara, no podía negarme a su ruego.

El hombre que se fue a cumplir la encomienda no se detuvo para pedir explicaciones. Su vida dependía de que la cumpliera antes de que mi mujer se muriera.

Nada sé de lo que pasó en Palacio, pero los pasos que casi se arrastraban en el pasillo sonaron a tiempo. María Guadaña tenía paciencia para esperar la última escena.

El arzobispo Pelagio se sentó en la cama de Delfina. Mi mujer se confesó y, antes de que le trazara la cruz en la frente, me llamó para que nos casáramos delante de Dios. Después de eso le dio el último sacramento y nos sentamos a esperar su partida. Él me pidió un trago de brandy y yo me conformé con el enésimo cigarro. La garganta me ardía, pero el humo me acompañaba en silencio.

Estábamos solos, la noticia de lo que estaba pasando todavía no se brincaba la barda.

A Pelagio le pesaban los años, pero su necedad seguía intacta.

—Dios perdona, pero nunca olvida —murmuró sin ganas de consolarme.

Su decir sin decir no podía ocultarse y yo no podía negarle lo que me pedía. La vida es una perra maldita que da y quita. Lo miré de arriba abajo y suspiré con ganas de que nuestro pasado se olvidara.

—Eso que ni qué —le contesté con calma—, pero Dios también sabe que hay que guardar las formas. Hay veces que las leyes pueden olvidarse, aunque no se deroguen.

Esa noche, la paz con la Iglesia se firmó sobre el ataúd de Delfina.

Durante todo el velorio estuve en silencio y mi mudez se mantuvo cuando Pelagio bendijo su ataúd en el entierro. Unos días más tarde, en la catedral enlutada, él dijo la misa de difuntos. Yo estaba sentado a unos pasos del altar y oía sus palabras: "Señor, te ofrecemos estos dones por la salvación de nuestra hermana Delfina, para que pueda encontrar un juez misericordioso". Lo único que nunca asumió es que ese juez vendió su sentencia a cambio de la convivencia.

Ahí estaba, aguantando los latigazos y los ramalazos, lamiéndome las heridas como un perro abandonado. Alguna vez, Delfina me prometió que sería mi viuda y que nunca padecería su ausencia. Por más que quiso, no pudo cumplir su palabra y yo tuve que resistir sin derramar una lágrima.

El Señor Presidente no podía darse el lujo de quebrarse delante de la gente. Nadie, absolutamente nadie, podía verme derrotado. Una mano temblorosa bastaría para que se alborotara el avispero y mis enemigos resucitaran al Llorón de Icamole. Por eso seguí con mi vida sin que la ropa negra me delatara. La única pasión que me quedaba me permitió seguir adelante.

Cuando mi mujer me dejó, las que pretendían ocupar su lugar eran una legión. Al puesto de primera dama siempre le sobran suspirantes, y más de cuatro insistían en que podían presentarme a la candidata perfecta. A ellos no les importaba que la ausencia de Delfina jamás se llenaría, sólo querían que mi mujer me susurrara su nombre en la almohada. Su apuesta no tenía vuelta de hoja: sus negocios se resolverían por vía venérea. Pero yo no podía darme el lujo de darle gusto al gusto: tenía que buscar una mujer y no sólo una nalga; para eso me bastaba y me sobraba con las vueltas que nos dábamos por los baños de Amajac. Si la muerte de Delfina había traído la paz, mi nueva esposa tenía que refrendarla. Lo mío no era una cosa de amores, los cálculos estaban por delante.

Por más que le dio de vueltas, Carmelita no pudo negarse a darme clases de inglés en las tardes. Su padre, un hombre al que le endilgaban una mirada tan suave como la de un apóstol, todavía me las tenía guardadas, pero no le quedó más remedio que abrirme la puerta de su casa y servirme café en la mejor de sus porcelanas. Aunque el imbécil de Lerdo seguía en Nueva York, sus cartas iban y venían con ansias de conspirar con su mejor amigo. A don Manuel Romero Rubio le sobraba el dinero para respaldar una asonada y el cara de tlayuda sólo esperaba el momento adecuado para tronarla. Ellos se sentían confiados y mi presencia les atreguaba las suspicacias. Jamás se imaginaron que cada uno de sus papeles era copiado. En el correo me sobraban hombres de confianza.

No hubo necesidad de que nos tratáramos de más, tampoco podía andar perdiendo el tiempo con flores y poemas empalagosos. El Señor Presidente no podía hacer el ridículo. Por eso le pedí matrimonio por escrito y, aunque la nota le cayó como un balde de agua, no hubo manera de que me despreciara. Su padre sabía lo que le convenía. Los trámites corrieron a buena velocidad y ni siquiera me tomé la molestia de discutir su dote. El dinero de don Manuel no estaba en mis planes. Su fortuna debía quedar intacta.

La gente me contaba que Carmelita se tragaba la muina y a la menor provocación le mandaba cartas a Lerdo con ganas de desahogarse. La nena Romero Rubio se pensaba como la paloma que debía sacrificarse con tal de apaciguar las tormentas políticas. La relación de sus desgracias casi era tan larga como la lista de sus repulsiones. A lo mejor por eso fue que, en uno de esos papeles, le contó al cara de tlayuda sus planes para soportar el matrimonio con un matasiete. Ella juraba que su pecado estaba decidido y no le importaba arder en el Infierno con tal de sacarle la vuelta a la que pensaba como su peor tortura: "El mayor castigo que puedo tener sería parir a los hijos del hombre que no amo, aunque prometo respetarlo, estimarlo y serle fiel hasta la muerte". Yo leí sus palabras y desde el día que nos casamos le cumplí su deseo: nunca la penetré sin ponerme una tripa de cordero.

Después de que nos matrimoniamos, las cartas de Lerdo siguieron llegando y sus insultos se desbordaban. "Eres la mariposa con alas de seda que está aprisionada en el cráneo de un asno", le decía en una de ellas y, para rematar, en otra le aseguraba que mi virilidad estaba condenada: "En los hombres sanguinarios y crueles, la impotencia sobreviene a los cuarenta años", juraba el hombre que nunca pudo tener una mujer. Yo la dejaba escribir y leer: un matrimonio por conveniencia no es una deshonra. Al fin y al cabo, Lerdo ya estaba herido de muerte. El día que se lo cargó la Tiznada, la correspondencia de mi mujer perdió a su destinatario y se negó a cenar conmigo.

Al principio, Carmelita se endiablaba por lo que le decían los lamebotas; las comparaciones con los ángeles y los querubines le retorcían las tripas. Y peor se ponía cuando se atropellaban para saludarla y ganarse la sonrisa que apenas ocultaba su desprecio. Durante unos meses se aguantó las ganas de darles un descolón, pero al final terminó por acostumbrarse a los discursos y los poemas, a la zalamería y las adulaciones sin límite. Aunque jamás lo reconoció, yo sé que empezó a gustarle que la gente no pudiera arrastrarse más porque no le alcanzaba el suelo.

Todos salimos ganando, el único que salió raspado fue Lerdo, la lejanía nunca lo abandonó y lo condenó a morirse sin sentir el aire de mi patria. A los Romero Rubio les tocaron mis bendiciones y Carmelita se afanó en que me adecentara. Los tiempos del guerrero se habían terminado, los de don Porfirio estaban naciendo. Mis uniformes se quedaron olvidados para cederle su lugar a los trajes perfectamente cortados; mis canas me igualaron con el káiser y dejé de escupir en los tapetes. El *máiz* no volvió a salir de mi boca, pero mis silencios seguían destanteando a los que me acompañaban.

Los dos cumplimos nuestra palabra: ella era la esposa perfecta y su virgo rasgado selló la paz; yo sólo era el esposo que parecía intachable, el patriarca severo que nunca le sacaba la vuelta a sus obligaciones. A pesar de esto, la pasión jamás nos tentó, pero con una velocidad asombrosa cumplíamos con el débito del matrimonio. Al final, cuando todo se derrumbó, ella me acompañó al exilio y sus lejanías se fueron apagando. No es que nos amáramos, pero Carmelita seguía dispuesta a cargar con la cruz del matrimonio.

No puedo dudar de que mi mujer me tiene algo de cariño, pero Delfina siempre estuvo entre nosotros. Mi esposa de a deveras es distinta y juntos haremos palidecer las llamas del Infierno.

Epílogo
Una carta sin destinatario

Seguramente ya conoces la noticia: mi padre murió hace unos pocos días. Lo que se publicó en los periódicos de La Habana te habrá dado una idea de lo que sucedió y los remolinos que se levantaron con su partida. En algunos diarios se le hizo justicia, pero en los demás sólo se imprimieron denuestos. En realidad sólo pasó lo que tenía que pasar. Los que vivimos en el exilio quizás entendemos los hechos de una manera distinta y sentimos en carne propia lo que significa ser un político derrotado. Aunque es muy probable que los hayas leído, me detengo en un par de ejemplos. En uno de ellos se leía lo siguiente: "Porfirio Díaz hizo de una nación salvaje una república floreciente. Fue derrocado. Ahora, al fallecer en París, la revolución, la anarquía y el hambre son las secuelas de su abdicación", mientras que en otro se hacía una afirmación fulminante: "La historia lo juzgará sin piedad". Su memoria, ahora lo tengo claro, se quedará atrapada en los vórtices de lo sublime y lo grotesco.

La tentación de contarte que su fallecimiento fue plácido es grande. A pesar de esto, te confieso que su agonía apenas le dio tregua durante algunos momentos. Las horas en las que era presa de la grafomanía se convirtieron en su único alivio. A ciencia cierta, nadie sabe cuántas páginas llenó durante su insania. Su esposa me ofreció la llave del cajón donde guardaba esos papeles y me pidió que me los llevara. No pude aceptarla y preferí que terminaran en la basura: leer las palabras de un padre dementado es un dolor innecesario y lo mejor es que no formen parte de los documentos que contarán su historia.

Yo prefiero recordarlo como era y revivir nuestras caminatas en París o los viajes que nos llevaron a los lugares que no conocía.

Sin que nadie pudiera evitarlo, mi padre dejó de ser el que era: en sus ataques seniles juraba que los fantasmas lo acosaban. Las sombras de su casa tenían nombres precisos y estaba convencido de que el polvo que se acumulaba era la huella que dejaban sus mortajas. Al final, su médico de cabecera aceptó que nada quedaba por hacer. Su mirada estaba perdida en la nada. Carmelita nos avisó que no podía levantarse de la cama, que rechazaba los alimentos y maldecía al doctor que lo atendía. Sin tentarse el alma, terminó refregándole la historia del hijo que perdió en las trincheras.

Unos días más tarde se quedó completamente mudo. Sus ojos revelaban que no nos reconocía. Por más que le hablábamos, nuestras palabras caían en el más profundo de los abismos. Mi padre ya no estaba con nosotros, aunque su cuerpo resistía con la poca fuerza que le quedaba.

Así siguió hasta que llegó el momento de su partida. Su esposa insistió en que trajeran un sacerdote, nosotros no fuimos capaces de oponernos. Todos estábamos alrededor de su cama: la mirada de Carmelita estaba clavada en las lámparas de noche, las nuestras se perdían en la nada. La respiración de mi padre era difícil, los fuelles de su pecho no le bastaban para seguir adelante. Sus jadeos apenas se escuchaban. Su voz sólo volvió a escucharse durante unos instantes: el nombre de mi madre fue la última palabra que salió de su boca.

Su velorio y su entierro fueron discretos. Ahí sólo estábamos los que debíamos estar. Al principio, la prensa apenas dio noticia de su fallecimiento y nosotros agradecimos su silencio a medias. Ninguno tenía fuerza para contestar las preguntas incómodas de los reporteros. Lo que pasó después ya lo conoces. Lo verdaderamente importante es otra cosa: mi padre había muerto en el exilio y con él falleció una época. Lo que pase o deje de pasar en México es algo que no nos importa: su patria está muerta y los alzados bailan sobre los cadáveres.

Carmelita decidió enterrarlo en París. En el fondo de su alma tiene la intención de llevar sus restos a México. Ignoro si quiere que reposen al lado de la tumba de mi madre o si ha pensado en otro lugar. Lo que sí es un hecho es que nunca ha mencionado el panteón de San Fernando: los restos de mi padre no tendrían reposo si compartieran la misma tierra con su mayor enemigo. A pesar de sus buenos deseos, Carmelita no se da cuenta de que son imposibles: desde el día de su renuncia, mi padre se transformó en un tirano, en un dictadorzuelo que sólo sirve para justificar las matanzas y los atropellos que se cometen para borrar su memoria. Mi padre nunca podrá volver a su patria, y su esposa, si es que decide regresar, quedará condenada a vivir entre el olvido y las sombras.

Así pues, no te escribo para darte la noticia que ya conoces, tampoco lo hago para pedirte que nos acompañes en estos momentos, sólo lo hago para suplicarte que, si acaso vienes a visitar su tumba, le dejes unas gardenias. Ésas eran las flores que perfumaban a mi madre.

Una nota para los curiosos

El día que terminé de corregir mi novela sobre Juárez descubrí que —sin darme cuenta— había comenzado una nueva aventura: contar la vida de Porfirio Díaz. Los años no habían pasado en vano y las vidas paralelas volvían a ser un imán irresistible. Efectivamente, desde la primera vez que se publicó *La derrota de Dios*,[1] el general comenzó a asomarse en mis páginas y por fin me sentía listo para enfrentarlo. En esos momentos creía que las lecturas acumuladas me daban la posibilidad de acompañarlo con pasos casi firmes: trece años de encuentros no eran poca cosa.

Tan seguro estaba que, en un arrebato de soberbia, me creí capaz de levantar los guantes que arrojaron Francisco Bulnes y Moisés González Navarro. Don Pancho estaba convencido de que las *Memorias de Porfirio Díaz* —las cuales sobrevivieron de las llamas por una feliz casualidad[2]— eran una historia de poca monta

---

[1] José Luis Trueba Lara. *La derrota de Dios*. México, Suma de Letras, 2010.

[2] La situación a la que me refiero la explica Alicia Salmerón en el "Estudio introductorio" de uno de los tomos de las obras de Francisco Bulnes publicadas por el Instituto Mora: en 1892 se editaron por primera vez las *Memorias* de don Porfirio con un tiraje de apenas cien ejemplares. Una parte de ellos se distribuyó entre un selectísimo grupo de intelectuales y políticos capitalinos para tratar de medir la reacción que provocarían. Al parecer no fueron bien recibidas, y en muy poco tiempo fueron decomisados la mayoría de los ejemplares para ser quemados en Palacio Nacional. Sin embargo, algunos se salvaron de una manera casi milagrosa y, gracias a ellos, este texto —que dictó Díaz y fue editado por Matías Romero— ha podido reimprimirse en varias ocasiones.

que a fuerza de conversaciones y reescrituras se había transformado en un batiburrillo colmado de alabanzas.[3] En cambio, Moisés González Navarro tenía una idea distinta y apetecible: "algún autor de novelas históricas" debería escribir las memorias del general. Si don Porfirio había guardado silencio durante los casi cinco años que pasó en el exilio, alguien debía asumir el riesgo de tomar la pluma para llenar ese vacío.

Estas páginas son una respuesta a sus retos y en ellas se entreveran la realidad y la ficción para convertirlas en una paradoja o, si así se quiere, en una contradicción absoluta que no tiene remedio: lo que se cuenta en esta novela es absolutamente verdadero y totalmente falso. Ésta es la maravilla de las novelas históricas que se alejan de las disquisiciones académicas y siguen el camino que nos mostró Martín Luis Guzmán: en aras de la verdad literaria, es posible desvirtuar la verdad histórica.[4]

---

[3] Las conversaciones y las reescrituras a las que se refiere Francisco Bulnes son las siguientes: los tres tomos escritos por Salvador Quevedo y Suvieta (*vid.* n. 9); las pláticas que el general tuvo con Hilarión Frías y que se transformaron en un libro firmado por Ignacio M. Escudero (*Apuntes históricos de la carrera militar del señor general Porfirio Díaz, presidente de la república mexicana.* México, Imprenta y litográfica Latina, 1889) y las que escribió el general Bernardo Reyes cuando era ministro de Guerra y Marina (*El general Porfirio Díaz. Estudio biográfico con fundamento de datos auténticos y de las memorias del gran militar y estadista, de las que se reproducen los principales pasajes.* México, Ballescá, 1903). Evidentemente, el hecho al que me referí en la nota anterior fue un fracaso: los ejemplares que no fueron quemados les abrieron paso a muchas biografías.

[4] *Vid.* Víctor Díaz Arciniega. "Prólogo", en Martín Luis Guzmán. *Obras completas.* México, Fondo de Cultura Económica (FCE) / Instituto Nacional de Estudios Históricos de las Revoluciones en México, 2010, t. III. La idea de Martín Luis Guzmán no es única; en una de las entrevistas que concedió Arthur Conan Doyle sostuvo algo muy parecido: "El error habitual de las novelas históricas es que tienen demasiada historia y poca novela" ("Una charla con el doctor Conan Doyle", en Arthur Conan Doyle. *Mis libros. Ensayos sobre lectura y escritura.* México, Páginas de Espuma, 2018.)

Así pues, en esta novela podría haber escrito el mismo aviso que Reynaldo Arenas incluyó en *El mundo alucinante*[5] para dejar en claro que no hay fronteras entre la ficción y la realidad. En este caso sólo habría tenido que cambiar el nombre del protagonista para que fuera perfecto: "Ésta es la vida de fray Servando Teresa de Mier, tal como fue, tal como pudo haber sido, tal como a mí me hubiese gustado que hubiera sido. Más que una novela histórica o biográfica [este libro] pretende ser, simplemente, una novela".

◌◌

Como es de suponerse, cuando comencé a trabajar en estas páginas no me había adentrado en todo lo que se ha escrito sobre la vida y los hechos de su protagonista: las biografías de don Porfirio podrían llenar los estantes de una biblioteca de buen tamaño, mientras que la lista de los libros y los artículos especializados más importantes sobre su régimen integra un volumen que rebasa las ciento cincuenta páginas.[6] Las obras que lo ensalzan o las que lo cubren de infamia, al igual que las investigaciones que buscan comprenderlo, son demasiadas para un lector vagabundo como el que soy y seguiré siendo. Harían falta una monomanía incurable y una vida entera para leerlas a cabalidad. Lo que me sucedía no era distinto de lo que había ocurrido en otras de mis novelas que irremediablemente se enfrentan al problema de los demasiados libros y los caminos contradictorios.

Por esta razón, me vi obligado a elegir algunas obras para que me acompañaran sin abandonar mi escritorio. Lo que conté sobre Díaz —además de lo que se dice en sus *Memorias*[7] y en los

---

[5] Reynaldo Arenas. *El mundo alucinante*. Madrid, Cátedra, 2008.

[6] En concreto me refiero al libro de Mauricio Tenorio Trillo y Aurora Gómez Galvarriato: *El Porfiriato*. México, FCE, 2006.

[7] *Memorias de Porfirio Díaz*. México, Consejo Nacional para la Cultura y las Artes (Conaculta), 2003 (ed. original 1892), 2 v.

documentos de su archivo que se publicaron durante casi veinte años[8]— es una herencia absolutamente espuria de las obras de Francisco Bulnes, James Creelman, Carlo de Fonaro, Paul Garner, Enrique Krauze, José López Portillo y Rojas, Salvador Quevedo y Zubieta, Ralph Roeder, Alejandro Rosas, Carlos Tello Díaz y José C. Valadés, entre otras.[9] Sé bien que esta mezcla parece muy extraña, pero las hagiografías y los denuestos —al igual que las palabras que intentan comprenderlo y los libros de divulgación— se unieron para contar una historia donde la literatura es ama y señora. Algo parecido sucedió con los libros dedicados a la historia oaxaqueña, pues decidí que sólo uno de ellos me acompañaría a lo largo de la escritura.[10]

Sin duda alguna estas decisiones pueden ser criticadas con excelentes y sesudos argumentos, pero confieso que mis elecciones estuvieron marcadas por una causa que puede parecer una chifladura:

[8] Alberto María Carreño (ed.). *Archivo del general Porfirio Díaz*. México, Editorial Elede, 1947-1961, 30 v.

[9] Francisco Bulnes. *El verdadero Díaz y la revolución*. México, Eusebio Gómez de la Puente, 1920, y *Rectificaciones y aclaraciones a las Memorias del general Porfirio Díaz*. México, Biblioteca Histórica de "El Universal", 1922; James Creelman. *Díaz. Jerarca de México*. México, Universidad Nacional Autónoma de México (UNAM), 2013 (ed. original 1911); Carlo de Fornaro. *Díaz, zar de México*. México, DeBolsillo, 2010; Paul Garner. *Porfirio Díaz. Del héroe al dictador. Una biografía política*. México, Planeta, 2010; Enrique Krauze. *Porfirio Díaz. Místico de la autoridad*. México, FCE, 1987; José López Portillo y Rojas. *Elevación y caída de Porfirio Díaz*. México, Porrúa, 1975 (ed. original 1921); Salvador Quevedo y Zubieta. *Porfirio Díaz: ensayo de psicología histórica*. México / París, Librería de la V.da de C. Bouret, 1906 y *El caudillo*. México / París, Librería de la V.da de C. Bouret, 1909; Ralph Roeder. *Hacia el México moderno: Porfirio Díaz*. México, FCE, 1973; Alejandro Rosas. *Porfirio Díaz*. México, Planeta, 2002, Carlos Tello Díaz. *Porfirio Díaz. Su vida y su tiempo*. México, Debate / Conaculta, 2015, 2 v., y *El exilio: un retrato de familia*. México, Cal y Arena, 1993; y, por último, José C. Valadés. *El Porfirismo. Historia de un régimen*. México, FCE, 2015.

[10] María de los Ángeles Romero F. *et al. Historia breve de Oaxaca*. México, FCE / El Colegio de México (Colmex), 2012.

sólo quería que me acompañaran los libros que estaba dispuesto a releer. Los demás, por buenos que fueran, podían seguir en mis libreros o dormir el sueño de los justos en los estantes de las bibliotecas. La única carta a mi favor es cínica, pero he dejado de preocuparme por saber si los libros son "buenos" o "malos"; ahora los divido en categorías que no estoy dispuesto a discutir: los que me gustan y los que me aburren, los que me ayudan a construir una historia y los que me llevarían por caminos que no tengo la intención de recorrer. Esto último fue lo que me sucedió con el *México bárbaro* de John Kenneth Turner, el cual me habría llevado a crear una novela donde se escucharían los ecos de los libros de texto creados por los gobiernos que se autoproclamaron como revolucionarios y transformadores.

☙❧

Al igual que en mis otras novelas, el principal problema que enfrentaba era la creación de un lenguaje y una estructura que me permitieran contar la historia de don Porfirio y que de alguna manera fuera una suerte de contrapunto de *Juárez. La otra historia*. La escritura de un diario memorioso se impuso sin oponentes en la medida que necesitaba alejarme de mis libros anteriores. Para mi fortuna ocurrieron dos hechos que se entrelazaron: habían pasado casi veinte años desde que escribí una novela con esta forma,[11] y Fernando Trueba —mi pariente favorito— me comentó que no debería abandonar la posibilidad de darle la voz al general Díaz.

Después de esto, el camino quedó trazado y comencé a recorrerlo con la certeza de que era correcto. Sé bien que otras novelas tienen una estructura similar a la mía: *Pobre patria mía* de Pedro Ángel Palou y *Yo, Díaz* de Pedro J. Fernández[12] siguen una ruta

---

[11] José Luis Trueba Lara. *Cíbola y Quivira: el norte del reino*. México, Alfaguara, 2007.

[12] Pedro Ángel Palou. *Pobre patria mía*. México, Planeta, 2010 y Pedro J. Fernández. *Yo, Díaz*. Océano, 2023.

parecida a la que recorrí: la agonía de don Porfirio es el eje que les da sentido; sin embargo, creo que entre estas nuestras obras existen diferencias notorias, aunque se nutran del exilio y de la cercanía de la muerte.

La escritura de un diario memorioso estaba decidida, pero aún debía resolver un problema de gran calado: cuando pensamos en don Porfirio generalmente lo recordamos como el presidente del "orden y progreso", un hecho que nunca me ha convencido del todo. Desde mi punto de vista, Díaz no fue hijo del positivismo ni de las ideas de Spencer, creo que estos "profundismos" le venían más o menos guangos y seguramente le resultaban más aburridos que mirar cómo se secaba la pintura en su despacho. A pesar de esto, sí puedo pensarlo como un liberal pragmático, como un político profundamente autoritario o como el personaje que logró la primera reconciliación nacional sin necesidad de grandes teorías. Él tenía la política pegada en la piel. Sus maestros —como Juárez y otros personajes— le heredaron un colmillo retorcidísimo.

A pesar de esto, el Porfirio de mi novela debía ser algo más: estoy absolutamente convencido de que, entreveradas en su sangre, también corrían las ideas de sus tiempos y que ellas vivieron las brutales transformaciones que ocurrieron durante el siglo xix. La distancia entre el fin de Nueva España y el credo de orden y progreso casi es infinita. Por esta razón, en muchas ocasiones se hacen presentes las creencias populares y religiosas. No tengo manera de comprobar si él asumía o no en estas cosas, pero la literatura me llevó a incluirlas y, en algunos momentos, a negarlas casi por completo. Creo en la presencia del pasado, pero también asumo que el presente y los sueños del futuro pueden transformar las viejas creencias.

Evidentemente, aquellas ideas y prácticas pueden resultarnos escandalosas o políticamente incorrectas: el machismo, la discriminación, el racismo y un largo etcétera eran parte de una realidad innegable y, justo por eso, merecían ser amplificadas. Por esta causa no quise hacerlas de lado aunque no fueran oaxaqueñas. En este sentido vale la pena señalar que, en una de las correcciones de la novela, incluí algunas que provienen de otras regiones del país y fueron recogidas por Lilia Verónica Alanís y Cristóbal López, y a ellas —como ocurrió en el caso de la Tupa— se sumaron las que se mencionan en un libro coordinado por Claudia Verónica Carranza Vera y Adriana Guillén Ortiz y mis recuerdos de algunas lecturas anteriores.[13]

❦

Además de las obras mencionadas hace unos cuantos párrafos, en varios capítulos utilicé otras fuentes para apuntalar la novela y darle cierta verosimilitud, éste es el caso de la carta del abuelo de Madero que se menciona y se cita en la primera entrada del diario del general: ella proviene del libro *Errores de Madero* de Adrián Aguirre Benavides.[14] Los padecimientos de Díaz —al igual que su agonía y su fallecimiento— tienen la huella de una de las narraciones de Martín Luis Guzmán que forma parte de sus *Muertes históricas*: el "Tránsito sereno de Porfirio Díaz",[15] aunque he de reconocer que la inclusión del láudano y la pasiflora son hechos de mi creación. No tengo noticia de que don Porfirio los haya usado, pero su amplio consumo en aquellos tiempos me permitió incluirlos sin miedo. Los refranes que cita provienen de un manuscrito atribuido a Ignacio Manuel Altamirano[16] y a ellos agregué algunos de los que se reúnen en el *Refranero mexicano* publicado por la Academia Mexicana de la Lengua.

[13] Lilia Verónica Alanís Loera y Cristóbal López Carrera. *Diccionario de creencias y tradición oral de Nuevo León.* México, Universidad Autónoma de Nuevo León, 2023, y Claudia Verónica Carranza Vera y Adriana Guillén Ortiz (coords.). *Rutas de los sobrenatural en la tradición de México e Hispanoamérica.* México, El Colegio de San Luis / El Colegio de Michoacán (Colmich), 2022.

[14] Adrián Aguirre Benavides. *Errores de Madero.* México, Jus, 1980.

[15] Martín Luis Guzmán. *Op. cit.*, t. III.

[16] Ignacio Manuel Altamirano. *Proverbios mexicanos.* México, Miguel Ángel Porrúa, 2021.

La historia del padre de Porfirio como domador de caballos tiene un origen preciso: un largo artículo que Elena Garro publicó a finales de los años sesenta para dejar en claro sus odios al "funesto tirano".[17] En cambio, la expresión que señala que a Madero le faltaban "los que ponen las gallinas" forma parte de una virulenta obra que escribió José Juan Tablada y que —casi con toda seguridad— no conoció don Porfirio.[18] Las pecaminosas aventuras en los baños de Amajac fueron tomadas de un esbelto volumen que no da noticia de sus fuentes: *Del Porfiriato en Hidalgo*.[19] Por esta razón es muy probable que este hecho sea un chisme que corría (o corre) en aquellos rumbos, pero —cierta o falsa— esa anécdota le venía bien a la novela.

A pesar de lo que se cuenta sobre la epidemia de cólera y la muerte del padre de Díaz en el primer tomo de *Porfirio Díaz. Su vida y su tiempo* es impecable, tomé la decisión de agregarle lo que señalan algunas obras que no se refieren a lo que ocurrió en Oaxaca,[20] esto fue lo que sucedió con los lazaretos y los tratamientos que se mencionan, los cuales sí existieron y se usaron en otras ciudades del país. En este caso, lo que buscaba era fortalecer la literatura, algo idéntico a lo que ocurre con la historia sobre la quemadura de su hermano que también tomé de las maledicencias

[17] "Ricardo Flores Magón", en Elena Garro. *Revolucionarios mexicanos.* México, DeBolsillo, 2023.

[18] José Juan Tablada. "Madero-Chantecler. Tragi-comedia zoológico política de rigurosa actualidad en tres actos y en verso", en Antonio Saborit (comp.). *Febrero de Caín y de metralla. La Decena trágica. Una antología.* México, Cal y Arena, 2013.

[19] Raúl Arroyo. *Del Porfiriato en Hidalgo.* México, Consejo Estatal para la Cultura y las Artes de Hidalgo, 2016.

[20] Alicia Contreras Sánchez y Carlos Alcalá Ferráez (eds.). *Cólera y población, 1833-1854. Estudios sobre Cuba y México.* México, El Colegio de Michoacán (Colmich), 2014, y Miguel Ángel Cuenya Mateos. "El cólera morbus en una ciudad de la provincia mexicana. Puebla de los Ángeles en 1833", en *Nuevo Mundo, Mundos Nuevos*, nº 7, 2007.

de Elena Garro, quien estaba encantada con Felipe Ángeles y los zapatistas.

Para narrar la procesión en la que participa Díaz y dar cuenta de los olores de la ciudad me fue de gran utilidad el libro que Mathieu Henri Fossey publicó a mediados del siglo XIX;[21] sin embargo, cabe aclarar que en esas páginas no se menciona la sequía, la cual es resultado de mi imaginación casi desbocada, aunque en algo recuerda a las que ocurrieron entre 1839 y 1840, algo que también ocurrió con las ansias de venganza en contra del estudiante de medicina que abandonó a su hermana. Nada sabemos sobre ese deseo, pero el peso que tenía el honor es indudable.[22] A diferencia de lo que cuento sobre la procesión, la historia de los afrodescendientes que fueron castrados es absolutamente real y ocurrió en tiempos lejanos de los que se narran en esta novela; cuando la leí en un libro de Pilar Gonzalvo no pude resistirme a utilizarla y modificarla.[23]

La historia del primer acercamiento de Díaz a la milicia también es cercana a la verdad, aunque la descripción de lo que pasa en el cuartel nada tiene que ver con Oaxaca. Algunos de esos hechos sí ocurrieron, pero en otro lugar y forman parte de un libro de Claudia Ceja.[24] Lo que se cuenta sobre el padre de José Yves Limantour también es casi verdadero y se menciona en un libro mal traducido y peor editado,[25] mientras que la mención al

---

[21] Mathieu Henri de Fossey. *México*. México, Colmex, 2022 (ed. original 1857).

[22] *Vid.* p. e. Pilar Gonzalvo Aizpuru (coord.). *Honor y vergüenza. Historias de un pasado remoto y cercano*. México, Colmex, 2022.

[23] Pilar Gonzalvo Aizpuru. *Mulato Miguel. Entre amigos y demonios. Oaxaca, siglo XVII*. México, Colmex, 2023.

[24] Claudia Ceja Andrade. *La fragilidad de las armas. Reclutamiento y vida social en el ejército en la Ciudad de México durante la primera mitad del siglo XIX*. México, Colmex / Universidad Autónoma de Querétaro (UAQ) / Colmich, 2022.

[25] Charles-Louis de Maud'Huy Yturbe y Philippe Argouarch. *Soy Limantour aventurero*. México, Miguel Ángel Porrúa, 2018.

general Grant fue tomada de sus *Memorias de la Guerra del 47*.[26] Para contar la historia de Díaz como masón utilicé dos fuentes absolutamente opuestas: el libro póstumo de Jesús García Gutiérrez —quien utilizaba el pseudónimo de Félix Navarrete— y un folleto firmado por Manuel Esteban Ramírez.[27] Y, en una de las revisiones, les agregué algo de lo que se dice en el memorioso libro de Luis J. Zalce y Rodríguez.[28]

Lo que narré sobre los últimos días de Santa Anna también tiene un dejo de verdad: el plebiscito es real y lo mismo puede decirse sobre los delatores; pero en esas páginas llevé las cosas al extremo, algo muy similar a lo que ocurrió en las escenas dedicadas a los días en que Porfirio estuvo oculto, a las que narran su huida a la sierra y lo mismo sucede con la manera como murió su amigo Esteban y con la matanza que ocurre en Oaxaca durante la revolución de Ayutla. La afirmación de que Delfina ya tenía doce años y por eso podía ser desflorada sin que se asomara el fantasma de la pedofilia, no necesariamente es una mentira ni una exageración: esta cifra la tomé de una de las cartas del obispo Lázaro de la Garza y Ballesteros, donde también obtuve el dato sobre las cualidades que debían tener las mujeres que atendieran a los sacerdotes.[29]

La descripción de Ixtlán en nada se parece a la realidad, ella sólo es resultado de mis caprichos. Por esta causa le solté la rienda al mal y las brujas. La descripción del combate de Ixcapa se sustenta en un libro apologético y que marca profundamente la segunda

[26] Ulysses S. Grant. *Memorias de la Guerra del 47*. México, UNAM, 2023.

[27] Félix Navarrete. *La masonería en la historia y en las leyes de México*. México, Jus, 1962, y Manuel Esteban Ramírez. *Apuntes sintéticos sobre la masonería en México durante los años de 1806 a 1921*. México, Imprenta Progreso, 1940.

[28] Luis J. Zalce y Rodríguez. *Apuntes para la historia de la masonería en México (de mis lecturas y mis recuerdos)*. México, spi, 1950.

[29] Lázaro de la Garza y Ballesteros. *Carta al venerable clero de la diócesis de Sonora*. México, Universidad Autónoma de Sinaloa / El Colegio de Sonora, 2011.

parte de la novela: el que escribió James Creelman,[30] donde jamás se mencionan los saqueos para avituallarse. La historia de la amputación que llevó a cabo don Porfirio es cierta, aunque el Cojo López es un personaje que nació de mi imaginación. Algo parecido sucede con la entrada a Oaxaca, cuyos hechos son casi reales, aunque la presencia de don Marcos y su hijo Guadalupe en el cuartel es un asunto estrictamente literario. Hasta donde tengo noticia, ninguno de ellos estuvo en ese lugar y lo mismo sucede con la manera como se logró la rendición de Tehuantepec, aunque lo que sí es un hecho es que Díaz tomó la ciudad poco tiempo después de romper el sitio del cuartel de Oaxaca.

El tratamiento que el Espantacigüeñas (otro de los personajes de mi invención) le dio a don Porfirio para la malaria quizá podría ser verdadero en la medida que lo tomé de un libro de medicina de finales del siglo XIX: el *Novísimo manual de la salud*.[31] Asimismo, es imposible ocultar las huellas de otros libros en la parte donde narro la peste que corroe los cuerpos y las almas: en esas líneas —y por supuesto en la anécdota de la última virgen de Tehuacán— están las marcas de Albert Camus y Curzio Malaparte.[32] Si bien es cierto que desde hace muchísimos años tengo labradas las historias de *La peste* y *La piel*, jamás las había utilizado de una manera tan descarada. En muchos de mis libros anteriores, esas novelas sólo flotaban sobre mis palabras. En el caso de las chicanadas electorales con las que concluye la segunda parte de la novela, me resultó utilísimo un libro de Blanca Gutiérrez Grageda.[33]

[30] James Creelman. *Op. cit.*

[31] F. V. Raspail. *Novísimo manual de la salud o medicina y farmacia domésticas.* Madrid, Librería de don Leocadio López / Librería de Pablo Calleja y Cᶠᵃ., 1883.

[32] Albert Camus. *La peste.* México, Random House, 2020, y Curzio Malaparte. *La piel.* Barcelona, Galaxia Gutenberg, 2017.

[33] Blanca Gutiérrez Grageda. *La chicana. Prácticas y discursos electorales en el México decimonónico.* México, UAQ, 2018.

Cuando empecé a trabajar en la tercera parte de la novela, tenía la tentación de seguir los pasos de los novelistas europeos que escribieron sus obras cuando las ruinas del imperio aún estaban calientes: la mayoría jamás se ha traducido y sus historias estrambóticas seguramente muestran algo de lo que se pensaba en el otro lado del océano sobre el imperio de Maximiliano y la aventura mexicana de Napoleón III.[34] Esos libros desmesurados eran una posibilidad que me costaba trabajo dejar de lado, pero era obvio que debía abandonarlos.

Debido a esto, lo que se cuenta sobre las dos batallas de Puebla se nutrió de otro tipo de fuentes lejanas a mi primera idea.[35] A pesar de esto me tomé muchas libertades y le di espacio a un personaje que nada tuvo que ver con ellas: don Hermenegildo, quien en la vida real fue guanajuatense y para más señas se apellidaba Bustos. Lo que cuento sobre este pintor proviene de un ensayo de

---

[34] Entre otros me refiero a las obras de Edmund Mühlwasser, *Kaiser Maximilian I. Oder Schicksal und Kaiserkrone* (1867), a *Mexiko, oder Republik und Kaiserreich* de Arthur Storch (1868) y *Drei Jahre auf dem Kaiserthron oder Maximilian und Juarez* de Hermann Baeblich (también publicada en 1868). Sobre estas obras *vid.* Andreas Kurz. *Historia de una infamia editorial*. México, UAQ, 2020.

[35] Héctor Strobel del Moral. "Sangre y guerra por la Reforma, 1857-1867", en Juan Ortiz Escamilla (coord.). *Guerra*. México, Secretaría de Cultura, 2018; Miguel Ángel Cuenya Mateos. "Puebla en la Gran Década Nacional, 1857-1867. Guerra y sitios militares, destrucción urbana y estructura productiva", en Lilián Illiades Aguiar (coord.). *Vida en Puebla durante el Segundo Imperio Mexicano. Nuevas miradas*. México, Benemérita Universidad Autónoma de Puebla (BUAP), 2017; Carlos Contreras Cruz *et al. Puebla. Los años difíciles entre la decadencia urbana y la ilusión imperial. 1810-1867*. México, BUAP / Ediciones de Educación y Cultura, 2010; Mayra Gabriela Toxqui Furlong. *Los espacios de la guerra. Puebla en 1862*. México, El Colegio de Puebla, 2012; Arturo Aguilar Ochoa (selec.). *El sitio de Puebla. 150 aniversario*. México, Instituto Nacional de Estudios Históricos de las Revoluciones de México / Secretaría de Educación Pública / BUAP, 2015, y Lilian Briseño Senosian y Daniel Pérez Zapico (coords.). *Historia de la noche. Imaginarios, representaciones y prácticas nocturnas en México, España y Portugal, siglos XVI-XX*. México, UNAM / Instituto Tecnológico y de Estudios Superiores de Monterrey, 2021.

Octavio Paz que desde hace años me exigía transformarlo en uno de los personajes de mis novelas.[36]

Lo que conté sobre la toma de Puebla por parte de los franceses casi es cierto y lo mismo sucede con la fuga de Porfirio Díaz, su estancia en Querétaro y su llegada a Oaxaca, aunque en más de un caso exageré las cosas, algo que no sucedió con los nombres de los periódicos veracruzanos en los cuales se anuncia la llegada de los emperadores: los dos existieron y fueron marcadamente imperialistas, pero a la hora de escribir modifiqué sus fechas de publicación.[37]

Las historias de Rafaela y Juana Cata son falsas y verdaderas a partes iguales: la primera de ellas nació gracias a uno de los momentos más fascinantes que se narran en un libro de Charles Brasseur y tomó su propio camino sin más límites que la leyenda sobre la Tupa, uno de los personajes más fascinantes de la mitología oaxaqueña.[38] En cambio, la segunda se nutrió de una biografía con todas las barbas, la de Francie Chassen-López,[39] donde —entre otras cosas— no se menciona la participación de la cacica en el contrabando de armas. La idea de que Juana Cata tenía la vagina dentada no cabalga sobre la locura: ésta era una de las cualidades que tenían las sirenas en nuestro país.

Los amoríos de Van der Smissen con la emperatriz Carlota son uno de los muchos chismes que corrían en tiempos del imperio, una habladuría que llegó al extremo de sostener que tuvieron un hijo. En este caso no pude resistirme a incluir una brizna de este rumor. Sin embargo, la malquerencia de Maximiliano es

[36] Octavio Paz. "Yo, pintor de este pueblo: Hermenegildo Bustos", en *Obras completas IV. Los privilegios de la vista. Arte moderno universal, arte de México*. México, FCE, 2014.

[37] *Vid*. Celia del Palacio. *Pasado y presente. 220 años de prensa veracruzana (1795-2015)*. México, Universidad Veracruzana, 2015.

[38] Charles Brasseur. *Viaje por el istmo de Tehuantepec*. México, FCE / SEP, 1984.

[39] Francie Chassen-López. *Mujer y poder en el siglo XIX. La vida extraordinaria de Juana Catarina Romero, cacica de Tehuantepec*. México, Taurus, 2020.

absolutamente real y lo mismo sucedió con el plan de levantar un ejército gracias al fanatismo.[40] Los hechos sobre el joven que le ofreció la cabeza de Agustín de Iturbide Green a Díaz son absolutamente falsos y forman parte de una de mis novelas anteriores: invocar al protagonista de *Pronto llegarán los rojos* fue una tentación irrefrenable que revela un deseo que difícilmente se cumplirá. Confieso que uno de mis sueños sería volver a trabajar en mis novelas históricas para unirlas por medio de una serie de personajes y anécdotas sin llegar al extremo de los episodios nacionales de don Victoriano Salado Álvarez,[41] yo sólo buscaría tejer con hilos de araña algunas páginas para llenar los vacíos y terminar de comprender por completo a los personajes que he creado.

Dejemos atrás los sueños y volvamos a los hechos. Algo de verdad hay en las páginas que dan cuenta del enfrentamiento entre Juárez y don Porfirio, y lo mismo puede decirse de los levantamientos que encabezó para darle un cuartelazo; sin embargo, es necesario precisar que estos hechos se transformaron para darle sentido a la novela. Esto fue lo que ocurrió, tan sólo por dar un par de ejemplos, con la venganza que padeció el asesino de Félix Díaz o con los "amarres" que fraguó desde La Noria. Y exactamente lo mismo sucede con los chismes que se cuentan sobre la muerte de Juárez: la leyenda de la Carambada ha circulado desde aquellos días y hace poco tiempo se transformó en una novela de Mónica Hernández,[42] mientras que las culpas que se atribuyen a Lerdo de Tejada y a Benito Juárez Maza son de mi total invención y, por supuesto, no existe ninguna manera de demostrarlas.

---

[40] *Vid.* Ángela Moyano Pahissa. *Los belgas de Carlota. La expedición belga al Imperio de Maximiliano.* México, UAQ, 2019.

[41] *Vid. De Santa Anna á la Reforma. Memorias de un veterano. Relato anecdótico de nuestras luchas y de la vida nacional, desde 1851 a 1861, recogido y puesto en forma amena e instructiva por el Lic. D. Victoriano Salado Álvarez.* México, J. Ballescá y C.[ía.], 1902.

[42] Mónica Hernández. *La asesina de Juárez.* México, Martínez Roca, 2023.

Lo que conté sobre las meseras durante el gobierno de Sebastián Lerdo de Tejada es casi real, aunque su exageración como único mérito de su régimen es un asunto estrictamente literario. En este caso me resultó utilísimo un artículo de Diego Pulido Esteva cuya relectura me resultó deliciosa.[43] Las pocas líneas que le dediqué a la redacción del Plan de Tuxtepec y a los hechos de don Ireneo Paz son cercanas a la verdad y, en buena medida, están en deuda con uno de los libros de Ángel Gilberto Adame.[44] En el caso de la huida y el salvamento de don Porfirio cuando estaba a bordo del *City of Havana* me negué a respaldar la leyenda del tiburón que mató a puñaladas, y casi le hice caso a lo que señala un documento escrito por uno de los supuestos protagonistas, pero ignoré por completo las historias masónicas que se han creado sobre este episodio.[45]

Lo que conté sobre las batallas de Icamole y Tecoac se nutrió de distintas fuentes, en el primer caso resultó definitivo un artículo de Eugenio Lazo[46] y, en el segundo, hice míos los hechos que se narran en algunas de las biografías de don Porfirio. La carta que Carmelita supuestamente le envió a Lerdo para dar cuenta de su sacrificio tiene su origen en dos libros absolutamente distintos: las *Memorias inéditas de don Sebastián Lerdo de Tejada* —de donde tomé este documento— y una biografía cercanísima

[43] Diego Pulido Esteva. "Las meseras en la Ciudad de México 1875-1919", en Elisa Speckman Guerra y Fabiola Bailón Vásquez (coords.). *Vicio, prostitución y delito. Mujeres transgresoras en los siglos xix y xx*. México, UNAM, 2016.

[44] Ángel Gilberto Adame. *Siglo de las luces... y las sombras. Apuntes para una historia de los liberales en México a través de las batalla, fervores, escritos y derrotas de Ireneo paz*. México, Aguilar, 2023.

[45] Manuel Gutiérrez Zamora. "El salvamento de don Porfirio Díaz frente a la barra de Tampico", en *Historia Mexicana*, julio de 1955. Guillermo de los Reyes Heredia. "De masonería, control y otras lealtades fraternales: el rescate de Porfirio Díaz por un hermano masón", en *Revista de Estudios Históricos de la Masonería Latinoamericana y Caribeña*, vol. 7, nº 2, 2015.

[46] Eugenio Lazo. "Batalla de Icamole 1876: derrota de los pronunciados de Tuxtepec", en *Humanitas. Anuario del Centro de Estudios Humanístico*, nº 44, vol. IV, enero-diciembre de 2017.

a la divulgación.[47] La carta sin destinatario que cierra la novela, aunque es absolutamente falsa, se nutrió de un ensayo de Claudia González-Gómez.[48]

❧

Decir que escribir es un acto solitario es una verdad a medias, un tópico que sólo se sostiene gracias a los afanes por romantizar el quehacer de los contadores de historias. Los dedos que recorren el teclado jamás están solos: todas las mañanas escuché la voz de mi esposa y sus caricias me permitieron seguir adelante. Los peores vientos caían derrotados cuando su mirada infinita se asomaba a mi estudio. Además de esto, los fines de semana la pantalla del teléfono se iluminaba con los rostros de Ismael, Demian y Adri, ellos —tal vez sin darse cuenta— me bendecían con sus palabras y sus juegos me regalaban el futuro. Los días que pasamos juntos en Puebla también fueron decisivos para terminar esta novela. Sin su presencia, estas páginas no existirían y mi vida tampoco tendría sentido.

Aunque ellos fueron indispensables, también hubo otras personas que le dieron vida a esta novela y me acompañaron durante casi dos años de letras y relecturas: sin Guadalupe Ordaz estas páginas no conocerían la imprenta; sin Óscar de la Borbolla me habría quedado sin un interlocutor indispensable, alguien que —a veces sin darse cuenta— me ayudaba a salir de los atolladeros. Por último, pero jamás al final, se encuentra la presencia de Fernanda

---

[47] *Memorias inéditas de don Sebastián Lerdo de Tejada*. Laredo, Texas, Tipografía de El Mundo, 1890, y Ana María Cortés. *Sebastián Lerdo de Tejada*. México, Planeta, 2002.

[48] Claudia González-Gómez. "Nostalgia por la muerte de don Porfirio. Revisión de la prensa habanera", en Luz Carregha Lamadrid *et al.* (coords.). *Miradas retrospectivas al México de Porfirio Díaz*. México, El Colegio de San Luis/UNAM/Instituto Mora/Universidad Iberoamericana/Universidad Autónoma de Sinaloa/Conacyt, 2018.

Familiar. Sin sus preguntas afiladas y su "gobiérnate, Trueba" no habría podido poner a prueba algunas de las historias que se entretejieron, gracias a ella descubrí la manera cómo podían entrelazarse con la gente.

Así pues, lo bueno que puedan tener estas páginas se debe a estas personas. Darles las gracias siempre será insuficiente.

José Luis Trueba Lara
México y Puebla, finales de 2022-comienzos de 2024

Cronología de los hechos "reales"

	Acontecimiento
1830	Porfirio Díaz nace en el estado de Oaxaca. Sus padres son José de la Cruz Díaz y Petrona Mori.
1833	José de la Cruz Díaz muere en la ciudad de Oaxaca durante una epidemia de cólera. Nace Félix Díaz Mori, el Chato.
1837	Porfirio Díaz ingresa a la escuela de primeras letras.
1839	Primera invasión francesa a México. Porfirio Díaz ingresa a la escuela municipal.
1841	Porfirio Díaz se convierte en aprendiz de carpintero.
1844	Porfirio Díaz ingresa al Seminario Conciliar de Oaxaca.
1845	Porfirio Díaz inicia sus estudios de bachillerato en el Seminario Conciliar de Oaxaca. Nace Delfina Ortega, la sobrina de Porfirio Díaz que se convertirá en su esposa.
1846	Inicia la invasión estadounidense a México. Porfirio Díaz se alista en el ejército aunque no participa en la contienda.
1848	Termina la invasión estadounidense a México.
1849	Benito Juárez es declarado gobernador constitucional de Oaxaca. Porfirio Díaz abandona la carrera eclesiástica.
1850	Porfirio Díaz ingresa al Instituto de Ciencias y Artes de Oaxaca para estudiar derecho.

1852	Porfirio Díaz se incorpora a la masonería en la misma logia a la que pertenecen Benito Juárez y Marcos Pérez.
1853	Benito Juárez es nombrado rector del Instituto de Ciencias y Artes de Oaxaca.
	Porfirio Díaz se declara opositor del gobierno de Antonio López de Santa Anna.
1854	Se proclama el *Plan de Ayutla* en contra del gobierno de Antonio López de Santa Anna.
	Félix Díaz, el hermano de Porfirio, ingresa al Colegio Militar.
	Porfirio Díaz funge como bibliotecario del Instituto de Ciencias y Artes de Oaxaca; ese mismo año es nombrado profesor interino de Derecho Natural.
	Porfirio Díaz decide sumarse a la revolución de Ayutla y tiene su primera acción militar en Teotongo.
1855	Porfirio Díaz es nombrado jefe político de Ixtlán y ahí organiza la Guardia Nacional.
1856	Benito Juárez le otorga a Porfirio Díaz el nombramiento de Capitán de la Compañía de Infantería de Ixtlán.
	Manuela Josefa Díaz Mori, la madre de Delfina, fallece.
1857	Se promulga la nueva Constitución.
	Comienza la Guerra de Tres Años.
	Porfirio Díaz se suma a la guerra y es herido en la batalla de Ixcapa.
1858	Porfirio Díaz participa en las tomas de las ciudades de Oaxaca y Xalapa.
	Porfirio Díaz es nombrado gobernador y comandante militar de Tehuantepec.
1859	Porfirio Díaz asciende a coronel.
	Petrona Mori fallece en la ciudad de Oaxaca.

1860	Porfirio Díaz es derrotado en la batalla de Mitla, posteriormente sitia la ciudad de Oaxaca y es herido en una pierna.
1861	Termina la Guerra de Tres Años.
	Marcos Pérez muere en Oaxaca.
	Porfirio Díaz es electo diputado federal.
	Porfirio Díaz pide licencia en el Congreso para combatir a Leonardo Márquez, a quien derrota bajo las órdenes de Jesús González Ortega.
	Porfirio Díaz asciende a general.
	Benito Juárez decreta la suspensión del pago de la deuda externa.
	Las tropas de España, Inglaterra y Francia llegan a Veracruz.
	Se inicia la intervención francesa.
1862	Félix Díaz se enfrenta a las tropas francesas en las Cumbres de Acutzingo.
	Porfirio Díaz participa en la batalla de Puebla.
1863	Porfirio Díaz participa en la defensa de la ciudad de Puebla, tras la rendición es capturado y encarcelado; sin embargo, logra fugarse.
	Porfirio Díaz es nombrado jefe de la división que tiene a su cargo la defensa del territorio veracruzano.
	Porfirio Díaz vuelve a Puebla para atacar a las tropas francesas y es derrotado.
	Benito Juárez le ofrece la Secretaría de Guerra o el mando total del ejército republicano. Porfirio Díaz lo rechaza.
	Porfirio Díaz asciende a general de división.
	Porfirio Díaz asume el gobierno provisional de Oaxaca.

1864	Maximiliano de Habsburgo acepta la corona de México.
	Maximiliano y Carlota llegan a la Ciudad de México.
	Porfirio Díaz se niega a sumarse al imperio. Las tropas francesas marchan hacia la ciudad de Oaxaca.
	Nace Carmen Romero Rubio, la futura esposa de Porfirio Díaz.
1865	Porfirio Díaz es capturado por las tropas francesas tras la toma de Oaxaca y es llevado a la ciudad de Puebla.
	Porfirio Díaz escapa de los franceses en Puebla y se entrevista con Juan Álvarez, quien lo ayuda a rearmar a sus tropas.
1866	Porfirio Díaz asume el mando del Ejército de Oriente.
	Porfirio Díaz derrota a las tropas francesas en Miahuatlán y La Carbonera.
	Porfirio Díaz toma la ciudad de Oaxaca.
	Las tropas francesas que apoyaban a Maximiliano de Habsburgo abandonan el país.
1867	Porfirio Díaz toma la ciudad de Puebla y le propone matrimonio a Delfina Ortega.
	Maximiliano es fusilado en Querétaro junto con Miguel Miramón y Tomás Mejía.
	Porfirio Díaz se casa con su sobrina Delfina Ortega.
	Porfirio Díaz toma la Ciudad de México.
	Benito Juárez entra a la Ciudad de México.
	Porfirio Díaz es destinado a la ciudad de Tehuacán.
	Nace Amada Díaz Quiñones, la hija que Porfirio Díaz tuvo con Rafaela Quiñones.
	Félix Díaz Mori, el Chato, ocupa la gubernatura de Oaxaca.

1868	Porfirio Díaz inaugura el servicio telegráfico entre Tehuacán y Oaxaca, poco después renuncia a su cargo y vuelve a Oaxaca donde el Congreso del estado le regala la hacienda de La Noria.
	Nace Porfirio Germán Díaz Ortega, el primogénito de Porfirio Díaz.
1869	Nace Camilo Díaz Ortega, el segundo hijo de Porfirio Díaz.
1871	Porfirio Germán y Camilo mueren de "fiebre cerebral".
	Porfirio Díaz es electo diputado federal.
	Nace Luz Díaz Ortega, la primera hija de Porfirio Díaz.
	Porfirio Díaz es candidato a la presidencia de la República; en la contienda electoral se enfrenta a Benito Juárez y a Sebastián Lerdo de Tejada.
	Benito Juárez triunfa en las elecciones.
	Los seguidores de Porfirio Díaz protagonizan un motín en la Ciudad de México.
	Porfirio Díaz desconoce al gobierno de Juárez y se levanta en armas con el *Plan de la Noria*.
	Félix Díaz Mori, el Chato, ocupa la gubernatura de Oaxaca.
1872	Sóstenes Rocha derrota a las tropas de Porfirio Díaz.
	Félix Díaz muere asesinado en Juchitán, Oaxaca.
	Porfirio Díaz se embarca a Estados Unidos y un mes más tarde vuelve a México con el propósito de continuar su levantamiento.
	Benito Juárez muere en Palacio Nacional.
	Sebastián Lerdo de Tejada asume la presidencia.
	El Congreso publica la amnistía para los sublevados.
	Porfirio Díaz acepta la amnistía del gobierno de Sebastián Lerdo de Tejada.
	Sebastián Lerdo de Tejada triunfa en las elecciones presidenciales.

1873	Nace Francisco I. Madero en el estado de Coahuila.
	Donato Lucas Porfirio Díaz Ortega nace en Tlacotalpan.
1875	Sebastián Lerdo de Tejada asume la presidencia constitucional.
1876	Porfirio Díaz se suma al *Plan de Tuxtepec* y vuelve a levantarse en armas en contra del gobierno de Lerdo de Tejada.
	Porfirio Díaz es derrotado en la batalla de Icamole.
	Porfirio Díaz, gracias al apoyo de Manuel González, derrota a las tropas lerdistas en Tecoac.
	Sebastián Lerdo de Tejada abandona la presidencia.
	Porfirio Díaz entra a la Ciudad de México.
1877	José María Iglesias rompe definitivamente con Porfirio Díaz.
	Sebastián Lerdo de Tejada parte al exilio en Estados Unidos.
	Porfirio Díaz es declarado presidente provisional.
	José María Iglesias se exilia en Nueva Orleans.
	Guillermo II reconoce el gobierno de Porfirio Díaz.
	Porfirio Díaz es declarado presidente constitucional.
1878	El Congreso reforma la Constitución: el presidente de la República no podrá reelegirse en el periodo inmediato, sino hasta después de cuatro años de dejar el cargo.
	Mariano Escobedo se levanta en armas en contra del gobierno, es derrotado y encarcelado en Santiago Tlatelolco.
1879	La tripulación del *Libertad* se subleva y nace la leyenda del "mátalos en caliente".
1880	Manuel González inicia su campaña presidencial.
	Fallece Delfina Ortega después de dar a luz.
	Manuel González asume la presidencia.
	Porfirio Díaz es nombrado ministro de Fomento.

1881	Porfirio Díaz es nombrado gobernador de Oaxaca.
	Porfirio Díaz se casa con Carmen Romero Rubio.
1883	Porfirio Díaz y su esposa viajan a Estados Unidos. Sebastián Lerdo de Tejada se niega a recibir a Carmen Romero Rubio en Nueva York.
	En la Ciudad de México ocurre un motín debido al cambio de moneda.
1884	Porfirio Díaz se reelige como presidente.
	Manuel González ocupa la gubernatura de Guanajuato.
1885	Manuel González es acusado de corrupción.
1887	En el Congreso se presenta el proyecto de ley que permite la reelección indefinida.
	El Congreso desecha la acusación en contra de Manuel González.
1888	Porfirio Díaz se reelige como presidente.
1889	Sebastián Lerdo de Tejada fallece en Estados Unidos.
1890	El Congreso aprueba la reforma a la Constitución que permite la reelección indefinida de los gobernadores estatales y del presidente.
1891	Se subleva el pueblo de Tomóchic.
	Fallece José María Iglesias.
1892	José Ives Limantour es nombrado ministro de Hacienda.
	Porfirio Díaz se reelige como presidente.
1896	Porfirio Díaz se reelige como presidente.
1897	Porfirio Díaz sufre un atentado en la Ciudad de México.
1900	Porfirio Díaz se reelige como presidente.

1904	Porfirio Díaz se reelige como presidente para un periodo de seis años.
1906	Los mineros de Cananea inician una huelga que será reprimida. Porfirio Díaz y Carmen Romero Rubio cumplen 25 años de matrimonio. Sus amigos les regalan un vaso cincelado en oro y un álbum con poemas escritos para la ocasión.
1907	Los obreros de Río Blanco inician una huelga que será reprimida.
1908	Porfirio Díaz se entrevista con el periodista estadounidense James Creelman.
1909	Francisco I. Madero publica *La sucesión presidencial*.
1910	Francisco I. Madero se entrevista con Porfirio Díaz. Francisco I. Madero es apresado y se fuga de la cárcel de San Luis Potosí. Porfirio Díaz se reelige como presidente. Se publica el *Plan de San Luis*.
1911	Las tropas maderistas toman Ciudad Juárez y se firma el tratado que puntualiza la renuncia de Porfirio Díaz. Porfirio Díaz renuncia a la presidencia. Porfirio Díaz parte al exilio en Europa.
1913	Porfirio Díaz y su familia viajan a Egipto. Francisco I. Madero muere asesinado. Victoriano Huerta toma la presidencia después del golpe de Estado.
1914	Porfirio Díaz y su esposa rentan un departamento en París. Porfirio Díaz recibe la noticia de que su casa de la Ciudad de México fue tomada por las tropas carrancistas.
1915	Porfirio Díaz muere en París